U0113755

民国趣读
——老·城·记——

老苏州

中国文史出版社

本书编辑组

主　　编： 韩淑芳

本书执行主编： 张春霞

本书编辑： 牛梦岳　高　贝　李军政　孙　裕

目录

第二辑　碎步园林·赏亭台楼阁听松竹涛声

第三辑　暮去朝来·静谧小城尘封的岁月沧桑

第四辑　传统与新风·姑苏古城里的新旧擦肩

第九辑　民俗与民风·传统文化的江南传承

第一辑

舟影波光·

回眸间最是难忘烟雨水巷

❖ **刘金冠：**老城苏州到底有过多少城门

苏州古城始建于公元前514年，是国内最早的古城之一。当时吴王阖闾命大臣伍子胥"相土尝水，象天法地"，在江南平原上建起一座规模宏大的土城，是为"阖闾大城"；并在今东起公园路，西至锦帆路，南起十梓街，北至干将东路的范围内修建子城，作为吴王的宫室，大城经历2500余年，虽屡有毁建，但至今城址仍清晰可辨，小城则毁于元末明初，今已无迹可寻。

▷ 俯瞰苏州城区

苏州古城到底有过多少城门？阖闾大夫伍子胥筑城时，辟陆门八，历代志书都有记载，但八个城门的名称，却各不相同：

东汉《越绝书》是苏州最早的志书，应该说其正确程度较高，可偏偏记载了九个城名：阊、娄、平、蛇、齐、胥、巫、地、近。书上还说："从阊门到娄门，九里七十二步，陆道广二十二步；平门到蛇门，十里七十五步，陆道广三十三步。"由此可见，阊门在西，娄门在东，平门在北，蛇门在南，这四门的方位是明确的；齐门遗址可查、胥门至今犹存，其位置也是清楚的；只是巫门、地门、近门的方位无法确定。……我们在统计苏州城门之数时，权且依照通常的说法为八门：阊、娄、平、蛇、齐、胥、巫、匠。

汉代赵晔撰的《吴越春秋》记载："造筑大城，周回四十七里。陆门八，以象天八风。"但书上没有明确八门之名称，只写了阊门与蛇门："立阊门者，以象天门，通阊阖风也。""立蛇门者，以象地户。"此两门与《越绝书》所载相同，且至今均有遗址可证……

《苏州市志》对八门的记载是引用唐代的《吴地记》："阖闾城四周辟陆门八，以象天之八风；水门八，以象地之八卦。""陆门八座是：西阊门、胥门；南盘门、蛇门；东娄门、匠门；北平门、齐门。"以此八门与《越绝书》相比，少了一个巫门，多了一个盘门。巫门是否即为盘门，各种志书均未见记载，笔者不敢妄断。但《越绝书》的成书时间要比《吴地记》早500多年，其正确程度相对要高一点。然也不能就此判断《吴地记》记载有误，因为盘门至今还依然矗立在古城南部，而巫门却无迹可寻。所以，我们只能以此推断，盘门是阖闾建城后再修建的，是苏州第九座城门。

到了宋代，朱长文撰的《吴郡图经续记》记载的八门，无平门而有葑门。其实葑门倒是不在八门之数，而是在越国攻打吴国时所破的城墙开辟的，《吴越春秋》上清楚地记述了这段故事：当时越军"欲入胥门，来至六七里，望吴南城，见伍子胥头，巨若车轮，目若耀电，须发四张，射于十里。越军大惧，留兵假道。即日夜半，暴风疾雨，雷奔电激，飞石扬砂，疾于弓弩，越军坏败。……范蠡、文种乃稽颡肉袒，拜谢子胥，愿乞假道。子胥乃与种、蠡梦，曰：'吾知越之必入吴矣，故求置吾头于南门，以观汝之破吴也，惟欲以穷夫差，定汝入吾之国，吾心又不忍，故为风雨以还汝军。然越之伐吴，自是天也，吾安能止哉？越如欲入，更从东门，我当为汝开道贯城，以通汝路。'于是，越军明日更从江出，入海阳于三道之翟

▷ 苏州盘门（1932 年）

▷ 苏州阊门（1944 年）

水，乃穿东南隅以达，越军遂围吴。守三年，吴帅累败，遂栖吴王子姑胥之山。"此故事虽有点神话色彩，但葑门的开辟乃越国攻吴破城所致，这一点与《越绝书》《吴地记》的记载基本一致。由此，苏州古城的城门数应增至10个。

《吴郡图经续记》还记载："平门一名巫门，与赤门二门都不在八门之数。"而《越绝书》所记八门，既有平门，又有巫门，并各有方位。平门与蛇门的相距已见上述，巫门之位置，书上说"巫门外麋湖西城，越宋王城也。"笔者孤陋寡闻，不知麋湖原址在今何处，但据此推测，平门与巫门不可能同为一门。另外，这里又多了一个赤门。《吴地记》载："匠门南三里有葑门、赤门。"这说明赤门、葑门均不在八门之数。赤门何时开辟，志书无记载，但在统计苏州古城的城门时，应当加上这一座。至此，苏州古城的城门数应为11个：阊、娄、平、蛇、胥、齐、巫、匠、葑、盘、赤。

宋代以后，苏州城门多有变化，有的关闭，有的废弃，直到清末，只有苏州人通常讲的"六城门"了。那就是：娄、齐、葑、阊、胥、盘。

民国十年（1921），在阊门、胥门之间（今景德桥东堍）开一城门，名新昌门（新阊门）。民国十七年重开平门。民国二十年，于新阊门北60米处开金门，新阊门渐被废弃。民国二十三至二十四年，重开相门（即匠门）。苏州沦陷后，于民国二十七年，在古胥门之北，正对万年桥处开新胥门。

苏州解放后，人民政府为繁荣经济，开展城乡物资交流，于城南延伸三元坊开辟南门，建造人民桥。但未筑城门，仅将城垣拆除，成为苏州城南的一个出入口。

综上所述，苏州古阖闾大城先后有过15座城门名称：东有娄门、相门(匠门)、葑门；南有蛇门、南门、盘门；西有胥门、新胥门、新阊门、金门、阊门；北有平门、齐门；另有巫门、赤门其遗址不明。

《苏州到底有过多少城门》

❖ **徐刚毅：** 水巷河埠，古色古香

苏州号称水乡泽国，有南北水巷七条，东西水巷八条，三横三直（过去是三横四直）的河网水系如经如纬布满四面八方。阊门、盘门、齐门引太湖和大运河水贯通滋润全城，娄门、相门、葑门之水泄入娄江、阳澄湖、吴淞江、金鸡湖和独墅湖。

苏州民居大多临水而建，河道与街巷纵横交错成双棋盘格局，水陆相邻，河街并行，构成了典型的小桥流水人家的水巷风貌。而水巷景色虽各有差异，但基本形态却只有三种：一河一街式，即河道一侧是平行的小街，另一侧为临水建筑，如平江河沿线，这种水巷的河道、街巷和建筑低、中、高变化有致，空间层次丰富；有河无街式，即中间是河道，河两边都是临水建筑，如学士河、吴趋坊河一带，这种水巷由于空间紧凑令人能够产生深邃幽静的感觉；一河两街式，即中间是河道，两侧与之平行的是小街，沿街是房子，如盛家带、寿星桥附近，这种水巷因空间开阔，故显得平缓舒坦。苏州水巷高低宽窄错落有致，尺度宜人富有韵律，流连岸边移舟水面，宁静淡雅，诗意盎然。

古城居民依水为生，数不清的河埠就是苏州人与水交融的阶梯，成为水乡一道独特的景观。公共河埠也称水码头，供舟船上下水和居民下河浣洗，一般都比较宽敞，构造上有的比较简单，仅临水用粗条石筑成踏步而已。有的则比较精细考究，凸出岸边，用精凿的花岗岩筑起平台，然后一面或者两面踏步通向河道，石驳岸上还有系船的缆绳石。风和日丽，下海汰洗者一字排开蹲在水边，男欢女笑其乐融融，水乡风情活泼祥和，常使外来人陶醉。

因河面宽窄不同，水码头往往就根据地形缩进或者突出，这样就使驳

岸形成曲尺，水巷便也由此变得活泼，富有动感。有的河码头因与桥相邻，为利用地势，踏步还要弯曲，平江河上的胜利桥、众安桥、朱马交桥等河埠就是这样，与桥相融成为一体。有的河埠岸上有一条长长的路，不熟悉的人往往以为是条小巷，等走到尽头，只见一扇石库门，出门一望才知原来是座水码头！在平江路东麒麟巷我就上过一回当，让人忍俊不禁。还有的河码头隐蔽在人家的夹弄里面，比较狭窄，既像是公共的，又像是私家的，这类河码头在使用时就不免后来让先到，要排队等候了。有的居民人家则还让出了楼房底层作公用河埠，使用起来风雨无阻。

▷　苏州水巷

在水巷里，花样别致的还应数枕河人家的河埠了，千姿百态，美不胜收。有的人家将河水引入自家屋内，河埠就在屋子里头，不但方便，且还能起到降低室温的作用。比较普遍的民居河埠是用花岗岩条石挑出石级，凌空而架，斜斜地插入水面，拾级上下，水悠悠，人也悠悠。有的人家的石级还分两面挑出，成八字形，在水的倒影下，一半实，一半虚，形成一个菱形，妙不可言。还有的则介于室内河埠和室外河埠之间，埠头缩进，侧临水面，上面有屋檐可挡风雨，靠河还有扶手，易于老人上下。有一些河埠是在人家沿河的院子里，有一片园子，台阶踏步下来可以担水浇地，花红菜绿，生意盎然。在构造上许多民居河埠都比较随意，因地制宜，或长或短，或直或曲，或大或小，石头制作也有粗细。但也有一些型制十分严谨，比如仓桥浜34号邓宅墙门东侧有堵山墙，墙上有门，门楣上一方砖刻，上书"河埠"，出门才见踏步临水，有点像阊门下塘水巷河埠园林中的小品。还有一户人家门前是条很窄的弄堂，出入很不方便，可后门却有堵高耸的马头墙，门外一座四方平台，平台踏步临水，十分庄重，河面也十分开阔，当初舟船往来，在此上下水，河埠就是这户人家的正门，苏州水巷当年的盛况，由此可以想象出来。还有的人家临水一面开扇门，门口有矮栅栏防护，后门没有石级踏步，却可以用吊桶吊水上来，不是河埠，胜似河埠，苏州人的乖巧，由此也可见一斑。

苏州人离不开水巷，有水巷就不能没有河埠，在眼下正在进行的街坊改造和河道建设中，如果忽视了河埠的存在，那么苏州的河水就只能是一种摆设，水巷也不会再有生命！

苏州水巷如诗如画，就像一首美妙的乐曲，而街巷、民居、小桥、河埠就是那动人心魄的音符，行云流水清丽委婉。此曲算来只应天上才有，不知人间还有几回可闻？

《苏州水巷河埠》

❖ **赵梓雄：**阊门，姑苏繁华地

中国南方著名的风景旅游城市——苏州，"上有天堂、下有苏杭"，指的就是这个地方。它位于长江三角洲的腹部，北枕长江，西临太湖，南接浙江，东连上海，是我国重要的历史文化名城，同时也是南方沿海重要的经济开放区之一。这里气候温和，交通便利，物产丰富，经济发达，素有"鱼米之乡""丝绸之府"的美称。

相传在公元前514年，吴王阖闾让大臣伍子胥建造一座都城，要"内有可守、外可应敌"，伍子胥最终选定了这片位于姑苏山下的风水宝地，建起了这座姑苏城。大概因为它位于姑苏山下，以至苏州至今仍被人称为"姑苏"。从苏州建城至今已经有2500多年的历史了，但它的古城池依旧坐落在春秋时代的旧址上。保持了古代"水陆并行、河街相邻"的格局。

这幅"平江图"记载了苏州古老城区的概貌。全城由外廓、大城、小城三套城垣组成。东南西北共有八座城门，与运河相接，成为东部沿海、长江三洲及太湖流域人员和货物的重要集散地。我们从这张著名的"姑苏繁华图"里，不难看出当年的繁华景象。

在这座"寸土如金"的姑苏城里，最繁华的莫过于水陆码头"阊门"，阊门一带为"四方百货之所聚，仕宦冠盖之所经"，吊桥上人流如潮，运河中帆桅林立，两岸店铺鳞列，街市万商云集。

▷ 民国时期苏州阊门外一瞥

中国古代著名的文人唐伯虎在《阊门即事》一诗中写道："世间乐土是吴中，中有阊门更擅雄。翠袖三千楼上下，黄金百万水东西。五更贾市何曾绝，四远方言总不同。"清初的苏州号称"奢靡天下之最"。而阊门便为其中之首，难怪曹雪芹在《红楼梦》里把这条"姑苏繁华第一街"称为"最是红尘中一二等富贵风流之地"了。

当时的阊门，几乎汇集了各地的手工、土产之珍奇及各种各样国内外流通之货币，千艘万舸，商贾充盈，特别是唐朝，自白居易任苏州刺史，开通了去虎丘的山塘之后，这一带更是"居货山积，行人流水，列肆招牌，灿若云锦"。

1860年，咸丰庚申战火，太平天国军队攻进苏州，使阊门闹市毁于一旦，自此，与阊门仅一步之遥的石路崛起，取代了山塘、南浩之繁荣。直至1908年沪宁铁路通车之后，阊门石路又重新繁华起来，达到鼎盛时期。四周的旅馆、茶楼、酒店、妓院、戏院、电影院以及各类店铺鳞次栉比。

1937年，中日战争爆发以后，苏州惨遭轰炸，从此金阊地区一蹶不振。

历史就如同一个宽容的老人，无论是欢乐还是悲伤，都同样平心静气的容忍，只有在它那深深的皱纹里，我们还依稀可以见到往日的梦。这里，往昔的繁华已经一去不复返，留下的，只有这些古老的街道和经历了半个世纪风风雨雨的老房子。只有它们也许还记着那辉煌的岁月和500年前曾经在这里叱咤风云的达官贵人。

《姑苏繁华第一街》

❖ **沈兰生：漫步石路有古韵**

大凡到过苏州的人，都被那诗意盎然的小桥流水、曲径通幽的小巷人家所吸引，江南园林的玲珑秀色更是令人流连忘返。其实苏州这座具有2500年历史的古城，那连接大街小巷千家万户的各种铺路，也是相当美的。

天天走路，人人走路，古人把行路纳入衣、食、住、行人类生存发展的基本要素之一，可见路在人类建筑历史上不能不占一定位置。路的式样、用料、风格必然反映时代特点。

刚柔相济的砖石路　这种路在山塘街最为多见，主要分布在连接山塘街的各巷各弄，取材为不规则的碎砖和小石块，大小不等，最大不过20厘米，一般10厘米左右。碎砖来源于旧居拆建所弃；碎石来源于苏州西郊金山浜采石场，均为花岗石，质地坚硬。做法是：铺路前先把路基夯实，尔后铺上一层沙土，把碎砖与碎石块竖起来，紧挨交错砌好，再向路面上撒一层沙土，把缝隙填实，这样就完成了。这种路优点很多：一是取材方便，碎石块实质是废物利用，价格低廉；二是刚柔相济，如若是清一色的石块，古人乘车马会觉得太硬太颠不舒服，如全用砖砌，车马一多易碎，砖石并用，石硬砖柔，二者兼顾；三是渗水性好，江南多雨，路面渗水十分重要，积水多行人不便。这是柏油路、水泥路所不能替代的，这种砖路集中在渡僧桥到星桥、半塘、白姆桥一带。

大家气派的石板路　古代苏州不乏商贾大户官宦人家，通往他们府邸宅前的路往往与众不同，有一定的规格和气派，这就是整齐的石板路。与鲁迅笔下的绍兴石板路一样，它体现了封建社会宗法制度、等级观念。苏州现存已不多。山塘街上的板路是用长80厘米、宽60厘米、厚10厘米的石板砌成，路面坚固、平坦，与路旁的古桥民居构成和谐的统一体。集中在李鸿章祠堂至虎丘前山门。

别出心裁的夹心路　这种路砌街匠用一色的碎花岗石块铺中间，宽约1—2米，路两边各留60—70厘米铺碎砖路面，这种路中间坚固，两边砖为平坦。古时百姓多穿布鞋、草鞋，底薄一点走两旁比较舒服，中间走马比较好。这种路中间为鹅黄色，两旁为青灰色，和周围小桥流水、乌瓦粉墙连成一体，颇为和谐。此种路集中在青山、绿水桥到普济桥一带。

高雅宁静的砖纹路　此种路，用一色整齐的砖头横砌而成，呈人字形，路宽两米。横看似人字呢布的花纹，由于砖易吸水，砖路面始终保持着湿润状态，路面无灰尘，人走在上面声音很小，加之路两边高墙深院，光照时间短，更加显得清凉宁静。人走在这种路上，可以说是一种享受。在李鸿章祠堂、会馆、虎丘山、五人墓随处可见。

明代造园大师计成认为，造园重在因地借景。看来不仅是造园，铺路也有个与周围建筑物有机统一、相互依存的问题。古老的山塘路从过去走到现在，依旧散发着她的风采。

《七里山塘叙古路》

❖ 徐刚毅：问名古街巷，感受古城千年沧桑

就像北京许多胡同的名称闪烁着明清时代的辉煌，苏州街巷的名称则更折射出了古城千年文明的灿烂。

泰伯让王南来，掀开了吴文化的扉页，就这样，阊门城内就有了泰伯庙和泰伯庙桥，胥门城外也有了泰让桥。后来，干将坊、专诸巷、伍子胥弄、临顿路、采莲巷……在工匠的汗水、勇士的鲜血和宫女的歌舞声中，吴国由弱小变得强盛，最后却又从强盛走向了灭亡。之后，楚春巷里走来了楚相春申君，古城内也有了孔夫子巷和孟子里。秦始皇统一六国，叱咤风云，然不过短短十几年，项羽便在苏州揭竿而起，率江东子弟兵八千横行天下，相传爱妃虞姬也从仓街的丽姬巷中走出。后来霸王别姬，自刎乌江，虞姬则孤魂一缕回归故里，埋骨巷中。碧凤坊里的窑基弄，是汉代朱买臣未显时的卧榻处。三国乔玄官居司空，所处小巷如今荡然无存，但乔司空巷之名却一直流传到了今天。晋代高僧支遁饮马处有了饮马桥，陆士衡作《吴趋行》，吴趋坊遂成为姑苏名坊。唐宋以来，人文融入地名者更是比比皆是，皮市街因有皮日休别墅而名，白居易的山塘街俗称白公堤，范仲淹的范庄前，宋代文天祥的文丞相弄，苏东坡的苏公弄，翰林学士叶梦得的叶家弄，丞相丁谓的北丁家巷，抗金名将糜凳官居都兵，昔日的糜都兵巷成了今天的宜多宾巷。元代张士诚的锦帆路和王废基，明代宰相王鏊宅第的学士街、王衙弄，唐伯虎的唐寅坟，文震孟的文衙弄。清代葑门彭家祖孙两代状元的尚书里和彭义里，还有因元和、长洲县衙而得名的元和路、长洲路。直到辛亥革命之后提倡民主自治，万寿宫前也油然生出了一

条民治路。

古城的地名，除了脱胎于历史，还来源于人文景观和风土习俗，比如观前街、定慧寺巷、宝林寺前、三茅观巷、大悲庵弄和官太尉桥、乌鹊桥弄、百花洲，以及三多巷（·多福多寿多子）、吉庆街、念珠街等等。其中虽有文雅和粗俗之分，比如书院巷、诗巷、佛来弄、观音弄等和腌猪河头、张菜园子、鸭蛋头和打线弄等，但这雅俗共赏不正是古城的可爱之处么？

《风流千古地名》

❖ 郑振铎：观前街，享受黄昏漫步的惬意

玄妙观是到过苏州的人没有一个不熟悉的；那么粗俗的一个所在，未必有胜于北平的隆福寺，南京的夫子庙，扬州的教场。观前街也是一条到过苏州的人没有一个不曾经过的；那么狭小的一道街，三个人并列走着，便可以不让旁的人走，再加之以没头苍蝇似的乱钻而前的人力车，或箩或桶的一担担的水与蔬菜，混合成了一个地道的中国式的小城市的拥挤与纷乱无秩序的情形。

然而，这一个黄昏时候的观前街，却与白昼大殊。我们在这条街上舒适地散着步，男人、女人、小孩子、老年人，摩肩接踵而过，却不喧哗，也不推拥；我所得的苏州印象，这一次可说是最好。从前不曾于黄昏时候在观前街散步过。半里多长的一条古式的石板街道，半部车子也没有，你可以安安稳稳地在街心踱方步。灯光耀耀煌煌的，铜的，布的，黑漆金字的市招，密簇簇地排列在你的头上，一举手便可触到了几块。茶食店里的玻璃匣，亮晶晶地在繁灯之下发光，照得匣内的茶食通明的映入行人眼里，似欲伸手招致他们去买几色苏制的糖食带回去。野味店的山鸡野兔，已烹制的，或尚带着皮毛的都一串一挂地悬在你的眼前——就在你的眼前，那香味直扑到你的鼻上。你在那里，走着，走着，你如走在一所游艺园中。

你如在暮春三月,迎神赛会的当儿,挤在人群里,跟着他们跑,兴奋而感到浓趣。你如在你的少小时,大人们在做寿,或娶亲,地上铺着花毯,天上张着锦幔,长随打杂老妈丫头,客人的孩子们,全都穿戴着崭新的衣帽,穿梭似地进进出出,而你在其间,随意地玩耍,随意地奔跑。你白天觉得这条街狭小,在这时,你才觉这条街狭小得妙。她将你紧压住了……她将所有的宝藏,所有的繁华,所有的可引动人的东西,都陈列在你的面前,即在你的眼下,相去不到三尺左右,而别用一种黄昏的灯纱笼罩了起来,使他们更显得隐约而动情,如一位对窗里面的美人,如一位躲于绿帘后的少女。她假如也像别的都市的街道那样的开朗阔大,那么,你便将永远感不到这种亲切的繁华的况味,你便将永远受不到这种紧紧的轧压于你的全身,你的全心的燠暖而温馥的情趣了。你平常觉得这条街闲人太多,过于拥挤,在这时却正显得人多的好处。你看人,人也看你,你的左边是一位时装的小姐，你的右边是几位随了丈夫、父亲上城的乡姑，你的前面是一二位步履维艰的道地的苏州老，一二位尖帽薄履的苏式少年，你偶然回过头来，你的眼光却正碰在一位容光射人、衣饰过丽的少奶奶的身上。你的团团转转都是人，都是无关系的无关心的最驯良的人；你可以舒舒适适地踱着方步，一点也不用担心什么。这里没有趁机的偷盗，没有诱人入魔窟的"指导者"，也没有什么电掣风驰，左冲右撞的一切车子。每一个人都是那么安闲地散步着；川流不息地在走，肩摩踵接地在走，他们永不会猛撞你身上而过。他们是走得那么安闲，那么小心。你假如偶然过于大意地撞了人，或踏了人的足——那是极不经见的事！他们抬眼望了望你，你对他们点点头，表示歉意，也就算了。大家都感到一种亲切，一种无损害，一种无忧无虑的生活；大家都似躲在一个乐园中，在明月之下，绿林之间，悠闲地微步着，忘记了园外的一切。

那么鳞次栉比的店房，那么密密接接的市招，那么耀耀煌煌的灯光，那么狭狭小小的街道，竟使你抬起头来，看不见明月，看不见星光，看不见一丝一毫的黑暗的夜天。她使你不知道黑暗，她使你忘记了这是夜间。啊，这样的一个"不夜之城"！

《黄昏的观前街》

❖ 庄建中：桃花坞，吴门最胜处

桃花坞是苏州古城里一条著名的街巷，"门前石街人履步，屋后河中舟楫行"，是古城苏州"小桥、流水、人家"风格的典型代表。这里因明代才子唐伯虎居住而遐迩闻名，还因为是桃花坞木刻年画的发祥地而名扬海外，这里曾经是古代苏州人游春赏花的胜地，也是名人雅士筑室居住的桃园。

桃花坞大街位于城西北隅，北寺塔的西侧，东接人民路，西接宝城桥弄，是一条巷道式大街，不过旧时所说的桃花坞并非仅指现在的桃花坞大街，它是包括东起报恩寺，西至阊门横街，南至下塘街神仙庙，北至唐寅坟双荷花池一带的总称。桃花坞的历史可上溯到汉代的五亩园，据清代谢家福撰《五亩园小志》记载，"宋熙宁间梅宣义碑志云：汉张长史治桑于此，园以是名。"苏轼亦有"不惜十年力，治此五亩园"之句。唐宋时期这里遍栽桃树。宋绍圣年中，太师章楶在此筑桃花坞别墅，别墅广七百亩，广辟池沼，旁植桃李，曲折凡十多里，是一处庄园式的园林，郡人多春游看花于此，桃花坞由此而得名……在这里，优美的环境与浓厚的生活气息结合一体，构成了一幅富有江南古城水巷特色的风情画。

桃花坞的出名还因为有了唐伯虎，唐伯虎点秋香的风流传说，广为流传，不过传说与实际并不相符，存在着很大的反差，据唐伯虎年谱及史料记载，唐寅生于明宪宗成化六年（1470）二月初四，死于明世宗嘉靖二年（1524）十二月初二，得年才54岁。他出生于商人家庭，早年随周臣学画，才气过人，名冠一时。他常与祝允明、文徵明、徐祯卿切磋诗文，有"吴门四才子"之称。他也是明代第一流的大画家，与沈周、文徵明、仇英合称"明四家"。29岁时中乡试第一，得解元。正当得意展志时，却不料在第二年赴京会试时，受江阴富家子弟徐经"鬻题受贿"案牵连而下狱，定案被释后，他的锦衣梦也就彻底破灭，从此绝意仕进，致力于绘画，同时学佛参禅，并自号六如居士。36岁时，他选择桃花坞，筑"桃花庵"别业，故又称"桃花庵主"。……

嘉庆五年吴县知县唐仲冕又重修，并拓建庵东为唐解元祠、祀唐寅、祝允明、文徵明三君像。署名"桃花仙馆"。今日庵内还存有唐寅手迹《桃花庵歌》石刻碑，歌的开头这样写道："桃花坞里桃花庵，桃花庵里桃花仙，桃花仙人种桃树，又摘桃花换酒钱……"，诗书俱佳。

桃花坞在明清时期是苏州极为兴盛的地段，集中有多种手工业作坊，其间尤以刻板印刷业具有相当的规模，众多的木刻年画铺及其年画作品名传四方，"桃花坞木刻年画"就此成名发祥。……明末清初，桃花坞与天津杨柳青并列为我国南北两个著名的木刻年画中心，有"南桃北杨"之称。

桃花坞木刻年画采用木版一色一版。主题鲜明突出，线条简洁明快，形象生动质朴，色彩对比强烈，有着独特的民间艺术风格。桃花坞木刻年画的主要内容有：驱邪迎祥，喜庆欢乐，民间传说，仕女娃娃，戏文故事，时事新闻等种类。规格有门画、中堂、挂屏、斗方等等。只要有适于张贴之处，都有相宜的幅式。其中以门画销量最大。行销江、浙、鲁、皖、闽、豫等地以至南洋和日本，后来也远销欧美等国。桃花坞木刻年画传入日本后，对日本的"浮世绘"版画产生了很大的影响，在中国和世界版画史上，占有重要地位。

《桃花坞》

❖ 徐刚毅：姑苏水巷小桥多

苏州的桥梁年代久远，数量众多。白居易诗曰："红栏三百九十桥"，宋代杨备诗亦云："画桥四百。"范成大《吴郡志》则称，宋代苏州有桥395座，南宋平江图上也有314座，明末《水利图》载桥300座，清末《苏城全图》标绘城内有桥311座，民国年间《吴中城厢图》载城内有桥216座，至1985年城内尚有桥161座。

苏州古桥星罗棋布，遥相呼应，而其造型又十分丰富，多姿多彩。单孔的吴门桥兀然耸立在古城门口，三孔的普济桥端坐山塘河中流，五孔的五龙桥扼守澹台湖要津，七孔的石板桥深居佛门净土，九孔的行春桥锁住了石湖秀色，五十三孔的宝带桥下摇曳着唐宋时代的明月……

苏州古桥造型美，种类也多，有石拱桥，大型如觅渡桥，中型如上津桥和下津桥，小型如寿星桥、来远桥，微型如网师园内引静桥。有梁式平桥，如道前街志成桥和金狮桥。石级平桥，如盘门外水关桥、官太尉桥、忠信桥。有曲桥，多见于园林，如天平山高义园、大公园、沧浪亭前胜迹桥。还有一种跨河桥，亦称廊桥，乃跨河民居中悬架的小木桥，上盖屋顶，两旁红栏，将桥与民居融为一体，极具水乡神韵……

旧时古城交通以水运为主，船在街前巷后河里穿梭往来，故那时城里颇多石拱小桥。民国年间，随着时代进步，道路开始发展，石拱小桥不免有碍陆上交通，于是一些拱桥被逐渐改良，有的取消石级降低坡度，保留原拱，如胥门来远桥；有的将石拱一剖为二，保留下部，上部则另铺上钢筋混凝土，比如皋桥、黄鹂坊桥和阊门城门口的探桥……

▷ 普济桥旧照

有意思的是，古人似乎也老早意识到石拱桥对于陆上交通的不便，故在一些集市地方也只建梁式平桥。对古城建筑颇有研究的邹宫伍先生就曾谈起过平江路南北间的小新桥、朱马交桥、唐家桥、奚家桥和华阳桥就都是平桥，因为该地古来就是城乡经商贸易之处，平桥有利于人们肩挑车运。

苏州旧时的桥，桥面或桥埯的建筑也成为桥的有机组成部分，构成了又一种独特的水巷景观。……临顿路花桥西北侧设有猛将堂，平江路雪糕桥上有观音堂一所，桃花桥桥东侧有过河房，内供佛像，阊门下塘虹桥西南河上设桥亭，内供关帝像。此类桥梁最典型的应算阊门上塘街普安桥，建于清嘉庆十九年，桥上建关帝庙，庙坐落于拱形隧洞之上，洞有30米长，其造型在中外堪称绝无仅有。

苏州老百姓中流传着"桥对庙，庙对桥"的说法，庙桥呼应相互烘托，别有情趣。崇真宫对崇真宫桥，泰伯庙对泰伯庙桥，天后宫（今三十九中）

对天后宫桥，虎丘西山庙对西山庙桥等等，古庙门前列古桥，庙宇愈加庄严深邃。古桥堍下古庙门，则桥也更加苍凉古朴，庙桥如此有机组合，相得益彰，实在也是古城风貌中的一个特色。还有一种相类似的说法，叫作"井挑桥，桥挑井"，井挑桥，说的是娄门永安桥两堍皆有井。桥挑井，说的是娄门永宁桥底也有井。娄门附近的老百姓还有一种说法，说娄江是杆秤，永宁是秤钩，永安是头钮，外跨塘桥是二钮，斜塘龙墩山则是秤砣。

在古桥中，胥门万年桥颇为传奇。史称胥门向有万年桥，紫石（武康石）甚古，桥栏雕刻精巧，有石狮100余只，明嘉靖时奸相严嵩爱而拆去，移在其家乡袁州（今江西宜春）城外，亦名万年桥。此后200余年往来渡口等船拥挤，多有覆溺之虞，百姓惑于风水，不敢再建，至清乾隆五年知府汪德馨力辟邪说，倡劝重建，在巡抚徐士林支持下，集资建桥，费时两年建成，三拱，并在西堍建一石牌坊，题额"三吴第一桥"。民国初年玄妙观弥罗宝阁毁于火，有位姓奚的在上海做生意的浙江商人捐钱运材料准备重修，不幸去世，此事便不了了之，后来这批材料却去修了万年桥。抗战前夕为利于交通，改石级为斜坡，石牌坊拆除。至于这桥名，人都说取名"万年桥"以喻其永久，其实还应该另有一种说法，是纪念元末张士诚的齐门守将安万年的。明太祖破城，安万年不屈，殉节死于城下，明洪熙年里人尊其为神，封大云乡土谷神兼胥江河神，并立安齐王庙于万年桥桥亭。安万年，安定万年，老百姓请他做神佑护一方平安，并命名此桥，是另有一番道理呢。

《苏州古桥》

❖ **沈兰生：**红尘水道话客船

自从隋代开凿京杭大运河以来，苏州从唐朝到明、清一直是商贸集散之地，从《姑苏繁华图》上可以看到，姑苏城外、古运河、山塘河、护城河中舟楫如梭，百舸争流，两岸店铺林立，货积如山，河中的各种船只就有三百多艘，水运拉动物流，物流带动人流，故被曹雪芹称为最是红尘中一二等富贵风流之地。

▷ 苏州城外的运河

"姑苏城外寒山寺，夜半钟声到客船。"唐代诗人张继就是坐着客船沿运河水路到苏州来看朋友和旅游的。阊门、石路地处古运河、山塘河、护城河、上塘河、城内第一横河五河汇合之地，也是各种水路码头的集中地。古时运输大部分靠水运，船靠码头上下客人与货物，就同现在车站是一回事。当时在万人码头、太子码头、南码头、方基上、北码头水面上停泊的各种船班客船，大小不等，有坐6—8人的，也有坐几十人的。走访一些当年的船家，据季兴泉老人讲，他年轻时就在水上摇船搞客运，他的船每天都停在渡僧桥凤鸣台茶馆后门码头上，等客人上得差不多了，就解缆绳摇往西津桥，每天一个来回。当时到浒关的船停泊在尹家浜码头，往木渎的航船停在万人码头、南新路，往白马涧的船停在普安桥茶馆码头，开往枫桥响街的船停在鸭蛋桥，到吴江、八坼、盛泽、乌镇的船停在水关桥内盛泽码头，还有开往无锡的客船停泊在广济桥东面洪源茶馆后门，开往丹阳的客船停在星桥浜。当时阊门一带有大小客船50多艘，民国年间除了人摇的船外，已有了小火轮，大都停在护城河码头，如招商轮船局停泊在南码头，苏同轮船局停泊在南浩街沿河码头。利浒轮船局停在广济桥西堍，永浩轮船局停泊在万人码头。

船班停泊的码头都有一个特点，即码头边上人流量比较多，旁边都有茶馆、店铺、旅馆，有时客人等船就在茶馆喝茶，茶馆兼有候船室功能，有的茶馆还挂苏州到某地的招牌。开船时，船家会大声喊，如："到木渎的开船哉。"还有许多商贩坐客船往往来回带货，如把布匹、日用品带到乡下，山货、土产、席子、草药、农产品等带到城里。船靠店铺近，上下水方便。再则就是靠旅馆，旧时石路一带旅馆、客栈很多，特别是广济桥、鸭蛋桥一带有三新、大东、上海、大行台等30多家客栈，客人出门就能上船，不用再坐黄包车、马车了。

船停泊在什么码头，走哪条水路，都有行规约定，不能随便违反，否则会惹麻烦。如北码头、太子码头、万人码头所泊的船客，均为绍兴帮，其他航船是不能停泊的，船民还成立了同业公会，地点在南新路大龙庙内。

船体用上等杉木制作，杉木木质轻，不变形，耐水浸，船身外涂桐油，起防水作用，船舱上有船篷，用竹篾制作，外涂桐油，可防风雨日晒。船在河中行，主要靠摇橹。橹设在船尾或船旁，是一种比桨大的划船工具，摇橹能使船前进，有时遇到顶风逆流，还得靠背纤，如苏州到浒关的客船，有时就要背纤，但船还得有人掌舵。背纤拉船很辛苦，纤夫有的赤脚，有的穿单鞋，手扶纤绳弯着腰，一步一步向前走。过去河两岸专门设有纤道，古运河畔从宝带桥到吴江、八坼一带用青石建造的纤道至今还在。客船的橹有的一支，有的两支。两人摇称大摇，一人摇称小摇。

客船除了固定班次外，还有按不同季节开的客船。如二月游虎丘，三月清明上坟、踏青，六月赏荷花，八月游石湖宝带桥赏月，还有去灵岩山、天平山旅游，也有客船接送客人。

除客船外还有画舫、灯船、快船，主要停泊在山塘河、普济桥与冶坊浜、吊桥一带，这种客船装饰豪华，陈设讲究。灯船主要在夜间船上悬挂彩灯，舱内有船菜，客人坐在船上，船在清流中行进，可观赏两岸风光，品尝鲜美的苏帮船菜。有的画舫游艇还有歌伎弹唱，边饮酒，边听管弦丝竹评弹。唐代苏州刺史白居易就常乘坐画舫游山塘虎丘，还泛舟太湖。

苏州素有水乡泽国之称，河道纵横，河里若没有船，就像天上没有星星。河里有了船，就有了水的韵律。城乡经贸文化旅游都随着船流动起来。

那船头小伙子手持竹竿，朝河边码头一点，船就离开码头，随着橹声船行了。旧时船老大推艄、扳艄的喊声还时常在我耳边回响。

《金闾商贸史话》

❖ 赵德厚：枫落寒山，钟闻天下

到苏州不久，有名的名胜虎丘呀，西园呀，狮子林呀，我都去玩过了，还有这个有名的寒山寺，也想去走一趟。我领教了许多人，都不主张我去，拉洋车的也是这种说法，他们说，这所寺没有什么要场，一所破得不堪的庙，路又远。

▷ 寒山寺

寒山寺，我就是这样没有机会去吗？也许所劝我不要去的人的见解和我是两样，它的名声在，就是现在变成一堆瓦砾也好，我还是要决心去。第一步，我到省立图书馆里找参考资料，看一看有关的掌故和沿革等。图书馆里面的藏书真够丰富，不仅县志可以找到，并且藏有《寒山寺志》的单行本，关于寺的大概情形，前清文学大家俞樾在《新修寒山寺记》里说得最为明白：

　　考寒山寺，创建于梁天监时，旧名妙利普明塔院，以寒山子曾居此寺，故即以为名。吴中寺院不下千百区，而寒山寺以懿孙一诗，其名独脍炙于中国，抑且传诵于东瀛。余寓吴久，凡日本文墨之士，咸造庐来见，见则往往言及寒山寺，且言"其国三尺之童，无不能诵是诗者"。

　　懿孙是号，就是唐朝的张继，他咏的诗题目是《枫桥夜泊》，诗是"月落乌啼霜满天，江枫渔火对愁眠。姑苏城外寒山寺，夜半钟声到客船"这四句，经俞樾的介绍，寺的沿革情形我们晓得，这四句诗的魅力和影响也就可以知道了。老实说，我个人对于寒山寺的向往，何尝不是受了读过这首诗的影响。

　　…………

　　寒山寺在枫桥东岸旁边的一块平原上，桥与寺门相距不过几十步路，站在寺门口可以听得见河里汩汩的流水声，古诗上说"姑苏城外寒山寺，夜半钟声到客船"，客人如果在船里，一定清楚地听得见寺里的钟声的。在这里，我也得附带解释一下这首古诗，题曰《枫桥夜泊》，桥对门有寺不消说了，桥的左侧接连着一个有几百家人的街子，现在名为枫桥镇，夜泊者，这位先生不喜欢上岸，恐怕是睡在船舱里，这里的船真够大，在里面吃住不成问题，因为这条河从前是沟通南北的要津；"月落乌啼霜满天"，的确是白描当时的景，这附近的参天古树和雀窝是特别的多；"江枫渔火对愁眠"，一位初来的旅客独在舟中睡觉，情况殊异，加之霜冷，手僵足冻，遂想起了家中的安乐窝，不得不"愁"了。

这是天经地义，每所寺院应该有大门的，寒山寺的大门倒了，是改在后一进，大门倒塌不知起于何时，现在看来，两边竖立着的颓垣，当中就仿佛小小的城缺口，不知又起于何时，开辟给老和尚跑警报？

老鸦吱吱地在树上叫，寺内非常凋零，除中层小小的一幢大雄宝殿是光绪末年新建，和背后侧边的一座钟楼稍微粉刷外，一切厢房内室，陈破不堪，那些古碑古迹，被捶帖的人弄得油乌墨染，看去多不顺眼！原先镶在大门头上的斗大三个"寒山寺"大字，却利用在房背后砌了大山墙，令人看了，非常心酸！这就是中国的名胜！古迹！

我进大雄宝殿朝参一会，顺便在后道兜个圈子，在两尺多高悬着的一座钟的旁边，发现了一段新闻，是住持培元向众游客的一篇呼吁，上面说：

本寺唐钟炼冶超精，云雷奇古，波砾飞动，扣之有棱，于民国初年被日人盗去，康有为先生遂有"钟声已渡海云东，冷尽寒山古寺风。勿使丰干又饶舌，化人再到不空空"之咏，此钟为日人所铸还者，窃盗经过，铸明钟身，可资证明，尚恳十方善士，护法宰官，共起追究，以保国粹。

我看了更神往，又到日人所还我们的钟旁看看，上面也铸有日本首相伊藤博文的一篇钟铭：

姑苏寒山寺，历劫年久，唐时钟声，于张继诗中传耳。传闻寺钟传入我邦，今失所在，山田寒山搜索甚力，而遂不能得焉，乃将新铸一钟赍往悬之，来请余铭，寒山有诗，次韵以为铭：姑苏非异域，有寺传钟声，勿说盛衰迹，法灯灭又明。明治三十八年四月十八日日本侯爵伊藤博文撰，子爵杉重华书，大工小林诚义，施主十万檀那。

看毕，我非常发指！我国唐代的古钟，早被鬼子垂涎，清末掠夺去了，伊藤博文做了好人，遮人眼目，送上一个新的来，于是乎老住持当国土重光的时候，不得不向各界呼吁而替鬼子清算了。……住持还告诉我，前几年鬼子来的时候，又将孙权供奉的佛爷爷抬回东洋去。当然，鬼子侵略八年，也是一回扩大性的掠夺而已。

中国有很多名胜都是名而不胜，像寒山寺就是一例。又寒山寺的不同点是"寺以文传"，却因了张继先生的二十八个字，引得千古骚人墨客，选胜登监，连鬼子也看中了文字里面的东西，抬回去做宝贝。我因此想，倘若当时张先生的诗兴不发，寒山寺也不过是普普通通，岳飞也不会来写"文章华国"，唐伯虎也不会来咏"一声敲下满天霜"，康熙皇帝也不会来重抄一次《枫桥夜泊》了。看一看这位无名小子的张先生，倾吐了二十八个字后，他的影响多么的伟大！

我探访寒山寺，感到十分的满足，倘若因劝所阻，未免大大可惜。归途，一路欣赏江南景色，心头真是舒畅！忽而，脑中不时又浮上几句古人的话来：

"流水斜阳，犹是当年古刹；暮烟疏雨，已非昔日梵钟。"

《探访寒山寺》

❖ **稽　元**：玄妙观，建在闹市中的道观

苏州古典园林虽然名闻遐迩，但多为私家空间，大量的园林藏在深楼人不识，作为文化载体对园外的社会没有什么影响。作为一座城市，苏州许许多多的回忆，是因这道观而生发，更主要的，它对苏州市民的心理影响，也是一言难尽。虽然不是说苏州市民住在道观旁边，但和这座道观的亲切接触，也是由来久矣。

苏州城市中心的这座道观，叫玄妙观。

中国的道教非常热爱大自然，因此道教宫观大多"开洞府于名山"，而苏州玄妙观，却从初建就选择在城市中心，一直至今还是位于繁华的苏州古城区中，是一座典型的"城市道观"。

汉武帝太初年间（前104—前101），说来至今也超过2000年了。当时江东地区的行政机构叫会稽郡，郡城就是今天的苏州城。会稽太守在城里奉朝廷旨意要建造神明通天台，台址就定在相当于如今的玄妙观一带。会稽郡郡治在今天苏州公园一带，神明通天台在郡治后面的中轴线上。神明通天台建成后，这块土地就成了皇帝派驻地方的大臣和上天、神仙沟通的场所，宗教活动不断，于是城里就有了一处宗教重地。

…………

▷　玄妙观

在这殿宇森森的后面，是人和道教的亲密互动。人们到玄妙观去，就像是串门，看到的是神祇们和道士们也住在人世间。许许多多苏州市民，从小就在三清殿或者文昌殿的神像下，跪在拜台上，磕过懵懂的头，神像在他幼小的心里留下会保佑他的印象……像三清殿这样庄重的殿，在清末和民国时期也能出租，主要出租给画家。特别是桃花坞木版年画，更以三清殿为主要展示、销售窗口。大殿里挂满了各种画作，神像除三清还能看见外，大多躲在花花绿绿的画作后面。画家还在作画，交易，内光线不好，点着油灯，东一盏西一盏的，随处可见颜料、笔和纸什么的，搞得像个画室，和神殿应该有的肃穆气氛并不协调，但道士和市民对此都习以为常。

三清殿外，甚至露台上，都出租给了摊贩，还有搭起了布棚、摆开了桌椅经营的，烟熏火燎，唐音嘈杂，这集市似的乱哄哄热闹反倒成了市民觉得蛮有味道的场景。

江南人佛道皆信，苏州玄妙观神祇齐全，又供奉着道教的最高神，受到历代朝廷的重视，而且和江西龙虎山正一派祖庭关系密切，加上玄妙观历史上高道辈出，这些综合因素使得玄妙观不仅在中国道教界地位崇高，在江南一带信众心目中地位也是地位崇高，加上苏州正一派道士们和居民的融洽关系，玄妙观在提高苏州城市的地位和影响力方面，对市民心理、生活的潜移默化作用，都是不能低估的。

《玄妙观：神仙在人间》

❖ **王希华：** 虎丘塔，中国的"比萨斜塔"

苏州城西北七里的虎丘，原名海涌山，历来有"吴中第一名胜"之称。公元前500年的春秋时代，这里就建有吴王的行宫，至今已有2500年的历史。《史记》上说，著名的吴王阖闾死后，其子夫差就把他葬在这座小山上，葬后有白虎踞其上，所以就叫虎丘。其实这座只有30米高的小山的形状很像一只老虎蹲在那里，或许虎丘之名是由此而来。

因为是吴中名胜、前王行宫，晋代司徒王珣兄弟建别墅于此。后舍宅为寺，唐时的寺名叫报恩寺，宋时改为云岩寺，清代又改称虎丘禅寺。虎丘寺宇都是沿山而筑，加之虎丘本身不大，因而寺宇将山包绕了起来，故有"山藏寺内"之说。可是虎丘不变，而建筑物却常毁，仅宋代至清末，寺院建筑便历经兴衰七次之多。现遗存的古建筑，除了宋初所建的云岩寺塔和元代所建的二山门外，其余都是近代重建的。这又是一个寺毁塔存的例子。

云岩寺塔因为在虎丘之上，习惯上就称为虎丘塔。清代甚至连寺名也干脆改为虎丘禅寺。

虎丘塔始建于五代后周显德六年（959），落成于北宋建隆二年（961），屹立在虎丘山上已历千年，已成为名城苏州的象征，是江南第一古塔。

▷ 虎丘塔

虎丘塔是一座八角形仿木结构楼阁式砖塔，共七层，塔身高约47米。由下而上逐层收缩，轮廓微呈弧形，外观雄浑古朴。每层施平坐、腰檐、柱额、斗拱及门窗，每层高宽层层递减。塔内部由外壁、回廊、塔心（又称塔室）三部分组成，八面均辟壶门，每层有楼梯可通。枋上尚留有许多图案式的彩画，刷以红、黑、白、黄、绿诸色，鲜明瑰丽，古趣盎然。尤其是数十幅写生牡丹，雍容华贵、风姿绰约，俨然宋画。

据记载，云岩寺塔曾七次被焚，屡经修缮。咸丰十年（1860）大火，塔刹和腰檐、平座栏杆均被烧毁。至解放初期，塔已临近崩塌。1956年冬开始抢修，在塔内二层隔层间发现了秘藏千年的五代至北宋文物，其中有晶莹如玉的越窑青瓷莲花碗、精致的檀龛宝相和檀木经箱，以及涂金塔、铜佛像、铜镜、锦绣经帙等。

虎丘塔不仅具有历史价值，还有极高的科学和艺术价值。这座塔可以作为我国江南宋塔建造开始了砖木混合结构尝试的标志。与之齐名的江南古塔，只有杭州的雷峰塔，但雷峰塔因年久失修而于1924年倒塌。这样，江南宋代高塔仅存虎丘塔一座了。

虎丘塔的出名，除上述原因之外，还有一个原因是它的倾斜，是一座著名的斜塔。早在300年前的明末，虎丘塔就已倾斜得很明显了。明代人去维修此塔时重建了第七层，有意把这层扶正，但也无济于事，塔继续倾斜。虎丘塔塔心轴线倾斜2.33米，倾斜度为2.84°。

有一种说法，叫"十塔九斜"，这话多少有些夸张，但不少的古塔倾斜则是事实。最主要的原因是塔下的地质状态不均匀。虎丘塔坐落在虎丘之上，山岩本身是倾斜的。塔的基础底面则又是平的。基底下面的覆盖土一边厚一边薄，一边软一边硬。如果上边放一个很轻的东西，也许不要紧，但虎丘塔重达6000多吨。我们的古人那时还不懂现代工程力学，无法通过计算来确定怎样扩大塔基面积，减少单位面积上的压力，从而保证塔的稳定。那时候多半是凭经验，就大胆地在这块山地上建起塔来了。随后，由于雨水渐渐渗入地下，将山土向山下冲刷，地基的不均匀性发展了，塔基就开始向山下方向倾斜。而且，一旦倾斜就会产生恶性循环：越向山下倾斜，山脚方向受到的压力就越大；而压力越大，就会越来越倾斜。如果虎丘塔不是砖砌而是钢筋混凝土的，那么按照以往的速度，它至少还可以坚持1000年。

《中国的斜塔虎丘塔》

❖ **姚勤德：** 宝带桥，追云逐月的千年石拱桥

宝带桥地处京杭古运河西侧的澹台湖口，是贯通江浙陆路古道和宣泄太湖之水入海的重要津梁溢口，在古代江南交通、水利史上都有着十分重要的地位。该桥全长316.08米，两端孔脚间长249.08米，宽4.1米，用青石夹花岗石砌筑而成。整桥采用连拱薄墩形式，桥面平坦，以利纤夫行走（属

▷ 宝带桥

纤道建筑)，桥下53孔连缀，既便行船，又利泄洪，是我国现存最长的石拱古桥。

民国《吴县志》云："唐刺史王仲舒捐带助费创建，故名。"每逢八月十五，当地百姓还有走月亮，看"宝带串月"的习俗。中秋之夜，明月当空，桥身狭长如带，53孔连缀，倒映水中，虚实相映，河中又有53个"月亮"串联着，令人叫绝，为宝带桥一大奇观。

众所周知，京杭古运河南起杭州拱宸桥，北至北京的积水潭，全长1800公里。纵贯江、浙、鲁、冀、津、京六省市。当时的隋王朝为了便捷交通、发展漕运物流等政治、军事上的需求，才开凿了这条人工运河。唐王朝定都长安后，漕粮需求量极大，一年的漕运量最多竟达400万石。安史之乱后，军阀割据，漕运常常受到地方势力的阻挠，造成京师粮食紧张。史载唐德宗时，有一次京城仓中存粮仅存10天。禁军差一点因缺粮而哗变，这时恰好传来江南运到三万石大米的消息。德宗皇帝欣喜若狂，对太子李诵说："米已至陕，吾父子得生矣！"为了保障漕粮畅通，唐王朝一方面加强了对大运河两边的卫戍，另一方面广修纤道，以加快漕运的速度。而当时的澹台湖口，有300多米宽的湖面，纤道难通。秋冬时节，满载皇粮的船只顶风逆水而行，艰难异常，漕船至此常常受阻。填土作堤吧，要切断太湖泄水入海的通道，且土堤易被汹涌的水浪冲决。为了方便拉纤引船，又能使澹台湖上游之水直通吴淞江入海。唐元和十一年至十四年（816—819）就建造了这座举世闻名的宝带古桥。

由于古运河的畅通与否，直接影响到封建国家实施南粮北运的基本国策。因此，为了保证这条大动脉的贯通，历代封建统治者对宝带桥的维修都十分重视。

唐代创建的宝带桥维持了400多年，坍圮后，到南宋绍定五年(1232)，又重建。后又屡修屡废，一度还搭木桥引渡。根据宝带桥现存的武康石质桥石及元代僧人善住经过此桥所作"借得他山石，还将石作梁。直从堤上去，横跨水中央"的诗句看，元代的宝带桥已是长石拱桥了。明正统年间(1442—1446)再度重建的宝带桥"长千三百二十尺，洞其下凡五十有三，而高其中之三，以通巨舰"。这基本上就是现桥的形制与规模了。康熙九年(1670)，又被大水冲圮，三年内修复。道光十一年(1831)曾任江苏巡抚的一代清官林则徐又主持维修宝带桥。费工料"银六千六百七十两有奇"。

然而，这座千年古桥，在近代史上却留下了一段十分悲惨的屈辱史。咸丰十年(1860)太平军攻占苏州后，在城外修筑了许多营垒，宝带桥西北也有一群营防，清军久攻不下，遭到了重创。1863年9月28日凌晨，清军请来了英国洋枪队，戈登坐在轮船上指挥洋枪队配合清军作战，为了使轮船能通过宝带桥，他悍然下令拆去了桥的主孔。第二天傍晚，被拆主桥孔的相邻桥孔突然一孔接一孔地连续倒塌，瞬间崩塌了26个桥孔。经同治十一年(1872)修葺后，至1956年，千疮百孔的宝带桥才由苏州市人民政府拨款维修，恢复了古桥的原有风貌。

《古运河畔宝带桥》

❖ 何介利：冷香阁，文化名人的杰作

千余年来，历代人士的孜孜矻矻，不断对大吴胜壤的开发、建造和保护，以及文人学士的诗文题咏、名篇扬誉，铸就了虎丘今天的辉煌，使其素负"吴中第一名胜"美誉。

民国七年（1918）元宵节，金松岑带了两个儿子，骑驴踏雪。出阊门经七里山塘到虎丘探梅，看不到一棵梅树，感叹不已。失望之余，他相中虎丘拥翠山庄北、第三泉南的一块空旷高地，拟在此植梅建阁，以壮虎丘景观，方便苏州市民就近赏梅，以免"探梅必于邓尉，往返必三日程"之劳。后与汪鼎丞、费仲深等文化名人联合发起，由社会名流、各界人士捐款集资，由邱玉符主办兴建，民国八年（1919）竣工。

冷香阁东、南、西三侧种植红、绿、白梅300余株，冬春之际，清风疏影，暗香浮动，故取名冷香阁，成为一时之胜。汪东等众多文人雅士誉其为"小香雪海，兼有孤山、邓尉之胜"。自此，虎丘冷香阁成为苏州市民最便捷的赏梅处。

如今的冷香阁，经过多次修缮，还基本保持初建时的风貌。冷香阁东院粉墙外壁，嵌有两尺半见方的三个篆体大字"冷香阁"，为冷香阁建造当年，年仅15岁的华阳少年书法家洪衡孙所书；院内复种的百余株红梅、绿梅、白梅在正月半至二月初红苞绿萼竞相吐蕊，清姿疏影，飘浮暗香。届时，游人来此照相留影，可与梅花一起清雅一番，超脱一下。冷香阁上下两层，皆为五楹，东、南、西三面悉以环廊，青砖坐坎置有吴王靠。高阁飞檐出矮墙，气势雄丽而夺人；阁内窗明几净，环境静谧幽雅。十年动乱中被毁的名人字画、匾额楹联均已重新装帧。登楼，迎面砖额题"纳秀"，转身可见砖额"涤尘"，南面落地隔罩上悬俞平伯书"旧时月色"匾额（语

出南宋词人姜夔应范成大之邀作赏梅词"暗香""疏影"之首句"旧时月色，算几番照我，梅边吹笛"）。东、南、西三面环设短窗，东北可瞰虎丘中心景点千人石，正南可见"狮子（山）回头望虎丘（山）"，西南可眺灵岩、天平、阳山诸峰横黛。室内陈设，古色古香，在此高雅的氛围中，品茗观景，让人冷然而生物外之兴，对于整天在都市喧嚣中紧张忙碌的人来说，不啻提供了一种难得的休闲方式。

《百年冷香阁，千载不厌读》

❖ 冯英子：馆娃宫里人何在

苏州以东直到上海，在百里平原上，除了那个一峰独秀的昆山马鞍山之外，是没有山影的，而苏州以西，则群山罗列，灵岩、天平、穹窿、七子，无处不是山。这些山中，拔奇挺秀，则首推灵岩。灵岩以产灵芝石闻名，但这个山真正受人欢迎的原因，一是距城不远，交通方便；二是山势不高，便于登临；三是它乃传说中馆娃宫的旧址，几千年来，西施艳名重天下，人们都想去看看这位绝代佳人当年居住之地。

车子停在山脚下的广场上，沿着山径，拾级而上，依着次序出现在眼前的是继庐、迎笑、落红三亭。在落红亭上，已可望到太湖，茫茫三万六千顷，层层七十二高峰的太湖，湖光隐约，帆影点点。由此而上，便是西施洞，据说当年越王勾践向吴王夫差献西施之时，曾在这里等候召见。由此更上，便可攀登山巅。

灵岩山顶据说是馆娃宫的遗址，吴王得西施之后，在此建馆娃宫以处之，现今山上不少建筑都和西施有关，如采香径是西施采香之处，又是西施后来与范蠡出走之处；划船坞是吴王所筑的天池，供西施划船之处；浣花池是吴王与西施采莲之处；玩月池是吴王与西施玩月之处；梳妆台是西施梳妆之处。在大雄宝殿外面有一口吴王井，据说是当年西施梳妆后照影之处，到此的游客大概都要去照一照，我也并不例外，那井水确实可以照得你须眉毕现，不过要比现在的镜子，还是差得很远的。其实这些东西，不少是后人的附会，唐李白有一首《苏台览古》诗说："旧苑荒台杨柳新，菱歌清唱不胜春。只今惟有西江月，曾照吴王宫里人。"可见唐时的灵岩山，已经是铜驼荆棘，一片荒凉了。恢复灵岩山的有力者，实在是后来的印光和尚。印光是近代佛教中印光派的创始人，灵岩寺也是他募化所建，他死后埋骨于此，现有印光塔院。记得解放以前，我还去"瞻仰"过他的"舍利子"。

但是现在灵岩寺中的大雄宝殿，确实是雄伟庄严，它高25米，宽20米，金碧辉煌，耀目生光，特别是因为建筑在山顶，有山势的依托，更加显得高大。大凡宗教建筑，竟以高大为务，惟其高大，才使人站在它面前，觉得自己的渺小了。我曾经看见过灵岩寺的僧众，在大殿上受布施食粥的场面，他们身披袈裟，双手合十，闭目念经，然后依次入座，几十个人一点声音也没有，一支绣花针落在地上也可听见。此情此景，使我看得呆了，恍惚有飘然出世之想。这时，我才发现一种宗教的魅力，其引人者恐亦在此。

灵岩山后有韩世忠与梁红玉的墓，墓前的石碑由宋孝宗手题"中兴佐命定国元勋之碑"十个大字，碑文长达一万三千余字，比《宋史》中的韩世忠传还长，由南宋宰相赵雄所撰，周必大所书，碑高三丈，宽有八尺，这是很少见的石碑。站在韩世忠墓前，令人更想到的却是那位梁红玉，她识英雄于微贱，抗顽敌于湖中。即今舟过黄天荡，犹闻夫人击鼓声。我们的民族出过多少这样光辉的人物，也真是我们民族的骄傲。

《馆娃宫里人何在》

❖ **郑凤鸣：矮闼门和天落撑**

我的少儿时代是在苏州城里的高师巷度过的。在这条小巷里，粉墙连着粉墙、黛瓦接着黛瓦、古宅挨着古宅、门户对着门户。特别是那矮闼门和天落撑给我留下了很深的印象。

矮闼门是一种比较低矮的木质门。旧时小户人家以木板为墙,墙体的一侧是一扇木门,可以自由开关,以供人员出入。另一侧由"上闼"和"下闼"组成。门和闼都关上时,室内简直暗无光线。需要通风透光时,才向上开启上闼。用麻绳系扣与屋里的椽子相连可以向上吊起的叫"吊闼",用木棍撑开的叫"撑闼"。不论吊还是撑,闼都只能斜开而无法全部打开。考究一点的人家,在吊(撑)闼造成的孔穴处挂上帘子。这种帘子用竹篾做成方格,糊满绵筋纸,用来为闼窗避风御寒,又可采光透亮。

上闼的下部是下闼。平时固定不动,犹如老式门窗的裙板。遇有红白大事时,下闼可以拆开,加上敞开的大门、吊(撑)起的上闼,室内一无遮拦,摆设一览无遗,场地也便顿觉晓亮宽敞了许多。

只要一看这种一门两闼的格局,不问可知,定是挑夫走卒一类的小户人家,生活水平大体在温饱线上下滚动。

天落撑多用于老式石库门,这种人家的生活,大约是小康水平。

天落撑是一根近三米长的木柱子,约有20厘米见方,拿在手里有很沉的感觉。正因为它粗大笨重,所以用来顶门是最好不过了。

堪用天落撑的,都是旧时两扇开合的落地大门。两扇全关上时,中腰用一根横门闩。上门时,门闩的一头插在专用的墙洞里,另一头架在固定于墙上的开槽木榫里,然后用天落撑的一端顶住门闩的下沿,另一端插入地面的凹窝里。这样,门闩、天落撑、大门三者形成了一个直角三角形,非常稳固,外面是无法轻易打开的,有着很强的防盗作用。

为了出入方便,有些门户往往只开一扇门,而另一扇门仍然关着,并且还用天落撑撑着。被天落撑顶着的门闩,几乎有半根伸进了边上很深的墙洞里,留出的一截让天落撑顶着,起到了杠杆作用。一旦有警,或者夜幕降临,只要把另一扇开着的门也关上,拔出门闩,再用天落撑一撑,保管万无一失。

《金阊古建史话》

❖ **李金生：**阳澄湖，一段美丽的传说

传说，当年后羿射日的时候，曾见有一块几十里方圆的太阳石碎片像一个巨大的火球飞落在海滩上，在太阳石那个地方还是终年烈烟腾空，炽热非凡。

有一天，广寒宫里的嫦娥仙派了一个叫阿澄的仙女去到太阳石的地方。她随手向空中抛出了一朵晶莹洁白的莲花，莲花随风飘荡变得像一把巨大的宝伞，飞落在太阳石的中心，只见那熊熊的烈焰慢慢地消失，太阳石与大地凝结为一体，只见金光灿灿，不到一年，各种花卉草木竞相争奇斗艳。从此，人们就干脆搬迁到太阳石的地方去居住。渐渐地聚居的人越来越多，后来就在太阳石上建起一小城。因为有太阳石的缘故，地名就叫阳城。

有一个叫阿井的小伙子，在阳城的中心地带发现了一个洞眼。传说那个像脚盆围圆、深不见底的洞眼，就是当初后羿的神箭射在太阳石上留下的一个箭眼。那个神箭眼里日夜不停地喷出碧清的泉水。神箭眼的泉水饮之则清凉甘甜，浴之则身强力壮，居住在阳城的百姓天天去取神泉水饮浴，因此个个都能长命百岁。后来被官府知道后，独霸了神箭眼，平民百姓再也见不到神泉水了。阿井很不服气，冲到神箭眼与官府据理力争，最后被官府兵丁打得昏死过去后抛在路旁。多亏阿澄仙女赶来，将阿井救醒，并交给阿井一片荷叶，教他去把神箭眼封掉，百姓要饮水可另挖泉眼。阿井按照阿澄的吩咐，暗暗地把一片青翠碧绿的荷叶盖在神箭眼上，神箭眼顿时变得干枯无水。阿井回家就在自己的院内挖掘了一个小小的泉眼，碧清的泉水虽没有神箭眼的好，但也是饮之清凉、浴之舒适。阿井的左邻右舍都来打取泉水。可是泉眼小而浅，泉水易干，于是阿井就去帮助别人家挖泉眼。他挖了东家挖西家，挖了一口又一口，阳城的百姓又都饮用上清澄

的泉水。人们为了感激阿井这个小伙子，就把挖的泉眼称为"井"，挖井引流就是从那个时候开始的，是阳城人首创饮用井水，一直流传至今。

阳城是建在一块被神箭震得裂痕累累的太阳石上。有一天，突然狂风大作。暴雨倾盆，只听得"轰隆隆隆"一声天崩地裂的巨响，震得地动山摇，阳城底下的太阳石被震成粉末，阳城塌陷下沉，成了一片汪洋，泥沙翻涌，浊浪滚滚，满城百姓被淹没在水中。阿井探出水面高声大呼："阿澄仙女快来救人！"正在危急之间，只见那位美丽的阿澄仙女脚踩莲花来到大水中，她随手掷下一朵晶莹洁白的莲花，在那茫茫的水面上立时出现了一座小岛。正在水中挣扎的百姓纷纷爬上小岛。小岛虽然不大，但可以歇息很多人。阳城已经沉陷为湖，百姓们就在小岛上重建家园。小岛上居住虽好，但那阳城整天是浑水浊浪，阿井留在岛上挖了一口井，谁知井水也是浑浊不清，人们盼望着不知哪一天能使阳城湖水澄清如澈，再现清水。

八月中秋明月当空，阿井正在湖畔愁眉苦脸思念着阿澄仙女，只见在银色的月光下，湖面上一朵莲花载着阿澄仙女飘然而来，阿井欢喜若狂，恳求阿澄仙女快设法把阳城湖水澄清，阿澄仙女微微点头应允。但她告诉阿井，她把阳城水澄清后就要回月宫去了。只见她双脚一提，脚下莲花腾空而起，接着从湖底下冒出一片青翠碧绿的荷叶，荷叶连着莲花载着阿澄仙女冉冉飘向圆圆的月宫中去。原来那片荷叶就是阿井封盖在神箭眼上的那一片。当时沉陷在湖底的神箭眼封盖已被揭开，神箭眼里的神泉水源源流淌进浩渺的阳城湖中，阳城湖湖水变得透明，清澈见底。阿澄仙女澄清了湖水，人们为了怀念她，故把阳城湖称呼为阳澄湖。

至于阿澄仙女用莲花化成的小岛，像漂浮在湖面上的一朵莲花，人们也就称它为莲花垛。随着年代的推移，阳澄湖不断因水浪蚀岸而扩大，莲花垛这个小岛还是像当年的一朵莲花。今天的人们站在阳澄湖天然游泳场隔湖相望，莲花垛若隐若现，正像一朵神奇的莲花，成为阳澄湖旅游区的一个美好观赏景点。

《阳澄湖的传说》

第二辑

碎步园林·赏亭台楼阁听松竹涛声

❖ 袁 殊：拙政园里的"魅影"

　　一年以前，没有预知的住到这苏州有名的拙政园里来，曾经十分喜慰。像这样一个清幽的名园胜景，使惯于闹市生活的我，改变了环境，于我昔日所憧憬的能在晚年过一个"耕读生活"的想象，多少有些近似。所以住进来之后，就很想在晚间多读些书，并打算写作题为《拙政园夜课录》之类的读书笔记，或是生活杂感之类的文字。然而人事蹉跎，站班点卯，这种想法，何尝能够如愿？

▷ 拙政园一隅

　　我是住过日本的，深知道日本的庭园，影响于日本人的生活很大。自己亦很爱好庭园花草之美。苏州的庭园，在中国本是很有名的。但我实在不喜欢狮子林那样的伧俗。像沈复《浮生六记》中所云"小中见大，实中有虚"的庭园美，在拙政园可算当得起这种形容了。哲学家康德曾经把庭园的美和绘画的美并为一谈。但在我看来，提到庭园，很容易使人联想到寺园或邸宅。因为庭园与建筑是相关的，是人的实生活场所的一部分。绘画只不过是美术的鉴赏而已。所以最初来住此园的时候，有人问我住在哪里？我曾笑答，我是住在"庙里"。实在就是住在"园"里的意思。

……这个园，几番为私人所有，又几番归官，变迁极多。在太平天国时曾为忠王李秀成的司令部。据说这位忠王到了苏州后，住在园中，以胜利者的姿态，杀了许多人。因此园中关于鬼的传说甚多。在见山楼之右侧，还有一个狐仙堂，亦称灵验堂，至今附近的居民，每逢朔望，必来礼拜者，络绎于途。当局对此般迷信者，亦不予阻止。在中国凡废园故邸，无有不与狐鬼相关的，拙政园未能例外，兼亦有之。

关于鬼的故事，友人吴杰君有亲笔记述的经历一则。他在文中说："吾家附近之拙政园，为邑中名胜之一。余好其无狮林之俗艳，无蕙荫花园之萧索，无留园之富贵气。园中亭树池木，皆疏朗有致，秀而不丽。抗战前，每岁初夏，荷花将放，园丁设座售早茶。余贪其近，每日晨兴，必披衣挟书而往，向园丁索藤椅坐下，在晓色蒙蒙中，听蝉嘶，挹清香，近午而归，习以为常。与拙政园毗连之奉直会馆，湮废已久，殿宗庑廊，尘封剥落。父老相传，云太平天国时，忠王李秀成设行辕于此，杀戮甚惨，至今有鬼，但未闻有人见之也。民国十八年夏，暑假归里，长夏光阴，半日消磨于园中。某日，与同学俞起民、俞国尧、金震东同往，俞君携照相机，坚欲摄影。择见山楼东之高亭下，踞石临池，余为之摸机。时约六时左右，云气未开，光线甚暗。先后共摄六帧，交观前柳林照相馆冲洗。翌日往取，店员云底片已损坏一张。余素不善摄影，欲一看坏至若何程度，店员面现难色。顿起疑窦，询之再三，始云因底片上发现鬼影，恐增君等之不快。因是益奇。店员乃吾等素识，务要一观，举日光下照之，见二人之左傍石上，坐一人，御棉袍，戴瓜皮帽，面目臃肿，依稀难辨，白头至足，直如木片，了无人相，不禁兴悚然之感。反复思索，终不明其因。斯片后存金君处，友好索观者甚众，抗战中已遗失矣。"

这园中白昼见鬼之事，我自己虽未亲及，但考之于掌故记载《归田园》

（见《履园丛话》），有云："归田园在拙政园东，仅隔一墙，明季侍郎王心一所构，中有兰雪堂、泛红轩、竹香廊诸景。今王氏子孙尚居其中。相传王氏欲售于人屡矣，辄见红袍纱帽者，隐约其间，呼啸达旦，似不能割爱者，人亦莫敢得也。余少时尝见侍郎与蒋伯玉手札，其时在崇祯十六年之十二月廿四日，书中言小园一花一木皆自培植，乞吩咐园丁，时加防护云云。其明年，侍郎即归道山，宜一灵之不泯耳。"此与吴君所遇，似相拍合。若然，则此鬼当亦是自有园以来的一位古鬼了。

拙政园确是很古老了。不但点缀了吴中的名胜，它还象征了兴废的长流。我爱好庭园，撩杂的记了这么些，实在是多余的事。虽然其他还有很多可资述录的材料，但对于我们现在生活的人有什么意义呢？文徵明著《王氏拙政园记》下半段，很有些慨乎言之的话是赞美园主人的。如谓"古之名贤胜士，固有有志于是，而际会功名，不能解脱，又或升沉迁徙，不获遂志，如岳者何限哉……所谓筑室种树，灌园鬻蔬，逍遥自得，享闲居之乐者……究其所得，虽古之高贤胜士，亦或有所不逮也"云云。这真是说明了"拙政"的旨趣了。

《拙政园记》

❖ 田　伟：网师园的虎儿

1932年底，张善孖、张大千昆仲因看好网师园而借寓园中殿春簃（即明轩）。到了1937年淞沪会战爆发不久，眼见将要危及苏州他们才匆匆离开。这五年间，张氏兄弟在网师园的生活成为中国艺坛的一段趣话。

网师园最早为南宋淳熙初年，吏部侍郎史正志归老姑苏时所筑的一座府宅园林。他在园内特意营造了三间书屋，藏书万卷，故这所府宅园林最初名为"万卷堂"。到了清乾隆中叶（1765年前后），恰好光禄寺少卿宋宗元购得万卷堂部分地基，将历经变更而破败不堪的万卷堂予以精心修缮，自比渔人，特命园为"网师"。到了乾隆六十年，太仓富商瞿远村买卜了网师园，遂成现时园貌。网师园坐落在苏州城中阔街头巷，面积不过九亩，小巧玲珑，典雅古朴，景致独特，洋溢着浓浓的书卷气，为苏州众多古典园林中的典范。

随后20多载，网师园再转归天都吴嘉道。咸丰九年至同治八年间，则到了长洲吴承潞名下。光绪六年后，归四川中江李鸿裔所有。李鸿裔曾为曾国藩的幕僚，官至江苏按察使。他因病辞官迁徙姑苏，隐居网师园。

辛亥革命后，有"东北王"之称的张作霖也相中网师园，以30万银圆于民国六年从达桂手中买了下来。殊不知，张作霖购买此园，并非是自己居住，而是作为庆寿大礼赠送给恩师奉天将军张锡銮的。可惜张锡銮直到辞世，始终未到网师园入住过。

张锡銮的儿子张师黄最后住进了网师园里，看着园内多数的厅堂空闲着，少有人气。而他与张善孖、张大千是好朋友，于是就盛情相邀张善孖、张大千到苏州网师园。就这样，张氏昆仲欣然从上海西门路寓所搬到了网师园借寓了下来。

张大千当时还只是个30来岁的青年，已成为中国画坛上最为活跃的画家之一，与北方的溥儒并称为"南张北溥"。

张善孖是张大千的二哥，也是著名画家，曾两次东渡日本专攻绘画，山水、人物、走兽、花卉、蔬果等无所不工，尤以画虎最著。因其画虎逼真栩栩如生，时人则称他为"虎公""张老虎"。现代著名作家林语堂曾撰文介绍称："他画的虎，一肩、一脊、一筋、一爪，无不精力磅礴，精纯逼真……"张善孖对张大千堪是厚爱有加，在绘画上指导训育不遗余力。张大千曾无限感慨地说："我的画都是二哥教导出来的"，"我的绘画艺术所以能够有此成就，实在是要感谢我的二家兄的教导！"

张善孖、张大千在网师园的五年间，以苏州为基地，举办画展，广交朋友，异常活跃，留下了许多佳话。其中张善孖癖爱老虎、爱画老虎、与老虎结下深厚感情的故事就是其中一则。

原来，张善孖和张大千来到网师园时，张善孖从松江带来了一只从东北买来的小虎，供其揣摩写生所用。不料这只虎仔不久得病死了，张善孖将它葬于殿春簃西侧，还特意立了一块石碑，镌刻张善孖亲笔书写的"虎儿之墓"。

▷ 张善孖、张大千昆仲与虎儿

老虎之死，使张善孖哀痛了许久。此后，他一直渴望能再养一只老虎。恰巧这时郝梦麟军长调防贵州，他的将士们一天恰巧在黔岱的深山洞窟里捕捉到一只虎仔，将它带回到汉口"绥靖公署"，送给了当时的总参议朱伯林。朱伯林饲养了一段时间后，了解到张善孖是位"虎癖"画家，就特意拍了电报给张善孖，表示愿将虎仔转送给他。张善孖见到电报，大喜过望，就亲自赶到了汉口去接虎仔。

虎仔抱到了网师园后，张善孖就开始对它做驯服训练。为了使它渐长不伤人，除了给虎仔喝牛奶、吃生鸡蛋外，特将购买来的牛肉，洗干净上面的生血，再给虎仔吃。经过一段时期的饲养，这只虎仔果然逐渐通了人性。在张氏昆仲写生时，它会非常驯顺配合，或作卧伏状，或作蹲踞态，或作跳跃势，还会引颈长啸。还使人好生奇怪的是，这只虎仔与所饲养的家禽以及猫、狗等，天天在一起，十分融洽，特别是与一只大黄猫最为友好。张善孖见了真是喜不自胜，乘兴创作了许多以虎为题材的作品。这期间，张善孖、张大千还特意合作画了12幅虎图，其中虎由善孖所画，大千补景。这些画均以《西厢记》中的艳词题虎。虎、景、艳诗，别出心裁，相得益彰，观看者无不叫绝。

虎儿在网师园渐渐长大，已成为一只斑斓猛虎，虎啸声起，一些造访的朋友不时会受到惊吓。于是，张家昆仲将虎儿送到了寺庙里，请当时苏州的大和尚印光法师授了戒，并题了佛门"革心"的法名，即让长大了的虎儿"洗心革面"不伤人。1936年黄苗子和叶浅予等来到苏州，曾前往网师园张大千的住处，与生活在那里的虎仔嬉戏逗玩了一番。后来，这只使张善孖爱得宛若生命的虎儿，又得病死了。张善孖悲痛地将虎儿葬于殿春簃旁的假山下，为此他心情沉重，悲哀了许久。

张善孖、张大千借寓网师园，对苏州来说堪称一件盛事。除了苏州、上海的书画家不时造访外，一些名声颇大的耆宿，诸如苏州的李根源和此时正在苏州创办国学讲习所的章太炎等，也都慕名前往网师园看望。

《网师园的书画情缘》

❖ 朱剑芒：狮林游记

喝酒和游览名胜，是我生平最最喜欢的两桩事。可恨我早被造物者注定命宫：只许享些口福，不许多享一点眼福！自从离乡背井，在外混了二三十年，可怜只在苏州、杭州、南京、上海一带，什么"五岳攀登"，什么"重洋远涉"，完全是青年时代的一种梦想，现在连这梦想也差不多消灭了！

我的家乡，本来隶属于苏州的，相距也不过百里之遥。除了小时候跟随长辈，做了几回"乡下小儿上苏州，玄妙观前团团走"，后来居然当过桃坞中学的教师，称过金昌亭畔的寓公，做过苏关公署的幕友，约略合计，至少也住过五六年以上。在这五六年中间，城外的虎丘、天平、枫桥，城内的浪沧亭、拙政园等等，倒也游历过好几次。但是，很著名的狮子林，却始终没有到过。连我自己都不相信，狮子林就在城内，况且又非常著名的，好游的我，怎么不去瞻仰一番呢？啊，我记得了，当时住在苏州，也曾几次想去游览，不是临时发生了什么事故，阻住我的游兴；便是停止游览的告白贴在门上，使我不得其门而入。那真所谓"缘悭一面"了！

▷ 狮子林中的石舫

今年元旦后的第三天，放假空闲，湘忽然发起，要到苏州去游历虎丘。湘虽在阊门寄居过二年，那更笑话，不要说狮子林与虎丘，连玄妙观的山门都没有见过。我就答允了她，立刻动身，并且带了圣儿同去。及至游毕虎丘，本想坐夜车回申，哪知老天留客，连连绵绵地下起雨来。只得在阿黛桥畔的旅馆中，开了房间住下。次日清晨起来，很娇艳的太阳早已爬进窗口，似乎在那儿招呼道："您俩既然来了，再玩一天回去吧！"我的脑海中，也突然想起了狮子林，得了湘的同意，携着圣儿，坐上人力车，进老阊门——新辟的金门，俗称新阊门，所以本城的人，常在阊门上加一老字——直望临顿路以西的潘儒巷进发。不过三十多分钟，已到了平生所渴慕而从没有游过的狮子林底门首。

狮子林现为富商贝淞泉所有。当开放时，和铁瓶巷潘氏的怡园相似，只需掏一张卡片给那司阍的，便可扬长直入。

我们初进园门，经过几处绝没有陈设的房屋，一条很曲折的走廊，和留园相仿佛。园林的建筑式，不过如是，见惯了，实在也引不起什么快感。到了正厅的庭前，才望见对面高高叠起的玲珑假山。相传这些假山，还是元代大画家倪云林打的图样。我所经游的园林，凡是人工堆叠的假山，果然要推狮子林的最为奇特了！倪老先生毕竟胸有丘壑，才能打此图样！我想，《红楼梦》上所说，胡山子野打的大观园图样，一丘一壑，都出人意表，大概也不过如此吧？

　　假山所占的面积很大，当我们去穿那螺旋式的山洞时，那真受累不浅。因为圣儿是非常顽皮的，他常看了《西游记》戏剧，最喜穿了短衣，左手在额上搭个遮阳，右手提根金箍棒——那是眠床上的一根帐竿竹，在家里专模仿孙行者的踪跳。现在他可大得其所了，把外罩的大衣脱下，抛在假山洞口，抢了我虎丘买来的一根司的克，向黑暗的山洞直蹿进去，真像齐天大圣打罢蟠桃宴，重回到花果山一般。我和湘都是皮袍大衣，着得非常臃肿；并且穿了皮鞋，哪里追得过这小猴儿。又怕他驾不成筋斗云，反栽了个筋斗，只得且赶且喊着："慢走！慢走！"这假山洞的回环曲折，很像我从前在精武体育会所走过的迷阵。明明看见圣儿露出半身在相距咫尺的对面，要想悄悄地赶去抓住他，哪知穿来穿去，仍旧回到初进来的地方，狡猾的圣儿，看见我们找不着跟踪他的途径，却反站在那里哈哈地笑。及至找到，他又脱手往别个山洞中一蹿，去得无影无踪了。闹了好半天，才被我找着抓住，已累得气喘喘而汗津津了！

　　后来在园的西部，突见了那座金碧辉煌的真趣亭，不觉忆起自己像圣儿同样年龄时所听到父亲讲述过的一段极有趣味的掌故。我便照着当时父亲所讲的演述一遍，不但湘听得津津有味，并使最顽皮的圣儿也怔怔地听，安静了好一回。这段掌故是这样的：据说清朝乾隆帝下江南游历，见了苏州狮子林，非常赞美。乾隆帝是酷喜文墨的，遇到名胜地方，总是御笔亲挥，题了许多诗歌。地方上得到这些墨宝，马上雇匠镌石，建筑起御碑亭，表示珍重帝王的手泽，足使胜地胜景，增加了不少光彩。哪知乾隆帝书法虽佳，真正的文才却很有限。并且提起御笔，总要一挥而就，不加点窜，那才合得上"天资文藻，下笔成章"的两句赞美词，假使也像老冬烘摇头播脑的推敲，岂非失了帝王的体统？因之乾隆帝出游，常有一班翰林学士随从扈驾。驻驾到那里，这班翰林就把那里的所有名胜，预先做成诗句，蝇头小楷写在所留的长指爪中间。御驾到了一处，想要题咏，一声旨下，预备笔墨，长指爪中写就此处题句的这位翰林，早已趋步上前，假做铺纸，把几根长指爪伸张开来，献给龙目观览。乾隆帝仗了这些捉刀人的妙法，所以到处题咏，信笔挥洒，好像真有特具的天才。这回到了狮子林，可是糟了，那位早预备狮子林题句的翰林，还没有走到御桌旁边，偏来个狮林寺接驾的老和尚，兢兢地捧着匹黄绫，跪在地下，请求万岁爷赐题。乾隆帝一时兴到，绝不思索，竟提起大笔，写了"真有趣"三个大字。那时左右侍从的许多大臣，面面相觑，以为这样鄙俗的字句，如何用得。好在那老和尚见了御笔亲题，不慌不忙地向前启奏道："苏州地土平薄，御赐三个大字，恐怕载不起；可否分一字赐给臣僧，把去供奉在佛殿上吧？"乾隆帝何等聪明，也明白自己写的太不成话。但是删除哪一字好，一时竟想不起来。便对老和尚道："你爱哪一字，就把哪一字赐你。"和尚又启奏道："首一字臣僧万万不敢求取，请把中间的'有'字见赐了吧！"于是"真有趣"改为"真趣"，非常雅致，一班翰林学士，也很佩服老和尚的大才。

父亲所讲的这段故事，究竟确不确，也不必去考求它；但是何等的有趣啊！我可要把真有趣的"有"字收回来，再把"真"字删去，连连地喊它几声"有趣""有趣"了！

《狮林游记》

❖ **周苏宁：人景并传，戈裕良和环秀山庄**

张南垣和戈裕良，是清代的两位叠山高手，张南垣崇尚自然，他极力抨击由宋徽宗带头造成的崇尚太湖石之风，主张因地取材、以土为用，点缀数石使之全体飞动，苍然不群，是堆土石山的大师。稍晚后的戈裕良对叠石工艺贡献最大，他创造了钩带大小石块如造拱桥的堆叠手法，使之顶壁一气，"与真洞壑不少差"。环秀山庄就是他的代表作：一峰雄峙，于自然中见挺秀，水、阁，亭、廊，都为山而存，为山所用，绕山而行，一步一景，步移景换，乃至深入洞腹，又仿佛置身于千岩万壑之中。

中国山水园林中叠石艺术中的三种流派逐渐形成了。狮子林是寺庙园，须考虑普度众生的审美情趣，以奇峰多变的外形取胜；张南垣既是石匠又是山水画家，所叠假山不求险、不求实，追求"墙外奇峰，断谷数石"，重在神似；戈裕良得山水之骨，主张师法自然，重在写实。粗细文野，智者仁者，各领风骚。

环秀山庄的大门过去曾经是明代宰相王鏊的祠堂，现在辟为苏州刺绣艺术博物馆，苏州刺绣名扬天下，千丝万针，柔情似水，和深藏内庭的隐隐青山，倒也是刚柔互济，相得益彰。

…………

▷ 环秀山庄

与其他园林不同，园中建筑都是为山而立，为山所设，高低错落，角度多变，全为饱看不同山形而建。厅、舫、亭、楼高低起伏，远近参差，使山外这些观赏点起了山形"步步移"的作用。山后矮坡上，有亭顶翼然微露，亭依山临水，旁侧有小崖石潭，取"素湍绿潭，四清倒影"之意，名"半潭秋水一房山"，在亭中看山，岩崖入画，周围树木清荫，苍枝虬干，绕有野趣。出亭北，沿石级下行，山溪低流，峰石参差，可到园北部的"补秋舫"，舫南临水。面阔三间，犹如舟楫，与池南大厅遥相呼应。邻山依池，后有小院，浓荫蔽日，怪石嵯峨，极为静恬。

"补秋舫"西面是秋山，临池石壁刻有"飞雪"两字，是"飞雪泉"遗址。洞有险巧步石，雨后瀑布奔流而下，进入池中和主山山腹。石壁占地很少。却洞壑涧崖毕备，构筑自成一体，与主山一主一从，一止一副，极富神韵，壁间有石磴道可登边楼，俯瞰全景。

与"飞雪泉"相对，水池中有一个极小的岛屿，岛上曲廊逶迤，画阁临风，恬静无华，建有一座小小的亭子，亭名"问泉"，背靠飞泉，面向青山，景观十分丰富，常使人倚槛凭坐，流连忘返。循亭西边进入长廊，可回到山池西南游览起点处，从侧面观赏山势，也十分生动和传神。

戈裕良叠造此山，运石似笔，挥洒自如，确有"园小则见其大，山小却显其深"的奥妙。既有其前人"张氏之山"浑然一体的气势，又有嘉道年间精雕细凿的心裁。可以说是我国现存假山当中难能可贵的"神品"。和戈裕良同时代，又同乡的著名诗人洪亮吉曾赠诗给他说：

奇石胸中百万堆，时时出乎见心裁。
错疑未判鸿蒙日，五岳经群位置来。

几乎把戈裕良与开天辟地的盘古并称，可见戈氏叠山艺术之精，影响之广。

可惜的是，山叠好后，园主孙均和戈裕良本人都没有替这山起一个得体的名字，一直到10年以后，园子已门汪氏宗族以后，才更名为"环秀山庄"，又名"颐园"。在咸丰、同治期间，厅堂又颇多颓毁。所幸假山未损，而此时，戈裕良也已谢世。

戈裕良的故去，标志着我国古典园林叠山艺术的最后终结。他所留下的作品，传世的也不多。环秀山庄假山，以出奇斗巧的立意、丘壑在胸的心机，作为他成功的代表作，堪称苏州园林中的无价瑰宝，将永久地享有"独步江南"之誉。

《青山赖君入园来——人景并传的戈裕良和环秀山庄》

❖ 苏 山：耦园的故事

在江苏苏州市内，有一处闻名全国的园林，那便是位于仓街小新桥巷的耦园。这座园林乃是清朝顺治年间，一位担任过保宁知府的人所建。

事实上，耦园在刚刚建造时，被人们称为涉园。清朝初期，当时正值雍正在位期间，一位考得功名后担任过保宁知府的人回到家乡后，便开始建造涉园。那时的涉园面积不大，但其中包含了观鱼槛、吾爱亭以及藤花舫，还有浮红漾碧与宛虹杠诸胜。后来，涉园又被扩建。直到咸丰年间，涉园遭遇兵燹。

耦园有着很长的历史，耦园曾遭遇多次毁坏与重建，而将耦园打造成具有历史与人文意蕴的乃是晚清时期担任安徽巡抚的沈秉成。后来，沈秉成因为生病回到苏州，并且在那里买下了涉园废址。随后，沈秉成便请来当时著名的画家在涉园旧址的基础之上进行设计，并且按照设计出来的蓝图重新建造了一处园林。

当这座园林建成之后，沈秉成便为其取名耦园。沈秉成是一位一身正气之人，他在做安徽巡抚时，便一心想着报效国家。但是，他的仕途之路却坎坷不平。因为丧妻失子，让沈秉成几乎绝望。于是，他便带领一家老小迁至苏州，并在那里买下了涉园废址，而后又对其加以修整。

通过耦园的布局人们或许能够想象到当时经历坎坷的沈秉成是何种心情，耦园的主建筑三面环水，唯有一条小路通向外界，其他都是封闭的，这充分说明了沈秉成当时是将自己的心封闭起来的。唯一让沈秉成对生活产生希望的是他与才女严永华的相识，并与之结合。其中，将园林命名为耦园，便是严永华之意，寓意着他们夫妻间的爱情长久和美。曾经的沈秉成与爱妻严永华便时常携手穿行于夫妻廊，并且在吾爱亭弹琴、歌唱、读书。

严永华的离世，让沈秉成痛不欲生。于是，为了纪念自己的爱妻，沈秉成翻修了耦园，以表达自己守护爱情的决心。

由此可见，耦园是一处有着故事的园林，而且耦园的故事是十分凄美的。如今，当人们游赏耦园风景时，或许依然能够感受到沈秉成与严永华的爱情。游历于东西长度为一百米、南北宽度将近八十米的耦园之中，人们不仅能够观赏到大量精美的园林建筑，还能充分领略具有诗情画意的园林景观。

想要一睹耦园住宅建筑的人们，就需要到耦园中部了。因为耦园的住宅建筑主要集中于中部，那里不仅有住宅建筑所包含的门厅、轿厅，还有大厅与楼厅。在那里，不仅可以看到补读旧书楼，还能领略双照楼的风光。

《艺术形式的最佳彰显——园林》

❖ 郑逸梅：苏州怡园谈往

苏州有"花园之城"之称，园林艺术专家陈从周曾这样说："江南园林甲天下，苏州园林甲江南。"尤其园林之多，为他处所未有，如留园、西园、惠荫园、拙政园、网师园、遂园、半园、鹤园、狮子林、沧浪亭、可园、环秀山庄，以及怡园都是。但以上的园，大部本有泉石亭榭的基础，而加以修建。至于凭空结构，平地创造，那就得推举顾氏的怡园了。

怡园在城东护龙街（现人民路）尚书里。解放后，大加修理，公开供人游览。有人赞美它造园的艺术意匠，只就曲廊而言，便有那么多优点。在园的前部拜石轩至锁绿轩之间，这些游廊，都被处理成为双道，并列并行。廊与廊之间，由一道复墙，将整个空间，划成南北不同的两个院落。从墙上的漏窗中，可以窥探对面的景色。这样就扩展了环境，诱导人寻找幽径的兴趣。

在前清同、光之间，园主人顾文彬，字紫珊，号艮庵，他年近七十，游宦归来，芟荆榛，伐蒿莱，把荒地辟为池馆，作菟裘之计。取名怡园，寓有自怡怡人之意，常招俞荫甫、潘遵祁、李鸿裔辈吟啸其中。园中布置，有拜石轩、锁绿轩、松籁阁、螺髻亭、慈云洞、坡仙琴馆、可自怡斋诸胜。可自怡斋较为广敞，前有一池，多栽白莲，亭亭净植，可凭栏把赏，尤以暑日觞咏为宜。所谓慈云洞，里面突耸一石，不加凿削，天然作观音大士像，坡仙琴馆，因主人获苏长公的遗琴，常在这儿举行琴会，作为操弦之所。主人又就园中各景，集宋人词成300联，天衣无缝，随处点缀。记得有一联云："仙子驾黄虬，玉树悬秋，清梦重游天上；中宵接瑶风，琼楼宴萼，古香吹下云头。"如珠好语，诵之飘飘欲仙。主人固擅词翰，自怡之余，写成《怡园词》1200多首，删存600首，刊成专集。词悉倚《望江南》调，每首第一句，都是怡园好，如咏螺髻亭云："怡园好，古洞路弯环。螺髻小亭棕盖瓦，虹腰低彴柳扶栏，陟岛借藤攀。"其他如云："怡园好，松下款书斋。海客看花留画去，山翁馈笋带泥来，踏破半弓苔。""怡园好，树暗径微分。浅水平桥千柳罨，长廊短碣万花熏，藓迹绿成文。"诸如此类，可谓美不胜收。

艮庵的文孙鹤逸，名麟士，工山水，为吴中画苑祭酒。一时擅丹青的，如陆廉夫、吴昌硕、倪墨耕、金心兰等，常在园中挥毫作画，因此园中窗格书画，都出一时名手。鹤逸的哲嗣则扬，字公硕，渊源家学，也擅六法。我幼时读书草桥学舍，和公硕同学。公硕寡言笑，和我很谈得投契，常邀我到他园里去玩。这时园例不接纳游客，门禁很森严，非有人引导，不克问津桃源，我则时常进出，成为例外了。

在鹤逸生前，别居园的附近铁瓶巷，那是任道镕的旧宅。任字筱沅，宜兴人，道光拔贡，官至浙江巡抚。晚寓吴中，1905年逝世，这宅便为顾氏所有了。后来鹤逸公硕父子，又移居朱家院。抗战军兴，鹤逸已下世，敌机乱投炸弹，朱家院遭殃，公硕慌张极了，急不暇择，即躲在一只桌子下面，幸而弹片所及处，尚离数尺地步，倒塌下来的东西，压在桌面上，他却没有受伤，那真侥幸极了。既而他携带所有珍贵的书画文物，来到上海，卜居北京西路爱文坊。解放后，公硕一病不治，临卒，嘱他的夫人把书画文物，捐献给上海市博物馆。博物馆接受后，曾举行过云楼书画展，那过云楼便是艮庵当时怡园的一部分。艮庵富收藏，撰有《过云楼书画记》若干卷。

❖ **韶 言:** 沧浪亭里浮生一梦

姑苏古城南边的沧浪亭街，现存着苏州诸园中历史最悠久古老的园林——沧浪亭。这里最初是五代时吴越国广陵王钱元璙近戚中吴军节度使孙承祐的池馆，后来宋代著名诗人苏舜钦以四万贯钱买下废园，进行修筑，傍水造亭，因感于"沧浪之水清兮，可以濯吾缨；沧浪之水浊兮，可以濯

▷ 沧浪古亭

吾足"，而题名沧浪亭，并且成为了他的私人花园。

沧浪亭造园艺术与众不同，未进园门便见一泓绿水绕于园外，园以清幽古朴见长，富有山林野趣。池水萦回，古亭翼然，轩榭复廊，古树名木，内外融为一体，在苏州众多园林中独树一帜，是一座典型的江南小园林。漫步过桥，始得入内。园内除沧浪亭本身外还有印心石屋、明道堂、看山楼等建筑和景观，全园布局，自然和谐，堪称构思巧妙、手法得宜的佳作。与狮子林、拙政园、留园列为苏州宋、元、明、清四大园林。

在历史的洪流中留存至今，几经易主的沧浪亭，不仅以颇具宋代造园风格，成为当今写意山水园林的典范，还因沈复和芸娘，以及那部久负盛名的《浮生六记》被世人所熟知，被增添了一抹浪漫文艺的色彩。

生于清乾隆年间的沈复，和他的妻子陈芸在沧浪亭畔生活多年，如他书中所述，"正值太平盛世，且在衣冠之家，居沧浪亭畔，天之厚我可谓至矣。"

芸娘，一个文人眼里的理想女性，得以流传成为一段佳话。让今天的才子们凭吊和妒忌。她的风韵，首先见于她的诗情雅趣。年幼时能背诵《琵琶行》；随手闲拈就成锦囊佳句；能欣赏李白的潇洒落拓；评判司马相如的文采风流；芸娘的诗才不经流露。芸娘不仅极具才情，生活上也很有能力。幼年父亲早亡，凭借女工针指供养家庭。而且，"瓜蔬鱼虾，一经芸手，便有意外味"，可见芸有一双巧手。不仅如此，她还能为爱花成癖的丈夫养兰花、植盆景、做草虫画，并且喜欢寄情于山水之间。

譬如，游玩这沧浪亭，以至于成为她后来临终之时，记忆里最为深刻的部分，至少在那里，他们曾度过了一段最快活美好的时光……

沿着《浮生六记》中的线索寻迹可知，沈复先是住在沧浪亭爱莲居西间壁之"我取轩"中，常与芸娘在月夜"俯视河中，波光如练，轻罗小扇，并坐水窗，仰见飞云过天，变态万状"。如今"我取轩"已经踪迹难寻，今人也只能沿着河边漫步。盛夏时节，水塘里荷叶连田田，不由让人想起书中芸娘所说：今日之游乐矣，若驾一叶扁舟，往来亭下，不更快哉！

"过石桥，进门，折东曲径而入，叠石成山，林木葱翠。亭在土山之巅。"书中描述的和现状完全吻合，整座园内以山石为主景，迎面一座土山，但土山不高，至多只有两层楼那么高。……而据书中"居沧浪亭爱莲居西间壁，板桥内一轩临流，檐前老树一株，浓荫覆窗，隔岸游人往来不绝"的文字，可推测沈复的住宅大致应该位于沧浪亭园林的西侧。但如今，园内建筑中早已没有名为"爱莲居"的房间，最西处是"锄月轩"和"藕花水榭"。也许，沈复和芸娘婚后消夏之处，就是这"锄月轩"或旁边临河处。

芸娘与沈复是两小无猜，青梅竹马。她痴情，与沈复生性的浪漫相投。私下藏了暖粥小菜给未过门的夫婿，惹得亲戚取笑，也足见少年情痴，婚后情意相笃举案齐眉，方有闺房之乐趣。然而，这两个自觉幸福的人又怀着悲悯的情怀，怕自己的过分幸福而招惹老天的嫉妒。于是，在沧浪亭赏鬼节之月，祈求天地护佑。两个人将爱情长久的美好祈愿，镌刻在了一枚"愿生生世世为夫妇"的图章之上。

然而，月下许下的美好愿望，并不能改变芸娘的命运。红颜自古多薄命，在被家庭弃于外后，坎坷离愁之中，芸娘终于早逝，给沈复留下了孤独和回忆的空间。芸娘逝后，一生无甚作为的沈复以自传体记下了二人的烟火人间——《浮生六记》。在书中，他亦是用了最亲切、最温柔、最简净、最美丽的文字，将她描画成了读书人心目中最可爱的女子。从而使得千百年来一直淹没于人间的草根百姓，也拥有了一份平凡的爱情，有了一份寄托和活泼的暖意。

《三白与芸娘，沧浪亭里浮生一梦》

❖ **王介荣、唐志强：**退思园里退思补过

退思园，位于同里镇区之中心，人民广场东侧。建于清光绪十一年至十三年（1885—1887）。园主任兰生，设计者袁龙。

▷ 退思园

任兰生（1837—1888），字畹香，号南云。任氏家族自明代初期始居同里，其曾祖名祖望，祖父名振勋，皆为太学生，官阶资政大夫（文散官，元明时为正二品）。……光绪十年（1884），任兰生遭内阁学士周德润弹劾，指控其罪状有两条：一是"盘踞利津，营私肥己"，二是"信用私人，通同舞弊"，于光绪十一年（1885）正月"解任候处分"。……是年，任兰生为48岁。回到故乡同里即请画家袁龙为之设计、建造退思园。共花银十万余两，历时两年，至光绪十三年（1887）园始建成……

袁龙（1820—1902）一名汝龙，字怡孙，号东篱，一号老桴，又号瘦倩氏，白云山人。幼承家学读书，为诸生而不应乡试，擅书画，工诗文，富藏书。他自建小园名"复斋别墅"，据传其粉墙作纸，叠石种竹，远看山石壁立、行影婆娑，酷似倪瓒平远小景。授徒作画，诗词会友，结为"复社"。善词曲，著有《复斋集》。为著名画家，自称"隐君子"，为清末苏州府高士。

退思园，园名"退思"。对此解释，或引《左传·宣公十二年》："林父之事君也，进思尽忠，退思补过，社稷之卫也。"而此典故原出于《孝经·事君章第十七》："子曰：君子之事上也，进思尽忠，退思补过，将顺其美，匡救其恶，故上下能相和也。"此两处之"退思补过"之固有含义，应为补君王之过。而就任兰生建园，时值贬官归田之时，该有韬晦之意，示反思自己之过，表白报效君王，效忠朝廷之志。其弟任艾生哭兄诗"题名退思期补过，平台花木漫同春"，可佐证之。

在月洞门右侧，步入"九曲回廊"，可见廊上造型各异的漏窗内，镶嵌一诗句曰："清风明月不须一钱买"。字体奇巧古拙，采先秦金文，为秦始皇统一文字前的大篆，即籀文。这是我国最早的籀刻文字，历来对其书法评价很高，在这江南园林中甚为少有。诗句源自李白《襄阳歌》："清风朗月不须一钱买，玉山自倒非人推。"以唐诗形容园林醉人美景，写出了自娱的浪漫情趣。园内"天桥"之北，有一巨大太湖石，独体，因远望酷似老人，故称"老人峰"。在其顶端有一奇石，远望似老人头上的一顶帽子，近看则是活灵活现的一只乌龟。此石为"灵璧石"。一般石不大，不作雕琢，自然天成，或虎、或猴、或牛、或象，皆惟妙惟肖，玲珑剔透，常作摆设。"老人峰"顶端的"灵璧石"较大，然恰到好处，使两石浑然一体，天衣无缝，可谓自作天成，构成一道奇特风景，引人驻足。

任兰生请袁龙精心设计建造于晚清时代的退思园，十分讲究计成《园冶》所说的"虽有人作，宛自天开"，追求其神韵和诗意，增强园林的艺术感染力，这是中国古典园林的一大特色，更是"诗文造园"的典型。

《任兰生、袁龙与退思园》

❖ 汤仁贵等：启园旧事

东洞庭山（简称东山）的启园，是20世纪30年代席启荪私人建造的园第。占地40几亩。因为是席姓的私产，故启园又名席家花园。

席启荪是个经纪人，30年代在上海担任荣康钱庄经理。在东山旅沪同乡中，是个有财力的人物。他对家乡的公益、市面，倒是比较关心的。除建筑自己的花园住宅外，还创办过裕丰轮船局、电灯厂等。

启园的旧址，原名叫"叶家浜"，是太湖边上农民种稻、养鱼的地方，面积十余亩。席启荪为了造园，把这块地从农民手中盘进，又在临湖的一边挖池填土，扩展到40亩左右。

园内的主要建筑四面厅，木材由东山首富沈延龄馈送。沈在上海南京路新新公司后面有不少地产，为了翻建新屋，将逢吉里旧宅拆卸的木料送与席启荪。木料运到东山后，席启孙曾多方访求合乎他理想的建园图样。当时因建筑匠姚建祥所进的图样较好，这四面厅就交姚承建。席启荪已给四面厅，题名为"镜湖厅"，后因事业失败，未将匾额挂上。

四面厅是二层楼，亭立于层林山水之间，端庄雅致，凭栏远眺，青山倚背、绿水铺前，匠工与大自然景致的融合一体，确是添人游兴。

四面厅周围很旷，面东的一边，筑"五老峰""真竹假笋"（其中有一只石笋较名贵），地面上全用小石块铺成图案，周围花木很多，有含笑、山茶、牡丹、桂花、红枫、蜡梅、铁牙松等。人们穿行其间，自觉清幽悦目。据说月夜游园，此时此地，更觉媚人。

新楼（石库门三间两厢房的楼房）是席启荪准备自己偶然有兴来休憩时用。新楼和围墙是建筑匠王云甫承造的。

开假山、堆假山、转湖、凿池、铺路是由邵根福承包。

麻石桥两座是由潘惠蜂承建。

园内还养过一只鹿、一只鹰。

转湖是一条广阔的湖，是半包围了四面厅的。四周花木扶疏，湖水从太湖中引来，清漪荡漾。湖边的山洞虽小，也颇曲折有致。因为四周的花木浓密，树荫遮盖着整个湖面，即使盛暑酷热，如果来到此间，尤觉凉气可人。一到春天，百花齐放，群芳争艳，缤纷满地，景色引人入胜。

沿太湖的一条石桥，席启荪准备在烟波浩瀚的太湖上由走外湖的轮船直接通入园内，登上石桥，遥望湖面，真是水天一色，令人心旷神怡。在湖边的小假山上向东遥望，胥口隐约可见。桥上的石台凳，可以闲坐品茗，大有海阔天空之感。

假山虽没有奇峰突起，或玲珑曲折之妙，几处堆砌有疏有密，形式各异，并有各种动物形象。最突出的是"独角牛头"和小假山畔的"狮子头"。假山和四面厅、新楼、转湖相互配合，也觉得非常和谐。

假山下面的池中，席启孙本想种些荷花或养些金鱼，以备夏季游赏。池水清洁可爱，日光通过四周山影，折射到水面上来，常有千变万化的景色，岚影波光、尽收眼底，身临其境，使人有入画卷之感。

朱红漆走廊，虽不长而又无曲折，却有传经堂内走廊送风（传经堂在岱心湾，是创家的旧房，他家的走廊和白皮松都很有名）。尤其进入原来的大门后一段双走廊，虽也很短，据说是准备在天气阴晴时，可以按照阳光而行走。这也是别开生面的。

启园建后做简单的布置，虽竹架、茅屋、芦苇作墙，将友人唐振武带来的花木盆景点缀其中，使人看了虽是因陋就简，倒也别有幽趣。为此，虽在云雾缭绕或寒风刺骨之际，也常有人入内游览。

整个启园建筑的时间，约计三年完竣，按当时币值计算，整个造价，据传是10万元。

抗日战争期间，苏州沦陷，日本侵略者开到东山，他们就盘踞在启园里，从此游人却步。

抗战胜利后，启园经过了一番变迁，已是萧条万分。

席启孙经管的上海荣康钱庄，因经营不善倒闭，他的债权团就把启园拍卖给杨湾人徐子星，徐又名"介启"。因此，这个园子的名字未予变更，仍叫"启园"。

《启园旧事》

❖ **陆承曜：严园，一段美好的小回忆**

木渎严家花园原名端园，又名羡园，为清钱端溪于道光八年（1828）所建。园址在吴县木渎镇山塘街王家桥侧。后为东山严氏（严家淦家族）

所拥有，故称严家花园。古镇小园，在苏州木渎间赢得了人们的流连赞赏。

岁月悠悠，半个多世纪以来，严园在老一辈的心目中也已逐渐淡忘，在新一代中，对严园几乎一无所知。

由于我家于20世纪30年代中期自上海回苏后，母亲需要找一处空气新鲜、风景秀丽的僻静之所养病，父亲就租赁严园前落住房，将母亲和我安排在那里住下，无形中严园就成了我家的"后花园"，所以在我们的脑海中还有些残痕遗踪可以寻觅。花园另有一门，并不对外开放，看守花园门的是严家请的同乡东山人金婆婆。金婆婆看守园门很负责，若真有"闲杂人等"要进花园，那她也颇有"一夫当关，万夫莫敌之勇"。但对我们这些住在花园前落的孩子们却是例外，只要说声"金婆婆，我们要进去"，她就笑眯眯地"放进"，最多说声："早点出来，我要上锁的。"我们也齐声回答"知道了"，就一阵风似地进去了。同时，严园又是木渎小学低年级生的远足胜地，在春秋两季，严园门前可热闹了，傍晚，"兴尽归来，落日已苍皇"的歌声荡漾在山塘街上……

我依稀记得园门并不太宽阔，但一进园门，通过一条曲廊，就感到豁然开朗，首先是荷花厅面对荷花池，给人一种开阔的气概。荷花厅大概可分两个部分，前一部分是露天的，用长方的石板砌的，周围围以曲石栏，欹坐在曲栏上，可以观赏出淤泥而不染的荷花荷叶。"赏荷"对我们小孩子来说，似乎还没有进入这样的意境，但在平整宽广的石板地上跳绳、拍皮球、踢毽子却是绝好的场所。……大人们到此，都有意在这里小憩叙谈一会儿，可我们孩子都不感兴趣。

踏着鹅卵石砌成的小径，绕道到荷池对面。这里有湖石垒成的假山群，乍看起来也是怪石嶙峋，其中有山洞可以穿越，自然是孩子们最喜爱之处，因为可以"爬山越岭"，可以穿越山洞捉迷藏。……再深入，又有一厅，隐约记得叫楠木厅，厅中有一木屏风，这也是最能吸引孩子们的所在，因为我们只要从口袋中掏出一枚铜板，贴在屏风上，铜板就会被它吸住，一时掉不下来，据说这是因为楠木的缘故。我们爱在屏风上贴很多枚铜板观赏，掉了再贴，乐此不疲。

眺农楼高出园墙，依假山而筑，通过爬山廊就可登楼观赏。据说这是全园的主楼，楼上有"眺农楼"匾额。给我印象最深的是推开一排木窗，楼外广袤的天地尽收眼底。似乎楼内楼外融成一片。尤其是在春天，那橙黄的油菜花、暗红的紫云英，明亮的箭泾河（吴宫遗迹），还有那青山（灵岩山）古刹，奇峰怪石，环抱着那隽永典雅的私家花园——严园。极目而眺，溪边，水牛斜卧，远天飞鸟翱翔，我不禁想起父亲口授的一副对联："牛眠芳草地，鸟语落花天。"傍晚，古刹钟声悠悠，由远而近，回荡在蒙蒙的暮霭中。此时此景，连一群淘气的孩子也会沉入凝思遐想之中。整个严园融入在决非凡人画笔所能描绘的田园景色中，这正是名副其实的眺农楼。现在回想起来，严园的特色就在这里：青山为墙，绿水环绕，田园、家园相依，天然、人工互补。这是苏州城市园林所少有的。

除此以外，在树石掩映中还有一起错落有致的亭阁：友于书屋、延青阁、知鱼轩、宜两亭等。但都为孩子们少到之处，因为这里没有他们的用武之地。

据长辈们说："严园分东西两园，荷花厅居中，眺农楼在东，桂花厅在西。桂花厅面积并不大，但它却坐落在桂树丛中，每当深秋，桂香浓郁，令人陶醉。隐约记得在厅前还有一条窄窄的小溪，上有石板小桥贴水，显得非常精致。约在1936—1937年间，严园曾在木渎镇的筹划下开放了一次夜花园。据说当时树上都缀满了电灯，一时灯光灿烂，火树银花，为园景增色不少。第二天，凡去"夜游"的人们都奔走相告，我也在这"相告"中听到了一二。

抗战开始，我们全家寓居上海，约在40年代初，苏渎亲友来沪访问我家，都怀着惋惜的心情告诉我们，"严园给严家的后裔拆卖了"，大家听了也都觉得挺可惜的。而我，儿时在严园的片断镜头又在脑海中浮现，虽然我那时还是一个不太懂世事的初中生，但也似乎有沧海桑田之感。

《严园忆往》

❖ 沙华英：寂寞的艺圃

艺圃是清寂的。

苏城园林中，以拙政园为大。这大，是声名在外，苏州私家园林的代表作是拙政园。这大，又指面积广大，拙政园占地62亩，分东、中、西园和住宅四部分。因着园大景多，即使游客众多，也不觉拥挤。我的视线，穿越古城往西，看见阊门不远处文衙弄的艺圃，在清风明月中，悄然叹息。这声声叹息中，有雨落塘的触动，更有游者少的清寥。

艺圃与苏城大多园林一样，以水为主景观，池中的水，波光潋滟，斗大的荷叶，在微风中轻舞飞扬。站在延光阁，可以看到对岸山亭上，晨日的光线穿透古树，颇有山林之趣。假山边上，是高高的白墙，开有圆洞门，

▷ 延光阁

既让整堵白墙有了停顿，也延伸了游人视线，不禁对洞内香草居和南斋的风情心生向往。藤类植物爬满整堵白墙，这藤，在光艳的两季后，会渐至枯萎，却会带来另一番秋的意境。我总在想，园林中的房屋、围墙为何多为白色。却原来，园林早就是主人自己精心制作的上等宣纸，纸上画着的是亭台楼阁花木果蔬，纸外流动的是自己那颗终于靠岸的漂泊心。画中的白墙黛瓦在四季的光阴流转中亘古不变，既可聚光增加园林亮度，也是缤纷花儿的映衬，不争不抢，默默守候，成为画纸上不可或缺的一笔。

我闻着莲香，走过响月廊，在思敬居、博雅堂、谷书堂停留许久。这些地方，是袁祖庚、文震孟等昔日生活读书、接待客人的地方。这园，端的也和人投缘。三位园主，都是文人，都曾为官，但因着文人的清高气和不屈服的坚毅，不屑于拍打逢迎，官场上走得不尽如人意。在为官的理想失去后，他们都无一例外地选择了艺圃，清寂而简朴的艺圃，作为自己新生活的住所。所有的理想与抱负，在选择艺圃的一瞬间，都寄托在了这方白色围墙堆砌起来的天地中，终于不再动荡漂泊，终于可以永远停留。

因着园主的个人魅力、风度与自己合拍，这处阊门闹市、极具城市山林清幽的艺圃，在清初成为文人喜爱的雅集之地。每年的每一季中，文人们都会择日而聚，或在朝爽亭低吟巧语，或在延光阁的波光荷影间挥毫泼墨，或在博雅堂、世纶堂高声清谈，或站在乳鱼亭观书喂鱼，或静坐南斋聆听雨滴瓦漏声。每一幅图景，像极了那文人画上的疏梅淡影，那画中神韵，如水墨般，缓缓铺陈开来。清寂园林，顿时飘过阵阵暗香，那是春日陌上的青草香，那是院中种植的药草香，那是微风冷月中的丹桂香，那是不畏风雪的蜡梅香。那缕缕暗香，冰凉淡泊，一丝丝、缓缓地渗入到心内。原来，那香，终是园主高风亮节的香，是文人们在俗世中自酿的清香。这清香，会舒缓疲惫的身心，带给我们美与静的享受。

我再次站在了延光阁，看着莲叶间的鱼儿嬉戏。这一刻，周身很静，纷繁的世俗生活似乎离我远去。我心欢喜，独处是如此美好，这时光似乎早已静止不动。艺圃，恰似那江南的一塘清池，来此雅集的文人，是清池中盛开的莲花，美而淡，疏而朗。只等秋凉花落，那些如烟往事便会沉淀下米，结成莲子，细细咀嚼，虽是苦涩，但齿间留下的清香却是悠长绵绵，意犹未尽。那些流传的诗书画文，经过岁月的艰辛抚育，均会长成池中一节节厚实的甜藕，丝丝缠绕的，还是那种，文人的淡淡清香。

下一季，又有莲花，迎着夏日风，在艺圃的清池中，自由，绽放。

原载于《姑苏晚报》，2013 年 4 月 14 日

❖ 汪星伯、毛心一：不容小觑的书条石

在苏州古典园林中，回廊的大量使用，是一个很重要的组成部分，它不仅可作为建筑物之间联系贯穿的脉络，而且又是建筑群内部特有的通路，可在这条观赏带上浏览风景，适当组织人流；同时，还能避免日晒雨淋，以弥补室外园路之不足。此外，它更起着分景、隔景的作用，来调节园林布局的疏密，借以划分空间，成为不同格调的景区，使游人走在廊中，产生了"移步换景"的感觉。但其中有些沿墙走廊，如拙政园中部"得真

▷ 留园书条石

亭"，留园"别有洞天"和怡园"锁绿轩"等一带回廊，以及不少爬山走廊，如狮子林"问梅轩"至"立雪堂"、留园"涵碧山房"西面"闻木樨香轩"两侧和网师园"月到风来亭"等一段，由于素壁特多，亦无嵌置漏窗，而以书条石来代替，就成为美化补壁的重要处理手法，在园林建筑装饰上起了一定的过渡作用。

书条石，一名"诗条石"，它的内容主要是包括着当时园主所收藏的历代名人法帖，和一些名人的卷册书札真迹，也有少数山水、人物等名画，由著名工匠摹刻上石。所以，它除了装饰墙面之外，本身还具有较高的书法绘画艺术价值，是一种宝贵的文化遗产。它的另一内容，则属园记，帝王的"御笔"手迹以及当时游园者的唱和诗词一类。……

根据初步调查，苏州各园林中的书条石，数量不一，各有特色，其中以留园、怡园和狮子林三处较为丰富，具体内容简要分述如下：

一、留园的书条石数量最多，共有400多块。所收书法，自晋代二王，以至唐、宋、元、明诸家，无不齐备，可以说已概括了这一段历史时期的全貌。其中最突出的是在"闻木樨香轩"亭两旁的爬山走廊一带的二王帖，除大部分收自淳化阁帖之外，又补入玉烟堂、戏鱼堂等帖共115块，较其他帖本更为丰富。其次，在接近"林泉耆硕之馆"（俗称鸳鸯厅）的后廊一带上为宋贤六十五种，共96块，均较完整，也是他处少见的。

二、怡园的书条石，数量较少，其中也包括二王及唐、宋、元、明诸家丛帖，以复刻潘师旦绛帖为主，但不及留园丰富。另外，在面壁亭后边西南走廊墙上的《芳林书屋米帖》也为他处所少见。又在进口二门内玉虹亭的走廊墙上，刻有元代四大名家之一吴仲圭的淡竹图，也较名贵。原在进口南边玉延亭至售票处"旧名留客处"的走廊墙上，嵌有明董其昌所书法帖达20块，可惜后因改成漏窗，已被移去，现唯存所书的石对一副（"静坐参众妙，清河潭适我情"十字），作为唯一的遗迹。又如在"碧梧牺凤"的走廊墙上，有明文徵明及唐寅《和倪云林诗》砖刻一方，也较罕见。

三、狮子林的书条石，名《听雨楼帖》，虽无二王帖，所收不及留园、怡园广博，但量少而精。其中颜真卿的访张长史请笔法自述，还有宋代苏、黄、米、蔡四大书家各帖，刻手极精。在西部长廊的碑亭上，刻有文天祥手书的《梅花诗》五绝一首，也较有历史参考价值。

此外，拙政园、沧浪亭、网师园三处的书条石，数量上不及留园、狮子林、怡园为多，由于大部分为园记及唱和诗词一类，故在这里不做具体介绍。

总的讲来，苏州园林现存的这些书条石，不仅是历史文物之一，而且大都出于当地优秀的碑刻艺人之手，运刀隽秀、游刃自如，还具有较高的碑版艺术价值，凝聚着历代劳动人民的血汗和智慧，确是为今天广大书法爱好者和艺术工作者提供了宝贵的学习参考资料。

《苏州园林中的书条石》

❖ 王正中：紫芝园，文徵明的设计

明代中期，苏州凭借天时地利人杰的历史优势，农桑物产丰富，百工作坊兴盛，九州商贾汇市，南北商品充盈，货贸通达四方，文运久昌，金榜文魁列甲东南，被誉为人世间一二等富贵风流之地……如此优越的人文居住环境，使许多达官贵人、退隐阁僚、名门高士、商界富户，或世居或迁往苏州。这些基业丰厚的上层人士，都具有一定的文蕴财力，纷纷在"天堂"置宅建园。更受当时能在盈尺之内，巧布山川林泉之胜的吴门写意文人山水画影响，以此技法构筑庭园，追求身居广厦而享宛若天开的山林泉石之怡。一时相互效仿，造园之风更盛于前。

紫芝园原址在阊门外上津桥南堍对面石磐巷内（民国《苏州地图》注为石排巷，解放后称北兵营路，现划归枫桥路折南延伸段），宅园坐南朝北，前近出入苏州水陆交通要道枫桥路及枫江，东望（阊门）城闉，千门万户，西观诸山群龙蜿蜒卧伏，按此坐落方位，推测应在石排巷西边，现北兵营范围之内。

据《苏州历代园林录》：此园于明嘉靖（1522—1566）初，由长洲（苏州）人徐默川首创，其家境富足，多蓄历代名人字画，古鼎尊彝，并与社会名流文友哲彦交往甚广，当属文雅渊博之士。因此能在建园之初，请到吴门画派四大家中的文徵明为其绘画宅园全景蓝图，仇英修饰彩绘园内建筑。两位吴门丹青高手文才艺境与能工巧匠珠联璧合，使园中一泉一石、一椽一题，无不秀绝精丽，雕墙绣户，文石青铺，丝金镂翠，穷极工巧，较诸江左名园，未知谁胜。

这是在明代中后期园林录中，明确记述由文徵明与仇英联手设计及藻饰的宅园。拙政园虽有文徵明为其作的《园诗》《园图》《园记》，但都是王献臣在正德四年（1509）改（大宏）寺为园后，几次邀请文氏游园时"既取园中景物，悉为赋之，而复为之记"。因此，有人认为文徵明并非是拙政园的最初设计者。与此相比，徐氏园无疑是文徵明原创设计画的实景作品，不论在园景布局，还是在精雅的园艺上，肯定不在诸江左名园之下。

但由于徐默川为人疏直，豪举好客，乐义好施，却不善度支，晚年家道衰败，无力治园，致使泉石薜萝，野草没径，亭台斑驳，满目萧然，任人出入，后又旁落他人。正当一时名园趋向颓废之时，其孙徐景文金榜题名，官渐至太仆少卿（侍从皇帝出入的近臣），家业得以中兴，门庭由此显贵，园又归徐氏所有，黄发祖父甚感欣慰。嘉靖二十五年（1546）景文不仅修复旧园，还增地扩景，挖池累丘，叠石掇山，营造以旧园为主体的山涧林泉新宅园，记有：居室三、池二，山与林木磴道五、峰三十六、亭四、洞三、津梁楼台观榭岛屿不可计，其中假山景观面积，约占庭园一半。世人因呼徐景文为"假山徐"。而同时期的各名园园主未录有类似的"雅号"，可见该园湖石用量之大、叠石之巧、造景之奇，当居众多名园之首。

《一代名园紫芝园小考》

❖ 周瘦鹃：别有洞天的惠荫园

惠荫园在临顿路南显子巷，旧名洽隐园，道教中的少微真人韩馨曾隐居于此。清代康熙年间，毁于火，只有那小林屋洞依然无恙。后经修复，改称皖山别墅，再变而为安徽会馆。那时还有桂苑、丛桂山庄，因为屋子的四周，全种着桂树，有的高至三四丈。仲秋开花时，繁花密簇，金粟累累，满园子都闻到木犀香，连园外行人也闻得到；可是并不见花，真所谓"天香从云外飘来"了。

园中唯一特点，简直可说是稀世珍宝，为其他园林中所绝对没有的，就是那个人造的岩洞叫作小林屋洞。这名称的由来，是因为洞庭西山有林屋洞，道书中尊为十大洞天的第九洞天，深邃幽奇，不可测度。这一个小林屋洞，也许当年就是仿林屋洞的部分造成的。

小林屋洞占地不过数丈，左右奇峰怪石，嵌空玲珑，却布置得十分自然。洞门有二，从右门进洞，只洞口有些光亮，里面却黑魆魆地一片，不见天日，隐约可见洞顶石乳垂垂，好似璎珞一样。洞有多大多深，非有光度极强的电筒照看，无从分晓，单凭目力是瞧不出来的。从沿边泞滑不平的石块上摸索转向左方，似是另一小洞，却豁然开朗。在阳光普照之下，照见池水一泓，绿油油地清澈见底，分外可爱！唐代诗人咏西山林屋洞诗云：

有时若伏匿，俛仄如见绷。俄而造平淡，豁然逢光晶。金堂似镂出，玉座如琢成。前有方丈沼，凝碧融人晴。云浆湛不动，璚露涵而馨。漱之恐减算，酌之必延龄。……

我读了这些诗句，更足证明小林屋是仿那大林屋的一部分造成的了。

从左洞门中出了洞，走上曲折的石梯，就到了一座长方形的小楼上，旧名虹隐楼，楼后叠石为庭，别成奇境。庭心有老干紫藤一株，立有一碑，刻着"韩慕庐先生手植藤"八字，原来是清代康熙年间韩菼所种。这老藤虽已久历风霜，而繁枝密叶，依然强劲，把绿荫敷满了一庭；妙在许多粗粗的枝条，腾挐上下，有如游龙夭矫，有的直挂到墙外去。春暮开花时，千百串璎珞，蔚成一片紫云，美丽极了。

《园林两杰作》

❖ 俞小红：曾园与曾朴的一段爱情往事

曾园，苏州下属的常熟仅存的一个私家花园。园子因名人而出秀，山水因名人而增辉。中国第一个自称"东亚病夫"的小说家曾朴和他的儿子曾虚白，诞生在这个红豆白松相依相恋的景色中。园子属风雅之物，山石玲珑，荷风嬉趣，一代代红男绿女演绎人间永不垂幕的悲喜剧。高立园中假山，可远远眺望十里青葱的虞山。

得虞山一脉清气，曾园自然分外灵秀。园中一株傲岸鳞斑的白皮松，一株500年树龄的红豆树，堪称园中双璧。曾朴少年时居住的"君子长生馆"，门前耸立一块太湖石，上面镌刻着曾朴手书的小记，描述太湖石有皱、瘦、透三种妙处。其实，参照人生世态，何处不是曲折狭窄、空灵顽瘦呢？

这个有着400多年历史的园子，接纳了李鸿章、翁同龢、张謇等一大批中国近代史上的名人，它沉郁含光的碑廊里，留下了张爱玲的祖父张佩纶的墨迹。风，是它依依舒展的腰肢，一抹粉墙，一池春水，一弯古桥，随着游人的巧语评点而婉转顾盼，这是人间的欲念，这是春情的飘送。雨，相思的雨，絮絮叨叨地诉说着梦境般流失的江南弹词，就像那绿肥红瘦的美人蕉，摇落多少灯影黄昏花香笛声……

　　这曾园，雅名由翁同龢所题，称作"虚廓园"。此词来源于《淮南子·天文训》："道始于虚廓，虚廓生宇宙……"他是曾朴的父亲曾之撰前后花了20年时间营建而成的。曾园的前身是明代钱岱的小辋川旧址。陈从周也说："曾园是常熟城内保存最好最完整的清代私人园林。"私家园林和私家藏书一样，是士大夫物质享受的极致。……

▷　小说家、出版家曾朴（1872—1935）

　　讲到青年时代的浪漫，曾朴不觉道出一段恋情绵绵的往事。光绪十八年，曾朴21岁，他第二次到北京，是为了应顺天乡试，住烂漫胡同常昭会馆，恰巧对面胡同徐观察的寓所住一女子叫林杏春，扬州人氏。曾朴不禁被林女的红颜美貌所吸引，爱心萌发，竟无心读书求功名了。此时的曾朴，恰是风流倜傥的美少年，头戴一顶乌绒红结西瓜帽，上面钉着颗水银精光大额珠，下面托着块五色猫儿眼，背后拖着条乌漆锃亮的三股大松辫，身上穿件雨过天晴牡丹漳绒马褂，罩件紫酱团花长袍。一个青春美少年，一个豆蔻娇女郎，每天傍晚，两人相约于窗前灯影下谈话，不知不觉坠入爱河而不能自拔。这件事，被会馆的长班告诉了曾朴的父亲，曾父十分焦急，再三催促曾朴速速南归。碍于慈亲之情，曾朴春闱结束，就含泪告别林杏春，束装南归。待到第二年春天进京，他又住在会馆里，窗前月下寻访林杏春。托长班去徐公馆探询。却不料徐家已将宅屋卖给他人,那令曾朴萦怀于心的闺房茜窗已换了个又胖又丑的女人住了。长班还告诉他,林杏春已在当年的冬天害痨病死了,是来势凶猛的干咳痨,患病不到两个月就死了。听了这消息曾朴哭了好几天,良心不断自责,心头从此留下一个永久的遗憾。后来,在曾园苦苦挣扎的那几年中,他把林杏春这个少女的音容笑貌写进了第二部长篇小说《鲁男子》中。

《〈孽海花〉和曾园风情》

❖ 嵇 元:留园,唯愿长留天地间

苏州人崇祖,城里建了好多祠堂。民国肇始,一时万象更新,社会发生许多变化,改祠堂为学堂,就是那个时候很流行的事。

苏州阊门外有一园林,擅一时之胜,它就是清末既有钱又有势、赫赫有名的盛康、盛宣怀父子在光绪年间重新修缮过的留园。留园有祠堂,这和狮子林、怡园等私家园林是一样的。

"十八岁时我爷爷考上孙中山先生在苏州办的蒙藏垦殖学校,依靠上海的亲戚交了不多的学费和食宿杂费,来到苏州读书。这是他在履历上唯一可以体面地填写的学校。"这是张纪在其《我所知道的张恨水》中说的一段话。

这所苏州蒙藏垦殖学校,就设在留园的祠堂里,还是孙中山先生在苏州创办的。而校长陈其美,是上海辛亥革命的领袖人物之一。张恨水因这学校与农业相近,就前去投考并被录取了。民国初年张恨水曾在此读书的这件往事今天鲜为人知了,孙中山曾在苏州创办民族学校这件事也可说早已被历史尘封。张恨水也正是在这里,尝试写其小说的,虽最终未能刊出,但兴趣一直未减。

这留园,前身是明嘉靖年间太仆寺卿徐泰时的东园,他当时罢官回苏,一下子造了西园（今西园寺）和东园（今留园）两座园子。据《明神宗实录》卷二一八记载，'万历十七年（1589）十二月，江西道御史荆州俊上章弹劾主管工部营缮司事的太仆寺少卿徐泰时，"受贿匿口，阻挠木税"，神宗批"泰时回籍听勘"。就是罢官回家等候进一步处理意见。正是这一宽松的处理，使苏州增加了两处名胜。和苏州其他园林一样，也是主人有代谢往来，园子有衰败兴盛。清朝初期，阊门外东园一带一度废为踹布坊集中区，20世纪80年代在留园后面还发现有大量青石制作的踹石（俗称元宝石）。到了清嘉庆年间，曾官至广西右江道的吴县（今苏州）人刘恕，回到家乡，购得已经破败得几成荒地的东园地块，重新整修并加以扩建，取"竹色清寒，波光澄碧"之意，将园名为寒碧山庄，又称刘园。

刘恕，字行之，号蓉峰，举人。他非常爱奇石，不惜重金，托人寻觅太湖石，一时园中有了十二座石峰。他分别命名为奎宿峰、玉女峰、箬帽峰、青芝峰、累黍峰、一云峰、印月蜂、猕猴峰、鸡冠峰、拂袖峰、仙掌峰、千霄峰（此石为斧劈石，其余为太湖石），在苏州诸多园林中形成自己园子的特点。据他所写的诗前小序："辛酉菊秋，浃旬霪雨，殊苦寥寂。石工忽来告曰：近觅得旧湖石一、新湖石一，皆灵秀，已载至河干矣。余欣然冒雨往观，如其所欲而易得之。位置于曲溪掬月亭之前。亭前向有一石，亦灵秀，遂合此而为三矣。杂植花木，参差掩映，可以娱目，或亦寥寂中遣兴一法也。诗以纪之。"可见他托人觅太湖石峰，只要东西好，可以先运来，然后讲价钱，看得中意，就按人家所说的价钱付款。这次他一下子得到了后来命名为青芝峰、印月峰、鸡冠峰的三块美石，欣喜之余，故作诗志之，也让后人了解了他购石的情况。

刘本身是书画家，平时注意收集法帖，再摹刻上石，以至留园的墙上嵌有大量书条石，园中洋溢着浓浓的书卷气，成为该园的另一特点，可称之为江南的袖珍书法碑林，这对后来其他园林好用书条石布置园子也起了引领作用……这些书条石，绝大多数是刘恕收集并刻了上墙的，如果细看，可以看到有的书条石上镌有"吴门刘恕之印""行之刘恕印鉴""蓉峰""花步小筑""寒碧庄"等印鉴闲章，这是刘恕留给我们的文化财富。

在作为太平天国东南重要基地的约四年时间里，苏州城乡战乱不断，阊门外是重灾区，昔日繁华化作瓦砾场，许多园宅寺观毁于兵燹。但奇怪的是，寒碧山庄却基本没受损坏，在大片废墟中岿然独存，让人百思不得其解。但是，园子也疏于养护，异常荒败，俞樾（1821—1907）说此园已"芜秽不治，无修葺之者，兔葵、燕麦摇荡于春风中"。

在这样的情况下，常州人盛康（字旭人，盛宣怀之父）买下了此园。他在写于光绪十八年正月的《留园义庄记》中说："同治六年丁卯，余自武昌奉讳回籍……迨十有二年癸酉，复于苏州阊门外花步街购得刘氏寒碧山庄，易名曰留园。"……

盛康是一个有钱有势的官绅，他接手寒碧山庄后，即大兴土木，过了十来年又向东、北、西三面扩建，才有了今天所看到的规模，终成"吴下名园"。……

盛康对此园很是自豪，为园取新的名字时，颇作考虑，进门后穿堂（有个滑稽的说法叫猢狲厅）上悬挂有吴云所书"留园"匾，上有跋文："苏州富庶甲天下，金阊门外尤称繁盛。庚申变起，环数十里高台广厦尽为煨烬，惟刘氏一园岿然独存，天若留此名胜之地，为中兴润气也。顾十数年来，水石依然，而亭榭倾圮。吾友盛旭人方伯僦寓吴门，慨园之将废也，出资购得之，缮修加筑，焕然一新，比昔盛时更增雄丽，卓然遂为吴下名园之冠。工既竣，方伯谓园久以刘氏著称，今拟仍其音而易其义，仿随园之例，即以留园名，属为书额，因并纪其缘起。"盛康也说："人曰刘园，吾则曰留园，不易其音而易其字，即以其故名而为吾之新名。昔袁子才得隋氏之园，而名之曰随园，今吾得刘氏之园而名之曰留园。斯二者将毋同。"

俞樾在为园主人写的《留园记》中说："吾知留园之名常留于天地间矣。"取名留园的真正意思，还是希望这一美轮美奂的园子，能够长留天地间，因用留字为园名。

《留园，曾经风月醉楼台》

❖ 丁　玲：亭园出国，民族的才是世界的

一天，我们去参观纽约的博物馆。这是世界有名的大博物馆，收藏着全世界自古至今东方西方国家的艺术珍品，年轻的同伴们都兴致勃勃地准备花两三天时间在这里观赏。我本想多看一点以饱眼福，但体力不支，我只走了几个陈列室，果然发现，有好些东西是我在别处未曾见过的，足见他们对这项工作的重视，并且的确千方百计，搜罗很广。

这时有人建议去欣赏博物馆内新建成的苏州亭园。我知道这所亭园是苏州派来一个专家小组协助设计并参加建筑完成的。在纽约我愿意尽先看西方的东西，但能在纽约，和聂华苓等一同欣赏祖国的园亭风光，也是一桩大快事。转几个弯我走到一道粉墙边，进入一个紫檀色的大木门，陡然觉得一阵清风扑面，而且微微带一点芝兰香味。人好像忽地来到了另一个天地之中。

转过屏风，苏州亭园就像一幅最完整、最淡雅、最恬适的中国画，呈在眼前。清秀的一丛湘妃竹子，翠绿的两棵芭蕉，半边亭子，回转的长廊，假山垒垒，柳丝飘飘。青石面铺地，旁植万年青。后面正中巍峨庄严坐着一栋朴素的大厅，檐下，悬一块黑色牌匾，上面两个闪闪发亮的金字："明轩"。我好像第一次见到我们祖国的园亭艺术，这样庄重、清幽、和谐。我们伫立园中，既不崇拜它的辉煌，也不诧异它的精致，只沉醉在心旷神怡的舒畅里面，不愿离去。园中有各种肤色的游人，对这一块园地都有点流连忘返，看来他们是被迷住了。中国艺术的特点就是能"迷"人。我们的古典文学艺术，不也是这样，能使人着迷吗？你看，"明轩"正厅里的布置与摆设，无一处是以金碧辉煌、精雕细镂、五彩缤纷、光华耀目来吸引游人，而只是令人安稳、沉静、深思。这里几净窗明，好似洗净了生活上的

繁琐和精神上的尘埃，给人以美、以爱、以享受，启发人深思、熟虑、有为。人生在世，如果没有一点觉悟与思想的提高、纯化，是不能真真抛弃个人，真真做到有所为，有所不为的。最高的艺术总是能使人净化、升华的。纽约的博物馆的确搜罗了许多世界艺术珍品，供人欣赏学习，打开人们的眼界，提高人的兴趣与鉴别能力。苏州亭园在这个博物馆里不失为一朵奇花异葩，人们在这里略事观览，就像是温泉浴后，血流舒畅，浑身轻松，精力饱满，振翅欲飞。特别是我们在美国看祖国，更倍感亲切。中国的文学艺术在世界上是受人喜爱的，他们喜爱的是苏州亭园，是齐白石的画，是屈原的《离骚》，是唐诗宋词，是《水浒》《三国演义》《红楼梦》，是深刻反映中国人民生活的东西，是真真的中国货。他们对我们的仿制品舶来品是不感兴趣的，历来如此。我记得五十年代有一位苏联文学家看了我们的一个影片后很直率地对征询他意见的人说："这里边有太多的苏联货和美国的好莱坞货。我们要看的是中国人民的生活和中国民族的艺术。"实际我们自己也是喜欢道地的民族的、传统的形式，和生动活泼、富有时代感的反映人民的生活的作品。

从纽约的苏州亭园而不能不想到中国文学应走的道路。

《纽约的苏州亭园》

第三辑

静谧小城尘封的岁月沧桑

暮去朝来·

❖ 叶圣陶："和平光复"的苏州城

一天早上，市民相互悄悄地说："来了！"什么东西来了呢？原来就是那引人忧虑又惹人喜爱的革命。它来得这么不声不响，真是出乎全城市民的意料之外。倒马桶的农人依然做他们的倾注涤荡的工作，小茶馆里依然坐着一壁洗脸一壁打呵欠的茶客。只有站岗巡警的衣袖上多了一条白布。

有几处桥头巷口张贴着告示，大家才知道江苏巡抚程德全改称了都督。那一方印信据说是仓促间用砚台刻成的。

青年学生爽然若失了，革命绝对不能满足他们的浪漫的好奇心。但是对于开枪、放火、死亡、流离惴惴然的那些人却欣欣然了，他们逃过了并不等闲的一个劫运。

▷ 江苏都督程德全（1860—1930）

第二年，地方光复纪念日的晚上，举行提灯会。初等小学校的学童也跟在各团体会员、各学校学生的后头，擎起红红绿绿的纸灯笼，到都督府的堂上绕行一周；其时程都督坐在偏左的一把藤椅上，拈髯而笑。

在绕行一周的当儿，学童就唱那练熟了的歌词。各学校的歌词不尽相同，但是大多数唱下录的两首：

苏州光复，直是苏人福。
…………
草木不伤，鸡犬不惊，军令何严肃？
我辈学生，千思万想，全靠程都督。
哥哥弟弟，大家在这里。

问今朝提灯欢祝，都为啥事体？
为我都督，保我苏州，永世勿忘记。
我辈学生，恭恭敬敬，大家行个礼。

可惜第一首的第二行再也想不起来了。这两首歌词虽然由学童歌唱，虽然都称"我辈学生"，而并非学童的"心声"是显然的。

《苏州"光复"》

❖ **张圻福、叶万忠：** 五四运动，掀起爱国运动新浪潮

1919年5月4日，北京学生为了抗议巴黎和会对中国山东问题的无理决定和封建军阀政府的卖国罪行，在天安门广场集会，举行声势浩大的游行示威，火烧了赵家楼，痛打了章宗祥，军阀政府对手无寸铁的爱国学生进行疯狂镇压，逮捕爱国学生30余人。消息传来，各地青年学生首先起而响

应，立即投入了这场全国规模的革命洪流。

苏州是一个历史悠久的文化古城，它位于沪宁线中段，东临上海，西接南京，同全国各地交往密切。苏州历来文化教育事业比较发达。五四时期，苏州就有大中学校20多所。学校数量在全国中等城市中名列前茅，在沪宁沿线各重要城市中，仅次于南京、上海。学生思想活跃，政治敏感性强。苏州又是一个富有光荣革命斗争传统的城市。苏州人民反对帝国主义和封建军阀统治的斗争，在历史上是不胜枚举的。

因此，当北京学生抗议帝国主义和卖国政府罪行的爱国行动的消息传到苏州后，苏州城立即怒吼了……一些学校发出通电、快邮代电，表示决心支持北京学生的爱国行动，向北京政府提抗议，要求拒绝在"和约"上签字，要求惩办卖国贼，归还青岛，释放被捕学生。江苏医学专门学校、省立第一师范、第二农业学校、第二中学、第二工业学校等也联名致电江苏督军和省长，要求北京政府释放被捕学生。电文说，"山东问题，外交所急，北京大学生等，推原祸始，致有轶轨之举，义愤所迫，其情可谅。吁恳转电政府，释放学生，维持学校，以保元气，而定民心。"苏州省立第一师范还组织了女子救国会，有教员、学生160人参加。他们召开学生大会，进行爱国宣传。国文专修科学生关应麟在演说时义愤填膺，当场用剪刀将手指剪断，血书八十余字，顿时，会场气氛激昂，进一步激发了革命青年的爱国热情。

为了有领导地开展这场斗争，5月10日，在吴县教育会（旧皇宫，今民治路青年宫）建立了苏州学生联合会。学联成立后，为了扩大力量，与苏州商界等商议救国办法，把斗争进一步开展起来。

5月11日，学联派出代表与苏州总商会联系，要求商界与学联采取一致行动。在爱国学生正义行动的影响下，苏州商会会长表示"一切皆可由商学两界联络进行"。从此，苏州的爱国运动进入了一个新的阶段。

《五四运动在苏州》

❖ 佚 名：五卅运动与 "五卅路"

1925年5月30日，发生了震惊中外的"五卅"惨案。这一事件发生后，立即引起全国人民的公愤，游行、示威、罢工、罢课、罢市，全国各地形成大规模的反帝爱国运动。

▷ 五卅运动

与上海唇齿相依的苏州人民同样迅速地投入了这股革命洪流中。在苏州地下党组织领导下，建立了由工人俱乐部、学生联合会、教育会和商会等团体代表组成的苏州各界联合会，作为统一领导全市运动的公开机构，如工人的"五卅惨案后援会"，学生的"五卅支援会"等。宣传队穿街走巷，一边宣传，一边游行，并张贴和散发工人俱乐部秘密印好的四万份标语、传单，其内容有"打倒英、日帝国主义！""毋忘国耻""还我河山""收回租界"等等。6月6日起，苏州工人开始罢工，首先行动的是富有光荣斗争传统的丝织工人。苏州市各界同胞在地下党的领导下，纷纷举行示威游行和宣传演讲，形成了大规模的反帝爱国运动。为了帮助上海工人克服罢工期间的生活困难，苏州丝织工人开展了募捐献款活动。东吴丝织厂工人以"同胞注意"的醒目标题向各界发出倡议书："即日起将荤蔬菜一概除去，改吃咸菜，将省下的钱接济上海工人……这是敝同人微薄的能力，亦盼各厂同胞，吃用中节省下来的钱接济上海工人……"这一倡议立即得到全市36家丝织厂工人的广泛响应，在半个多月里，他们每天吃酱油汤和萝卜干，捐出了节省下来的2200多元，连同社会各界的捐款两万多元汇寄上海，支援上海工人罢工斗争。

1925年从6月至年底，苏州各界人民不断举行示威游行，组织了"中华爱国募金大会苏州募金后援分队"，召开了"沪汉惨案死难诸亡先烈追悼大会"和"五卅惨案半周年纪念会"，并开展了罢工、罢市、罢课。后来苏州捐款的部分款项被退了回来。苏州为了悼念五卅惨案牺牲的烈士，永远记住帝国主义侵略者屠杀中国人民的罪行，经苏州铁机工人俱乐部讨论决定用退款修筑一条路，原计划造一条环城马路，称为"五卅纪念路"，后因款项不足，改在大公园旁（原皇废基），翻修从言桥至十梓的路，命名"五卅路"。

《五卅运动在苏州》

❖ 徐 云：昙花一现的"苏州市"

辛亥革命以后，苏州的市政建设发展较快。到20世纪20年代末，苏州城厢计有消防机关58处，救火车54部（内机器车15部），火警瞭望台一座，高33米。一家电气厂，拥有路灯3500盏。用户电灯10万余盏。一家电话局，电话用户1742户。一家邮局，下辖七个支局。一家电报局。一所医学学校，25家医院，能容住院病人855人。20家药房，94家药栈。两处公园，面积52亩。41所小学，25所中等以上学校，17所民众夜校。下水道计有18英寸沟管1860米，12英寸沟管2344米。7家银行，26家典当，56家金银号。7家报馆。苏州关出入口贷船3350艘，载重量9.63万吨。

工商业经济的发展，也必然会促进交通运输业的发展。苏州地处沪宁铁路之间，1908年兴建的沪宁铁路从城北通过，铁路交通极为便利。河网纵横交叉，京杭大运河绕城而过，航道四通八达，俗有"六门三关六码头，兰河六荡十四湖"之称。

苏州的水运航线主要有：苏嘉线（苏州—嘉兴）、苏杭线（苏州—杭州）、苏湖线（苏州—湖州）、苏锡线（苏州—无锡）、苏昆线（苏州—昆山）、苏常线（苏州—常熟）、苏莫线（苏州—莫城）、苏沪线（苏州—上海）、苏芦线（苏州—芦墟）、苏木线（苏州—木渎）、苏山线（苏州—东山）。这十一条航线，构成了以苏州为中心的水上交通网。航行在这些航线上的轮船公司主要有老公茂（英商）、招商局（华商）、庆记（华商）、宁绍公司（华商）、戴生昌（日商）以及源通、协昌局等，这些轮船公司在苏州都设有办事机构。

陆上汽车线路有：苏昆线，东通昆山；苏木线，西通木渎；苏嘉线，南通嘉兴；苏常线，北通常熟。

城内交通以人力车、马车为主。有营业性人力车2500辆，马车82辆。

苏州工商业经济发展，水陆交通便利，人口增加也较迅速。至1929年时，苏州城区人口已达26万，其中商占22%，工占18%，两者计占总人口的40%，人口密度为每平方里374人。而当时江苏主要地区的人口情况是：南京39万人，无锡19.6万人，镇江16万人。苏州人口仅次于南京，居江苏省第二位。

就苏州在20年代末的工商经济、交通、市政、人口等客观情况来看，苏州已具备了设立市级建制的基本条件和物质基础。

鉴于以上所述，当时江苏省政府为了进一步"谋苏州市政的发展，爰有设市之打算"。1927年6月16日经江苏省政府第十三次政务会议讨论决定，委吴县县长王纳善兼苏州市政筹备处主任，柳士英为市政筹备处工程师，具体负责筹备苏州市政事宜。王纳善系嘉定南翔人，前清廪生。历任中学师范教员、上海县教育会会长、上海工程局议董、上海市议会议员、副议长等职。于1926年6月擢升吴县县长，继又兼任苏州市政筹备处主任。王接事后即组织市政筹备处班子，1927年7月1日，苏州市政筹备处成立。……

苏州市政筹备处成立后，主要做了以下事情：

一、制订各种组织条例。如《市政筹备处组织条例》《市政筹备处参事会组织条例》《市政筹备处各区段行政组织条例》等，以这些条例作为组织市政筹备处各种机构的依据和办事准则。

二、建立市政筹备处各种办事机构，具体处理筹备市政过程中的行政事宜。

三、财政上广开财源，筹集资金，丈量住宅、店铺的房产，征收房捐作为市政的开办费。

四、为便利交通，拟订经纬干路计划。经线三条：齐门—甫桥西街—南园；平门—三元坊；泰伯庙桥—胥门。纬线三条：阊门—姚家角；新阊门—虹桥浜；胥门—葑门。

五、开展识字教育，开设儿童暑期学校10处，入学儿童数有714人。还开办平民夜校11处，入学者有555人。

六、清洁街道，扑灭蚊蝇，预防时疫。

市政筹备处的以上工作为苏州设市创造了必要的条件。

1928年7月3日，国民政府公布了《市组织法》，其中第三条规定："凡人口满20万之都市，得依所属省政府之呈请，暨国民政府之特许建为市。"据此，同年11月27日江苏省政府呈准国民政府，实行县、市分治，创设苏州市政府，并荐任陆权为苏州市市长。11月29日苏州市政府成立，12月10日苏州市政府发表成立宣言。就这样，过渡阶段的市政筹备处经过一年零四个月的筹备，历史上第一个苏州市政府终于问世。

……苏州市的每岁收入是有限的，而进行市政建设，发展公用设施，扩大文化、教育、卫生事业都需要大量资金，经费不足，财政困难，是苏州市政府面临的一大难题，但又苦于无法解决。

事实上，财政困难，经费短缺早在市政府成立之初就已经存在。市政府每月总是入不敷出，亏空1.3万余元，多番告急省政府要求按月补助。面对这种窘境，市长陆权在1929年11月4日的市政府纪念周上曾大叹苦经："办理市政，比较吃力，需款浩繁，苏州市经费无着，实为市政前途一大障碍。"就连当时在苏州出版的《大光明》报亦做了如下评论："市府开支浩繁，市款收入，尚不敷行政与教育经费。"所以经费不足已成痼疾，市之设置亦难维持。

此时江苏省政府改组，省长钮永建去职，由叶楚伧出任省长。改组后的江苏省政府采取紧缩政策，于1930年4月以财政困难，无力再拨补助费（1929年，省政府曾拨给苏州市补助费1.95万元，开办费5000元），且苏州市不符合国民党中央政治委员会审查修正的《市组织法》之规定为由，复呈国民政府取消苏州市，与吴县合并。1930年5月16日吴县与苏州市正式合并，吴县县政府接收苏州市各机关，并迁至市政府原址办公。原苏州市范围成为吴县的三个区（即第一、二、三区）。至此苏州市从1928年11月29日成立到1930年5月16日撤销并入吴县，存在了一年六个月后即告结束。

《二十年代末苏州设市之始末》

❖ **顾复生：**苏州大闹监

1929年春，国民党反动派南京特种刑事法庭撤销后，把所有的所谓"政治犯"都移交到苏州的江苏省高等法院看守所。江苏省各县及上海市的政治犯共约1000多人，都陆续被押送到这里来了。原来这个看守所的犯人是以大刑犯为主，现在却以政治犯为主了。这些政治犯中，有中共各县工委书记、革命学生、工人、农民……他们都是革命意志坚强、立场坚定的好同志，被捕前，他们不怕蒋介石的残酷镇压，英勇斗争；被捕后，仍是横眉无惧，在监狱里坚持革命。就是在这些同志策划下，"狱中特别党支部"很快成立起来了，朱履之（解放后任交通部副部长、华北局副书记、书记）任党支部书记。在党支部领导下，狱内不断掀起群众性的斗争，虽然每次均遭狱方的残酷镇压而失败，但同志们毫不气馁。党支部领导大家总结了经验教训，重新研究制订了斗争的策略和方法，决定发动广大狱中难友组织"同难会"，共同进行斗争。"同难会"的口号是：大家都是难兄难弟，休戚相关，生死与共，无分你我，有难同当，有福同享，团结起来，进行斗争，直至胜利解放。

"同难会"成立后，在高等法院看守所和第三分监共建成80多个小组，并由这些小组的组长推选出朱履之、李会、朱继成、王毅（王治平）、顾复生等九人，组成"同难会"领导小组。

不久，狱中党支部接到上级党组织的秘密通知，苏北红十四军于近日内经过苏州去安徽太平，部队到达苏州即进行暴动，准备暴动后将陆军监狱、第三模范监狱、高等法院看守所的2000名难友带走，西渡太湖，同去太平……这一消息传来，群情振奋，尤其是政治犯和大刑犯，无不摩拳擦掌，急切地等待暴动时刻的到来……

预定的暴动日期到了。那天晚上，难友们特别激动，一夜没睡。看守不时传来消息说："外边无动静……""……仍无动静！"待到天亮，看守传来消息说，设在阊门旅馆内的红十四军暴动司令部被国民党破坏了，准备暴动的部队未能行动……

虽然这次暴动未能成功，但我们并未因此而气馁，一致坚信，最后的胜利一定属于我们。

这年（1929）冬天，典狱长龚宽被调走了，接任的是公安局的一个凶神恶煞的督察长，手段极其残暴，一到任就下令：不准"开风"，取消原上、下午开风制，不准犯人在号子外散步；对看守上下班实行搜身检查，防止夹带，封闭狱中的图书馆和贩卖部，没收图书和贩卖部的物资。一系列禁令激起了难友们的强烈愤慨，也引起了看守们的不满。这时，温良又神气起来了，他手执皮鞭，盛气凌人地吆喝着，在看守所内跑来跑去。狱里夹砂的红斑米饭又恢复了。因取消了开风制，牢门紧闭，狱中党支部不能集中开会，便采用递条子的方法秘密联系，通知大家充分积贮干粮和开水，准备斗争。

斗争形势越来越紧张，围墙外已出现了刀光剑影，武装镇压开始了。不久，敌人就持着上了刺刀的步枪，狼奔豕突地朝铁门冲来，狂呼："开门！开门！"难友们很镇静，岿然不动。敌人咆哮了一阵，又退回去了。不一会儿，他们又以大刀队为前锋，蜂拥至铁门口，用大刀狠劈，渐渐地，他们从被劈断的铁门缝隙处侧身伸脚，企图挤进来，难友们见状，就手进敲手，脚进打脚，毫不退让……终于，铁门被劈开了，大批军警拥了进来，经过长达两小时的巷战，难友们先后被逼进了号子。

难友们的反抗是极其英勇的，这场战斗，伤敌20余人，我们也有十多人负了伤，伤势较重的是上海的难友沈定祯。

铁门被打开后，敌人便用武力把难友一个个逼进牢房，然后就开始点名归号。难友们回到各自的牢房后，他们就开始抓人，一共抓去80多位难友，个个都被反吊在办公室外面的走廊柱子上，吊的高度，仅能使脚尖着地，难友们被折腾得满头大汗，但大家都横眉怒目，毫不屈服。

温良手执皮鞭，恶狠狠地对被吊的难友们说："你们再凶，打死你们……"姓杨的大龙头假惺惺地对大家说："只要你们说一声下次不再闹了，就把你们放下来，进号子睡觉。哪个先说，就先放哪个。"大龙头说了好几遍，见没人睬他，没趣地走了。敌人对这些难友毫无办法，最后只好把大家放下来，给每个被吊的难友加了两副对付江洋大盗的大脚镣，关进了号子……大约经历了半个月左右，我们十多位难友的镣铐才被去掉。这时，狱方宣布：闹监犯移至吴县地方法院审理。审判结果，有六位难友被加判徒刑一年，其余的70多名难友被加判徒刑三个月到四个月。

加刑后，狱方仍不罢休，又把他们认为难友中"最调皮"的20人用麻绳五花大绑捆送到陆军监狱，以分散我们的斗争力量……随后将20位难友关进一间又湿、又暗、又冷的牢房，不给他们松绑，又没有被盖，难友们难以忍受，就高声歌唱起来……铿锵有力的歌声回荡在整个陆军监狱的上空，监狱管理人员惊慌失措，第二天一早，便把这20位难友全部送还第三分监了。

后来，高等法院又从监内抽出他们认为"调皮好闹"的60多人，分送到江苏各县监狱。由于被送去的难友始终顽强地坚持斗争，不久，又都陆续被送回来了。敌人黔驴技穷，终于施展出暴戾手段，由镇江军法处提去难友20名。后来听说，其中除一人叛变外，其余19位同志均惨遭杀害。

《震动国民党司法界的苏州大闹监》

❖ 徐祖白：中国采访奥运第一人

举世瞩目的奥林匹克运动会，始办于1896年。从第一届至第九届，因晚清政府腐败，继而军阀混战，我国未派运动员参赛，也无记者采访；1932年在美国洛杉矶举行第十届奥运会，我国仅有一名运动员参加，也无随行记者。直至1936年，第十一届奥运会在德国柏林举行，我国派出69名运动员参加各类比赛，同时特派一名随行记者进行采访，这位有幸成为第一个采访奥运会的中国记者就是冯有真。

1936年，第十一届奥运会在德国柏林举行。中国派出的体育代表团（含运动员、教练员、工作人员和观摩考察人员）共有139人，这在我国体育史上是空前盛事。为及时报道比赛盛况，当时的中央通讯社社长肖同滋经反复筛选，最终决定由时任南昌分社主任的冯有真担纲任随行记者，因冯能讲一口流利的英语，学生时代即为足球健将，两年前又不负众望，单枪匹马成功采访了在菲律宾马尼拉举行的第十届远东运动会。

冯有真深知采写体育新闻不同于参加体育运动，采访奥林匹克运动会更不同于采访远东运动会。中国自晚清以来积病积弱，虽在远东运动会上取得过良好名次，但若以全球奥林匹克竞技水平衡量，尤其同先进发达的欧美各国相比，实在难以与之匹敌。为了使这次中国体育史上的"盛事壮举"有所收益，他在新闻报道方面可谓动足脑筋，竭尽全力。

由于经费拮据，中国代表团没有乘坐飞机，而只能坐船赶往柏林。6月26日，冯有真随代表团乘意大利邮船公司1.8万吨级的大型客轮，从上海起航。在横渡大西洋的漫长航程中，他和代表团运动员同吃同住，深入了解每位选手的技术专长，在海浪的颠簸中写出洋洋数万言的《世运代表团随征记》，抢在奥运会开幕之前逐日发表，吸引国人眼球。同时采写沿途异国风光，其中不乏反映海外侨胞爱国爱乡、热切企盼祖国强盛的内容，爱国之情流诸笔端，文章富有感染力。

这次奥运会会期从8月1日至16日，中国运动员参赛有田径、篮球、足球、举重、游泳、拳击、自行车七个项目。比赛期间，只要中国选手取得哪怕是一点点成绩，他都详细采写，迅速报道，让国人分享喜悦。在篮球比赛预赛中，中国篮球队以45∶38打败法国篮球队，他除了当即采写新闻消息以电传迅速发往国内，还连夜写出通讯《我国篮球队胜法详情》，报告国内同胞，使万里之外的同胞读后犹如身临其境；在田径比赛中，中国运动员在预赛中大多被淘汰，唯一取得决赛资格的是撑竿跳高选手符保卢，这同样令冯有真喜出望外，他对符保卢的比赛情况做了详尽而又生动的报道，《中央日报》在刊发他的报道时，特意加上醒目的编辑按语："特派记者冯有真的广播报道富有章回小说的味道。"

▷　1936年第十一届奥运会中国队与法国队的篮球比赛

此外，他对这次奥运会首次点燃奥运圣火、首次举行火炬传递和一些精彩比赛片段做了大量的生动报道。尤其是美国黑人运动员欧文斯一人独得四块田径金牌，被誉为"黑色闪电"，在当时的形势下，对推行种族歧视的纳粹德国不啻当头棒喝，冯有真的报道中对此均有详尽反映。他还拍摄并传回大量奥运比赛精彩镜头的照片，这些珍贵的资料为中国人了解世界，提高竞技体育水平，起到了积极的作用。

《中国采访奥运第一人——冯有真》

❖ 胡觉民：古城沦陷，强盗的烧杀与洗劫

1937年11月上旬，敌军在金山卫登陆，上海于11月12日全部沦陷；13日敌军又在太仓、常熟间的白茆口登陆，其主力即从苏嘉公路和沪宁铁路直趋苏州，苏州已成为当时的最前线。15日敌我两军尚对峙于青旸港。但就在这一天夜间，军政官员都溜走了。次日老百姓见大小衙门空无一人，各城门和监狱的大门全部洞开，大家才着慌起来。可是所有水陆交通工具，已全被官员带走了。这几天又是敌机轰炸苏州最疯狂的时期，只得抛弃一切，扶老携幼匆匆向四乡逃避……

苏州沦陷的前一天，娄门外还有市面，这时已有由前线退下来的四川兵，起初甚少，后来越来越多，他们为了饥饿和口渴，向街上的商店居户要吃的东西，也有见到熟食就拿的。当时有人说兵要抢了，店家立即纷纷关门，这批饿兵也即开始抢劫。城内到19日上午，尚有咸鱼店开门应市。有一批还没有离开苏州已变成游兵散勇的当地军警，已在偏僻小街巷中无人守门的逃难人家开始抢劫，劫取的都是易于携带的细软，把所穿的制服换下之后再逃出苏州。这是当时苏州被洗劫的第一阶段。

从19日起，大洗劫进入第二阶段，当时一批无法逃难的贫苦老弱，到人家去找吃的东西，把其他东西顺手拿了。还有一批留城不走专门预备趁火打劫的人，也就大肆活动。观前街"中国农民银行"的库房也是这时被打开的，库房中的钞票被抢一空，直到日寇进城后两三天，在门口行人道上还遗留着散乱满地的辅币券。也有人从附近郭乡间到城里来抢东西，用船装运回去。几天后，有几处乡镇如西津桥、白马涧等处，发现一批出售衣服的地摊。

侵入苏州的日寇是11月19日下午4时，由娄门进城的。这批寇军叫作"海劳原部队"。进城后即到处杀人放火，三天中烧、杀最厉害，从接驾桥、东西中市到阊门石路，日夜火光烛天。……

▷ 侵华日军在苏州平门城头耀武扬威

进城日军，除疯狂地杀人放火，还进行了一次有准备的洗劫。因为他们很多注意苏州的珍贵文物，恰是前两批抢劫者所不感兴趣的。日寇这一次的掠夺有所鉴别，普通货或复制品都摒弃不取，真而精的珍品略无遗漏。例如和苏州地方文献很有关系的虎丘"五人之墓"历史事件中主要人物周顺昌的遗物，由其第七代孙媳殷老太太收藏着的周顺昌墨迹手卷和明画周顺昌遗像及"上朝图"，连同其他不甚名贵的画和复制品杂置一箱中。日寇搜劫时，将原件全部劫去，复制品遗弃地上。还有解放后由潘丁达余在上海捐献给国家的那座"盂鼎"，是我国古铜器中著名的宝物，当时潘家将其埋藏在苏州南石子街地下。日寇"华中派遣军司令"松井石根曾亲自几次三番前往逼索，因为潘家多方推托，不肯交出，日寇便在潘家的地下翻掘，没有获得。由此可见日寇的侵略部队中是配合着专为掠夺我国文物的专门人物的。

《抗战时期苏州见闻》

❖ 黄秉贤：祥符寺巷90号——汪特巢穴

当年的祥符寺巷90号，是一座西式花园别墅。主体是一幢三层楼房，附属建筑有宴会厅、会客间、餐间、藏书室、书斋、汽（包）车间、门房、厨房、杂作间，以及花园、草坪，总共约1000平方米。花木扶疏，楚楚有致，在当时来说，称得上是一座豪华时髦的宅第。1937年冬苏州沦陷以后，这座富丽堂皇的别墅，竟沦为日伪特工队的巢穴，迫害爱国抗日志士的魔窟，致使百姓谈虎色变。"90号"也就成为特工队的别称。

别墅主人蒋仲川，系苏州著名官僚地主蒋季和之子，毕业于国民党军委会军需总署专业学校，历任军需总署处长、第三兵站总监分监等职。1933年，告老回乡后，营别墅于祥符寺巷90号，颐养晚年，优游岁月。蒋仲川有收藏癖好，举凡古籍善本，古今书画，名人信札，中外稀币，均爱收集玩赏。还在苏州仓街办有"蒋圃桃园"汽车驾驶训练学校。1936年，又创办《生报》三日刊，意图崭露头角，继承乃父衣钵，跻身于苏州士绅集团，成为头面人物。抗战爆发前夕，举家迁沪，接着又辗转他徙，不知所踪。苏州沦陷之后，蒋被列为"问题人物"，别墅也被查封。于是一所华丽幽静的住宅，从此沦落为暗无天日的人间地狱。

1938年春，日本侵略军驻苏警备队石川部队专搞谍报工作的小头目南部，朝鲜人，曾经流浪中国多年，对风土人情社会习俗都很熟悉，诨号"中国通"。由他为首，罗致了一批地痞、流氓组成情报班子，侵占祥符寺巷90号为特务活动的据点，对外称为"南部公馆"。这是苏州沦陷后，第一个有形的特务活动机构。

1939年3、4月间，汪精卫自河内取道香港窜回上海，在极司斐而路75号成立汪伪国民党中央执行委员会（即中央党部），并在76号组成特工总部，开展所谓"和平运动"。同年6月，"76号"在上海诱捕劝降了原军统特务苏州特别组代组长黄毅斋。此后，黄即化名王道生，于同年8月秘密在苏筹组汪伪苏州特务工作站（汪伪县一级特务组织）。黄于抗战前，就以苏州早报记者及吴县警察局督察员公开职务为掩护，为军统搞特务活动达三年许，在苏州有一定的社会基础。于是黄便利用部分旧有特务关系，改换门庭，为汪特卖命。同年10月，黄在府前街福民桥弄一号悄悄成立苏州特工站（前门在东善长巷，是上海卢文英的房屋）。两个月中，黄出卖了一批以前的同事，破坏了潜伏在城内的抗日地下组织，作为投靠汪伪的"晋见之礼"。不久，又借口福民桥弄一号的屋宇结构，交通、环境、安全等方面，不符合特务活动要求，在日本驻苏宪兵队的支持下，于同年12月下旬，迁往祥符寺巷90号新址。当时，"南部公馆"因敲诈勒索，声名狼藉，已停止活动，南部也调离苏州。汪特组织有这样的规定：各级特务组织机构，不得以组织名称公开对外，一律以机构所在地门牌为代号，如特工总部在上海极司斐而路76号，即以"76号"代名对外活动，南京特务区在颐和路21号，对外即称"21号"。苏州站因此就称"90号"。日子一长，外界难免会听到"苏州特工站"这个名称，由于特工"站"这个"站"字，比较陌生，以讹传讹，一般都称为"特工队"。

《祥符寺巷90号——汪特巢穴记实》

❖ 黄秉贤：冯玉祥苏州遇险

"八一三"淞沪战起，苏沪相距80多公里，是当时第二道防线（第一条防线为京沪铁路青阳港大桥），也是军事调度的战略据点。由于"一·二八"抗日之役，淞沪停战协定所签订的丧权辱国条约，其中有一条"京沪铁路线不得运兵及运载兵器军需、辎重物资，通行止上海北站"的限制，我军军事调防及军用物资运输至上海，都须经由苏州中转绕道，为对付淞沪停战协定不平等条约而专筑的苏嘉铁路（苏州至浙江嘉兴）转赴沪杭铁路，进入上海南站。抗战爆发后，军事活动频繁，苏州在战略上的重要性尤为突出。于是，我苏州民众，在救亡图存的爱国感和责任感的驱使下，群情奋发，各行各业无不各就各位，万众一心，不惜为捍卫我苏州这个军事重镇而做出任何牺牲。民众自发性抗日地方组织，犹如雨后春笋，抗敌后援会、民众服务指导处、地方服务团、抗日宣传队、救亡歌咏团、妇女救护队、红十字会救护担架队等等，纷纷设立。这时，日寇由汉奸处了知一切，整日派侦察机、轰炸机盘旋苏城上空，冀以暴力瓦解我民心。

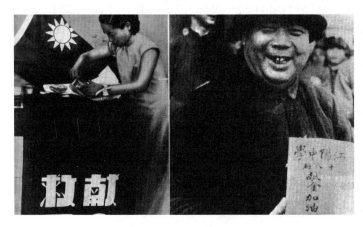

▷　冯玉祥与抗日献金运动

　　8月15日下午，大雨初霁，空袭警报的长鸣声尚未绝响，日寇的侦察机、战斗机、轰炸机20多架，排空而来，在葑门外飞机场、阊门外我军营地投弹数十枚。苏州因无空军，只得任其轰炸，但守护机场地方壮丁，奋不顾身，以步枪击落日机一架，死伤日寇三人。日机残骸，当天陈列于玄州观中山纪念堂公开展览。消息所至，参观者纷至沓来，一时士气大振，人心大快。

　　半响，日机群卷土重来，袭击城东南东善长巷大中旅社，扔弹十余颗，毁屋宇十数栋，群情惊讶，以为大中旅社并非军事设施所在，何以遭受轰炸惶惑不解，原来，个中自有奥秘。

　　大中旅社主人张中立，原是冯玉祥将军旧部，曾在吴门经营各种企业，大中旅社是其中之一。是日下午，国民党军事委员会副委员长冯玉祥将军，巡视淞沪前线阵地，归途中莅苏检查工作，下余之便，走访张中立先生于东善长巷寓邸（在大中旅社后院），正当旧雨重逢，纵谈国是，闲话家常，兴致盎然之际，讵知事机不密，已为日特所侦悉，故日机追踪而至，猝然投弹，图谋炸毙冯玉祥。虽然阴谋未遂，虚惊一场，教训匪浅。当时日本间谍活动之纵广深诡，汉奸特务之出卖灵魂，国民党之软弱涣散，尽露无遗。现虽事过境迁，时隔半个世纪，但缅怀往昔，记忆犹新，抚今追昔，诚令人终生难以置忘。

《冯玉祥将军莅苏侧记》

❖ 黄尚志：苏州难民救济会

1937年日本帝国主义侵略我国，抗战军兴。这时形势可以说地无分南北，人无分老幼，同仇敌忾，掀起了全民族全国性的抗日怒潮。

"八一三"掀起了淞沪之战，苏州地处沪宁的重镇又临近淞沪战区，日本帝国主义实行了灭绝人性的"三光"政策，沿长江一带的太仓、宝山、罗店等地的人民深受荼毒，背井离乡。大批难胞，从水陆二路涌入苏州，暂且安身。

当时，苏城亦掀起了全民族抗日的热潮，为了做好日益增多的难胞的安置工作，由地方热心人士、开明士绅、工商界及地方官员组成"苏州难民救济会"。我回忆是由张仲仁为首，教育局有彭家滋、商会有程干卿、潘子起、刘正康等人参加。……

工作人员，不支薪金都是尽义务的，每天供应中餐便饭一顿。晚上各归家中，早上到会工作，任劳任怨。总会经费，据我所知是总商会及政府拨款、拨粮盐。每天由各区的热心人士和总会部分人员到火车站及船埠携带大批实心的馒头发放。接收各方来的难胞，由总会统一调度，安置在苏城各区的公所会馆及大庙宇内，由当地人士照料组织供应难胞伙食生活。

▷　等待救助的难民

平时各难所的粮食是公家的积谷仓及农民银行粮库内贮谷，由总会派员提取及委托加工，暂寄在各区的粮行中。例娄门肇沅、胥门嘉禾和虎丘半塘毛姓大粮食行中，根据各难民所需要调拨。

一次我和工业学校汪姓青年二人到木渎西街农民银行粮库提取两大船稻谷，船的吨位约15吨，是上海附近征用而来，船上挂的一黄色布旗上盖"第三战区长官司令部"大印鉴，因此路上畅通，这两船稻谷就寄存在毛姓大粮食行中。

平时我经常和汪姓青年接待难胞。当时日本飞机经常来轰炸，车站附近房屋坍倒，群众时有死伤。

后来，日军侵入昆山附近，苏城风声鹤唳，形势紧张。总会及时采取措施，将各区的难民所根据条件，迁到各乡镇暂时较安全的地方，继续工作。

后苏城沦陷，各地难民所无法维持，均一一自动解散。

尚有一事值得回忆，一次日本飞机空袭苏城，飞机低空飞行，扫射枪弹和投炸弹。是日会内办公人员都惊慌失措，有些人急急地躲入防空洞，个别人躲到台子下面。但是仲老（张一麟）面不改色，岿然不动，安静如若，还诙谐地说，大家不要怕日本飞机，我就不信一定打中"头彩"（被飞机击中）。由此可见，仲老临危不惧、安若泰山和抗日的决心。这时，我对仲老敬钦油然而生。

《抗战初期苏州难民救济会纪事》

❖ 沈延平、钱正：烽火前线的"女同志军"

1937年八月十五中秋佳节，我们正集中在苏州火车站待命。战火之中，本已无欢度佳节的闲情。突然，站长告诉我们：刚接到上海电话，日本飞机来了很多，要我们离开车站。我们立即走往车站对面的仓库区疏散，但敌机已经飞临车站上空，对火车站滥施轰炸，一时烟尘滚滚，火光四起，巨大的爆炸声震耳欲聋……

那天苏州火车站的死伤特别惨重。因为，当时停在车站上有十节难民列车和我们的第三卫生列车……而第三卫生列车上的巨大红色十字，恰好成为敌机狂轰滥炸的鲜明目标，因此，在18颗重磅炸弹的一阵狂炸下，连人带车，同归于尽，惨绝人寰。

由于第三卫生列车被毁，我们被调到第五卫生列车，仍然每天晚上接收伤兵，我们每人分工包下几节车厢，抢救伤兵。当时天气炎热，有些伤兵的伤口已经化脓，甚至出蛆，在伤口爬动，血腥脓水的气味十分难闻。有的断手，有的断脚，还在流血不止。我们竭尽全力，做急救工作，总是通宵不眠，一直忙到天亮。到了后方，立即要把伤员卸下。等到工作停下来，我们几个人都累得连饭也不想吃。下午3点钟，我们又整顿车厢，开往前线，迎接新撤下来的伤兵。一天又一天，就这样夜以继日地紧张工作着。我们体力上虽十分疲劳，但精神上是振奋的，因为自己总算也在为抗击日本侵略者而出力了。受伤的将士对我们也很好，在这患难与共中建立起来的爱国情谊，确实使人难以忘怀……这种情景，直到现在，一想起他们憨厚朴实的面容，忠勇坚强的性格，使我仍历历在目，始终难忘。

有一次，上海电影明星到苏州来慰问演出，当登上卫生列车，看到了我们的工作，给他们留下了深刻的印象。其中如郑君里、胡萍等著名明星后来在阊门外的普益社遇到我，热情地说："你们辛苦了。我们都以为苏州小姐是'糯'的，现在看到你们的工作，真是泼辣勇敢，可敬可佩。"

有时我们随卫生列车路过苏州，逢到敌机轰炸，白天不能工作，我们就回到振华女中母校去看看王季玉校长和留校坚守岗位的其他老师。他们见到我们，十分高兴，挽着我们的手东看西看，爱惜地说着："人瘦了。"季昭老师还唤姚孟飞老师快到凤凰街面店去叫几碗大肉面来慰劳我们。季玉校长更表彰我们，说我们是"振华的骄傲"，不愧是一辈中华的好儿女。

《抗战初期苏州"女同志军"琐记》

❖ **胡觉民：**伪省府与杀汉奸

1938年6月初，在日寇导演下，由"维持会"这班底作基础，成立伪"江苏省政府"。地址在东北街的忠王府包括拙政园。伪省长兼财政厅厅长为陈则民，民政厅长兼教育厅厅长为潘振霄，建设厅厅长为潘子义，警务处处长为丁南洲，营业税处长为王百年（吴江人，是陈则民女婿），警察局长为程平若，禁烟总局长为唐慎坊（律师），地方法院院长为朱辅成（律师），警察队第一总队长龚国梁（曾当过水警区长），警察队第二总队长为马衡（律师又当过典狱官）。到8月中，由南京"维新政府"派无锡人秦冕钧来当教育厅厅长；又有陈则民的胞弟陈福民当高等法院院长。到1939年，南京又派郝鹏举来当财政厅厅长。

这个伪省政府权力所及除一个苏州城外，还有附近及沿铁路线当时日寇可以控制的16个县城。至于伪省府的经费，则因1937年12月成立"维持会"时，向观前的中国、交通、江苏等几家银行打开库房，攫取到的五六十万元，用到1938年5月，已经告罄。日寇认为用钱漫无标准太浪费，因此伪省府的经费，由日寇随时规定，并无预算。

继陈则民之后当伪江苏省省长的，计有李士群、高冠吾、陈群、郝鹏举等人。李士群当了伪省长，进出时在他汽车的前面，有四个乘摩托车的全副武装卫队，摩托车上架有机关枪，在市上疾驶而过，实在是提心吊胆地防人暗杀。

3月29日为黄花岗七十二烈士的纪念日，日寇特于事前通知各学校，一律不准放假。同时由伪省府发表这一天作为"维新政府殉难先烈"的纪念日。

接着苏州暗杀汉奸事件就有好几起。

在汉奸们庆祝"维新政府"一周年第三天，冯心支在他常去的碧凤坊花园茶室喝过早茶后，从后门通过夹弄要到观前街去，就有一个青年，拔出手枪向他射击，可是没有打中，第二枪才打中冯的头部，未中要害，青年为日寇宪兵队追捕住。自道姓名为张志清，丹徒人，23岁，并在他身上查出名单一纸，共有苏州汉奸13名。

4月13日，又有伪民政厅秘书姚绩安乘人力车经过临顿路南显子巷口，突来一人拦住去路，拔出盒子枪对姚胸口连击三枪，见已殒命，扬长而去。事后日寇宪兵队即命令伪警局宣布戒严，并将城门紧闭，禁止进出。下午出动大批男女伪警察挨户搜查，同时在路上布双岗，形势显得非常紧张。入晚后路上行人稀少，仅有伪警往来巡逻，这样戒严，连续三日，结果终无所获。伪省长陈则民并令伪警局限七天破案。伪警局则悬赏2000元缉凶，两星期后，伪局长程平若引咎辞职未准。此后又有吴县伪县长郭曾基和彭子嘉先后在路上被暗杀殒命。

16日城门开放后，就在这天，苏州大小汉奸有200余人都接到邮递的警告信，这批警告信分两种，一种是缮写的，又一种是印刷的。接到缮写信的都是大汉奸，内容历数收信者的罪状，限几天内自尽，否则即须严厉对付。因此，汉奸们大起恐慌，有的特雇了三名保镖，进出跟着。第二类油印信则都寄给一般伪机关职员和学校校长等，共有200多封。

众汉奸接到这一批警告信后，便如芒刺在背，人人自危，据说当时伪省府各厅处人员有十之六七都想辞职，但不敢出口。过了两天，他们商量一个"自卫"的办法，相约到了伪省府即不出大门一步，并关照门岗伪警，凡有人来访，一律拒绝接见，在规定办事时间以外，终日在内饮酒打牌，夜间则留宿在内。但这还只一批伪主任、伪科长之类有此条件，等而下之的一般小职员不可能留宿，就另想办法，既不到伪机关去，又不辞职，几个人合伙在旅馆中开一房间，也是终日饮酒打牌，因为这样比住在家中安全。旅社中时常有寇兵和伪警检查旅客，而且遇事可以利用电话接洽，接到警告信后立即辞职的，只伪教育厅省督学杨咏裳一人，"大民会"宣传主任庄骧则以有事去南京接洽为名，不敢回苏州。当时汉奸的恐慌情形，可以想见。这一时期的伪组织，就因此而陷入瘫痪状态。

《抗战时期苏州见闻》

❖ 惠志方：国民党溃败，解放军进城

八年抗战，终于在中国人民的浴血奋战中宣告胜利。人民欢欣鼓舞，对国家振兴、事业发展满怀美好的希望。但是，国民政府接受敌伪政权资产的人员，却成了"劫收大员"，他们在接收中，把票子、条子（金条）、女子（伪官宦姬妾）、房子、车子疯狂占为己有，其贪渎行径与敌伪官员如出一辙。民众的失望愤怒是可想而知的。

蒋介石坚持消灭共产党的顽固立场，全面内战因此爆发。内战的扩大，导致国统区经济的全面崩溃。先是滥发货币，造成物价飞速高涨，后来，妄想用政令控制物价上涨。1948年8月19日，国民党政府以总统令颁发《财经紧急处分令》，发行金圆券，冻结物价、冻结工资、冻结国民政府原

先自行实施的按市场价格计算公布的"生活指数"。然而，物价并不听从行政命令。官方命令冻结，黑市自管运行。商店官价无货，黑市盛行，近于失控。于是，国民党政府只能宣告解冻。战争的巨额经费靠横征暴敛支撑，官员依然无究贪渎，甚至，用勒索手段逼迫民族工商业者交缴巨款。这样的行径，终于使民众对国民党政权丧失了信心，得出了必须改朝换代的结论。短短几年，国民党就把抗战胜利积累的政治资产挥霍一空。政治清明、经济振兴的美好愿望，无法在国民党统治下实现。工农群众、民族资产阶级、小资产阶级，都把发展前途寄托在中国共产党身上。于是，各派政治力量团结在中共周围，形成了以中共为领导的多党合作的强大政治力量。

物价即民生，民生即民心。争夺民心向背，是中共地下组织在国统区的主要斗争。国民党政府限价失败，恢复了"生活指数"，又自欺欺人地搞了一套不符合实际市价的"生活指数"。针对这一恶劣的做法，中共苏州工委指示党员，策动总工会按国民党政府规定的内容，根据本地实际物价，测算"生活指数"，并且抢在国民党政府公布前发表了测算的数值。工会测算当月物价为标准实物的16.5倍，而在工会之后国民党政府公布的指数仅为8.1倍。于是，群情激愤，为争取合理的生活指数，地下党发动了丝织业及其他行业的大规模罢工。

当然，要苏州工商界实行远超各地同业的工资指数是不现实的。在取得当月增加30%津贴的协商决议后，罢工有理有节地结束。更重要的收获是在政治上，经此一役，罢工与国统区"反饥饿、反内战"的民心相互呼应，进一步揭露了国民党政府欺压工人阶级的本质，增强了总工会及产业工会的影响力。而此时的总工会，已经在中共秘密党员及其积极分子的控制之下，它能联络总工会理监事中半数以上的成员，起到影响议决案的决定作用。

1949年春节后，苏南面临解放大军横渡长江之势。国民党军队节节败退之际，在苏州城内修筑大型碉堡，做出准备据守的姿态。但实际上，却以此与工商界谈判，勒索巨款后逃跑。此时，中共苏州城工委开展了护厂护店活动，发动职工，维护工矿企业，免遭敌特破坏。为防止溃败的军警流氓土匪抢劫破坏，中共苏州城工委指示总工会，发起组织工商自卫队。由工商界出钱购买枪支，职工群众出力，成立了工商自卫队。中共苏州工委书记张云曾亲自会见工商界代表陶叔南、张寿鹏、朱宏涌等人，消除他们的顾虑，鼓励工商界购买枪支组织自卫。同时，策动总工会召开各业代表会，动员职工出力护厂。并策划了由商会召开各界联席会，商讨合作应变事宜。在联席会上，邀请国民党吴县县长王介佛出席，强调为应变需要，促使他表态支持组织武装自卫队。之后，商会即用数千石大米购得枪500余支，组成了工商自卫队，在主要街道站岗放哨，威慑宵小，维持治安。这支实际上由中共地下党指挥的民间武装队伍，填补了国民党军警败退时出现的社会治安空白，有效防止了混乱。千年古城毫发无损地留在了人民的手里。解放军发起横渡长江的战役，中共苏州工委书记张云曾在丝织业工会所在地（云锦公所）志成小学，召集马崇儒、汪荣生、惠志方开会，宣布由三人成立临时指挥组，统一指挥护厂护店工作，对外则以商会、总工会代表名义。指挥部设在鹤园，指挥工商自卫队护厂护店。会议决定由惠志方代表指挥组，利用观前街苏州电气公司经理部的直通电话（对讲电话），通过各区变电所，掌握全城治安动态以及解放军进军消息；通过市区电话，了解各重点厂矿企业信息，及时传达护厂要求。1949年4月27日凌晨，枫桥方向传来了枪声，宣告了解放军进入了苏州。当中共地下党负责人会同中共中央上海局外县工作委员会代表，陪同解放军先头部队进入平门时，受到了有组织的各界代表欢迎，同时，另一支部队从金门进入城内，苏州宣告解放。

《在迎接苏州解放的日子里》

❖ **傅承宗：解放了，呼儿嗨哟**

苏州解放那年，我11岁。时隔60年，解放前后几天的所见所闻仍历历在目。

1949年4月25日，上了半天课，学校宣布放假。我和弟弟妹妹回到家，就见二房东手捧酒杯对邻居们发表议论："这几天对面新四军、共产党就要来了。我说大家多籴些柴米油盐什么的，说不定市面上要乱上几天。"见众人没有反应，他又自言自语："新四军、共产党赤手空拳打天下，也确不容易。""新四军、共产党是谁？他俩是男是女？"不知谁问了一句。"你们这些女人什么也不懂，我怎么对你们说呢？"二房东不耐烦地提起筷子，蘸着白酒在饭桌上写了"新四军"三个字，"这么说吧，新四军就是兵，共产党就是带兵的官，懂了吧？"这时，我脑海中出现了关羽、岳飞那样的大将英武地率领队伍驰骋疆场的情景。

▷ 1949年4月苏州市民庆祝解放

　　半夜，我起来小便，见母亲还在灯下纳扎鞋底，觉得奇怪："妈，怎么还没睡？""妈睡不着。"等我重新回进被窝，妈走过来搂着我说："你舅舅要回来了。"妈告诉我，她有个同胞弟弟，以前在太湖打游击，后来听说当了新四军，已经好多年消息不通。这下可好了，可以团聚了。下半夜我也睡不着了，一面数着敲更声，一面想着舅舅的模样，猜测他不知是当兵的新四军还是当官的共产党。

翌日清晨，街面上少了一份往日的喧闹，近郊挑担上城卖菜的农民也少了。东小桥河埠头卖菜船也突然销声匿迹。驻扎在马路对面沈宅大院内的国民党军队也不知什么时候逃遁一空。将近中午，四岔路口糖果店首先上塞板，附近商店也紧跟着打烊。

夜幕还未降临，街头巷尾已基本不见人影。大家吃罢夜饭，谁也不睡，一宅门三户人家都围聚在楼下客厅。不知是停电，还是故意熄灯，二十来个人都在黑暗中默坐，谁也不敢出声。这一夜特别宁静，没有了"五香茶叶蛋"的叫卖声和"笃笃笃"卖糖粥的梆竹声，只有偶尔从远处传来的枪炮声。这一夜也特别长，坐在竹椅上几次睡着了又醒，醒了又睡着。

终于，曙光从南窗射进屋里，大街上突然一阵啰唣。大家一起哄到三楼，从沿街窗户中看到城东天赐庄方向涌来一群大学生，手里拿着横幅、旗帜，又贴标语，又散传单，又喊口号，又唱歌曲，原来天真的亮了，苏州解放了。

又到了每周一次的周会，但大礼堂的布置变了。台中央墙上换了两幅新的（朱毛）肖像。主席台旁边还多了一架风琴。开会的仪式也变了。一开始李教导主任就郑重地向大家介绍新来的王校长、徐副教导主任和一位钱姓教唱歌的年轻女教师。介绍甫毕，李教导主任就请王校长训话。王校长貌不惊人，大鼻头、矮个子、尖下颚上长着大胡子，说话声音洪亮。"同学们，大家好！新社会讲民主，讲平等。这不叫训话，叫讲话。你们是国家的珍宝和栋梁……"没几句话，就把大家镇住了。徐副教导则更有趣，先作自我介绍："我叫徐天行，徐就是慢的意思，我慢慢地在天上行呀，走呀，看到了带城小学可爱的小朋友，于是就落下云头来到了同学们中间。你们欢迎吗？""欢迎！"异口同声的回答像训练有素的官兵。有趣的开场白，把同学们都逗乐了。再没有人觉得脚跟酸痛。轮到钱先生讲话，第一句就向大家发问："同学们喜欢唱歌吗？"礼堂一阵骚动，但没有人立即回答，她接着问："那你们喜欢听唱歌吗？""喜欢！"这下子回答的声音又齐又响，震得两旁窗格也有反应。"好！以后我将教你们唱很多新歌，今天先给同学们唱支《东方红》。"说着就立在琴旁，打开琴盖，用右脚踏风板，放开歌喉激扬地自弹自唱起来："东方红，太阳升，中国出了个毛泽东……"我第一次听到这首歌的名字，但有种耳熟的感觉。

　　唔，想起来了，苏州解放那天，东吴大学的欢迎队伍曾经唱过这首歌。对！门缝中塞进来的那张传单，上面油印的不就是《东方红》的歌词"他为人民谋幸福，呼儿嗨哟，他是人民大救星"。嘹亮的歌声在大礼堂中回荡。

《解放了，呼儿嗨哟》

第四辑

姑苏古城里的新旧擦肩

传统与新风·

❖ 仲老虎、周德华：一张"剪辫子"的告示

▷ 剪辫子

辛亥革命以后不久，国民军到达盛泽。盛泽镇上挂出了"光复大汉，欢迎同胞"的横幅。国民军身穿便服，只是在左臂上戴个臂章以示识别。那年，我才11岁。有一天，我去逛东庙，见庙门口围着许多人在看告示，旁边还有一个人在打锣，高声叫喊，意在吸引大家都来看。我也挤进人群去看。告示的内容是劝剪辫子，记得全文是：

一条满洲辫子，二百余年受累，

三朝两日梳头，四季衣衫油腻，

伍君新近发起，陆续剪除臀尾，

七发不用添麻，八月武昌起义，

九九归愿剪脱，十分称心如意。

告示是木版印刷的，落款日期是中华民国元年，至于落款则记不清了。
这张告示在西庙门口也贴了一张。

当时，看的人议论纷纷，不少老年人摸摸身后的花白辫子，似有不愿
割掉的样子，而年轻的则摔动乌黑油亮的辫子，显得兴高采烈。以后街上
留辫子的逐渐少了。我头上的辫子就是在那个时候剪掉的。

《"剪辫子"告示》

❖ 黄钧达：苏州第一报

清光绪年间，上海出了《申报》，无锡也出现了地方报纸，而苏州却无
报纸。这时，旅居苏州的常熟人黄人与庞树松、庞树柏兄弟等，便商议要
创办一份报纸，以开苏州报业之先河。

黄人（1866—1913），原名振元，字摩西、慕韩。东吴大学创办时被
聘为主教习，主编了我国首部《中国文学史》和中国近代第一部百科全书
《普通百科新大辞典》，以独特的小说理论，奇思横溢的诗文著称一时，被
称为"苏州奇人"。庞树松，又名独笑，字栋材、树坤，号病红，樗农，弱
冠补博士弟子员，工骈散文，善诗词。其胞弟树柏（1884—1916）又名芭
庵，字柴子，号绮庵，别署龙禅居士、剑门病侠，弟兄俩都是同盟会会员。

在光绪二十六年，黄人与庞氏昆仲等就在苏州组织成立了苏州第一个
文社——"三千剑气文社"，以文会友，评说时事，鼓吹革命。1909年，陈
去病、高旭、柳亚子等组建的革命文学团体"南社"成立，黄人即率领

"文社"加盟，由此他们都成了南社的早期成员。

要办报，办什么报？起什么名？他们分析了国情和形势，为宣泄心声，首先给报纸命名为《独立报》，以表达他们的思想意志和报纸特色。

经过一段时间的筹备，于清光绪二十六年（1900）春，一张用毛边纸木版印刷的四开四版日刊报纸——《独立报》在苏州问世了，这就是苏州历史上的第一张报纸。黄人任总编辑，主管报纸的编辑工作；庞独笑任经理，全面负责报纸的印刷、发行、广告等经营业务。为阐明发刊宗旨，黄人特撰写了一篇题为《独立报缘起》的发刊词。据庞树松回忆说：黄人这篇发刊词长达五万余字，借明讽清，"语多精辟，阅者以谓《三都》《两京》不啻也"。可正因为该报内容新潮，思想激进，最终发行不到一年，《独立报》未能逃脱厄运，被苏州知府彦秀以"言词犯上"而查禁，于是这份苏州第一报就此销声匿迹。

这次发现的黄人《独立报馆》手稿是宣纸质地，红色稿格，版心下方印有"独立报馆"四字。手稿题名为《伦敦之寄迹》，文章记述了一位日本绅士初到英国，由于语言、环境和生活习惯的不同，在热闹的伦敦都市像刘姥姥进了大观园，在过马路、乘地铁、逛公园以至上厕所等生活细节中产生了很多啼笑皆非的故事。这些手稿用毛笔书写，虽有修改但字迹端正清楚，这也许是黄人撰写或翻译的一篇故事，誊写在《独立报馆》专用稿纸上以供刊登。由此我们可以推断，这份苏州第一报《独立报》在引讲西方文明介绍先进科学技术方面所做的努力。其办报宗旨亦可窥一斑。

《苏州第一报》

❖ **汪青萍：**新式帽子受欢迎

过去，我们常熟南市心一带开设几家旧式帽店。它们是一品斋、赐福堂、邵品升、庆泰盛，这几家帽店的招牌名称，明显地具有封建、吉利的色彩。它们是适应清末民初当时的潮流。

这几家帽店的特点是前店后作坊，都是自制自销。作者在幼年时期，大约五六十年前，亲眼看见这些店的橱窗里和柜台上，还放着清朝官吏所戴的红缨帽等，但大部是各种西瓜皮帽，有夹有棉，帽面原料用京缎、建绒，多数是黑色的，夹里用青的或红的两种颜色的平布。西瓜皮帽由六块布料拼成，如半个西瓜形，故名。帽檐加上阔边是用同样的面料布，帽顶上加结子，有丝的、线的结子，也有珊瑚顶子，有红色的青色的或黑色的，女人的帽子名叫"横捆"。大约在20年代初以前，西瓜皮帽老少咸宜，还盛行一时。"风兜"多数为老人喜用。

20世纪20年代后，情况就逐渐有所变化了。各种新型的帽子从大城市逐渐传到小城镇，如铜盆帽（即泥帽）、鸭舌帽、罗宋帽等，夏季有各种草编帽，妇女、儿童的有用绒线、羊毛编结的新型帽子，冬季有风雪帽等，帽式新型，层出不穷。

旧式帽子随着时代的变迁，销路每况愈下，直到无人问津。红缨帽等进入历史博物馆，西瓜皮帽、横捆、风兜等当然相应地随历史潮流而淘汰。

《帽子的变化》

❖ **温尚南：从无声到有声，告别默片时代**

1929年，有声电影开始传到苏州。

1929年1月23日《苏州明报》载："青年会定今日（23日）与27日两日下午试演有声电影，昨已函致各机关，并附入座券，请前往参观。"1月27日《苏州明报》又载"苏州青年会有声电影映讲"："青年会讲映有声电影颇能轰动社会，青年协会干事韩镜湖口讲手指对发明之原理，内部构造，讲述尤详。今日为最后一天，专为招待会员及各团体代表。"说明北局青年会不仅这时已放映了有声电影，还将放映机、影片、扩音器材陈列，让观众参观，并有放映技师旁解释片上发音的原理。这时放映的有声片，虽然还只是美国初期在片中穿插了几段台词和歌曲，放映的影片又无片名记载，但这是苏州试映有声电影的开始。

1930年6月29日，宫巷乐群社正式对外营业，首次放映了上海联华影业公司1930年摄剩的无声黑白部分歌唱配音故事片《野草闲花》（编导孙瑜，摄影黄绍芬，主演阮玲玉、金焰、刘继群），影片具体描写懒木匠（刘继群饰）夫妇逃难途中，从一具饿死的女尸身旁拾得一垂死女婴，收为养女，取名丽莲（阮玲玉饰）。16年后懒木匠定居上海。时其妻已过世，遗下两女上街卖花。一天，丽莲在街上险遇车祸，经青年黄云（金焰饰）救助，幸免于难。黄云原为富家子，酷爱音乐。因不满封建家庭包办婚姻，被父逐出家门，流落街头。懒木匠感其救女之恩，留住在家。不久，黄云发现丽莲有歌唱天赋，亲编《万里寻兄》歌剧，教其演唱。旋又筹集经费公开演出，并自饰军官一角。丽莲演出成功，一举成名，两人遂订婚约。事为黄父所悉，责子大逆不道。百般阻挠。结婚前夕，黄父乘黄云外出之际，纠集黄云舅母、姑母等人，闯入懒木匠家，威胁利诱，迫其解除婚约，并恶语责骂丽莲断送黄云前程。丽莲强忍痛苦，甘做自我牺牲，从此故作狂荡，涉足舞场，无端提出与黄云解除婚约。黄云悲愤疑虑，百思不解，当众指责丽莲为野草闲花，重回家门投靠其父。某夕，剧院经理为招徕观众，强令丽莲重演《万里寻兄》。丽莲登台见军官一角已易他人，一时悲痛，昏倒台上。黄云自家仆口中得知此情，悲喜交集，再次离家，负疚回到丽莲身边，求其宽恕。影片中蜡盘发音配的歌曲《寻兄词》（孙瑜作词，孙成璧作曲）是我国第一支电影歌曲，也是苏州第一次放映的蜡盘发音国产部分歌唱配音片。

苏州最早的一家专业有声电影院是位于观前北局的"东方大戏院"，该戏院创办于1929年2月15日（春节），初名为"东吴乾坤大剧场"，后改组为"大观园乾坤大剧场"和"发记大舞台"，专演京剧。1930年7月由无锡中南电影院经理郭子颐接任承租，并自任经理，更名"东方大戏院"，改映电影，于7月14日正式开业。开幕日首映的有声片是美国派拉蒙公司出品的

《美艳亲王》，票价分别为八角、六角、四角。后又放映了《玫瑰姻缘》《花团簇锦》《新美人计》等。有声电影的放映，一改原来无声电影的沉闷，引起了观众极大的兴趣，开始营业很好，后因外国原版影片观众看不懂，加上房屋楼面倾斜危险，于1931年6月5日停业。房屋修缮后，由公园电影院老板叶贻寿租营，沿用"东方大戏院"之名，于1932年4月14日开业。叶深知英美影片原版观众看不懂、营业不好的教训，故全部改映国产故事片，开始为招徕观众，选择一些观众熟悉的民间故事为题材的影片，如《乾隆游江南》《上海浩劫记》《兰花姑娘》等。1931年10月28日，影院放映了我国第一部片上发音影片《雨过天青》……这时国产影片摄制尚少，一片放映周期长，加上大光明、苏州电影院相继崛起，1932年11月14日，苏州第一家专业有声电影院宣告结束，翌年1月郭子颐再度承租，改名"开明大戏院"，仍演京剧。

值得一提的是，1931年4月11日，苏州公园电影院放映了我国第一部有声片《歌女红牡丹》，也是苏州最早放映的一部蜡盘发音国产有声故事片。影片写女主角红牡丹嫁了一个无赖丈夫，她声名极盛时，月入颇丰，仍不够丈夫挥霍。为此屡受刺激以致嗓声失调，但她对丈夫还是忍气吞声，委曲求全，及至她沦为三四等配角，生活潦倒不堪，丈夫还不时虐待她、剥削她，后来红牡丹的丈夫因卖掉女儿，心情懊恼，以致失手杀人，被捕入狱。红牡丹不咎既往，在临赴外埠演戏前，还到狱中探望丈夫，托人营救。这时有人问一个一直追求红牡丹、并在危难中多次帮助她的人："我真不懂，这个女人是怎么回事呢？她男的这样地待她，她还是这个样子。"那人用这样一句话结束了整个影片："真是拿她没有办法——只怪她没有受过教育，老戏唱得太多了。"影片通过对红牡丹这个深受封建意识毒害的歌女，遭受重重压迫而仍不觉悟的描写，暴露了封建礼教对妇女心灵的摧残和毒害，抨击了红牡丹的丈夫——一个封建遗少的无耻寄生生活，具有一定的现实意义。影片利用有声的优越条件，穿插了京剧《穆柯寨》《玉堂春》《四郎探母》《拿高登》四个节目的片段，这大概是观众在银幕上第一次听到戏曲艺术唱白。这部影片1931年3月15日在上海新光大戏院首次公映。20多天后便运来了苏州上映。因为是中国的第一部有声片，同全国其他各城市一样，当时也轰动了苏州，受到苏州人民的热烈欢迎。

《苏州有声电影的放映》

❖ 周襄钧：市民公社

苏州的市民公社是过去一种群众参与市政的团体。早在辛亥革命之前，观前街、道前街、养育巷等地区，已经出现。民国以后，自1913年到1927年间，相继成立的已遍及城内外。当时组织市民公社的，都是所谓绅商界中人物，无非是地主和资本家以及小资产阶级分子。社有正副社长作为对外代表与对内负责人，下设评议会，有评议员若干人，对市政兴革诸事做出建议和措施，另有办事人员三数人分任会计、庶务、调查、文牍等职务，除办事人员酌支津贴外，其他均为无给职。社长评议员都是全体社员中用互选方法选出的。社员之取得，只需按月认担经常费若干，便有选举权和被选举权。

市民公社主要的工作：最初注重于修道路、平桥梁、砌平桥级、通沟渠等城市路政建设，以后逐步扩充到消防、卫生以及社会救济等群众福利事业，并又参加冬防等协助治安工作（不久消防事业另有救火联合会分区分段专责领导，冬防工作亦有商团本部统一编制指挥）。过去城厢内外的清洁街道、清洁尿池、公厕以及寒冬舍衣施粥、夏令茶亭、防疫等设施，都是市民公社主办的。

《市民公社》

❖ 王晓红：开风气之先的"王三太太"

在辛亥革命前后，苏州无不知有"王三太太"其人的。王三太太名谢长达，嫁王颂卿，王颂卿和他父亲曾先后任职清廷内阁侍读学士和浙江按察史，是个封建礼教很浓重的官僚家庭。谢长达是个知书识字、能够接受新思想而有才干的妇女，由于受了当时资产阶级改良主义的思想影响，在她52岁那年起到86岁去世时止，先后发起了妇女放足会、创办振华女学、组织女子公益团等推动社会前进的工作。

发起妇女放足运动。以前女子大多数是缠足的。"小脚一双，眼泪一缸"，这是中国历史上最野蛮愚昧现象之一。到1901年（清光绪二十七年），清王朝曾以"上谕"通令各省，劝导妇女不再缠足，可是一般妇女因旧礼教的约束，非但已缠足的不肯解放，且对幼女依旧强迫缠足。谢长达觉得在积重难返之下，仅靠纸文是不能收效的，须由最讲求礼教的士大夫家属首先提倡，且须作有组织的扩大宣传，才能使妇女群起放足成为风气，未缠足的幼女也就可不再被迫缠足。因此她即以身作则，先自放足，并发起组织"放足总会"，自任总理。先动员一批苏州缙绅之家的老年眷属参加，当时有71岁的黄季兰、58岁的徐淑英、51岁的蒋振懦、60岁的陈季香、68岁的张丹叔夫人等数十人。由于那时社会有很多顽固男子以卫道者自命，对谢长达发起放足会颇有骇怪非笑而反对的。所以放足总会于翌年春初开成立会时，为防止有男子前往干涉参加开会的妻女，因而另派男子在会外接待。其所发开会通知如下："苏州放足会择于正月十六日午后两点钟，在葑门内十全街王太史第内厅同议会事，敬请贵族女士光临教正是盼，本会女士同启（会费不派分文），倘贤士大夫光临者，请径至前厅，另有人接待。"

开会后，宣布谢长达拟订的苏州放足总会章程，并推举年龄最高的黄季兰为会长，谢长达随把她未放足时所穿弓鞋和放足后所穿宽大舒适的缎鞋，给众传观，证明放足后可以行动自如，操作便利。她在反复说明中国妇女必须放足的道理时说："路都不能痛快地走，怎么可以做事业呢？"随后便经与会的人议定在章程中增加如下的一条："初次入会，仍可弓鞋，二次必须改式，若因循如故，是终无放足之意，即行除名，作出会论。"并拟议了放足会的宣传办法和向各地推广设立分会的步骤。之后，谢长达即亲赴各乡镇和苏南苏北各地宣传，劝导放足，组织分会，一时各地闻风响应，有很多地区成立了放足分会。

▷　谢长达（右一）与振华女学董事合影

创办振华女学。谢长达于发起放足之后，又以女子要参加各种社会工作，必须先受教育。苏州虽被说成为"三吴文物之邦"，而当时所有稍具规模的女学，都为基督教会的外人所设，将成喧宾夺主局面。因即募捐开办费1000余元，于1906年（光绪三十二年）在严衙前创设振华两等小学一所。……至1915年（民国四年），苏州设立江苏女子师范，振华的简易师范科并入女师，而添设幼稚师范科，并将校舍迁入十全街王氏余屋。1918年，谢长达的女儿王季昭、季玉先后自国外留学归来，谢长达以年老倦勤，始将校务交其女季玉接办。与振华同时举办的其他许多女学，都已先后停办，振华则由小学而中学，蒸蒸日上，不能不归功于谢长达当初惨淡经营、独力支撑打下的基础。解放后，振华女学由公家接办，改组为江苏师范学院的附属中学。

《清末民初苏州的妇运》

❖ 董寿琪：配一副新式眼镜

苏州是中国眼镜的发源地，历史上曾诞生了孙云球、诸三山等著名的光学大师和制镜技术高手。明清时期，苏州的虎丘和专诸巷都是全国闻名的眼镜制造基地，姑苏眼镜畅销四方。

20世纪初，随着西风东渐的浪潮，特别是洋货的大量涌入，使中国原有的老式眼镜渐渐失去市场，西式眼镜受到青睐。正是在这种时代风气的变迁中，为了打破洋人垄断中国西式眼镜市场的局面，1911年，10多名致力于发展民族工商业的人士在十里洋场的上海滩上开设了全国第一家由中国人经营的新式眼镜公司——中国精益眼镜公司。该公司从高登洋行购买进口机器加工镜面，采用先进的验光技术，大大提高了眼镜的质量和佩戴效果，一时声名鹊起，生意红火。精益公司在短短几年间就在北京、广州、香港等18个主要城市设立了分支机构，使精益眼镜店遍布全国，成为我国最大的眼镜公司。1919年，孙中山先生曾亲自至广州精益眼镜公司验光配镜，接受服务。高兴之余，这位伟大的革命家欣然题写了"精益求精"四字。精益店由此名声大振。

苏州紧邻上海，常常得风气之先。1918年，苏州也诞生了全市第一家新式眼镜店——明光眼镜行（后改称光明眼镜店——编者注）。该店设在观前街159号，开业资本为旧币440元，采用股份制，第一任经理刘百雄。刘氏原来在苏州从事钱庄业，后通过亲友关系到上海精益学艺。学成后回到苏州，与人合伙开明光店。明光虽非上海精益的分支机构，但无论在设备采购、材料进货，还是经营销售方面完全克隆上海精益。相对于当时苏州的老式眼镜店来说，明光带有洋式的业态受到消费者的认同。开业后，生意兴隆，尤为知识界、政界人士所信赖。本地的上层名流，如李根源等都到明光配过眼镜。国民党元老邵力子也为商店题字。由于经营有方，明光很快在苏州树立了自己的品牌和形象。

《开风气之先的光明眼镜店》

❖ 郑凤鸣：独领风骚的南京美容院

苏州理发业中的名店——南京美容院，位于石路5号。创办人张国顺，扬州市邗江县（今邗江区）人。他16岁到上海有名的南京美发厅当学徒，学得一手理发好手艺，他做的滚钳烫发，波浪式的发型翻卷自如，堪称绝技。后来，日寇侵华，他投奔在苏州的谢姓岳丈，先在东方理发店当师傅，手中有积蓄后，便与人合股，于1940年在石路5号开业，取名"南京美发厅"。

▷ 民国时期烫发的女子

最初的南京美发厅是双开间门面，进门两排各放四张理发椅，第二间有一排转椅式小沙发，后堂安放三个洗头池和一只烧热水用的炉子。店里共有八个理发师和四个学徒。理发师全是男性。工作时，他们穿着硬领衬衫，系领结或领带，下身笔挺的西装长裤，有时穿耀眼的白帆布长裤，皮鞋锃亮，风度翩翩。

20世纪40年代中期，石路周围的栈房、餐馆、商店、书场、戏院、妓院很多，附近还有救火会、兵营，因此，有钱的老板、太太、小姐、演员、军官等常常光顾南京美发厅。更主要的是南京美发厅能够把头发染黑、染黄，会做当时很时髦的西式小分头、大包头、女式轮子卷发、头发团、欧米式、飞机式等发型，因而受到顾客的喜爱。营业时间从早上一直到晚上10时，生意十分红火。日益增加的业务量，使南京美发厅的规模逐步扩大，左右隔壁雨鞋店、杂货店等小店一一被南京美发厅盘下来，最火时曾达到八开间门面。只数年的发展，南京美发厅就与观前邵磨针巷的汉民、大成坊巷的九洲齐名，成为苏州最有名的三大理发店之一。

《独领风骚的南京美容院》

❖ 汤哲声、张卉：由旧入新的包天笑

1880年，刚满四周岁的包天笑就入私塾读书，第一位启蒙老师为陈恩梓。在包天笑求学之路上，曾师从六位先生，包括陈恩梓，其他分别是何希铿、姚和卿、顾九皋、朱静澜以及徐子丹。在包天笑读书期间，包天笑的兴趣不在刻板的四书五经和八股文上，而是迷恋于民间通俗文艺和中国古典小说。他喜欢看戏，听说书。童年常常偷看像《说唐》《封神演义》《红楼梦》《三国演义》《牡丹亭》这类古典小说和传统戏曲。阅读兴趣的"偏移"使得他在1889年第一次科举考试中名落孙山，好在包天笑此时年纪仅有14岁，并且是初次跋涉科场，所以并未给家里带来多大的不快和失望。

然而，包天笑童年时的这种阅读兴趣正好与他日后人生之路相契合了。

1892年，包天笑的父亲去世，此时才17岁的包天笑作为家中唯一男子，不得不挑起家庭重担，读书生涯也就此告终。迫于生计，包天笑在家开馆授徒，当起私塾先生。第二年包天笑出门当西席老夫子。同年，包天笑与苏小姐正式订婚。1894年，包天笑第二次参加科举，以名列当地考区十九名的成绩，成了一名秀才，考官给其文章的批语为"文有逸气"。

▷　小说家包天笑（1876—1973）

1900年，在包天笑等人的倡议下，朱伯荫、杨紫骥、王棣卿、戴梦鹤、马仰禹、包叔勤、李叔同，加上包天笑八人成立了一个较为紧密的学友会——励学会。他们互相砥砺，切磋学问，讨论时局。在时代大潮的冲击下，包天笑的思想也逐渐开阔起来，并且开始学习日文。励学会此时办了两件"开风气"的事情：一是办东来书店。他们经营东来书店志不在盈利，而是力图使文化得到传播，包天笑被推任经理。东来书店对新式书刊在苏州的传播无疑起到了重要的作用，包天笑也由此熟悉了上海一批出版界的朋友，并结交了许多文人学者。二是办月刊《励学译编》。它是用木刻的方法出版的一种杂志，内容主要是译自日本关于政治、法律、社会、人生方面的文章。1901年，包天笑与杨紫骕合译的《迦因小传》被收入其中，公开出版。这也是包天笑公开出版的第一部文学作品。

同年10月，包天笑和表兄尤子青创办《苏州白话报》，包天笑集编辑、校对、发行于一身，显示出编辑才能。《苏州白话报》追求文艺的大众化、通俗化和语言的白话化，是我国较早的一份白话报纸。

包天笑不但在小说创作上有重要的贡献，在中国近现代文学史上包天笑在很多方面也是"开风气"者。

⋯⋯⋯⋯⋯

他是我国最早的文艺期刊编辑之一。早在戊戌之后，包天笑就在家乡苏州办了《励学译编》和《苏州白话报》，从1902年到1917年全国有61种主要文学杂志，由包天笑主编的文学杂志就达四种：《小说时报》《妇女时报》《小说大观》《小说画报》。这四种杂志在当时是最有分量和影响力的。其中《小说时报》对小说趣味性、娱乐性的追求，被认为是1902年梁启超创办《新小说》宣扬小说革命以来的一个重要转折，也被视为具有"鸳鸯蝴蝶派"特征的第一个刊物。《小说大观》首创了长篇小说一次刊完的先例。这类杂志图文并茂，看重文学娱乐性、趣味性，将报纸杂志的读者从社会的精英向中下层读者推移。在这类杂志上包天笑也迅速认识了集结起了当时众多小说作家，组成了中国现代平民小说的坚实阵容。包天笑这样说道："每一册上，我自写一个短篇、一种长篇，此外则求助于友人。如叶楚伧、姚宛雏、陈蝶仙（天虚我生）、范烟桥、周瘦鹃、张毅汉诸君，都是我部下的大将，后来又来这一位毕倚红，更是我的先锋队，因此我的阵容，也非常整齐，可以算得无懈可击了。"这些都是中国现代平民小说的主干作家。

《提倡新政制、倡导旧道德的包天笑》

❖ 章祖伟：电话局与电报局

苏州自有电话以来，不论商办、省办，经营目的，无非以服务为名，贸利是实。所以苏州电话局创始时的机线设备十分简陋，是很自然的。陈旧的磁石单式交换总机，锈烂的导电不良铁质单线，毫无专业知识的管理人员，技术低劣的机线话务员，加上孜孜为利的经营方法，毫无疑问，使苏州电话局不得不像一个先天不足后天失调的孩子那样百病丛生。1917年由交通部接办之后，一仍旧贯，并未有所改善，而且机线工程质量和服务态度窳败达于极点。到了1919年冬季大风雪侵袭时，电话局的主要杆线几乎全部倾倒。由于碰上了火力电线，又发生丧亡生命燃毁机件的事故，因而停话将近两个月。

▷ 民国时期的电话局

当时苏州人发出要求立即恢复通话和迅速改良电话的迫切呼声。后来交通部才指派王之钧为主任工程师，成立苏州电话改良工程处，负责恢复通话和安装新的电话机线设备，并把新局址设在闾邱坊巷。总机采用美国西方电气公司第一号复式共电交换机，容量2000门，附带长途交换台和测量台，线路采用地下电缆、架空电缆和裸铜双线分区复接制，容量为2700对。机线的投资是中美合股的，由美商中国电气公司也就是西方电气公司在中国的分公司贷款，以全部营业收入担保，分期归还。这在中国还是第一次打破了外国公司贷款供给电话设备契约中规定聘请外国工程师的侵略性恶例。……1922年春，全部工程竣工后开放通话。当时有三个特点："话音清""接线快""服务好"，而博得了苏州人的普遍赞扬。因服务质量日益提高，营业收入也月有上升。在短短的五年中，电话用户开始不到900户，增加到1900户，已达机线容量和话务量的饱和点。……

苏州电报局原来在天库前，门面轩敞，活像一所衙门。而其内在的电报业务量却很小，营业收入不敷开支，须赖电话局长期拨款接济。如果以全年业务量为核定苏州电报局的等级标准，则只能作为营业所，连一个五等局的规定也够不上，更谈不上三等局了。但它仍被核定为三等局，主要因素是由于它虽然营业清淡，却是一个重要的线路调度局，如上海汉口线、上海北京线、上海闽浙线、上海川康线、上海云贵线，都必须经过苏州局调度接通。尤其上海是当时帝国主义侵略势力角逐的场所，设有外商的大东大北水线公司，通过它可与欧美各国通报，即内地各省市的主要报线，亦须经过苏州接通上海，才能达到国外。因此，苏州电报局确有它的重要性。

1925年下半年，由于各地物价发生波动，当时风传上海电报局员工将单独加薪，苏州局报务员顾中闻讯后愤不能平，即致电各邻局，创议组织电报公会，并由各局公会推派全权代表到上海集议成立全国电报公会联合会。苏州局推派的代表就是顾中，通过上海这一联合会的全体代表会议，即向交通部展开激烈的斗争，当时要求的主题是两项：一、普遍加薪；二、更改电生名称。以一时未得要领，遂引起全国报务员总辞职的轩然大波。

由于员工们这一要求是完全合理的，加之以全国各阶层特别是新闻界的同情和支持，终于达成了：一、普遍加薪每人10元，分别纳入同等薪级。二、更改电生名称为报务员。……

到了1927年，蒋介石背叛革命，坚决反共反人民，采取法西斯独裁政策后，派交通部次长俞飞鹏到德、意等国考察军事交通设施，聘请外籍顾问，标榜改革。德国是实行报话合一的。所以德国顾问朗格主张中国报话合一，并建议以苏州为试点。交通部部长朱家骅是德国留学生，他是国民党中的亲德分子，于是就极力迎合而促成之。尽管实行报话合一只有苏州一局（南京、上海和其他各省市的报话都未合一），毕竟是一件好事，是进步的开始。可惜"八一三"淞沪抗战军兴，苏州沦陷，全国唯一的报话合一，就此昙花一现而告终。敌伪时期苏州的报话又是分开的。一直到抗战胜利后，苏州的报话才重新合一。1952年全国各省市的报话普遍合一，进而邮电合一。

《苏州电报电话的发展略史》

❖ 温尚南：早期话剧在苏州

新剧，是中国的早期话剧，又称文明戏或文明新戏。辛亥革命前在日本新派剧的直接影响下产生。1910年后盛行于上海、汉口等城市。初期依据剧本演出，后大都凭借幕表（没有固定台词，由演员按剧情提纲，即分幕分场表所载剧情概要，在舞台上即兴编词演出），即兴发挥。在资产阶级旧民主主义革命中起过一定的宣传作用。辛亥革命失败后，逐渐走上商业化道路，日趋衰落。主要剧团有春柳社、春阳社、进化团等。五四运动以后，欧洲戏剧传入中国，中国现代话剧兴起，当时称爱美剧、真新剧或白话剧。1928年由戏剧家洪深提议定名话剧。

苏州新剧（或文明戏）活动，因受上海戏剧运动的影响，时间比较早，也比较活跃，不仅有业余的演出活动，而且纷纷组织了不少职业性的演出团体。苏州新剧的兴起，首先是在学生中开始。据陆子青（原为文明戏演员，后在东吴大学任职）回忆，在1908年，苏州东吴大学学生陈大悲等发起组织新剧演出活动，聘请当时在该校任职之陆子青为剧务指导。组织成立不久后，即在学校内西首搭台演出《浪子回头》一剧。开幕时锣鼓喧天，更以军乐和西乐合奏，中西合璧，场面热闹，观众兴高采烈。东吴校监李伯莲同陈听彝在"林堂"阳台上观戏，时陈大悲饰浪子的父亲出场，李伯莲即问陈："扮老年人的你认识吗？"陈答："不认识。"伯莲说："他就是你的儿子大悲。"陈连说："浑蛋，浑蛋，教他来念书，谁叫他来扮演戏？等他回到家里我要重重地责罚他。"因为陈听彝是一个知县老爷，他认为演剧是没有出息的。这也代表当时一些"士大夫阶级"对演戏的认识。

与此同时，职业性的演出团体纷纷出现。上海的新剧演出团体，也开始涌进苏州。1912年4月，陆镜若、欧阳予倩、吴我尊等组织之新剧同志会，演出于苏州全浙会馆。

1912年冬某晚，阊门外戏园散戏时，军队哗变抢劫。据闻金阊金刚钻店是他们的对象，不料店主在打烊后将店中值钱东西全部带回家安放在铁箱里，军人抢不到财物，就抢各商店，挨门挨户，无一幸免。自发生抢劫一案，当局认为与演剧有关，不准开设戏院，致使市面萧条，一蹶不振。1915年春，由新苏台旅馆黄驾雄发起，和宴月楼、久华楼、义昌福等店主为挽回市面，重振残局，联名具函与当时在东吴大学任职之陆子青，请他在阊门外马路开设一新剧场，经多次禀请道尹镇守核准给照，于1916年9月28日（中秋节）开幕，取名"振市新剧社"，含有振兴市面的意义。地点在义昌福菜馆隔壁原"春仙剧场"旧址。振市新剧社是苏州第一个专演新剧的戏院。

《苏州新剧的兴起与演出》

❖ 黄　恽：并不顺利的集体婚礼

　　民国时期的集团结婚，发端于1934年2月蒋介石在南昌的新生活运动。这个运动乃是西方基督教义、儒家学说和传统礼教杂糅的"怪胎"。蒋介石有鉴于当时旧道德沦丧，而希能有以救之，以新的信仰和道德挽救人心之失坠。就此，全国各地都组织了新生活运动促进会以推广之，简称新运。新运以礼义廉耻、国之四维为精义，集团结婚就是从廉字上衍生出来的产物。当时在首都南京就成功地举行了一次，上行下效，苏州自亦不甘人后，于1935年9月适时推出了集团结婚——"集团结婚：本县定双十节后，开始报名登记"。

▷　民国时期的集体婚礼

　　该报道说："本县新生活运动促进会，以本县人民之婚嫁典礼，每多极事铺张，与新生活运动主旨有所抵触，因特召集会议，拟定本县新生活运动集团结婚办法，业经函准县政府备案……"此消息一出，居然前来询问登记办法的人不少，唯当时不过是一个倡议，先行放风，具体事宜都未定妥，且还要等到10月10日才开始登记，面对前来询问的人们，只得一概无从答复。然正是这样的反响，给新生活运动促进会错误的信息，认为这样的倡议符合苏州市民的期望，结果造成了相当被动尴尬的后果。

9月13日，《苏州明报》刊出了新闻，标题如下："第一次集团结婚定双十节举行，急需积极筹备。"原本拟定在双十节后举行的登记，这下忽然决定就定在10月10日举行仪式了。看来，这帮主事人是多么兴奋，多么积极。不像现在都是民间的什么婚庆公司操作，当时颇把这第一次当回事，因为对社会有积极的指导意义。新生活运动促进会为此赶紧制定了结婚办法，指定了集团结婚办事处的职员，拟定了办事细则，还发文备了案，当成了当时的一件大事。

特别值得提出的是，举行集团结婚的地点决定在中山堂。这是才建成一年多的，苏州人民最正式的大会堂。

不料正在此时，中山堂的屋顶忽然坍塌了。

中山堂，在观前街玄妙观三清殿后面，这里原是玄妙观有名的建筑弥罗宝阁，清末因为雷击起火而毁。20世纪30年代，吴县政府和苏州士绅拟建一处有纪念性质的大会堂，做全县集会庆祝之所，勘定在已毁的弥罗宝阁旧址。……

美轮美奂的中山堂，原是苏州当年最好的建筑，它有一个标志性的装饰，就是在其屋顶弄了"天下为公"四个金字，还在屋顶正中装饰了一个圆桌面大的水泥制地球模型，大有心怀世界，建设大同的意味。然而，1935年9月12日中午12点50分，一阵狂风吹来，先把水泥地球模型吹倒了，这个水泥地球就像古代抛石机抛出的巨型石块，顺便砸了"天下为公"四个金字，然后又一并把中山堂的屋脊砸出了一个大洞，从屋顶坠落下来。第一区区长吴尔昌、办事员沈永年等四人原在中山堂办公，只听一声轰响，天崩地裂，不单头顶开了大天窗，室内二楼会议室中"桌二只，及椅二十三只，大电灯三只，均被压毁"。如果联想到两年后抗战爆发，这次中山堂的事故，很难说不是一个信号。

就这样，集团结婚八字还没一撇，举办婚礼的礼堂先出了大事，于是第一区公所认为集团结婚的事必须从长计议，延期举行。然而，新生活运动促进会不这样看，他们觉得：自本会倡议制定办法后，各界均盼早日实行，结婚日期，更以双十节为最有意义，未便延缓，仍请积极筹备，如期观成。甚至认为即使中山堂来不及修复，也可以另定地点，决不展延。

然而事情的进行，有时候不以促进会的意志为转移，这首届集体婚礼注定不会这么顺顺当当。

《民国苏州的首届集体婚礼》

❖ 张直甫、胡觉民：苏州警察的创始

苏州于1903年始创警察。在此以前，则为保甲制，全城设有七路总巡局，每路各设"总巡"一员，总巡由候补知县充任，每一总巡局有候补佐杂充任的"段头官"四员，书吏一名，差役二名，巡丁无定额，大概每路约有十名左右……

总巡局无所不管，大至刑事盗案，小至争执吵架和一切民间纠纷，都可顾问和受理。但除了较大的案件须移送上级衙门处理外，由总巡局理问的案件，当事人大都通过行贿而定曲直。这是因为除了总巡和段头官有俸给外，书吏、差役和巡丁等人，全是无给职。而且候补知县和佐杂得到总巡和段头官的职位，也是出钱送礼孝敬了上司得来的。他们为了生活和捞回本钱，只能向打官司的老百姓勒索。所谓"衙门堂堂八字开，有理无钱莫进来"，只要到总巡局打过一次官司，就可得到深切体会。当事人即使理直气壮，也要打点使费，否则差役等人可以先把当事人拘押三天五天，到勒索遂意后才送官理问。

每一总巡局的四个段头官，主要职务是每天查夜，他们夜间出巡，各有一定地段，所以叫"段头官"。段头官查夜，随带巡丁二名，掮着一只折叠的皮椅，一盏点着蜡烛的绷灯，还拖有一根作为刑具的长竹片。如果查到认为形迹可疑的犯人，立即扣留，当街盘问。如犯夜人见机，出小银角数枚交给巡丁，段头官便对犯夜人教训一番后了事，如犯夜人不懂这应付办法，而在段头官讯问时言语支吾，这就得受笞罚交地保看管一夜，到天明后取保释放。不过，这些犯夜人，多数是小市民，倘是有势力的地主绅富等人夜行，碰到段头官，只需报一个简单住址和姓氏如"旗杆里彭"之类，段头官便默默地让道而行了。

▷　民国时期的警察

　　甲午中日战争后，到1895年，苏州盘门外青旸地开辟日本租界，租界内即有日人所设的巡捕房，一切办法，和当时上海英法租界的巡捕房大同小异。1903年苏州城区开办警务时，设江苏巡警总局于府前街苏州府衙门头门内的土地堂中，由江苏藩台札委候补道冯孟余为警察总监，将全苏州保甲改为警察，原有七路总巡局则改为七路警察分局，每一分局由总监札委总巡一员和巡官三名，仍由候补知县和佐杂充任，实际上仅把总巡局换一名称而已。各分局又各设巡长三名，分一、二、三等，每月薪饷分为十二、十一、十元三级，巡警也分三筹，月饷分九、八、七元，并有伙夫二名，每人月饷二元，每月发饷时按花名册点名一次，当时全部警察名额不满200人，所需薪饷等经费，取给于鸦片烟馆的烟枪捐，巡警局的职权，和以前总巡局尚无显著区别。这是苏州创设警察的第一阶段。

《苏州警察的创始》

❖ 金婉贞："水龙阁"，民国消防站

旧时，城厢的消防工作都是民众为了保障自己的生命财产免毁于火而自行组织起来的。他们联合所在地段的商号、居民一起出钱置办些消防器材，架一小屋置放，称"水龙阁"。如商号林立、居民众多的闹市地区，就单独设一水龙阁，冷落地区则几个地段合设一水龙阁。当时城厢地区曾把所有地段划分为几个铺，所设的水龙阁在某一铺，就称某某铺水龙阁。……

根据旧时习俗，每逢农历五月二十日（俗称"分龙"日），把城厢所有水龙集中在一起，演习训练一次，实际上是对所有水龙做一次检查。由于平时不注意保养，一年只检查一次，故一旦使用时，往往发生故障，造成不应有的损失。群众当时有这样两句俗谚："贼偷一半，火着全无"，具体反映了旧时消防工作的落后，大家盼着有朝一日能有比较先进的消防设备，能为民众造福。

1936年春初，县长温崇信目睹多次失火的惨祸，考虑改进救火设备。他借故责成顾秉成等来解决这一难题。于是顾与多人研究，决定在热闹地段先办一处，选定的地段是从北濠弄到卖秧桥，旧称中政铺。就只一处，也绝非一二人的力量所能解决。幸而这个地段里有资金雄厚、热心公益的商号多家，筹资较易。经顾秉成分头洽商，如朱凤轩的秦理阳、福盛祥的

林文卿等均表示尽力资助。但粗略一算，欲购置一条泵浦水龙，经济方面还是不敷，乃由顾秉成去上海向旅沪同乡劝募，旅沪同乡感到为了兴办桑梓福利事业，无不解囊相助，这件事情终于办成。

▷　民国时期的消防队

不久，一辆新式水龙（救火车）和消防器材就从上海买了回来，同时还从上海聘请了老师傅来太仓培训了一支义务的消防队伍。就在那年沿用旧习的"分龙"日，在公共体育场做了第一次演习。那天，当一辆救火车由一队衣着整齐、精神抖擞的消防队员推拉到体育场时，全场掌声四起，一片欢腾，旋即一声令下，消防队员分赴各自岗位，身手敏捷地行动起来，只见长皮带管迅速伸入河池，随着泵浦响动，喷水管迅即喷射出高达三层楼房高的巨大水柱，射向远方，这时在场观众兴高采烈，叹为观止。

《旧时城厢民间的消防组织——"水龙阁"》

❖ 谭金土：电光照相

进入民国，社会风气大开，照相馆和镶牙业的生意奇好，以至有钱人纷纷仿效投资，一条逼仄的牛角浜一时间竟开了五家照相馆、十五家镶牙店。民国二年（1913），周少府聘请广东人林秀堂在玄妙观牛角浜开办"漱石山房照相馆"。三年后，即民国五年（1916），林秀堂自立门户，也在牛角浜自办了一家照相馆，名为"福昌"。周少府是苏州大户人家的少爷，当时苏州城里流传一句民谚："龙虎彪豹夹只狗，彭宋潘韩夹个周。"这位富二代平时喜欢拎个最新德国造的莱卡相机，以拍照为乐，烧钱自娱。一次，周少府乘火车去上海租界白相，到一家照相馆拍照时遇到了广东人、摄影师林秀堂，两人一拍即合，周少府决定聘请林秀堂来苏州，在牛角浜开办照相馆，馆名以周家的庭园"漱石山房"命名。漱石山房照相馆也是一座两层楼，楼上照相，楼下镶牙。

遗憾的是，周少府与林秀堂的合作并不顺利。三年后，林秀堂赚了钱、混熟了人头，却与周少府分了手，在漱石山房的隔壁开了"福昌"照相馆，也兼营镶牙生意。周少府当然咽不下这口气，他凭着财大气粗，出重金对照相馆进行翻修，又雇用了四个广东人管理照相馆。新馆于民国五年（1916）正月初一重新开张，终因竞争激烈，管理不善，被周少府转租给了他人经营。

在"漱石山房"开办的同一年里，即民国二年（1913），观前街西头银弄口也出现了一家照相馆，名为"柳村照相社"，业主是昆曲爱好者叶柳村。叶柳村（1880—1938），名赞元，字柳村，苏州人。他年轻时即酷爱昆曲，工老生，嗓音宽亮，唱腔高昂，系清光绪年间苏州颂清社的创始人。民国初年（1912），叶柳村一度赴沪在职业化的春柳剧场（由原话剧团体"春柳社"的陆镜若、欧阳予倩组织）从事舞台美术设计，在那里结识了多位照相馆业主。凭着对摄影的浓厚兴趣，他返苏后便在观前街西口开办了照相馆。

叶柳村是个很会革新的人。他把自己爱好的昆曲引入照相馆，柳村照相馆中备有各色精美戏衣道具供人化装拍摄。来拍照片的人，不管会不会演戏，化装后在叶柳村的导演下摆出样子，生旦净末丑便神气活现，宛在演剧。柳村照相馆的戏装照吸引了不少顾客。1920年，又是叶柳村首先在照相馆中引入电光照相术，打破昔日必须采用日光照相的限制，阴雨天乃至晚上照样可以为顾客照相。此后，电光照相纷纷为苏州的各家照相馆效仿。

《苏州照相业发展小史》

第五辑

人杰地灵滋养姑苏文化基因

艺苑争辉·

❖ 李嘉球：优伶与状元

清钮绣《觚賸续编》记载，一天，汪婉（长洲籍，字钝翁，顺治十二年进士）等翰林学士在翰林院里聊天闲谈话题转到了各自夸家乡的土特产上，广东人说他们那里产象牙犀角，陕西人说他们那里有狐裘毛毯，山东人说他们那里产山珍海味，湖北人说他们那里盛产优质木材……众人争先一一列举本地贵重珍奇物品，侈谈备陈，相互以此博采取乐，好不热烈，唯独汪婉默默听着，一言不发，于是有人以嘲笑的口吻逗他说："苏州自古号称名邦，汪公是苏州人，难道会不知道苏州的土产吗？"众人一阵喧笑。

汪婉不慌不忙地回答道："苏州土产极少，只有两样东西而已。""哪两样东西？"众人忙追问。汪婉道："一是梨园子弟。"众人听了都拍手称是，第二样"土产"，汪梅故意不说，越是这样，众人越是坚决要他说出，汪婉不要不紧站起身子，一字一板地说道："状元也！"大家听了觉得只有苏州的"土产"实在无法攀比，一场侈谈夸耀就此结束。

汪婉所说，虽是俏皮话，但却客观地反映了苏州的历史事实。

苏州经济发达，商业繁荣，戏曲伴随着商业、城市经济应运而生。唐代，苏州城里就有专业的歌妓，或寄附于达官名宦。南宋时，苏州与扬州就是有名的出演员的地方……当时，大都杂剧盛行，南方人还不习惯，但由于水乡泽国长大的苏州姑娘天生佳丽，讨人喜欢，所以千里迢迢买回去再受专门训练。

自明代中叶以后，苏州随着生产的发展，城市经济更加繁荣，人丁兴旺，戏曲演出亦更加兴盛，看戏逐渐成为一种社会风气，成化年间，昆山魏良辅潜心钻研南北曲，将吴地的调腔进行革新，创造了舒徐婉转的"昆腔"，并很快在苏州一带普及开来。……

自从昆腔风靡后，苏州籍的优伶尤受欢迎，许多地方的豪门贵族用高价到苏州买少年男女作优伶，组成戏班。……苏州到底出多少优伶，自然无法统计，但从下面一则材料则足以说明苏州优伶数量之多，康熙时戴名世说："苏州声色之名甲天下，近日纳妾者必于是焉，买优人者必于是焉。幼男之美者，价数十金至数百金；女子之美者，价数百金至千余金。……计三四十年以来，北行者何啻数万。"

苏州出优伶，更出名伶。许多著名演员多是苏州人。如周铁墩、顾伶等。《虞阳说苑》所记常熟钱岱家庭戏班里，两个女教师沈娘和薛太以及罗兰姐（正旦），徐二姐（小生）、吴三三（小旦）、周桂郎等女主角都是苏州人。……在《扬州画舫录》中记载了不少苏州籍名优；徐班副末余维琛原是苏州石塔头串客，善演许多剧目，还懂得九宫谱；韦兰谷之徒张九思，精熟九宫谱，无曲不熟，时人呼为"曲海"，"三弦为第一手，小喉咙最佳"，朱五呆曾师事他，并得其传；以"苏州大喉咙"著称的，有四人：邹在科、王炳文、戴翔翎、孙务恭，均为"扬州绝响矣！"小旦马大保色艺双全，演《占花魁》中"醉归"一出，精妙绝伦；李文益风姿绰约，饰演《西楼记》中的于叔夜，宛如大家子弟，惟妙惟肖。……

如果说，优伶这个苏州"土产"是供统治者享乐，其社会地位低下，在"鬻身学戏者甚众"，名优辈出的背后，蕴含着一幕幕惨象、悲剧的话，那么状元这个"土产"则是地位高贵，令人炫耀煊赫的。

苏州（民国以前主要指吴县、长洲、元和三县，民国后归并入吴县，1949年后苏州才与吴县分治）自唐咸通十年（869）至清同治十三年（1874），共出状元31名（倘若加上昆山7名，常熟6名，太仓2名，状元总数达46名），唐朝7名，宋朝3名，明朝5名，清朝16名，整个清朝全国出状元114名，江苏为49名；苏州分别占12.15%与32.67%。在这31名状元中有爷子状元、兄弟状元、祖孙状元、叔侄状元，还有连中"三元"者。唐朝长洲县归家先后有五人中状元，其中归仁绍（一作"召"）与归仁泽、归俻（一作"修"）与归系是前后父子兄弟状元（见清徐松《登科记考》），故赢得了"天下状元第一家"之称。

《苏州"土产"——优伶与状元》

❖ 顾聆森：京剧昆曲两门抱，艺贯京昆名满世

1902年7月5日凌晨，苏州义巷一幢历经沧桑的老宅内，一声响亮的婴儿啼哭给屋内所有焦急等待的人们带来了无穷欢乐。新生儿刚出世，他的父亲，号称"江南曲圣"的俞粟庐迫不及待地把他抱在了怀里。俞粟庐当年55岁，膝下无子，只有四个女儿，老来得子，怎不令人欣喜万分！

这原是一个封建官宦家庭，俞粟庐的父亲俞承恩原是道光年间武官，俞粟庐子承父业，青年时曾出任淞江标营守备。1894年他离开军伍，移家苏州，并被苏州名士张履谦延为西席。

▷ 俞振飞（右一）演出照

小振飞的降生给俞粟庐带来了莫大的安慰和幸福。然而振飞三岁时，不幸降临了，母亲顾慕人因病谢世。自此以后，每到晚上，小振飞躺在俞粟庐怀里，总是啼哭不止，以致夜不能眠。一天，俞粟庐抱着儿子用昆曲催眠，说来奇怪，小振飞听到昆曲，随即就安静了下来，并渐渐入睡。从此，一入夜，俞粟庐就以昆曲当催眠曲，小振飞竟无曲不眠。

唐诗云："此曲只应天上有，人间能得几回闻。"小振飞就浸泡在仙乐古韵中成长。

俞振飞六岁正式随父亲学习昆曲。俞粟庐曾师从韩华卿，韩华卿原系清代"昆腔第一部"的集秀班创始人金德辉的再传弟子，金德辉师从钮树玉，而钮树玉乃是编过《纳书楹曲谱》的大曲家叶堂的高足，得其真传，因而"叶派唱口"一脉相承。……

1916年，俞振飞正式登台演出。是年，张紫东借为母亲祝寿的机会，发起曲友串演昆剧。并请来了昆剧全福班名伶沈锡卿教身段。届时曲友们各显身手，俞振飞和张紫东合演了《望乡》，俞饰小生李陵，张饰老生苏武，演出十分成功。自此以后，在张紫东的怂恿下，俞振飞还跟全福班著名小生沈月泉学了许多昆剧折子戏。

1928年，京剧"四大名旦"之一的程砚秋到上海，特邀俞振飞与他合作《奇双会》。早在20年代初，俞振飞受纱布交易所许多京剧票友的影响，加入了上海著名的票房"雅歌集"，并跟蒋砚香学了一批京戏。这次他和程砚秋合作简直如鱼得水。此后，程砚秋就希望俞振飞随他去北京搭班，但由于父亲俞粟庐对"下海"始终抱有成见，只得婉言谢辞。直到1930年，俞粟庐逝世，程砚秋才特又专程到苏州拜访了俞振飞，竭力劝他"下海"，为此，程砚秋还答应，一旦俞振飞"下海"，他将尽力撮合，让俞振飞拜京剧小生前辈程继先为师。众所周知，程继先是从不肯收徒的，只因俞振飞是"江南曲圣"俞粟庐之子，有深厚的昆曲基础，才破例答应了下来。这对俞振飞来说，真是喜出望外了。

…………

1945年日本投降，抗日战争期间蓄须明志、告别舞台的梅兰芳此时准备复出。俞振飞四出为梅兰芳联系班底，把周传瑛、王传淞等昆剧"传"字辈艺术家请到了上海。年底，梅兰芳终于在美琪大戏院公演了《游园惊梦》《琴挑》《断桥》《乔醋》《风筝误》《奇双会》等一批昆剧剧目，小生分别由俞振飞和姜妙香轮流担当。梅兰芳的复出，震动了全国，尽管票价很高，售票窗前却人山人海，还挤破了门窗。演出结束后，俞振飞加入了梅剧团。1949年随梅剧团到北京参加赈灾义演，与"四大名旦"梅兰芳、程砚秋、尚小云、荀慧生同时登台，演出了《群英会》《龙凤呈祥》等一批京剧剧目。

俞振飞在20世纪三四十年代亦京亦昆的艺术生涯，使"京"与"昆"的表演艺术在他身上得到了充分磨合，逐渐形成了新的表演艺术风格，为当代昆剧的重要流派——"海派昆剧"奠定了基础。

《当代京昆泰斗——俞振飞》

❖ 李嘉球、黄惠中：中国"针神"名动中外

在南通名胜狼山旁边的黄泥山南麓，有座与众不同的坟墓，碑上镌刻着"世界美术家吴县沈雪宦之墓"十二个字，系清末南通状元、民族实业家张謇亲笔题写。其墓主便是近代著名刺绣艺术家、刺绣艺术教育家——沈寿。

沈寿，原名云芝，字雪君，晚署雪宦，别号天香阁主人。吴县木渎人。清同治十三年八月十一日（1874年9月21日）生，民国十年五月初三日（1921年6月8日）卒，年仅48岁。

父亲沈椿，爱好文物，在苏州阊门内海宏坊开古董铺，买卖古玩字画；母亲宋氏，精于女红（刺绣），生育三男二女，沈寿排行第五。沈寿7岁开始弄针，为长10岁的姐姐沈立（又名鹤一）穿针线；8岁开始学绣，由于她聪明伶俐，手指灵巧，当年就脱手绣成《鹦鹉图》，赢得亲友们的赞叹。11

岁窥涉文字，特别喜欢歌谣诗吟。12岁时，曾以名画为蓝本，绣成《秋雨月上图》，达到了乱真的程度，使得长辈为之惊动。到14—15岁，绣名逐渐著于城乡，能与姐姐同功，并以刺绣得来的钱助济家计。

沈寿16岁那年许配给绍兴秀才余觉（原名兆熊，字冰臣，晚号石湖老人）……光绪十九年（1893），与余觉结婚，婚后仍居家尽心刺绣，这时候她的绣品艺术已超过松江"顾绣"，士大夫们争相购买珍藏，绣品上都押印题识，绣署"天香阁"三字。光绪二十五年，余觉到上海制造局潘道教读馆任教，沈寿随之迁居上海。光绪二十七年，余觉中举人。光绪二十九年，沈寿开始创造著名的"仿真绣针法"，这与余觉的帮助是分不开的。余觉曾回忆他们结婚十年来的生活时说："余以笔代针，吾妻则以针代笔，十年如一日，绣益精，名益噪。"

光绪三十年（1904）十月是慈禧太后的70寿辰。为准备寿礼，清廷商部的单束笙早先便慕名来到苏州，请沈寿赶制进贡的寿礼品。沈寿与丈夫从名画中挑选样本，绣了《八仙上寿图》《无量寿佛》等八幅（一说两幅）象征长寿、吉祥的寿屏，由余觉亲自专程送到北京商部，再由载振代呈宫廷。慈禧对这些绣品十分满意，赞许不已，特地书写了"福"和"寿"两字，分赐给余觉夫妇。余觉留得"福"，将"寿"字给妻子，因此改名"寿"，当时沈寿31岁。随即，商部奏请设立"女子绣工科"。当年11月，沈寿奉派与余觉前往日本考察。她看到了日本的美术绣、西方的素描、油画和摄影，大开眼界。……

宣统二年（1910）春季，在南京举办规模盛大的南洋劝业会，由张謇任总审查长。当时，湖南、山东、江苏、浙江等地的绣品都应征到南京。5月，沈寿奉农工商部命从北京专程赶到南京，担任全国绣品的专职审查官。在劝业会审查绣品期间，所有的官员和刺绣匠师们都反映沈寿"精覈（核）持正"，认真负责，主持公正，所以"为所否者亦翕（和顺之意）然"，即使被她指出缺点而否定的人也都心悦诚服。秋天，南洋劝业会开幕时，沈寿也展出了她的《意大利皇后像》，轰动一时，10月3日的上海《时报》刊登了这幅绣像，称赞它"精绝为世所未有"。翌年4月，这幅绣像参加意大利都朗博览会展出，荣获一等奖，并被授予"世界至大荣誉最高之卓越奖状"。皇后爱丽娜是西方的美女，经沈寿用仿真绣针法精心绣制，越发美丽动人，当时曾轰动了意大利全国上下以及整个西欧国家。博览会后，绣像馈赠给皇后本人。为此，意大利国王向清政府回赠了一枚最高级圣母利宝星勋章，表示感谢，同时给沈寿赠送了一块御用的镶嵌钻石的金时计（即金表），表面标有皇家的纹章（现收藏于南通市博物馆）。此后，又以《英女王维多利亚半身像》获得世界万国博览会最优等奖，一时名动中外，有"针神"之誉。

沈寿不仅是位杰出的刺绣艺术家，而且也是位出色的刺绣艺术教育家和艺术理论家。她在南通女红传习所执教达八年之久，热心传授技艺，诲人不倦，为江苏、浙江、湖南、安徽、广东等地培养优秀绣工近160人，金静芬、宋金龄、巫玉就是其中的佼佼者。……她在刺绣艺术上另一杰出贡献是汲取了日本刺绣和欧美绘画艺术的长处，讲究"求光"，即注意光线明暗关系，创造了仿真绣。她说：自然"虽一小草、一细石，无物不有光"，刺绣"当辨阴阳"，"影因光异，光因色异"，必须"潜心默会"，才能取得完美的艺术效果。同时，她还汲取了日本刺绣的某些特点，发展了凸针针法。她将毕生的实践经验都写进了《雪宦绣谱》，书分"绣备""绣引""针法""绣要""绣品""绣德""绣节""绣通"等八章。朱启钤先生评论说：《雪宦绣谱》"其书集绣法之大成，持衷中外，确有心得，可俾后人奉为圭臬，且开中国工艺专书之先，断非丁佩之谱所可同日而语"（丁佩，字步珊，清代嘉庆道光年间的著名刺绣艺术家，曾作有《绣谱》）。沈寿的《雪宦绣谱》一书早已被译成《中国刺绣术》，发行国外。

沈寿的传世名绣有《耶稣像》《女优倍克像》。（这两幅绣品，余觉在沈寿病危期间曾提出索取，沈寿没有同意，当着姐姐沈立、哥哥沈右衡等人的面表示，死后将绣像及意大利国王赠的金表，赠送给南通博物馆，让该馆陈列，作为永久纪念，不负一生心血……）

《著名刺绣艺术家沈寿》

❖ 顾德辉：顾颉刚，不避"俗"的历史学家

中外搞文史的都知道先父顾颉刚是"古史辨派"创始人，但不大会想到他有很多学问却是从京戏中得到启发。……有一次全家看了名坤伶章遏云的《蓝桥会》，同时戏院中贴出下期海报，请看《蓝桥会》续集，全部《玉堂春》。我很奇怪，这两个戏怎么会发生了关系。父亲就对我说：你不是读过《论语》和《史记》了吗？还记得微生高和尾生吗？这两个人其实是一个人。《蓝桥会》中的男主角，不管在后来的戏剧中姓韦或姓魏，其实都是"尾""微"的同音字。《蓝》戏以悲剧收场，后人可怜男女二主角，于是就有人穿凿附会，让男主角转世为王金龙，女主角转世为玉春堂，使一对情人历尽磨难，终成眷属，满足了世俗的意愿。过后老人家又介绍我看了一些资料，使我明白了从战国到近代，《蓝》剧经过了一个长期演化的过程——在史书中不过是"信如尾生，与女子期于梁下，女子不来，水至不去，抱柱而死"一段极简单的文字，而在后世的传奇、鼓书、戏剧中却发展成为有情有节、首尾完整的故事。至此我才恍悟戏剧中也大有学问在。

解放后，毛主席也说过："顾颉刚先生的学问，一半是戏中得来的。"

民间文艺（后扩大为民俗学）在过去的士大夫阶级是不屑一顾的。"五四"以来情况有所改变，但注意者仍不多。我父却认为民歌、民谣、民间传说是中国的文化宝藏，能体现民族风格，也是很宝贵的史料，往往有助于揭开学术上的迷雾。……我父是苏州人，当然对家乡的民歌格外注意，编印了《吴歌甲集》。他还对流传千年的孟姜女传说做了系统的考证，发表了《孟姜女故事的研究》引起了学术界的重视。此外他对出版各种通俗读物非常热心。因为太专门的学术研究总只能少数人去搞，而当时中国人的文化水平普遍很低，要使人民接受本国的文化遗产，培养民族的自豪感，

▷ 历史学家顾颉刚（1893—1980）

懂得我国近百年来陷于困境的原因，就得运用通俗的方式做广泛宣传，光靠枯燥的教科书是不行的，那就非推广通俗读物不能奏功。记得抗战前夕，日军增兵华北，战氛密布，生活在平津的人都能感劲民族危机迫在眉睫，可是蒋介石仍一意孤行，叫嚷"攘外必先安内"，一心要消灭共产党，杀害革命志士。爱国人士无不忧愤交加。那时我父天天为抗日救国事业奔走呐喊，全力赞助出版大量通俗读物，揭露日寇侵占东北时的种种奸淫掳掠，令人发指的罪行，宣传抗日义勇军如何英勇杀敌的故事，以激起国人的同仇敌忾。这些小册子的威力不小，深深刺痛了侵略者。……

抗战胜利后，我父办通俗读物的热情依旧，得到大中国图书局的合作，编辑历史故事小丛书。解放后配合抗美援朝运动，更扩大规模，发行了一整套的爱国主义历史故事小丛书，既普及了历史知识，发扬了民族文化，更宣传了爱国主义思想，很受青少年读者的欢迎。粉碎"四人帮"以后，他又与钟敬文、白寿彝、容肇祖、杨堃、杨成志、罗致平诸先生，于1978年夏联名上书给中国社会科学院，建议开展民俗学的研究工作，并建立有关研究机构，足见他老人家对这一事业的热忱。

《先父顾颉刚言行琐忆》

❖ 温梓川：画冷月的冷月先生

陶冷月先生是苏州人，个子矮矮的，平顶头，他很喜欢同学临场看他挥毫作画。他住在暨南教职员宿舍里的一个大房子，本来是两个人共住的，因为他要绘画，学校当局也就特别优待，让他独占一室。他每天都在卧室里作画，除了每天下午4时到5时或6时，他才在国画研究会的画室里作画，用功之勤，也的确使同学们敬佩。……有一次，我应邀而往，我还未到，而他早已绘了两张山水了。他的卧室，四壁挂满了他自己的作品，大幅小幅几乎应有尽有，房子中间放着一张大画案，上面摆着很讲究的文房四宝，中间还夹杂着一块很大的调色瓷碟，里面搁着几片靛青和一大块藤黄，此外还有一大盂的清水，用以洗笔。案上永远摊着一张洁白的宣纸，即使不作画时，多半也摊在那里，大概是"工欲善其事，必先利其器"，也许是等灵感一到便一挥而就。……那天晚上，我到他的宿舍去时，早已有两位同学先我而在，这两位同学可以说是他的得意门生。我之参加国画研究会，不过玩耍而已，并不存心想做画家，说起来，我的来意单纯得很，不过是想听听那些关于图画的理论而已。……在那盏大约只有二十五支烛光的蛋黄灯光下，绘山光月色，真是别有一番情趣。好容易等他画完了，大家才招呼说话，原来那两个同学是来交画卷的，他一打开，就口讲指划地说这里不对，那里的颜色不够深，我看了他们的画，也不外是那种陶冷月型的山水和月亮的靛青画。

"你这个月亮画得略大了一点，山高月亮小，才显得出'冷'来！"陶先生说，"如果小一点也就好了，不要紧，不要灰心，再画，多画了一定会画得好！就像写字一样，字写多了，一定美。"那两个同学没有说什么，只是"好的好的"答应着。

▷ 陶冷月绘画作品

"同时你们这两幅画，气韵也不够，你们瞧，是不是会觉得画上有什么东西不够似的，那就是气韵！"陶先生接着说，"作画之先，先要胸中有画，然后才下笔，胸中无画，那就不要作画！一勉强，画下来的画，也就不是气韵不够，就是笔力不够遒劲。"那两个同学还是在点头。我想插嘴问问气韵是怎样的，怎样才看得出来？我心里又这么想，这两个同学的画，跟他画的，就看不出有什么不同，总是同一个模型的东西，如果和他的画一起摆在那里，也许会乱真。我想说出我的意见，但是我却没有说。

......

"陶先生，画国画会有什么用场？"我好奇地问。

"咦，你怎么好这样问"，他惊讶地说，"绘画可以陶情养性！"

我默默无语。

"绘画对于陶冶性情的三昧，你还不了解。"他说，"你试试绘几笔，然后你慢慢就会了解，就会领悟的。"

"但是……"我话还未说完，他就打断了我的话，"但是什么？"

"我们不能够像你那样，除了陶冶性情之外，你可以绘了一张一张的画有出路，你的画简直就是你的生命。"我越说越不像话。

"咦，你怎么会这么说的？"他更惊讶起来。

"陶先生，你不知道，你那一大把的狼毫笔，你那方讲究的砚台，你那一大捆一大捆的宣纸，我全买不起。还有画了的画要装裱，我也花不起这些钱。……陶先生，要学到像你那样，的确不容易，你画了几十年画，好不容易才成为一个画家！我做不来，我加入研究会，不过想求点知识而已，并不想成为一个画家。我自知也成不了一个画家！即使花得起钱，我自知并没有那一份的天才。"

"你喜欢学什么的？"他问我。

"文学。"我坦然地说。

"文学和艺术，全是那么艰苦的工作。"陶先生说。

"我知道，不过文学是我性之所近，我比较喜欢。同时文学比较有机会学，除了时间之外，不必花那么大的本钱。我要看书，图书馆有的是，我用不着花那么多钱。我的写作还可以卖点钱补贴每个月的开支，同时我还在一家大书店里当校对，来维持我的苦学生活。"

"哦，原来如此，难怪你会那么说了。"他恍然地说，"那么你要绘画也可以，纸和颜色我这里有，我可以送给你用，笔，我也可以送一套给你，你要绘画用的东西，缺乏什么，你可以告诉我，只要你画画。"

"谢谢你，陶先生，"我说，"我所缺乏的是那份天才，我连月亮也画不圆！"

"你应该知道时间加上努力，就是等于天才。"他循循善诱地在鼓励我。

我还能说什么呢？也就只好跟他作画，画，画，画的，一直画到可以画得像他画的那一种山水和月亮，我感到没有什么意思。我记得他对我说过，他的名字叫冷月，他画的画一定有冷月。这是他自己的作风，也可以说是他的商标。老实说，我觉得他的画是那么单调，那么乏味！不久陶先生也辞职回苏州去过卖画的生活。国画研究会主持人换了谢公展先生，我也没有那么便当，要什么有什么地绘画，因此我也就从此不再画什么图画了，一直到现在我所学得的一点皮毛功夫，早已原封送还给他。细想起来，实在辜负了陶冷月先生谆谆教导的一片苦心！

《陶冷月专画冷月》

❖ 郁乃尧：“苏州五老”半世纪的深情友谊

顾颉刚保存着一张颇有历史价值的“苏州五老”合影，摄于1970年。照片背面有叶圣陶一首题诗，诗中写道：“弱岁同窗丙午春，喜今垂老尚相亲。”王伯祥（1890—1975）、章元善（1892—1987）、顾颉刚（1893—1980）、叶圣陶（1894—1988）、俞平伯（1900—1990），这五位文化名人都是在苏州长大的，并称“苏州五老”。他们相知相交数十年，情谊深厚，成为终身挚友，谱就了我国文坛一段佳话。

▷ 苏州五老合影

在苏州一中校园正中，耸立着一座“建校廿周纪念塔”。该塔是80多年前由苏州一中前身公立苏州第一中学堂（草桥中学）首届与第二届毕业生捐资建造的。塔碑两侧镌刻着捐资学生的名字，其中有叶绍钧、顾诵坤（颉刚）、王钟麒（伯祥）、章元善等。1907年初，草桥苏州公立中学第一次招生。叶圣陶就去报名就读。过了一年，顾颉刚亦入学。叶圣陶回忆说：他们"真是手足似的无分彼此，只觉各自全体的一部分"。故叶、顾、王又称"草桥三友"。

顾颉刚在《记三十年前与圣陶交谊》中，详细记述了他们之间的友谊：顾颉刚与叶圣陶同住苏州城中悬桥巷，幼年同入张家私塾，叶圣陶8岁读《四书》，顾颉刚9岁读《诗经》《左传》。师教特严，读书声停辍，老师即用戒尺击其案桌，背诵中稍有停顿即用戒尺击头部。叶、顾两人虽是同桌，但因此交谈机会绝少。五年后，叶、顾同入地处夏侯桥长（长洲县）元（元和县）吴（吴县）公立高等小学（在葑门夏侯桥东十梓街）住读了一年。叶圣陶在《重读颉刚兄早年赠书》一诗中忆述当年情谊："幼年同窗读，继之同校肄。"进入苏州草桥中学后，顾颉刚回忆："是时王君伯祥喜与予及圣陶近，结社作诗钟，或嵌字，或咏物……社初无名，后题之曰'放'，谓尚在蝇鸣蛙唱之下自谦也。"是时顾颉刚已有所恋但不敢公开。善于篆刻的叶圣陶曾精刻三印，其中二印选自《西厢记》："隔花人远天涯近"；"想得人心越窄"。中堂赋语"网得西施愁煞人"。直到1944年顾颉刚忆及往事叹曰："时加摩挲，聊可自慰。"

课余，叶、顾、王三人常结伴去玄妙观旧书店淘书。王喜史地书，叶爱诗词集，顾治朴学，四部书无所不收，"各求其所欲得"。买好了书，又结伴在附近雅聚茶园"且茗且读"。留日参加同盟会的草桥中学袁希洛校长要求学生从事劳作，扛枪军训。军训尤艰苦，王伯祥以为苦，常避不往，而顾与叶不避，常以此嬉笑王。每逢周日，他们三人常结伴去近郊游览，"至则赋诗自怡"。他们在课余一起办报。叶主办五年级报《课余丽泽》，顾主办四年级报《艺叶》，均钢笔版油印，同学分任缮写。叶喜观戏剧，他们相约去上海专赏《卖油郎独占花魁女》《蒙古风云》等剧，"多年馋渴为之一解"，"心目为开"。叶圣陶在《元善兄九十初度》诗中写道："丙午同窗始结姻，瞻前将及八旬春。尽多诗兴羡吾甚，犹有童真语我频。"到了晚年，"草桥三老"同住北京东城，常通气寒暄。其间，三人如半月内不见书信"则大可怪矣"（叶圣陶语）。叶圣陶曾在顾颉刚的《〈桐桥倚棹录〉题识》一书后作诗感叹三人情谊："玄妙观前三年少，老寓京华东城道。"

《一方水土养一方人》

❖ 王 炜：电影业"拓荒者"——殷明珠

　　殷明珠在我国20世纪30年代的影坛赫赫有名，是我国电影表演艺术的拓荒者之一，是献艺于国产爱情故事片的第一位女演员。她为我国30年代的电影事业增添了异彩，在电影发展史上留下了珍贵的一页。

▷ 民国影星殷明珠（1904—1989）

　　1904年，殷明珠出生在吴江县黎里镇上的一个书香门第。她的祖父梦琴，季清官乌镇；父亲环为吴中一带有名的画家，奈不永年；母亲张慕莲，亦知书达礼。她的童年是在黎里镇度过的。12岁在黎里女子小学读书时，她就以出众的美貌和风度而闻名。她15岁时，吴江发生兵变。她家在风声

老苏州_ 155

鹤唳中迁到上海，她进入上海中西英文女校就读。在学校里，聪明好学的殷明珠喜欢新事物，对中文和外语都有一定的造诣，对于跳舞、游泳、骑马、骑自行车、踢足球、唱歌，她都有一手，并喜欢交际。

中学毕业后，殷明珠在一家邮局当职工。一次偶然的机会，她引起了电影家、画家但杜宇的注意，觉得她颇有艺术气质，便请她加入上海影戏公司。殷明珠欣然应允，不久便主演了中国第一部爱情故事片《海誓》。由于她扮相俏丽、身段婀娜，又有一定的演技，顿时蜚声影坛。影院场场满座，经久不衰，有力地冲击了当年充斥于中国电影市场的外国电影。广大观众为之赞赏不已，她母亲知道后却大为反对，认为这是牺牲色相，有玷家声。殷明珠并没有被封建礼教所束缚，坚持按自己的志趣发展事业，终于使旧脑筋的母亲转变态度。在水银灯下的几年中，殷明珠与但杜宇结为夫妇，办起了影片公司。他们自编自导自演了一大批艺术性很强的影片。如《传家宝》《杨贵妃》《桃花梦》《金刚钻》《豆腐西施》《东方夜谭》《画室奇案》《飞行大盗》《盘丝洞》《古屋怪人》等。就这样，从影片公司开张到终止的16年中，殷明珠夫妇共同拍了30多部影片，为中国电影事业的形成和发展立下汗马功劳。拍片之余，她想到家乡黎里的建设，拿出拍摄电影所得报酬中的数千元，在黎里建造了一个轮船码头，盖了三间候船室，同时铺修了一条道路。她的举动，受到家乡人民的赞扬。

《中国早期的电影明星殷明珠》

❖ 薛亦然：“最好民歌手”袁水拍

现代著名诗人袁水拍是吴县郭巷乡陆浦村人，生于1916年，原名叫袁光楣。1939年春，他在戴望舒、艾青主编的《顶点》诗刊上发表《我是一个田夸老》（现改题为《不能归他们》）一诗时，署名为袁水拍。这个笔名取之于宋代诗人黄庭坚“江北江南水拍天”的诗句。

1934年，袁水拍在苏州高中毕业，第二年考入上海沪江大学，但只读了两个月，就考入上海浙江商业银行，旋即转入上海中国银行工作。抗战爆发后，他被调到中国银行香港分行信托部工作。也就在这个时候，他开始自己的写作生涯。当时，他以"望诸"的笔名，在茅盾先生主编的《力报》副刊《言林》上及其他报纸的"报屁股"上发表了许多小文章……

在香港期间，抗日战争的不利及社会现实生活的黑暗，使袁水拍很快有了明确的倾向性。他参加了进步的文化活动，参加了学习《新哲学大纲》《法兰西内战》《资本论》的学习小组，当时香港成了上海、广州和南洋文化的汇集之地。每天晚上，袁水拍都要去咖啡座，和文艺界、新闻界人士聚集交谈。1938年3月27日，由文学界各方面代表发起的、全国规模的文艺界抗日民族统一战线组织——中华全国文艺界抗敌协会（简称"文协"）在武汉成立，袁水拍被选为"文协"总会候补理事，并负责编辑会刊《抗战文艺》。

自从《我是一个田夸老》发表后，袁水拍找到了适合于自己的那种新诗的形式，从此一发不可收拾，佳作不断问世，很快成了有影响的诗人。1940年，他出版了第一部诗集《人民》。

从1944年起，袁水拍用"马凡陀"的笔名开始写他的山歌。"初，山歌调子还不大流畅，次年就比较犀利，渐多佳作。"后来"越写越妙。简直达到最好民歌手的出神入化之境"。……

袁水拍用马凡陀的笔名在国统区报刊上发表的政治讽刺诗近两百首，绝大部分收集在《马凡陀的山歌》及《马凡陀的山歌续集》两部诗集中，对当时国统区人民"反饥饿反迫害"的民主运动起过一定的促进作用，在青年知识分子中产生过广泛的影响。《马凡陀的山歌》及《续集》中的诗歌，往往抓住某些社会生活现象加以描述，寓讽刺于叙事之中。作者对当时国统区城市市民朝不保夕的生活处境和昼夜不宁的政治环境有着深切的感受，许多诗歌"从城市市民现实生活的表现中激发了读者的不满、反抗与追求新的前途的情绪"。例如，国统区通货膨胀、物价飞涨给城市市民带来了巨大的灾难，诗人抓住这一现象写了《抓住这匹野马》《上海物价大暴动》《长方形之崇拜》等许多诗篇，运用诗歌形象地对国民党祸国殃民的财

政经济政策从多方面加以揭露和讽刺。《抓住这匹野马》一诗,把飞涨的物价比作横冲直撞的野马:

撞倒了拉车的,挑担的,

撞倒了工人,伙计,职员,

撞倒了读书的孩子,

撞倒了教书的先生。

…………

作者在诗中呼出了国统区人民强烈要求控制住物价的共同心声:"赶快抓住它!抓住这匹发疯的野马!抓住这飞涨的物价!"

马凡陀山歌不是停留在社会生活现象的描绘上,而是透过现象努力挖掘它的本质,引导读者认清造成这些现象的根源,激发人们对反动统治的不满。冯乃超在评论中指出:"马凡陀把小市民的模糊不清的不平不满,心中的怨愤和烦恼,提高到政治觉悟的相当的高度,教他们嘲笑贪官污吏,教他们认识自己可怜的地位,引导他们去反对反动的独裁统治。"如《三万万美金的神话》《大人物狂想曲》《主人要辞职》《一只猫》《发票贴在印花上》《万税》《海内奇谈》《这个世界倒了颠》等篇,讽刺锋芒都指向国民党统治集团,对它的反动性和腐朽性做了有力的揭露。

《"最好民歌手"袁水拍》

❖ **尤玉淇:《孽海花》与金松岑父子**

我在苏州中学读书的时候,曾听过金松岑先生的一次演讲,惜乎礼堂太大,那时还没有话筒,这天他讲了些什么,我记忆上是一片空白。但他清癯如鹤的风度,使我想起他又名"鹤望"两字,倒是很贴切的。

金松岑的文章诗词，令人钦佩他是吴江人，照理应该参加南社，但他却参加了希社。20世纪20年代，在苏州，可谓一时人望。他与苏州耆绅李根源、张一麟结为异姓兄弟，对苏州的文教方面起了不少倡导作用。

他知名度的提高，与他著《孽海花》一书有关。当时一些留日学生，都有些同乡性质的刊物，如浙江人办的《浙江潮》，江苏人办的《江苏》等等。而金松岑的《孽海花》，就是发表在《江苏》上的，用的是笔名"爱自由者"。其用意是以赛金花这个人物为主线，反映晚清三十年内的史实，而他对赛金花这个人却是贬多于褒的，但是他只写了六回书。因为他本人并不喜欢写小说，因此由常熟人曾孟朴续写完成，而笔名便变为"东亚病夫"了。

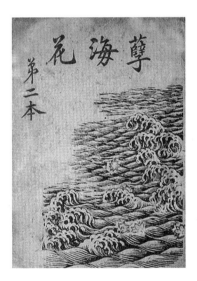

▷　1909 年出版的《孽海花》书影

金松岑对赛金花是始终没有好感的。1936年12月4日，赛金花病逝北平以后，当时有不少古都名士，对这位享年62岁的老妓大感兴趣，不惜为其树碑营葬，为了与钱塘苏小小媲美，把墓地择于陶然亭，同时考虑到墓碑的碑记一定要挑一位名士撰写才行，于是由张次溪写信给金松岑请他撰写碑记，金却断然拒绝了，他在复张的信中说："作墓碣尚可，但我有我之身份，不能为老妓诔墓也……"后来则改由潘毓桂作墓表，杨云史作诗谒。

还有一位"燕归来簃主"，还编了一本类似年谱的《系年小录》。可惜，仅隔半年，七七卢沟桥事变的枪声，惊破了他们这些"风流韵事"。

金松岑有子季鹤，为先父聘翁的酒友，一手好字，出入于二王之间，且亦能文。他与范烟桥等人组织过星社。其时上海有一张《晶报》三日刊（晶者，三日也），这报的副刊就由星社同人轮流主编，金季鹤也是轮班主编者之一，我曾试作一短文，请他评阅。他说"孺子尚属可教"，略事修改，就把这篇短文，发表于《晶报》上面，这是我真正的处女作，惜事隔久远，自己也不知道胡诌些什么了。

《三生花草梦苏州》

❖ 廖 群：吴中才子范烟桥

中国社会经历着清王朝的覆灭和民国初年政治上的激烈动荡，真是云谲波诡，风云际会。正所谓"国家不幸诗家幸"，20世纪初的中国文坛进入了一个十分活跃的时期。1921年到1923年，全国有大小文艺社团40多个，文艺刊物50多种，到1925年，文学社团与相应的刊物也有十多个。上海与北京是文学阵营的两大中心，绝大多数的社团、刊物汇集于京沪。

1922年，范烟桥随父亲葵忱公迁居苏州，在温家岸买了一处宅院。苏州毗邻上海，便利的往来，使范烟桥举步迈进了苏沪文坛，自此从事创作，翻开了他人生最辉煌的一章……

在这时期，范烟桥的创作有"三言体"小说，长篇武侠小说《孤掌惊鸣记》，由大东书局出版。据有些材料记录还有《忠义大侠》《江南豪侠》《侠女奇男传》等几部小说相继写出，但范烟桥自己没再提过，后来也无人见到。不过在后来40年代，范烟桥曾写过一篇《论武侠小说》的文章发表在1942年第二期的《大众》上，文章对武侠小说的历史剖析很有见地，以此可以推断他早期应该在武侠小说上花了一些工夫。短篇小说方面则跟当时新旧交替中许多文人一样，以半文半白的通俗语言写一个事件，有时有较好的情节安排，但说不上塑造人物，文字也往往近乎散文……

文学史上，范烟桥被列为鸳鸯蝴蝶派。……但范烟桥没像他的同学叶圣陶那样参加当时新文学社团——文学研究会，写出《这也是一个人？》《倪焕之》等反映当时社会现实的"问题小说"，更没有像《多收了三五斗》那样深刻揭露"丰收成灾"畸形社会现实的力作。在当时新旧阵营的对峙中，写了大量"三言体"，文章主要发表在《快活林》等刊物上的范烟桥自然被划入主要以娱乐和消遣为创作思想的鸳鸯蝴蝶派。但是范烟桥从来不承认自己是鸳派，他给自己的定位是"旧派小说家"。

范烟桥除小说创作外，在史论文、笔记体、小品文、古诗、弹词、应用文等多方面都一一涉足。

《持笔墨流芳　以厚德载物》

❖ 曹家俊：拒汪伪利诱，江南书家有节气

有"江南第一书家"之誉的常熟近代大书法家萧退庵，幼秉家学，博通经史，爱好诗文，精于小学（旧时代对文字学、语音学、训诂学的总称），还懂医理。清末民初参加同盟会和南社，曾在苏州明德小学教授国文，又到上海城东女校和爱国女校执教过。民国二十年起定居苏州十全街阔家头巷内。他笃信佛教，晚年缁衣素食，僧鞋布袜，生活十分清苦。新中国成立以后，被人民政府聘为省文史馆馆员，生活才有了保障。终因年老多病，于1958年5月去世。

苏州沦陷时期，萧退庵生计日蹙，仍不为汪伪利诱，拒绝出山，保持了民族气节。有一次，大汉奸汪精卫到苏州大开寿筵，伪省长李士群拍汪的马屁，把寿堂布置得富丽堂皇；又因知汪雅好文墨，爱交名士，特另辟一间雅室，诱邀当时一些文人墨客、风流雅士赋诗题字，为汪歌"功"颂

"德"，吹捧献媚。李知道萧退庵是有名的书法家，住在苏州，他与汪精卫过去都是南社社员，心想若令二人相见，场面一定热闹非凡，若再求得萧的书法，无疑是为汪的寿筵锦上添花，定会博得汪的欢心。于是他写了帖子请萧退庵前来。萧退庵来到时，李士群笑脸相迎，当即请入雅室，许以重金，为汪精卫求取墨宝。萧退庵对汪的叛国投敌、认贼作父、出卖民族利益早已十分痛恨，接到请帖便有所准备，这时便正色道："我今日既然被邀，就得来看看来了哪些人，又是怎样的热闹场面。至于许重金以求笔墨，岂是你我之辈所为？也未免太看轻我萧某了！"几句话，语中带刺，窘得李士群左右不是，十分尴尬。萧说罢，拂袖而去。有人劝他不要得罪了汪精卫，萧答道："汪精卫同我过去确实都是南社社员，但后来分道扬镳了。他应该知道我野性难驯，不会逢迎。"

《萧退庵拒汪伪利诱》

❖ 朱章乐：汉语拼音的先驱

先父朱文熊的一生，是发奋学习、埋头苦干的一生，不愧为昆山县（今昆山市）的优秀人才之一。他对国家做出的最突出的贡献，还是在文字改革、"汉语拼音"方面。其中最具有代表性的，就是在1906年编著的《江苏新字母》。这是他在日本留学的时候，在课余的时间，刻苦钻研了五个多月才写出来的。生前听他讲过，当时官费去日本留学，一心想以"科学救国"为己任，由于接触科技和外语，相形之下感到汉字难学。同时受到日本有些人士主张用拉丁字母来拼"五十音图"和把汉字废掉的影响，就设计出用拉丁字母改革汉字的方案。但那时他还不会讲北京话，就先写了一本拼苏州话的《江苏新字母》，待以后学好了"国语"，再改进方案。这本书是在日本自费出版的。发行后，却受到一些人和上海某些报纸的批评。他们除了说作者不懂汉字的妙处，有崇洋思想外，还说汉字用了几千年，大家很习惯，连外国人都说是"全世界最好的文字"，你这一改，岂不要使大家都变成文盲？真是异想天开！又说江苏人造一种江苏新字母，浙江人造浙江字母，全国每省造一种，中国语文还能统一吗？种种非议，他都没有介意。就说在日本，当时不乏赞成的人。如东京高等师范同学后来长期在北大任教的杨昌济老教授是首先支持他这一工作的一个。

在旧社会，他的卓越创举被埋没了足足有50多年，直到祖国解放后的1957年1月，由国内知名学者、一直致力于文学改革的倪海曙先生，在他主持下，文字改革出版社才把他的那本探索文字改革新路具有历史意义的《江苏新字母》重新影印出版，编入《拼音文字史料丛书》。事实上，早在1956年8月版《拼音》专刊上，倪海曙先生曾对《江苏新字母》一书作了介绍。大意说："朱文熊的《江苏新字母》是清末拼音文字方案中写法比较完整的一种。他已经把'字'和'辞'（词）加以区别。最早肯定汉语不是单音节语。除了连写和分写之外，还有大写。凡是专有名词和句子开头的第一个字母都是大写的。字母表已经有大楷、小楷、大草、小草四体了。"父亲曾对人说过："我自知并非千里马，但是倪先生的确可以称为现代的伯乐！"先父于激动之余，愿为汉语拼音工作再贡献一份力量……

《汉语拼音先驱朱文熊》

❖ **张梦白：** 东吴大学

在苏州，浙江嘉兴人曹子实于1869年从美国学成回到上海，翌年即受监理公会委派来苏州传教。1871年，他在十全街正式办起了小学，这是美国教会在苏州办学的嚆矢。1867年，监理公会派潘慎文（A.P.Parker）来苏襄助曹子实办学，定校名为"存养书院"，并发起募捐集资扩建。为了便于发展，1879年存养书院迁至天赐庄。其时，曹子实同两位美国医生沃尔特·兰柏（Walter R.Lambuth）和柏乐文（W.H.Park）合办诊所，离开存养，校务由潘慎文主持。不久，各地捐款陆续汇集，捐款最多的是巴芬顿（Buffington），因即于1884年将校名改为"Buffington Institute"，中文名为"博习书院"。

美国监理公会除了在苏州办学外，也在上海办学。早在40年代就开始遣派传教士到上海，1860年林乐知（Young J.Allen）抵达后，先于1868年创办《教会新报》，1874年改为《万国公报》，亲任主编。第二次鸦片战争以后，清政府为办理洋务及外交事务，设立了总理各国事务衙门，并附设同文馆，招收满汉学员学习英、法、德、俄等国语言文字及天文、算学等自然科学知识，准备用作各方面的翻译。林乐知看到清政府的需要，计划创办一所学校，培养一批懂得中西文化的高层次人才。经过多年酝酿，1882年在上海昆山路开设了"中西书院"（Anglo—Chinese College）。书院课程不甚完备，以教授英语为主。

清政府在甲午战败，朝野震惊。于是，一部分民族资产阶级和具有爱国思想的知识分子争言维新，要求学习西方变法图强，蔚成风气。监理公会传教士孙乐文（D.L.Anderson）在苏州宫巷教堂传教。有一天，他正在领唱赞美诗，有六个穿绸缎长袍、知识分子模样的中国青年走进教堂，安静地坐在后排。中国的"读书人"来听布道是前所未有的事，孙乐文就中止唱诗，把他们请进办公室，询问来意。一个青年说："我们是来请你教英语的。"并说："日本学习西方，成为世界强国，我们要奋发图强，也要学习西方，但首先要懂得你们的语言文字，才能读你们的书"。孙乐文答应了他们的要求，提出至少要有25人才能开班。青年们欣然同意，过几天，如数带了他们的朋友一起来了。孙乐文经过一番筹备，于1896年3月开办了"宫巷书院"（Kung Hang School）。学校开设国文、英文、算学、自然科学常识（包括地理）和神学等课程。因为讲授"西学"，所以习惯上也称"宫巷中西书院"。

同年，监理公会将潘慎文调往上海执掌中西书院，林乐知离任，继续主编《万国公报》。博习书院改由赫恩（T.A.Hearn）主持。1896年又派文乃史（W.B.Nance）到博习书院任教。

宫巷中西书院开办以后很有起色，1898年学生增至109人，而且"思想程度已臻上乘之士，曩昔林公所怀之硕划，至是始流露其试行之可能性"。1899年2月，监理公会决定将博习书院迁至上海，与中西书院合并，文乃史调往上海任教；派葛赉恩（J.W.Cline）到宫巷书院协助孙乐文。不久，监理公会负责远东地区宣教工作的总书记沃尔特·兰柏与孙乐文、柏乐文计议，以宫巷书院为基础，扩建为大学，选定博习书院后面的一大片土地作为校址，随即向教会报告。

　　1900年5月，美国监理公会的国外宣教部批准了沃尔特·兰柏的计划，并向田纳西州州政府申请注册立案。监理公会指定林乐知、潘慎文、孙乐文和柏乐文等人着手筹备建校事宜。在苏州地方官吏和士绅的支持下，购买土地破土施工。11月，校董会组织就绪，林乐知任董事长，孙乐文为首任校长。学校定名为"东吴大学堂"。因为苏州古称"东吴"，而"东吴为历来钟毓之地，地杰则人灵，可造必多，故以命名"。上海中西书院仍由潘慎文主持，文乃史与葛赉恩对调，文乃史到东吴，葛赉恩到上海中西书院任教。

▷　东吴大学校园示意图

　　1901年3月20日，宫巷书院迁校完毕，东吴大学在天赐庄正式成立并开学上课。西学东渐使古城苏州在传统的旧思想体系中注入了新的内容，促进了中西文化的交流。

　　东吴大学的办学宗旨为"注重学业，培养品格，树立优良学风，提倡服务精神"，校训为（Unto A Full-Grown Man）。大学创办之初仍为书院格局，规模不大，学生不足百人，只开中学班，与宫巷书院相比则课程更加完备。东吴大学强调"国文乃立国之本，无国文则国无以自立，为国民而不通国文，昧本甚矣。"所以学生必修国文，中英文并重。1905年开始教授大学课程，设文理两科及大学预科。1907年，首届大学毕业生一名，被授予学士学位。

经过几任校长的努力经营，到抗战前夕，东吴大学规模日宏，声誉日隆，成为东南著名的高等学府之一。

《苏州东吴大学》

❖ 沈民义：吴作人的学画之路

光绪三十四年（1908）农历十月初十吴作人诞生在苏州。是吴府第十个孩子，吴氏家属这一代排"之"辈，恰好他的生辰与慈禧太后同日，故起名吴之寿，又根据《诗经》周王寿考"遐不作人"之句，赠他以号作人，吴作人不喜爱与慈禧同生辰，所以弃用"之寿"用"作人"。

吴作人祖籍安徽泾县茂林村，他的祖父吴长吉（号平畴），为逃避战乱迁往苏州定居，其祖父吴平畴在苏州是一位有名的花鸟画家，苏州吴作人艺术馆的藏品中也有一幅他祖父画的花鸟立轴，颇见功力。父亲吴调元曾在上海制造局供职，因思想进步，在1912年遭人暗算身亡，年40岁。父亲去世后给十一口之家带来了无比的悲痛和生活的艰难。生活的担子落在刚满14岁的长子吴之屏身上，靠半工半读养家，过着艰辛的生活，在吴作人幼小的心灵深处蒙罩着一片阴霾！

由于家庭的艰难，吴作人辍学在家，由三姐和五哥辅导小学课程。幼年的吴父留下的绘画工具，触发了他对绘画的兴趣，使三年自学课程不太乏味和枯燥。1921年秋，13岁的吴作人考入了苏州工业专门学校附中学习，开始了他的中学时代，学校对理课抓得很紧，学习十分紧张，但他酷爱美术，当时美术课由苏州国画家陈迦庵先生授教；陈先生的谆谆教导，使吴作人对中国画画法有了一定的认识。

1925年"五卅"惨案爆发，震动全国，也震动了苏州，吴作人和其他爱国同学一起办壁报，以画笔为武器，介入时政，但这种正义的行动带来了不好的操行等第，这使吴作人意识到画画的效果，更使其坚定信念。他的执着感动了祖母，实现了学画的愿望。

1927年夏吴作人考入了上海艺术大学美术系，但令其失望的是并非徐悲鸿先生执教。由于他亦喜爱文学，特选修了田汉先生的文学课，使吴作人先生后来致力于写实主义的艺术奠定了思想基础。一天田汉先生邀到刚从国外回来的徐悲鸿来上海艺大讲学，他仰慕的徐悲鸿先生在台上讲学的一席言语，成为吴作人漫长艺术生涯的指路明灯。……

1927年冬上海艺术大学被封，1928年2月吴作人在田汉亲自任院长的"南国艺术学院"上课，受田汉、欧阳予倩、徐悲鸿等诸先生的教育、指导。当时处在革命思潮风起云涌的时期，随着新的变革浪潮，田汉和徐悲鸿有着共同的艺术革新理想，也给学生带来了进步的思想。徐悲鸿当时每月有两周在南国美术系上课，吴作人成了徐悲鸿的学生。

1928年秋天，吴作人遵照徐师吩咐离开上海到南京中央大学作为一名旁听生上课，当时旁听生受到排斥，但吴作人在徐师的关怀和爱护下，辛勤作画不止，同时吸取了多方面的营养。在南京学习的日子里他经常眷恋着上海南国。1929年南国社二度赴宁演出，吴作人承担了由金焰、俞珊主演的新剧《莎美乐》的舞美设计，在南国社第六次代表大会上被推荐为美术部长，由于吴作人卓越的艺术才能，受到了排挤，吴作人、吕霞光、刘艺斯被驱逐出南京中央大学，吴作人带着留恋、愤怒来到徐悲鸿处，徐悲鸿很是震惊，沉思之后说"你到法国去留学！"在国内上学都困难的吴作人哪敢妄想，但徐师的鼓励和安慰，使他坚定了信心，在南国社同仁的支持下，1930年3月田汉为吴作人、吕霞光、刘艺斯在上海霞飞路巴黎咖啡店的三楼举办了三人画展，田汉亲自为其展览作特刊。

▷　吴作人作品《熊猫》

　　1930年4月，吴作人先生和吕霞光乘坐法国邮轮阿托斯二号轮，经过30多天的航程在马赛登岸，翌日抵达巴黎。为了报考巴黎高等美术学校，准备习作，他办了罗浮宫学校的入学手续，可以免费出入罗浮宫和巴黎的其他博物馆，加强训练。由于长期的饥饿和辛劳，他病倒了，在房东的照顾下恢复了健康。

　　1930年6月至8月，吴作人度过了艰难的夏天，考上了巴黎高等美术学院著名画家西蒙教授工作室，还找到了业余时间勤工俭学的机会，但高昂的学费使他仍无法承受。正在踌躇时，他获得了比利时布鲁塞尔皇家美术学院助学金名额，于是离开法国去了比利时，1930年10月进入教授巴思天艺术工作室。

　　巴思天是当时比利时著名写实主义画家，才气和功力极高，被誉为都德根姆学派的创始人，为人正派富有正义感。吴作人入校刚好巴思天任皇家美术学院院长，极为赞许吴作人的应考习作，作为范作让60余名同学观摩，要大家向吴作人学习，破例允许吴作人在他的高级班学习。

　　吴作人先生刻苦学习，并主修美术史、解剖学、服装史、透视学、欧洲文学史等，仅用了一年时间即学完了全部必修课，并获得了参加毕业油画考试。他画了一幅《男人体》。这幅画技巧生动，色彩丰富和透明，简练概括，被评为全院油画第一名，获得了金质奖章与"桂冠生"称号，因此享有个人工作室和全部作画费用由公费供给。这是比利时皇家美术学院荣获此最高荣誉的第一位中国留学生。

《当代杰出的艺术家和美术教育家——吴作人》

第六辑

姑苏食话·
鱼米之乡尝鲜品茗

❖ 周土龙、胡金楠：来一碗藏书羊肉汤

苏州地方冬令时节进补羊肉的食俗由来已久，羊肉汤已成传统的风味小吃。

每年秋冬之交，古城内外羊肉店便纷纷开张。羊肉店沿街而设，不讲排场，锅灶立于店面，香气散至街坊，羊肉店里有喝完第一碗羊汤还免费添汤的习俗。掌勺师傅和端汤抹桌的姑娘，绝大多数是吴县藏书乡的农民（也有胥口乡的），所以吴中有"苏州羊肉藏书店"之俗语。

以前羊肉店大多是前店后坊，这"后坊"即是杀羊的处所，叫作"羊作"，至今藏书人都习惯把羊肉店统称"羊作"。也有名副其实的羊作，专门杀羊，供应羊肉店烧煮，这样的作坊便叫"羊肉总店"，总店之下分设许多堂吃的分店。

白烧是藏书羊肉店的特色。烧煮羊肉的锅，叫作"盆汤"。它由铁锅加接木桶构成，故称"接锅"。盆汤容量很大，大盆汤可放山羊18至25只，约300斤羊肉。烧时把洗净的整羊分别切成四至六块，与头、脚、内脏什件等一并放入锅内，加水用旺火烧开，撇去浮沫后加木盖，慢慢地用文火焖烧至熟烂，取出羊肉什件，拆骨，待冷后现卖现切。这时盆汤内就剩羊汤（原汤），如有客人来店吃羊汤，站砧的掌勺师傅就把羊肉过秤，切片后放入碗中，然后用热汤滤氽一下，再舀满一碗羊汤。桌上备有蒜末香葱、细盐、辣酱，吃客加放自便。

藏书羊肉店的羊糕制法也有讲究。先把整羊切成四至六块，放入盆汤加水用旺火烧开，撇去浮沫后取出羊肉，放在冷水中清漂（称"出水"），并清除盆汤锅底沉渣（称"割脚"），然后把羊肉放入原汤内重新入锅，加盐加水一次加准，再用旺火烧三小时以上，待肉烂汤浓然后用勺子舀起慢

慢地倒入锅中，观其连成一线时，即可出锅拆骨，分装至方形或圆形浅盆内，揿平放些浓汤，翌日就凝结成羊糕。羊糕结足梆硬，天暖不致解冻，现吃现切，为下酒佳品。

《苏州羊肉藏书店》

❖ 张振宁、苏菱：紫熟菱，家乡的味道

中秋前后，虞城街头，常见老汉、农妇，肩上搭着一柳条斗，上用棉袄兜裹，沿街叫卖紫熟菱。其实，本地人不分大人小孩，只要看见那柳斗，不听叫唤，也皆熟知此中美味的。

江浙两省水网地区，菱塘处处。菱种类甚多，如元宝菱、乌菱、惰婆菱、和尚菱、馄饨菱、小白菱、水红菱……常熟水乡，除乌菱外，其他品种皆有放养。

俗话说："鲜菱宿藕。"藕出水后要涂泥放置水缸边十天半月再吃，而菱如荔枝一般娇嫩，隔夜则鲜甜之味尽失，如出水即尝，则甜中带有清香。此味非乡间采菱女莫可与言。曹雪芹《红楼梦》中一女取名香菱，大概此公是深知鲜菱味的。

正因菱易失鲜，故即使常熟人也难知其味。城中人大量品尝的是紫熟菱。

紫熟菱是常熟特产，每当菱角成熟，农家采摘后，立刻入锅以硬柴火焖煮，盖须密封，形成高压，一次煮熟，停火就要出镬。其中放多少水，煮多少时候，皆凭农家经验，不懂此中窍门，煮出来是不好吃的。

鉴别紫熟菱品质高下：壳需淡紫微红而薄，手感不软不硬，软的叫烂屎菱，不好吃，太硬则菱肉不糯。视其外形饱满，则生长得宜，品质较好，如瘦而见菱角凸起，则生长时河肥不足，品质较次。皮色紫中见黑，则为隔宿再煮之菱或一次火功不足，再次煮熟之菱，皆不受欢迎。好的紫熟菱，

入口香、糯、甜、酥，方称上品。

放菱要看水口，死水泥塘虽可放养，而生长之菱不鲜；虽为活水而河深塘阔，不易得肥，菱肉亦不甜。故北门外虽有一条河称菱塘沿，而常熟上品之菱首推东门外兴隆乡之漕泾菱，因为漕泾之菱除精选菱种外，水口通梅塘，各村大小菱塘底泥肥而河面活，所以菱肉最为鲜甜。

▷ 售卖水菱角的小贩

苏浙地区，虽处处皆产菱，而常熟之漕泾菱却一枝独秀，以此馈赠外地亲友，倍受欢迎。因为菱上没有商标，购买漕泾菱，要听卖菱人的口音，当地人把"水"读成"西"，"猪"读成"鸡"，你同他敷衍几句一听口音就知道自己买的是真货色，否则很容易买进"伪劣商品"。当然其他各乡的菱不是不好吃，只是价钱要低一些。

在常熟买菱，是很有趣的。他把兜袱掀开，柳斗内热气腾腾，卖菱老汉或妇女会叫你吃一个。吃了不买也不要紧，你只要指出他菱的缺点，卖菱人是很虚心的，决不会吹胡子瞪眼。

"紫熟菱——紫熟菱——"秋来街头叫卖声。远离故乡的人，中秋佳节前后，回想起从前听熟了的这种乡音，大概是会引发缭乱乡思的吧

《秋深菱角香》

❖ **方志仁：** 陆稿荐，神仙留下的美味

陆稿荐熟肉店坐落在苏州观前街东首醋坊桥堍，创建于清康熙二年（1663），距今已有300多年，是目前苏州历史上最为悠久的熟肉名店。

▷ 陆稿荐熟肉店

陆稿荐以自产自销苏式卤菜而闻名遐迩。最早的店址在城西东中市崇真宫桥畔，规模不大，也无牌号，是一爿夫妻老婆店。店主叫陆蓉塘，妻子弥姐有一手祖传的煮肉技术，凭着弥姐烧制的酱肉，小店生意聊以糊口。店西神仙庙当家道士也常常光顾陆家肉店。可惜好景不长，随着都亭桥以东和皋桥以西市面的日益繁荣，陆家肉店生意渐趋清淡。有一年夏天，酷暑难熬，人们茶饭不思，根本就不想吃肉，店堂里冷冷清清，陆氏夫妻进入了两难境地：歇业吧，断了生计；开业吧，杀一头猪却卖不掉多少肉，

在夏季高温状态下很快就会变质乃至发臭。夫妻俩一筹莫展，一心盼着夏天早点过去。

一天午后，一个衣衫褴褛的跛足老乞丐经过店门口，忽然中暑倒地，陆蓉塘虽是屠夫，却生性慈善，夫妻俩手忙脚乱地把乞丐扶进屋里躺下，给他喝了碗凉茶，又在其额头敷了块冷毛巾，将他救醒，并用肉汤煮了碗泡饭给他吃。晚上，乞丐就躺在小店屋檐下。陆氏夫妇在自身经济条件并不宽裕的情况下，供其食宿近半个月。临行前，那乞丐指着地上那堆作为卧具的稻草说："大恩大德，无以为报，只此稿荐，留下烧肉。"陆氏夫妇也不以为忤，笑着点点头。

谁知，当他们将此稿荐投入灶膛烧肉后，锅中竟飘出一股从未有过的异香，这香味飘出店堂，引来了不少寻香而来的顾客，不一会儿，一锅熟肉就被买光了。街坊邻居七嘴八舌地问陆氏夫妇："今朝的肉为啥这样香？"陆老板也不知所以然，随口道："俚碰着仔仙人哉！"乡邻们突然想起前几天店门口有个叫花子，天天夜宿于此，现在已不知去向，加之附近有一座神仙庙，于是，认定那乞丐就是神仙，至于是哪一位神仙，有人讲，跛足者当是铁拐李，也有认为是吕洞宾的。人群里有位书生，想卖弄一下学问，向陆老板追究道："困在你店门前的叫花子有啥特点？"陆想了想说："只记得他一直拿着两只破钵头，口对口放在头下当枕头。"书生道："两只钵头口对口正好是个吕字。"又问老板娘："叫花子身上着啥衣裳？"答曰："衣裳很破烂，腰里扎仔一根破草绳。脚上一双鞋子后跟已烊脱哉！"书生念念有词道："绳、纯音同，烊、阳同音，肯定是吕纯阳来过了。"

在当时的历史条件下，读书人的说法似乎具有某种权威性，陆老板自己也想不到随口说的一句玩笑话，竟然被那书生说出这么多道道来，也将信将疑起来，自感遇到了神仙。为了纪念此事，陆老板就将店名改为陆稿荐。

《陆稿荐：苏式卤菜第一灶》

❖ 陈其弟：松鼠鳜鱼 "游" 进名菜榜

苏州松鹤楼菜馆坐落在观前街中段141号，正对大成坊，是苏州现存历史最久的正宗苏帮菜馆。

松鹤楼初创时为面馆，加入面业公所。"松鹤楼"之名最早出现在乾隆四十五年（1780）重建苏州面业公所的石碑上，据此推测，松鹤楼应创建于1780年之前，迄今至少已有220年的历史了。

▷ 松鹤楼

传说，松鹤楼草创时期，只是一家十多平方米的小面店，后来的发迹与成名跟乾隆皇帝有关。有一年，乾隆南巡至苏州，便服来到松鹤楼，点了一只"全家福"（即现在的炒什锦），后被传扬出去，由此松鹤楼名声大振。事实上，松鹤楼的成名，关键在于该店选料新鲜，烹调精细，一代又一代厨师在继承苏式菜肴烹调技艺的基础上，又汲取苏州船点船菜的制作技艺，不断改进、创新，使菜肴具有浓而不腻、清而不淡、色泽典雅、造型秀美的特色，并以鱼馔最为著名，被中外人士誉为苏式菜肴的王国。

松鹤楼的主要菜肴有松鼠鳜鱼、原汁鱼翅等数十种。

松鼠鳜鱼是早已公认的松鹤楼名菜。因以鳜鱼做原料，将鱼烹制成昂首翘尾的松鼠形状而得名。鳜鱼喜栖息于平静水域湖底深处，夜间活动觅食，且生性凶猛，以其他鱼虾为食物，肉质细嫩，骨疏刺少，营养价值很高。经出骨、剞花、扑粉、油炸、串滋等一系列要求极严的工序后，加工成头大口张，尾部翘起，肉似翻毛，形似松鼠，浇上虾仁、笋干、番茄酱卤时还会嗤嗤作响，犹如松鼠的叫声，此鱼色泽金黄，外脆内嫩，卤汁酱红，甜酸适口，微咸且鲜，声、色、香、味、形均有特色。苏州人对食鱼极讲究季节，应时则贵，失时则贱，唯独对鳜鱼视为常年美味。围绕松鼠鳜鱼，从乾隆皇帝下江南到电影《满意不满意》，曾演绎了许多动人的传说。一些早年离开家乡的老苏州，只要一回来，总爱到松鹤楼品一品正宗的松鼠鳜鱼，可见苏州人对它的钟爱。

《松鹤楼：苏式菜肴誉神州》

❖ 天　源：团子、年糕和糖油龙头山芋

苏州人爱吃甜食，尤其爱吃甜糯之食，糯中带甜的糕团食品自然成了姑苏人人爱吃的点心了，久而久之，便成了苏州时令饮食的一种习俗。这也是黄天源兴起和长盛不衰的一个很大的因素。

▷　黄天源商标

与玄妙观相邻的黄天源糕团店，是一家响当当的百年老店。它创设于道光元年（1821）。创始人黄启庭（浙江慈溪人）最初只是在东中市都亭桥堍设一粽子摊，小本经营，但因做的粽子质好味美，生意极好。不过几年，黄启庭就有了一些积蓄。他便在都亭桥租赁一小屋，开设糕团铺，取名黄天源。有了自己的店铺，黄启庭悉心经营，渐次增加糕点品种，其中尤以五色汤团、挂粉汤团、咸味粢饭糕、咸味猪油糕、黄松糕、灰汤粽、糖油山芋等受到群众的欢迎，黄天源的牌子也逐渐响了起来。黄启庭父子相继去世后，黄天源糕团铺由寡媳陈氏主持。但因不善经营，生意每况愈下，至1874年，陈氏就将店铺盘给了店中的牵烧师傅顾桂林，盘价为银洋1000元。另外黄天源的招牌每年租金为十二石大米。从此，黄天源与黄氏无关，实为顾姓之店铺。

黄天源的应时糕团，主要有青团子、南瓜团子、重阳糕、神仙糕，每逢岁末则大量供应糖年糕。糖年糕的花色很多，大小不等，最大的几千克一方，最小的一千克五六块，从大到小可垒成宝塔状。此外，还有糖元宝，巨者如拳，微者若拇指，任客选择。人们在买糕时元宝糕是必买的，富有者则择大小数种，带回家装入盘中，铺上红色剪纸（类似窗花），插上柏枝，再配福橘青果，在除夕那天放在床前台上，盘前还要供上红烛息香（并不点燃），名曰"守岁"，预祝明年平安福祉。

黄天源当时有一种叫"糖油龙头山芋"的品种在姑苏城内颇有名气。它进料极其严格，山芋必定要出自宜兴，因此处出产的山芋质地细腻易酥，别处山芋无法与其相比。如宜兴缺货，黄天源宁可停止供应，也不冒用他处原料。白糖则要选上品。烧煮过程也极为认真，力求粗活细做。加工时先将山芋清洗干净，用大盆堂文火焙烧，半酥时加入白糖收膏，要求糖味透心，才能起缸；再浇上熬好的糖油，随后上柜供应。烧成后的糖油龙头山芋油光透亮，剖开时可看到满心通红香味浓郁，入口酥糯，味若山栗，既香又甜，特别受苏州人的喜爱，东南一带的华侨也甚爱吃。

《糕团大王黄天源》

❖ **羽 化：**张源丰，萝卜卖得比肉贵

用直萝卜是家喻户晓的江南传统名产，但要是说起它的来历，恐怕并非人人皆知。据有关资料记载，用直萝卜是清代道光年间徽州人张春来开办的南酱店所创，迄今已逾170年，至今仍十分受欢迎。

开张在苏州葑门外用直镇东端鸡鹅桥堍的"张源丰"，三开间门面，柜台为凹字形布局，后面是作坊，是典型的前店后坊格局南酱店，至今店的原址尚在。在当时，张源丰也算得上是用直镇的一家大商号了。张源丰主要经营腌制品和南北货，还设有酱园作坊，自产自销酱油和酱菜。当时人们生活很苦，各类酱菜是常年的下粥下饭菜，所以，张源丰的酱菜，特别是"鸭颈卜"，市场销路很好。

何为鸭颈卜？其实制作很简单。用直本地不产萝卜，每逢产卜时节，张源丰的老板就派伙计到盛产萝卜的常熟梅李、支塘一带去采购新鲜的太湖白萝卜。鸭颈卜的选料十分讲究，要求萝卜匀直细腻，体无疤斑。用水洗净后，放在缸里，用盐腌制，上面压大石头。待过些时日，盐吃进去后汁水渗出，萝卜慢慢变软，形状颇似鸭脖颈。再将"鸭脖颈"捞出斜切成指头粗细的片，放入酱油里浸两三天即可出售。

张源丰鸭颈卜因口感好，价廉物美，在道光年间便成为方圆百里老百姓欢迎的佐餐佳品。张源丰的老板见鸭颈卜如此受青睐，又好销，资金周转快，便逐步将经营重心转向酱菜的制作和生产上，生意越做越大，渐渐地成为用直镇上南酱行业说得上话的大商号了。

俗话说得好，天有不测风云，人有旦夕祸福，这句老话不巧就应验到张源丰的身上。事情是这样的：有一年的萝卜上市季节，张源丰采购的鲜萝卜比往年要多得多，老板和伙计们一面忙碌着，一面心里巴望着今年的生意更兴旺。

可人算不如天算，天公不作美，萝卜下缸后遭连绵阴雨，半个月未见太阳。原本这与腌萝卜的关系倒也不大，但不知是当时伙计心急盐未加足，还是腌缸未盖紧，漏进了雨水，腌萝卜起了白霉花。下道工序是不能做了，腌坏的萝卜也无法再卖了，这让张老板十分沮丧。怎么办？摆在张老板面前无非两条路：一是全部扔掉，势必血本无归；二是二次加工，减少亏损，但结果可能会砸掉牌子。何去何从，让张老板伤透脑筋。无奈之下，张老板只有听听师傅们有何高招了，大家出主意，总能有个弥补的两全之策。于是，张老板召集汪士全等师傅商量，最后决定：一、不在本地与周边地区出售，这是维护品牌的保证；二、减少损失，把腌坏的萝卜洗净，按师傅们的建议，用甜面酱蜜汁封存待售。同时，采取价格和付款方式优惠措施，积极与外地客商联系，销售了一部分。但那年腌的萝卜实在太多，外地市场毕竟有限，销掉的只有十之一二，剩余的只好暂时封在缸里待机慢慢应市。谁知这一等就是半年，待师傅从酱缸里捞出鸭颈卜一尝，不得了，其味鲜美无比，再放在阳光下照晒后，色泽透明，口感更好。鸭颈卜一上柜台，就受到顾客的欢迎，销路畅通，张春来不仅收回了本钱，还赚了一笔，这真是因祸得福。第二年，张春来也没多想，如法炮制，还给它取了个新名——"源丰萝卜"。甪直的萝卜品牌就这样出世了。

张源丰偶然的"改制"，让张春来的生意有了新的转机……由此，甪直的萝卜在各地名声大振，真正成了甪直的品牌产品。每值盛夏，甪直人爱到源丰或成号等店，买这种萝卜回家品尝，或者馈赠亲友。两家商号一方面在质量上下功夫，另一方面也在宣传上动足脑筋。用晒下的荷叶包装，外贴上鲜红的商标，用来做广告，一时间，这种萝卜驰誉吴中大地。

这种萝卜之所以名声大噪，关键在于它的质量和口感。质量是它存放时间久，这是萝卜畅销的保证；口感则是入口香脆的味觉，这是人们愿意购买的前提。张源丰的传人曾总结过制作萝卜的三要素：一是腌制要用甜酱，因为甜能吊鲜，做出来的萝卜香甜鲜洁；二是萝卜制作必须经过"三套三晒"，只有这样咸甜适宜的酱汁才能渗透入内；三是腌制时必要有几个好日头，这样既易于保存，还有就是萝卜经过日照产生微妙的生化反应后，味道会更香，口感也会更脆，这三个要素缺一不可，前两点可人为，第三点则要靠天帮忙了。按照严格标准制作出来的萝卜，主要有"鲜、醇、香、嫩"四大特色：第一，条干均匀，无渣无丝，酥而不烂，脆而不硬，老幼咸宜；第二，味道醇厚，咸中透甜，酱香馥郁，诱人食欲；第三，色泽红亮，晶莹透明，完全天然；第四，长储不霉，久藏不坏，一般一年内不会变质。如果要更长时间储存，则可将用直萝卜切成手指般厚的一段一段，先在油锅中氽一二分钟，然后放在绵白糖中滚拌，形如白枣。经过这样的处理，一般可以保存三四年。因为这种萝卜的制作，不仅选料严格，工艺流程复杂，生产周期也长，直接的影响就是资金回笼慢，生产成本提高。所以，很早的时候，用直本地就流传这样一句俗语——"萝卜肉价钿"，若按目前的行情，则是远远超过了肉价，应说成"萝卜比肉贵"才对。同时，还因为萝卜猪肉价，它也享有"素火腿"之称。

《张源丰与用直萝卜》

❖ 沈秋农: 吃螃蟹的学问

"持螯更喜桂阴凉，泼醋擂姜兴欲狂。""脐间积冷馋忘忌，指上沾腥洗尚香。"这是怡红公子贾宝玉持螯赏桂中的诗句，道出了蟹的鲜美和食蟹人之勃勃兴致。

螃蟹又名毛蟹、中华绒螯蟹，属甲壳纲，短尾亚目，方蟹科，是海洋洄游性鱼类。成熟的螃蟹在每年秋冬之交，便成群结队，顺流东下，到江海交汇处的浅海中产卵繁殖。来年初夏，孵出的蟹苗又逆流而上，返回内陆淡水湖港安家育肥，形成一年一度的蟹苗汛。螃蟹因产地不同可分成若干支类，而生活环境各异质量亦有差别。对螃蟹的研究古已有之，唐陆龟蒙著有《蟹志》。宋代傅肱所撰《蟹谱》，宋高似孙之《蟹略》四卷，均推阳澄湖清水大闸蟹居首。《元和唯亭志》载："出阳澄湖者最大，壳青、脚红，名金爪蟹，重斤许，味最腴。"成熟的大闸蟹每只体重200至250克，头胸甲的宽度70至80毫米，给人的第一印象是肢体肥大，强健有力，若不能烹之啖之，实为人生憾事。"不是阳澄湖蟹好，此生何必住苏州"就是对此种心情之最好描绘。

▷　吃螃蟹的男孩

至于阳澄湖大闸蟹的"闸"字作何种解释，历来众说不一，不少人认为"闸"字乃吴语中"煮"字之意，无须深究。姑苏包天笑先生曾为之作考，有如下文字："有一日，在吴讷士家作蟹宴（讷士乃湖帆之父），座有张惟一先生，是昆山人，家近阳澄湖畔，始悉其原委。他说：'闸字不错，凡捕蟹者，他们在港湾间，必设一闸，以竹编成。夜来隔闸，置一灯火，蟹见灯光，便爬上竹闸，即在闸上一一捕之，甚为便捷，这便是闸蟹之名所由来了。"

螃蟹的食用史，最早见于《诗经》，到明代，李时珍将食蟹之法归为五种："以蟹生烹盐藏糟收酒浸酱汁皆为佳品。"其中"生烹"。也就是最常用的蒸和煮了。煮蟹之法甚为简便：先在锅中注入冷水，加以紫苏生姜，然后将洗涮一净的无肠公子不加束缚地置身其间，随着水温由低至沸，大闸蟹也就青衣换红妆了，不多时便满屋飘香，使人垂涎欲滴，食欲大增。至于蒸蟹为旧时酒肆之中所采用的一种简易方法：蟹先是散放的，由食客自由选择，然后用细绳扎成一串，标上记号，置于蒸笼中高温蒸煮。

华夏烹饪，历史悠久。人们往往以色、香、味、形的标准来检验菜肴，创造特色。而阳澄湖的大闸蟹白似玉，黄似金，香气诱人，口味鲜美，为"色、香、味"三者之极，且食法众多，可主可从。我国最早的食谱大全《齐民要术》中就有"彩醉蟹"之食法。清代袁枚在《随园食单》中收有"蟹羹""蟹粉""剥壳蒸蟹"的烹调方法。随着烹饪大师、营养学家与美食家的共同研究创造，如今烹调蟹鲜之名菜几乎遍及全国，其中尤以江苏见长，江苏又以苏锡为胜。

《江南秋尽蟹正肥》

❖ **臧寿源：**杭客矜龙井，苏人伐虎丘

虎丘茶，曾经是苏州的骄傲，明代列为贡茶，有"天下冠"之称。那么历史上的虎丘茶始于何时，又终于何时？它的来龙去脉充满了神秘色彩。虎丘与茶，早就结下不解之缘。据传唐代陆羽经常在虎丘烹茶论茶，至今虎丘山还留有陆羽井遗址，因而《茶经》又称《虎丘茶经》。可是茶圣怎么也不会料到数百年之后，虎丘山上会长出茶树，而且竟能称冠茶坛。

今天我们已无法获见虎丘茶的模样，但我们从明代文人的赞叹声中，能体会到虎丘茶的魅力。著名书画家徐渭曾说："杭客矜龙井，苏人伐虎丘。"伐者，夸耀也。龙井茶是杭州人的骄傲，虎丘茶便是苏州人的骄傲。

他还在诗里将虎丘茶比作"玉壶冰",可见茶汤明净清澈。……不过赞美声中也透露出物以稀为贵,以至豪强仗势争夺,埋下了虎丘茶后来遭毁的祸根。

▷ 虎丘"第三泉"石刻

虎丘茶的确有着与众不同的奇特品质,其汤色如玉露,韵清气醇,香若兰蕙,有的说如"婴儿肉"香,或似即将开放的"橙花"香,也有人说像"豆花香"。当时虎丘茶和苏州西南天池山所产的天池茶远近闻名,以致市面上还出现了很多假冒货。虎丘山茶树仅生长在虎丘寺与剑池壁咫尺之间,据说是天然生成的,至于茶种从何而来,始于何时,又是何人所植,至今仍是谜团。

虎丘茶的最佳采制时间在谷雨间,文徵明曾因品尝了虎丘谷雨新茶,兴致大发,作了著名的《茶具十咏》。他在序里言道自己因为身体欠佳,虎丘、天池茶开焙尝新时,没能同往,事后好友将新茶送来了,于是亲自动手烹茶,诗兴勃发,便效仿当年陆龟蒙与皮日休对吟的"茶具十咏",绘图作诗。诗中有"烟华绽肥玉,云蕤凝嫩香""重之黄金如,输贡堪头纲"等句。头纲即贡茶第一纲。这至少说明在明代嘉靖年间,虎丘茶已列作贡茶。

虎丘茶堪称"天下冠",且属贡茶,俗话说"人怕出名猪怕壮",虎丘茶便成了"唐僧肉",惹来官府及巨富巧取豪夺,茶芽还长在树上,就争夺开了。明王象晋曾叹道："苏之虎丘，至官府预为封识，公为采制，所得不过数斤。岂天地间尤物，生固不数数然耶！"为掠夺虎丘茶，官府竟然预先在茶树上封好了标志，这一招简直想绝了！

《虎丘茶　冠天下》

❖ 小　成：尝船菜，太监弄找老正兴

老正兴是我国饮食行业中久负盛名的老字号饭店，它起源于上海，约创建于清代同治年间。最早的食肆是由祝正平和蔡任兴合伙经营的，他们以姓名中各一字命名菜馆，后因冒名者甚多，遂改名老正兴，并冠以同治

▷　上海老正兴旧照

二字。该菜馆以太湖地区盛产的活河鲜为原料，菜肴颇具江南风味，以烹制浓淡相宜的上海菜为主要特色。最早在上海山东路上经营，后迁至福州路556号。

民国二十八年（1939）苏州太监弄拓宽，上海老正兴、苏州老正兴、北平老正兴、功德林素菜馆、大东粥店、大春楼面馆、味雅茶馆、三和茶馆等饮食店先后在百米多长的太监弄开业，加上观前街和北局的松鹤楼、丹凤楼、青年会大菜又相衔接，渐渐地苏州就有了"吃煞太监弄"的俗谚。这中间以"老正兴"命名的菜馆就有三家。到1949年，苏州仅存由无锡人郑顺友、郭永康合营的上海老正兴，开设在太监弄21号。另外一家老正兴则是由无锡人秦守仁开在石路65号。

上海老正兴菜馆之所以经久不衰，与其素以经营浙绍风味菜肴、面向平民化著称有关。浙绍菜为浙江绍兴菜的简称。绍兴菜源于太湖船菜，擅长烹调河鲜、家禽，菜肴入口香酥软糯，简朴实惠，富水乡气息。老正兴一脉相承，在烹调上讲究爆、炒、烩、炸、闷，质地讲究酥烂脱骨。调味重，卤叶浓，甜咸适中。老正兴所制作的百余种新绍菜肴、点心都严格按照选料要求和考究的操作程序制作。该店看家四大名菜腐乳肉、烧圈子、砂锅鱼头、炒鳝糊体现了该店的特色所在。如腐乳肉用特制的红玫瑰腐乳汁；烧圈子选用猪大肠有肥瘦之分；砂锅鱼头则选肥大鲢鱼头，每个鱼头必须重达1000克左右才行；炒鳝糊取每年六至八月份的活"笔杆"鳝鱼烫杀划丝制作。老正兴还以擅制河鲜菜肴著称，随着季节变换，轮换经营，春天有春笋塘鳢鱼，夏天有银鱼炒蛋、油爆虾，秋天有大闸蟹，冬天有烧甩水，加上烹饪上的变化，还有西湖醋鱼、醉蟹、大汤黄鱼、莼菜鱼片汤等几十种风味菜，且价格稳定低廉，富有时令感，深受各界人士的欢迎。

《上海老正兴：浙绍菜肴成一品》

❖ **董寿琪：** 观振兴吃面，浇头有讲究

面点精美，面馆数量多，这是苏州餐饮业的一大特色。谈到苏州的面馆，不能不提到观振兴。这是一家曾经红遍苏州城乡、妇孺皆知的百年老店，也是苏州面馆业的代表和象征。

观振兴面馆创始于清同治三年（1864），初创时店名观正兴，店址在玄妙观正山门口，但第一代店主是谁，已难详考。

历史上，地段好的商店由于经营不善而走向衰败的例子也非少见。观振兴能创出品牌，最关键的是它在经营上有一套为顾客所认可的特色和优势。过去苏州面馆业中有一点名气的店家，应该说都有自己的特色和招牌品种。各店之间虽有共性，但绝不雷同。以排骨浇头为例，五芳斋做五香排骨，朱鸿兴做蛋汁面拖排骨，观振兴做咖喱蛋汁排骨。这种错位经营的理念，避免了同行之间的恶性竞争，使大家扬其所长，共生共荣，也能满足不同顾客的口味。

观振兴在品种上以花色面、菜馒头、蟹粉馒头著称。花色面的质量有三方面的要求：一是生面加工，二是汤水，三是浇头。观振兴自己加工生面，做到糯、细、熟。汤水尤为考究，使用焖肉汤、黄鳝骨精心吊制，具有清、香、浓、鲜四大特色。

所谓在花色面上有特色，就是指浇头做得好。焖肉采用五花肉，香气扑鼻，皮酥肉嫩，入口即化；爆鱼爆鳝色泽橙黄，甜中带咸，外香里嫩鲜；还有蹄髈、冻鸡、卤汁肉、自制面筋和素浇等浇头。除了现成的浇头外，观振兴还开设了热炉，现炒现爆浇头，如虾仁、三虾、鳝糊、细什锦、三鲜、清肉丝、腰花、猪肝、肚片、鱼块、甩水、葱肉、葱油开洋、红烧鸡块、鸭块、咖喱鸡块等等，不但口味鲜美，品种之多也是其他面馆无法相比的。

观振兴的苏式件头点心也是别具一格，并根据时令推出品种。如冬春季节供应松色馒头、油氽紧酵、鲜肉小烧卖等，故有"立夏开花（烧卖），中秋结子（汤包）"之说。件头点心尤以精细见长，如净素菜馒头，馅心用黑木耳、黄花菜、香干斩细，重糖轻盐，拌入浸透在油里的菜馅中，清香爽口，营养丰富。和面时，不用老酵、碱水，而用酒酿发酵，不但吃口特好，而且因不用化学品，更加符合科学、卫生的饮食要求，是地道的绿色食品。

《观前面馆观振兴》

❖ 宋刚刚：酒香百年飘巷里

元大昌酒店是苏州糖烟酒行业中久负盛名的百年老店，在苏州乃至大江南北名闻遐迩。

元大昌酒店由浙江绍兴柯桥人章迪轩于清光绪二十二年（1896）创设，原名"元大昌绍酒栈"，位于苏州阊门外石路36号，两开间门面，三进深，屋后有一眼水井。酒店当门一个大曲尺柜台，账桌设在柜台中间。柜台里面一头竖着一块长长的直匾，上书四个尺方镏金大字："太白遗风。"靠墙的支架上，安放着两排高矮不一的青花或蓝褐色酒瓮。柜台旁边砌了一副锅灶和若干备用的盛酒器具，店堂里放了十来张酒桌。酒店一开张，顾客便纷至沓来，生意日渐兴隆。绍兴黄酒有上千年的历史，口味醇香，益神健体，在苏州颇受欢迎。

元大昌酒店以销售散装绍酒为主，供应附近酒家饭店和居民。每天下午四五点钟直至深夜，是元大昌供应堂吃之时，酒店内酒香飘溢，往往座无虚席。来元大昌饮酒的客人，有的喜欢独坐一角，浅酌慢饮，悠然自得。有的惯于引朋呼友，赌酒猜拳，声震四座。元大昌对客人不论身份贵贱，不论消费丰啬，一概热情接待，因而受到社会各界的广泛好评。

1934年，章迪轩的二弟章菊轩在观前街宫巷中段开了一爿元大昌分店。酒店坐东朝西，对着珍珠巷口，离玄妙观正山门仅一箭之地。这里的营业面积比石路的元大昌酒店大得多。沿街为双开间二层楼房，一楼有三进深，里面还有一个大院子。门面的招牌和底楼的格局与石路门店相同。大曲尺柜台前面有一条通道，走六七步便有一座楼梯面对外面街市，通向楼上的酒座。楼上及楼下的二三进能放三十来张酒桌，向着院子的一面都装有上半截镶嵌玻璃的木框落地长窗，显得古色古香。院子里种着几棵梧桐，树荫遮盖着大半个院子，墙边还种上一些花草，环境十分优雅。每逢天气晴好、气候燠热之时，店倌把几张酒桌、几副板凳搬到院子里，晚上点亮电灯，便成了一个露天花园酒座，引得许多酒客一边聚友畅饮，一边透风纳凉，成为观前地区一景。

元大昌老板章氏兄弟为人一团和气，深谙经营之道。元大昌酒店的服务周到是远近闻名的。一有顾客来到，店倌便笑吟吟地迎上前去，热情招呼，引入酒座，并很快送上顾客所点的酒菜。如果你想添酒，不等出声招呼，店倌早已留心桌上剩酒情况，殷勤询问要否添酒，保证不会让你等酒下肚。至于下酒菜肴，也是花式多样，任由顾客点选。大多数酒客习惯于先在附近熟食店买些下酒菜随身带进酒店。酒店里也有一些小贩，穿梭于酒桌之间，向酒客兜售糟鸡、熏蛋、鲞鱼、虾饼、豆腐干、马兰头之类的荤素下酒小菜以及粽子、糕饼等点心。如果酒客要添些热炒、面条之类，只要关照店倌，炉灶上锅铲几下翻炒，很快便送上称心的热炒看点，管叫客人酒足饭饱，尽兴而归。

《元大昌：酒香百年飘巷里》

❖ 张 宏：石家鲃肺汤与看家菜

说到石家饭店，不能不说到鲃肺汤、石家酱方、三虾豆腐、母油船鸭、清熘虾仁、奶汤鲫鱼、油泼童鸡等十大名菜。

到过木渎的人，都会听到当地人说的一句话："不吃碗鲃肺汤算不得到过木渎。"而鲃肺汤正是石家饭店历史最悠久的一道名菜。鲃鱼原是一种很普通的小鱼，身长不过三寸，体形扁圆，背黑肚白，但在乡人口里却说得很神。其来也无影，其去也无迹，成群结队出现在桂花开时的太湖里，桂花一谢就没了踪影。其实，鲃鱼不是此鱼的本名，其土名叫斑鱼，原因是此鱼背上有斑纹。而"斑"讹作"鲃"，却也有个来历。

古时，太湖东岸的乡人多捕斑鱼作为菜肴，是一道很普通的家常菜，各家有各家的烹饪方法，乡人虽大多知道这鱼的鲜味出于肝脏，但一般总是把整个鱼身一起烹煮。叙顺楼的老板石汉却去粗取精，单取鱼肝和鳍下无骨的肉块，集中清煮成汤，因而鱼腥全失，味鲜美汤浓醇。石汉还发现斑鱼的肝脏在中秋前后长得特别肥嫩，大的有如鹌鹑蛋，便专在此期间把斑鱼肝取出，集中煮汤，称斑肝汤。一碗汤要几十条鱼肝，所费不赀，自此一道独具风味的菜肴——斑肝汤诞生了。

民国八年（1919），社会名流于右任先生到苏州放舟游太湖赏桂花。傍晚停泊在木渎镇，顺便到叙顺楼用餐。吃了斑肝汤后赞不绝口。趁着醉意，追问汤名，堂倌用吴语相应，于老是陕西籍，未能细辨，仿佛记得字书上有鲃字，今得尝鲜，颇为得意，于是欣然提笔写了一首诗："老桂花开天下香，看花走遍太湖旁。归舟木渎犹堪记，多谢石家鲃肺汤。"石家是饭店主人之姓，鲃系口音之差，而易肝成肺，则为入平仄之律。但"石家鲃肺"一旦入于名家诗句，传诵开来，也就以讹传讹，成了通名。过了两年，另一名流，即当时隐居姑苏的李根源先生来到店里，喝了此汤后连声称绝。店主人出示于老之诗，他叹服于老知味，遂提笔挥毫写了"鲃肺汤馆"四字。于、李两老先后唱题，名人雅事，不胫而走，一时传遍三吴。乡间菜肴，自是声名鹊起。到如今"成熟"的鲃肺汤从选料、加工，到烹饪，都是很有讲究的，即使有人想"偷"学，买了材料回去，硬靠分析来做，也会因为少了或乱了关键步骤，而怎么也做不像，那汤不是奶白色的，就是鹅黄色的，全然不是石家饭店那清可鉴人的模样。你若想品尝真正的鲃肺汤，就必须到木渎石家饭店。正因为此，多少年来，赢得了众多名人雅士的交口赞誉；也正因为此，多少年来，国内外许多地方的人提出想与石家饭店搞合作经营，开连锁店。

▷ 于右任（1879—1964）

再说石家酱方，也是石家饭店历史悠久的一道名菜。在苏州，无论是城里人，还是乡下人，你随便问一下，都知道石家酱方的名字。它和鲃肺汤一样，从选料、加工到烹饪，都非常讲究。首先得精选本地农家猪的上等五花肉，伴以多种名贵佐料熬制的陈年老汤，经过一系列复杂的工序加工而成。其中最见功夫的要数加工的时间和火候的把握，因为这是石家酱方"肥而不腻，入嘴即化"特点的关键。

其他名菜从选料、加工到烹饪，也都各有讲究。如清溜虾仁必须精选上等太湖虾现剥虾仁，油泼童鸡要选本地农家自然喂养的童子草鸡，活炝河虾必须选"太湖三白"之一的白虾，奶汤鲫鱼一定要用太湖野生400克左右的鲫鱼。可以毫不夸张地说，每一道菜都是经历了石家数代人的不断改进、创新、研制而成的，凝聚着历代"石家人"的心血。

《石家饭店，名满江南》

❖ 俞 菁：稻香村买糕点，明日请早

店名如人名，一个朗朗上口的好名字往往会取得意想不到的效果。"稻香村"便是最好的例子。民国初年，这三个字曾风靡一时，苏沪宁一带甚至北京等地都有以稻香村为名号的茶食店竞相开设，然而最负盛名的还是位于苏州观前街上那家正宗老字号，称得上是苏式茶食糖果店业的代表。

苏州稻香村具体创始年代不详，最早一说为清乾隆三十八年（1773）。相传乾隆南巡到苏州时，御膳中就有稻香村产的清水玫瑰月饼和松子枣泥麻饼，乾隆品尝后龙颜大悦、赞不绝口，回京后还派专人来采办，并赐以匾额，从此稻香村名扬天下。但流传最多的一个说法是太平天国时期，一个名叫沈树百的苏州人躲到乡下避难，期间在阳澄湖畔某村摆了一个茶食摊位，生意竟然不错，战乱平息后回到城中，用赚来的钱在观前街上开了一家茶食糖果店。他想取一个响亮些的名字做招牌，于是与亲朋好友商议。有一个朋友是太湖边上种萝卜的农民，倒略通一点文墨，平时喜欢看看小说，因想到《红楼梦》中大观园有一田园风光的处所叫稻香村，觉得这名字很好听，便信手拈来为沈店题名。沈树百对此名视同拱璧，欣然受之，并向朋友约定："如果我的店发迹了，一定拿出红利的二成作为你的酬劳。"开张后店业果然蒸蒸日上，沈树百亦不爽前约，每逢岁末，便给此人送去红利，以及鸡、鱼、火腿等丰美礼盘。后来稻香村虽几易其主，却将这个名号一直沿用了下来。

其实，稻香村的成功之道并不是只靠一个响亮的名号，最主要还是其产品质量好，有特色，因此能吸引一批又一批的回头客，从而树立起良好的口碑，最终成为一个知名品牌。

稻香村出品一直以门类齐全、品种繁多、讲究选料加工而著称。一年四季各有特色产品，如春季生产大方糕、松子黄千糕、酒酿饼；夏季生产冰雪酥、荤素绿豆糕、夏酥糖；秋季生产各色月饼；冬季生产鲜肉饺、马蹄糕、糖年糕。这些食品皆按人们在不同时令的不同口味制成，颇受欢迎，那些现做现卖的糕饼饺类是每天定量供应的，需趁热即食，所以常常能见到衣冠楚楚的衫客站在柜台前捧食大嚼，也顾不上形象是否雅观了！

▷ 民国时期《苏州明报》刊载的稻香村广告

稻香村的肉饺为苏州同类食品中之最。其制法精选上等猪肉，要精肥搭配匀称，然后去尽筋膜剁成肉泥，调加上好酱油，再用薄薄一层干面和以荤油作外衣，马上入炉烘烤。出炉即食，会觉饺皮酥松鲜美，肉馅到口即融。但冷却后汤汁会走入皮中，味道便大为逊色了，所以每天做的也不多，出炉即被一抢而光。

稻香村的苏式月饼更是出名，分咸味与甜味两种。咸味有火腿、葱油、鲜肉三种，制法与肉饺略同。甜味分玫瑰、豆沙、干菜、椒盐、百果、薄荷、黑麻等品种，其特点是糖重油多，入口酥松易化。百果月饼甜而不腻，配料极其精致，50千克月饼要配以约10千克果料，其中有松仁、瓜仁、桃仁、青梅干、青丁、玫瑰花、桂花等多种食品。而名为"清水玫瑰"的月饼，以洁白之糖，嫣红之花，和以荤油而成，色泽鲜艳，十分清爽可口。还有一种"月宫饼"，外形比起一般月饼更显圆大平扁，内馅为枣泥猪油，每两只为一盒装。其他月饼则每盒四饼，谓之"大荤月饼"（二两重一只）、"小荤月饼"（一两重一只）。人们常常用以购作馈赠亲友之佳品。

荤素绿豆糕则是针对不同需求的顾客制成，糕中带猪油的即为荤绿豆糕，由于旧时苏城信佛吃斋的人多，另有素油做的素绿豆糕。松子黄千糕（黄松糕）一律选用大颗粒的松子，一剖为二，在糕的中间撒上厚厚一层，黄松糕不同于其他糕饼，早上买来放到午后都不会发硬，吃上去仍如初时那样味香凝爽。

除糕饼糖果，稻香村的透味熏鱼、胡葱野鸭也为苏城之最。其选料十分考究，宁缺毋滥，价格亦超出他店。熏鱼精选八至十斤重的鲜活青鱼，去鳞破肚后，用洁净的纱布揩尽血污，切成薄片，油汆后浸入预先准备好的卤汁中，此汁是将福珍酒与黄酒各占一半，加糖、姜末调制而成。10到15分钟后，即可上柜。野鸭则必选黄嘴黄脚大鸭，去毛开膛后，滤去水分，将胡葱、盐、砂仁末、茴香粉等佐料塞满鸭膛。其中胡葱一定要量多，且被风干，砂仁末一定要用进口的印度产砂仁，方能完全去除膻味，调出异香来。然后加黄酒焖烧，烧成后酥嫩异常。

熟食野味还有红烧牛肉、异味风鱼、虾子鲞鱼、烤子鱼、醉蟹等，选料均极其讲究。如鲞鱼一定要去南濠街鱼行选购启东产的北鲞，因其产地水冷，鱼肉更为鲜洁。醉蟹则必用一两多重一只的雌蟹。异味风鱼也是稻香村的一大招牌熟食，每年阴历三月时将青鱼腌后晾干，加酒酿糟过，切成四五段放入小钵中，用酒浸没，然后用薄纸封住。夏季买回家加糖、酒、姜炖吃，味道香醇鲜美，是极好的下酒佐菜。当时这些熟食野味多由把作师傅许桂生（1896年出生，1921年到稻香村工作）亲自制作，他的手艺在苏城首屈一指。

有了这么多特色产品，稻香村的生意日益兴隆，名声愈加在外，一些商家纷纷效仿，除了那些外地的"稻香村"，苏州本地也出现了"稻香利""桂香村""谷香村"等类似招牌的茶食糖果店。为保自己牌号，苏州稻香村特设双穗禾字图作为商标，报民国政府农商部注册，图案造型设计成在一圆圈内，中间有一个篆体"禾"字，两边各有一棵金色稻穗。时值1926年稻香村翻造店面之际，特加此"禾"字商标，并在新的二楼门面注上"只此苏城一家，外埠并无分出"的大字，以示正宗。

《久负盛名稻香村》

❖ 周晓东：乾生元麻饼，天下第一饼

中华老字号"乾生元"位于风景秀丽的园林古镇木渎镇东街95号，因生产乾生元枣泥麻饼而驰名中外。据史料记载，乾生元，原名费萃泰，创建于清乾隆四十六年（1781），距今已有220余年历史。早期生产香脆饼。因当地玫瑰产量大，费萃泰大量收购后，将其与松子、枣泥相拌，改制成枣泥玫瑰馅心的麻饼。清光绪七年（1881），吴中商人蒋福堂将店名更名为"乾生元"，以乾坤八卦为首称，"乾"乃乾坤，指天下，"元"即第一，意为乾生元生产的麻饼天下第一。

乾生元枣泥麻饼两百多年来久盛不衰，蒸蒸日上，跟清朝乾隆帝有关。相传当年乾隆下江南时，曾将行宫设于木渎灵岩山上，每日总听到灵岩山寺里和尚的念经声。突然有一天，乾隆帝始终未闻和尚们的念经声，倍觉蹊跷，便询问起来，原来是山下的木渎枣泥麻饼甜香四溢，香味扑鼻，和尚们闻到了，再也没有心思做功课了，竟一个个趴在围墙上张望。香味是从哪儿飘来的？乾隆也为之诧异，遂命左右到镇上买来麻饼品尝，果然香

甜可口，回味无穷。顿时，龙颜大悦，不禁脱口说了一句："真是天下第一饼！"正在一旁的知府见机请乾隆为此饼赐名，乾隆爽朗应允，挥毫题下了"天下生元饼"几个字。知府大人把乾隆御赐饼名刻成匾后赠与制饼厨师，于是，制饼厨师挂匾开起了"生元麻饼店"，生意从此越发红火。至清光绪年间，因为这枣泥麻饼是乾隆御封过的，所以又改称其为乾生元麻饼。不久，木渎乾生元枣泥麻饼也被列为宫廷御膳点心之一。

作为苏州糖果糕点行业的"老前辈"，乾生元枣泥麻饼用料讲究，配方独特。整个加工过程有十几道工序。先是用适量的面粉、饴糖、鸡蛋、植物油等原料，拌和成团，作为麻饼皮面；另用上等乌枣肉蒸熟去皮去核捣烂，与精制绵白糖、熟猪油拌和成泥，并配以玫瑰、松子仁、瓜子仁、果肉、芳香花料等制成馅料；再用皮面裹入馅料，揿成扁圆形，将圆边在台板上滚动，用手指边滚转，边压薄，直到圆边光滑为止，然后在饼料两面撒上芝麻即成饼坯；最后一道工序是把饼坯放在烤盘上用烘炉焙烘，炉温严格控制在150—180摄氏度之间，两面焙烘约七分钟，焙烘至颜色转黄，麻饼就制成了。乾生元麻饼形如满月，四周开花，厚约1—3厘米，直径约10厘米左右，麻饼两面密布着均匀的裂口，但不露馅，所以外形美观，色泽金黄，入口香甜、甜而不腻、香而不焦、油而不溢，别有风味。

《木渎乾生元　天下第一饼》

❖　**时　萌：**美食的追忆

常熟是江南名城，物产丰盈。可由于岁月的推移，已有不少风味小吃和传统美食至今泯而无存，只能作追思回味的明日黄花了。

旧时店铺往往精心制作拳头产品取胜，如寺前街益泰丰的熏鱼，即将五斤以内之活青鱼切成片，放在铁丝架上，下蒸木屑熏烘，反复将鱼片涂以各种调料，成后撒以甘草末，外皮黝黑，撕开鱼肉雪白，香酥鲜活，风味特佳。县西街万和祥腌腊店每日下午供应熟盐水鸭，肉淡红皮腊黄，鲜嫩无比，夏日则卖熟切火腿，牵精带肥，切得薄如纸张，以荷叶丝草扎成扁方包，为佐酒裹粥佳肴。

▷ 民国时期的苏州街市

　　散书场时刻，"晚头点心"上市。记得有一种最好吃的叫"毛糕"，脂油块白糖加桂花铺满糕面，随买随切，甜香开胃。大同茶食店的著名产品为玫瑰猪油定胜糕，粗粉重糖，松而不糊，味腴可口。可到如今，专业茶食店一家也不见，老师傅陆续亡故，制作技艺也失传了。

　　街头挑担叫卖的小吃也很可观，油片细粉、豆腐花、芡实莲心白糖粥之类不下几十种。其中最佳至今失传的就是豆腐团：用汤匙在碗内搅滚咸味豆腐成团，嵌少许鲜肉为馅，小锅中以文火煮火腿脚爪和虾米鲜汤，豆腐团投汤片刻即取食，嫩、滑、鲜皆备，让人禁不住一添再添。

　　夏日，街头熟食担子曳着长声叫卖"鸡笃面筋，肠脏肚子……"大肠软烂，面筋蕴有鸡味，肚丝绝嫩，浇以虾子酱油更清爽可口。石梅翁家祠堂有一绰号"大扇子"的小贩专卖粉蒸肉和粉蒸鸡，肉是三层五花肉，鸡是收购农村的散养草鸡，拌调料粗粉以鲜荷叶包裹蒸焖，肥嫩适口。吃客盛赞优质，每天老辰光听到叫卖即出争购。

　　记得小庙场旁边有一南苑馒头店，纯以板油剁细成馅，加白糖搅和制作"水晶芯馒头"，别有风味，为喜甜食者珍爱。石梅大肉芯馒头皮薄馅多，饱含露汁，制作蟹肉芯馒头，将带有露汁的蟹肉蟹黄与肉馅拌和然后制作上蒸，出笼香味四溢。

常熟爆青鱼宽汤面苏沪闻名，"小肉鳝露拌面"亦为顾客欢迎，而今作料汤水均不如前，后者竟已成绝响……

《饮食文化旧貌》

第七辑

利来利往·

商贾云集叫卖声不绝于耳

❖ **蔡利民：** 花开满城香，花娘卖花忙

苏州妇女特别爱美，在过去没有烫发之类美容手段之前，她们就懂得用鲜花来装点自己的秀发了。这就是所谓的"戴花"或"鬓边香"。"戴花"种类繁多，春有蔷薇、杜鹃、玫瑰，夏有栀子、茉莉、珠兰，秋有木樨、建兰、菊花，冬有芙蓉、山茶、蜡梅，真是应有尽有，数也数不清。

苏州人的饮食也与花有密切关系，有花酒、花酱、花茶、花露、花馔之分，真可谓摘采四时花入馔，千姿百态盘中餐。

以花浸酒，使美酒更加香醇可口，而且还有祛病健身、益寿延年的药理作用。桂花酒、玫瑰酒、菊花酒等花酒至今仍是苏州人特别喜爱的佳酿。……苏州生产花露的历史也十分悠久，据古书记载，清时虎丘仰苏楼、静月轩所制卖的花露，驰名四远，开瓶香洌，素称绝品。花露品种繁多，有专治肝胃气的玫瑰花露，治气胀心痛的木香花露，悦颜利发的芙蓉花露，专治诸毒的金银花露等等。

因为苏州人爱花，很早也就有了种花这一行。

苏州的花事主要集中在虎丘、山塘一带。宋代的奸佞朱勔以江南的奇花异石博得当朝昏君和权贵的青睐，在苏州地区横行乡里，盘剥压榨百姓，闹得鸡犬不宁。钦宗即位，才将他杀了头。据说朱勔倒台以后，他家不少人都埋名改姓藏匿在虎丘一带，以种花植树为生，所以后来苏州虎丘植树种花特别兴盛。当然这只是一个民间传说，不过从中倒也可以看出苏州种花业历史的悠久。

"不是花中偏爱菊，此花开尽更无花。"确实，在隆冬岁末是再难看到美丽的花朵了，但苏州的花农技艺精湛，早在300多年前，就能运用窨窖熏花法，在天寒地冻的冬季将百花催开，他们用纸将花房的门窗缝隙封密，

不让它漏风，再在地上挖个坑，把花盆搁在坑上，然后将沸水灌入坑内，以汤气熏蒸花朵：在他们的精心照拂下，牡丹、碧桃等竟然奇迹般地绽开了它们娇艳的花瓣，这就是苏州人所谓的"窨花"或"唐花"，古人有诗云："牡丹浓艳碧桃鲜，毕竟唐花尚值钱。野老折梅柴样贱，数枝也够买春联。"聪明的苏州花农用辛勤的劳动换取自己的衣食温饱，也点缀、美化了人们的生活，在严寒中给人们带来春的温馨。

▷　民国花市

　　为满足苏州妇女晓妆时云髻簪戴和衣衫佩饰鲜花的需要，苏州还出现了以卖花为业的卖花女，苏州人俗呼为"花娘"。她们身穿毛蓝布衫，臂弯里挎一只盛满鲜花的竹篮，每日清晨，过桥串巷，一路吟卖，那吴侬软语，紫韵红腔，富含诗情画意。"怡贤古寺晓钟催，柳暗桐桥户未开。独有卖花人早起，浓香和露入城来。"这是一幅多么美妙的图画呀！

　　苏州专营花草的花树店也出现得较早。清代嘉道之际，山塘桐桥以西，花树店就有数十家之多。这些花树店十分善于经营，它们除满足本市居民的需要以外，还以南来的花卉售与北客，而将北来的花草售与南人，使得无名花草顿然身价百倍，真所谓"更怜一种闲花草，但到山塘便值钱"。

　　也有花农本身直接经营花草买卖的，他们会编制各种花篮出售。有一种花篮，中间可以藏一个瓷盂或玻璃杯，里面可以养鱼，还可以燃灯，盂或杯的上下缀满了鲜花，琳琅满目，错落有致，十分可爱。过去每逢市会，夕阳将坠之时，花农们就驾小舟，到山塘河、野芳浜等画舫游艇停泊之处，拦舱叫卖。有一首《虎丘竹枝词》描写了当时的情景：平波如镜漾晴烟，正是山塘薄暮天。竟把花篮簪茉莉，隔岸抛与卖花钱。

《艺花人家花里眠——山塘的种花习俗》

❖ 阿 英：苏州书市，城市的读书记忆

苏州书市有三中心，自察院场至饮马桥一段护龙街，为旧书肆集中地。自察院场至玄妙观，为新书市场。自玄妙观广场折入牛角浜，为小书摊。护龙街东段，东大街，大华路，间邱坊巷，亦各有一二家。

上海书价昂贵，且精品不多，故余每喜往苏购取。晨间自北站乘飞快

▷ 民国时期的书市

车，凡一时零十四分，即可到达。觅定住处后，雇车进城，至察院场。于是，始文学山房，依次而松石斋、存古斋、来青阁、适存庐、觉民书店、艺芸阁、宝古斋、灵芬阁、集成·勤益·琳琅阁、振古斋、欣赏斋，一路访书，直达饮马桥。整个上午，完全耗之于此。

然后至西园粥店，或玄妙观，略进饮食，即作观内摊头之访问。由此折入牛角浜。旋复回至庙后，雇车入牛东大街，访来晋阁老店。再折入大华路，大华书店，并其主人家小休。然后则往间邱坊巷看书。最后乃巡回玄妙观前之新书肆。

至此亦大约夕阳在山矣，乃携所得书出城，至旅店稍休。至上海粥店，买活虾一盆，并一菜晚饭。饭后，略略闲走，即回旅店。灯下翻阅所得，其佳者一气读之，读尽则酣然入梦。有时亦留居城中，其日程与阊门同。惟时间若早，则约一二书商，至西园或公园品茗谈书。

每次往苏，居留时期无定，有当日返，有隔日返，亦有三日或再由此他往者，要看是否等待已接洽或在接洽中之书籍决定，盖书有时非即所有出自故家，须经书商往返接洽，自己且须极有耐性等待也。如此，遂又有时不得不挟一卷书，至汪裕泰楼上，唤精茗而品之读之，以待书商之携好消息来矣。

此一切，如昨日事也，然苏州沦陷，达半载上矣。杭州书肆储书，已全为日人运空，不知护龙街诸家，亦曾遭受同样之命运否？玄妙观地摊，闻近极繁荣，然购者不多，大华路则已变为咖啡市场。过去欢乐，宛如一梦，吾心目中之苏州，今不知究变成若何状态矣。

无国防即无文化，由今视之，无国防且并买书之乐亦不能获得，此持久抗战，以争取民族独立与生存，无论自任何一点言之，皆属必要之先着，有赖于国人群策群力，努力完成之也。

《苏州书市》

❖ 林锡旦：绣庄，苏州的独特风景

　　相较于苏州其他手工业作坊，苏州绣庄具有自己的特点。苏州绣庄，不都是前店后坊，也不是手工业工场，大多只是中间商，起一个发放（将绣件分发给绣工，待绣成后收回。俗称"发放"）、销售的中间媒介作用，因此人们亦称这些单纯搞发放的中间商为行头、包头。绣庄内先将要刺绣的品件剪裁成各种式样，或将鉴匹料剪裁成一段段块料，由画工（有的自备画工）画花制样，然后由绣工来领取料子，配给所需的各色绣花线，由女工带回家刺绣。女工均在家，一家一户地分散刺绣。其学艺又是母授女，嫂教姑，不用出去拜师求教，刺绣纯粹是家庭副业。民国实业部国际贸易局在进行调查后写的《中国实业志·江苏省》中说："刺绣为苏州妇女之特长，民间妇女类能操是业，而尤以农民家庭为多，往往于农暇之时，向顾绣庄领取绸缎绒线，尤以浒墅关、木渎、光福及香山一带为甚，故与农村

▷　刺绣的女子

副业有关。"这是绣工向绣庄领料加工刺绣。此外，也有一些是中间人（俗称"放生活"）背了绣件包袱走四乡分发绣件到各家的。他们对于某妇娴于何等工作，以及各绣女是否有空等情况了解得很清楚，因此发放绣件是有的放矢，因人而施的。至绣女绣好后，中间人就把绣品收回绣庄，按手工之繁简、花样之轻重、质量之好坏酬以工资。绣庄再将绣成之绣片销售。绣庄只是在购买原料、配备绣线、画花制样、发放绣件及销售等方面进行经营，具有中间商性质。

近代学者彭泽益在《中国近代手工业史资料》第三卷中将此列为我国中人制的典型："在中国工业中，吾人欲择一实例，以为研究中人制之用者，苏州之刺绣工业最为适当。"刺绣业中规模大些的，自己多兼几项工作，比如有的绣庄兼绣品缝纫等，这类绣庄才具有前店后坊的性质。门前经营绣片发放和绣品销售，店后或是装裱绣片，或是成合（苏州缝纫工作俗称"成合"。合：音鸽）。后期也有极少数规模大的绣庄内自己设立了刺绣工场。做到这种规模，那都是有店面，有作坊，有账房，有伙计或学徒的了。小的只是夫妻老婆店，既是发放者，又是销售者。大行只有绣庄业才有，小的大都是零剪业。

无论是绣庄业、零剪业、戏衣业，就刺绣而言，基本上都是在绣庄外进行的。绣庄只是商号店铺，是同手工艺制作紧密相连的店铺，但又区别于那种批发零售的商业店铺：不是仅仅收购成品出售，也不是自产自销，而是具有典型的中介性质。与其他商店相比，绣庄已有着自己的鲜明特点，绣庄中的戏衣业又与众不同。许多戏衣店因资金贫乏只能以销定产，接到订货业务才开始生产，利润一般只有15%左右。生产淡旺季十分鲜明，俗称"五荒六月，七死八活，金九银十""三百实浪荡，六十天赶忙"。因为戏班子常在秋收后年终时节演戏，这时便要更新添置戏衣戏具，所以戏衣业要在九、十月份赶制戏衣。这是戏衣业最忙的时候。一个旺季的生产，便足以扭转淡季的亏蚀。

出身于"杨恒隆"的李鸿林，曾出入各个戏班，因而熟悉各剧种不同的服装风格，后来他自己开店"李鸿昌"经营，能根据演员各自的要求和剧中人物的身份特点随手创作出各种行头的式样。他善于造型设计，成合缝纫制作的技术也很精湛，并能绘画、制绣配色，因此许多京剧名演员都请他定制戏衣。当时甚至远至四川重庆的厉家班的戏衣业务，都委托他办理。这种定制的戏衣俗称"私房贷"。在服装的质料上、制绣的色彩上、造型纹样上都要做出种种创新。当年梅兰芳多次来苏演出，同时在此定做私房行头。梅兰芳的服饰大多是绣梅花与兰花的。一次梅先生在苏州开明大戏院演《贵妃醉酒》，观众见他身穿定做的镶边女蟒，中间绣满了万（梅）字图案，这是暗寓他的姓而设计的。周信芳来苏演戏时，绣制者特地为他在底幕上绣了一只特大的麒麟，这是示意麒派。……马连良登台演出，则台前大幕绣马八骏，桌围、椅披也绣马八骏，因为他姓"马"。这些都是名演员不同寻常的要求，而苏州戏衣亦有出奇制胜的技艺。

《绣庄，一种苏州风景》

❖ 林锡旦：好颜料，浓妆淡抹总相宜

但凡中国画画家中有些名望的，大概没有人会不知道苏州姜思序堂国画颜料。因为苏州姜思序堂国画颜料为驰名世界的中国画提供了必不可少的敷彩原料。工欲善其事，必先利其器，没好的国画颜料，难以画出好的作品来。据说北京人民大会堂最大的一幅国画《江山如此多娇》上，那一轮喷薄而出的太阳能经久不褪色，持续发出那红彤彤的光芒，就是当年国画大师傅抱石采用了姜思序堂的朱红颜料后才达到如此的效果。

苏州姜思序堂国画颜料名闻全国，其特点是：浮现光泽，轻细若尘，入水而化，与墨相融，着纸能和，明快腴润，经久不变，装裱不脱。这些，也是使传统的苏州国画艺术数百年来兴盛不衰的重要因素之一。

苏州历代人文荟萃，自明代诞生了以沈周、文徵明、唐寅、仇英"明四家"为代表的"吴门画派"，影响遍及大江南北，山水画在苏州风靡盛

行，制作国画颜料自然成了画家们必修的一门工艺技艺。明代吴门画家总数达800多人，相传就在这些画家中，有一位姜氏画家特别善于制色，有石青、石绿、花青、赭石、朱砂、银朱、朱磦、胭脂、洋红、泥金、铅粉、藤黄等，经其提炼和调制的颜料，鲜艳清纯，久不褪色，其中石青、石绿尤佳，一时艺林传誉，远近争求。……约传至清乾隆年间，进士姜图香之后二三代，才正式在阊门内都亭桥设立铺面，开设店铺经营，由家庭式的小生产发展到专门制作销售国画颜料。为画家制作销售国画颜料，是"斯文雅事"，而姜氏本来也是书画之家，因此店名也取得极雅，额曰"姜思序堂"。"思序堂"是姜图香这一宗支的堂名。姜氏原住苏州吴县前（即现在的古吴路），当时是有名的"进士第"。所以解放初期，姜思序堂出售的颜料包装上，还盖有一方"原在苏城吴县前东进士第内"的图章，作为标识。有了姜思序堂大量供应上选的国画颜料佳品，使绘画大为方便。从此画家们在作画之前不必再亲自研丹滤粉，可以专心一致地从事绘画创作，苏州国画亦因此愈来愈兴盛。近代许多名画家如任伯年、吴昌硕、徐悲鸿、齐白石等不少传世名画上，那经久不变的炫耀色彩，很多出于姜思序堂的郭钵中。

国画颜料的制作技艺与原料有直接关系。因国画颜料性质各不相同，制造方法也因材而异。原料产地分散，大多产于边远地区，有的尚需从国外进口。在诸多产品中，以石青、石绿最为出色，销售量极大，原料需用孔雀石、绿松石，都是铜矿里的一种天然矿石，需经过淘净，在郭钵里加胶轻研，直磨至上层浮现膘光，杵钵摩擦无声为度，然后用沸水冲入搅匀，把胶出清，沉淀分色，分色时目光要准，手法要活。颜料花青，是从草本植物蓝蓼草叶子中沤制成蓝靛，再由蓝靛制成青黛，从青黛中提炼精制而成……

制作国画颜料有的要锥破，有的要浸出，有的要取其实质，有的仅上提浮膘。在技艺上手法精细，在选料和操作上须不厌其烦。经艺人鉴别，选择分类，或双槌研磨、粉碎漂洗，或浸润，或取膘，或存脚，或分色，还需经熔炼、沉淀、煮煎、焙烘、冷却、干燥、称量包装等多道工序才能制成，整个过程大部分需靠手工操作，对经验和技艺的依赖性非常强。

经数代艺人的努力，薛庚耀多年实践经验总结，归纳出"十大要诀"：一、保持清洁纤尘不染；二、选料精优，严格不苟；三、下料准确，不多不少；四、研磨深透，细度合格；五、沉淀踏实，时间要多；六、倾倒有度，眼到手到；七、浮垢底渣，存精去芜；八、一次筛出，粗细不再；九、矿物淘清，植物泡够；十、煎熬火候，恰到好处。这十大要诀看似平淡无奇，但全凭操作经验，如下料准确、倾倒有度、煎熬火候等极难掌握，若能认真不苟、细致周到地按此生产，产品质量定优。所以姜思序堂国画颜料胜过全国各地同类产品而名列前茅，始终保持着当初姜氏创业时的传统特色。姜思序堂国画颜料加工精到，故颜色鲜明，纯净光润，细若轻尘，入水即化，与墨相融，着纸能和，装裱不脱，经久不褪。

《浓妆淡抹总相宜——记姜思序堂国画颜料》

❖ 阿 元：绸缎业的"老者"——乾泰祥

"吃在松鹤楼，穿在乾泰祥"这句俗谚何时开始流行于苏州城，谁也不曾去认真考证过。但乾泰祥是观前街上最大的绸布商店，也是迄今为止苏州城里最老的绸布店，这是谁也无法否认的事实。它还是全国针纺织品行业"祥"字老号理事单位之一，屈指算来创办至今已逾130年。

乾泰祥约创于清同治九年（1870）前后，创始人不详，初为绵绸店。清光绪三十四年（1908）苏州商务总会会员登记名册载：绸缎业，乾泰祥，店址观前街，业主华荣庭，江苏金匮（今属无锡）人。

乾泰祥真正成为苏州绸布业中的名店，是在20世纪20年代初。清末民初，苏州绸缎业的龙头老大多集中在东西中市，如老人和、同仁和（业主尤先甲，苏州商务总会首届总理）、久章、介福等等，均是当时著名的绸缎老店大店。辛亥革命以后，新兴百货业在观前街迅速兴起，商界大贾都看好观前。1920年前后，乾泰祥绵绸店被宝成记银楼店主周以谟出资盘下。周以谟以开金铺发家，宝成记银楼在清末属苏城有名的大金铺之一，位于护龙街（今人民路）祥符寺巷口，门前搭一座横跨护龙街的过街大棚，曾是该银楼一个标志。周以谟虽为乾泰祥业主，因"隔行如隔山"，一切业务均委托他人料理，不久就与所聘经理马某有隙，便决意出盘乾泰祥。1922年，悬桥巷协记布店（约创于1880年），业主姚君玉、西中市介纶绸缎店职员何颖生及友人王梅村等三人，分别以70%、10%和20%的股份，出资3.6万银圆接盘乾泰祥。何颖生精通业务兼做经理，并从大新绸布店等同行业中挖来店员。遂易"绵绸店"为"绸缎顾绣局"，随后又改称"乾泰祥绸缎顾绣呢绒哔叽局"，经营范围由丝绸扩大到刺绣（顾绣）、精粗呢绒及华洋布匹。

▷ 乾泰祥店铺

当时大股东姚君玉执掌三家绸布店——协记、大有恒（观前）、乾泰祥，实力相当雄厚。1923年，姚氏吃进了大新、大经、久昌等三家倒闭商店的大量库存，分给手下三店甩卖，获利颇丰，乾泰祥由此得益，1924年便出资将原乾泰祥店面房产买下，并进行了第一次翻建。从此乾泰祥跻身于同仁和、老人和、大纶、天丰长等苏城八大绸缎店之列。

1929年，苏州大兴市政建设，观前街等街道拓宽，沿线商店因门面缩进纷纷进行翻建改造，乾泰祥乘此第二次翻建之机进行扩张。为了吃进靠宫巷一侧邻店"大亨布店"五开间门面，作为交换条件，出重金盘下对面"桂芳阁菜馆"，易为"大亨布店"店面。由于观前街与宫巷转角处的东阳源南货店要价实在太高未能吃进，因而乾泰祥虽有北临观前，西朝宫巷成掎角之势，但缺了一角，直至1956年公私合营这一角10多平方米的小店才并入乾泰祥。这次翻建乾泰祥共耗资5万银圆，造起了三层中西合璧新洋楼，劈对玄妙观正山门，成为观前街上一大亮点。

翻建一新的乾泰祥，经营亦为之一新，步入一个鼎盛之期。扩大了经营范围，一楼铺面设四个部：绸缎、呢绒、布匹、鞋帽；二楼设顾绣和新装两部。内部又设弹花、服装两个加工场，加工棉胎，定制男女服装，并加工进口珠罗纱蚊帐等。刺绣品经营采用"代放绣"形式，以委托加工方式，在苏州近郊刺绣之乡设代工点，由两名专职人员"放生活"，即向绣户发放刺绣专用丝绸面料、丝线、图稿等等，然后约期交货，验收合格者以工计酬。这样一来绣货质量与数量都有保证，很快乾泰祥绣品在苏城声誉鹊起，四周乡镇慕名而来者络绎不绝。吴地风俗红白喜事要用诸多丝绸绣品，因此一年四季绣货需求量非常大。乾泰祥还迎合时尚，加工新式丝绸服饰，如20世纪30年代初，苏城流行绣花红裙，乾泰祥每天能售出近百条，其他店望尘莫及。

《百年尚新乾泰祥》

❖ 叶书安、卢伟然：恒泰兴的酱菜很下饭

酱园是一个古老行业，人们在日常生活中柴米油盐酱醋茶，酱园里经营的商品就占了五项，同人民群众的生活有着密切的关系，又因为是手工业作坊生产，经营比较稳定，受外界影响较小，没有大起大落的风险。苏州又是一个手工业生产比较发达的江南历史文化古城，绅、富多，而拥资雄厚，大多认为典当、糟坊是牟利的至善之途，因而在历史上经营酱园糟坊者犹如星罗棋布，为其他城市所不及。……其中百年老店，历史悠久，资力雄厚，获利较大，业务相当兴旺，生产比较先进的要推恒泰兴酱园了。

恒泰兴酱园坐落在阊门外山塘街渡僧桥北堍小邾弄口。占地五亩，拥有木结构手工生产作坊房屋90余间，门面是两大开间的朝西石库门。周围是高耸的风火山墙，进门是一个石板地的天幔，左右两侧是厢房。第一幢楼的下面是店堂，左面是酱菜柜，竖着一块"进京乳腐"的金字招牌。而中央是点铜锡色的三眼油缸。转弯是一条长柜台，是行业中有名的二条半长柜台之一，长约四丈有余。前段是湿账柜（酱油酱菜），后面是干账柜（粮食），柜台最后面竖一块青龙牌，黑底金字"官酱园"三个大字。第一幢楼和第二幢楼的中间又是一个天幔，把两座楼连接起来，第二进楼窗的裙板下面横一块"本栈粮食"的金字匾额。这二幢楼下由于光线不足，白天也要开电灯照明。柜台外面有一条长廊直通内园。

酱园开创于1851年，清王朝咸丰元年，也就是太平天国革命运动金田起义的一年，所以人们称这家酱园是"长毛"前的老酱园……

生产工人来自无锡农村。生产方式，包括设备和工艺路线，都是手工业作坊生产，就是依靠天时，生产一季要卖一年的老传统。每年农历四月十四日是吕纯阳诞生日，开始投产造货，所谓开纯仙作。是依靠空气中的

野生曲霉菌来培育黄子，然后利用太阳热酿造双缸酱。最高年产量，投料黄豆四百石，和面粉、食盐，做成双缸酱。生产期间必须要抢时间争速度，要在立秋之前完成，否则过了节令，就无法生产，所谓伏酱、秋油就是这个道理。为什么要叫双缸酱呢？因为过去造货要捐领缸照，一正四副，就是捐领一只缸照，可以置办酱缸五只。为了要使缸内的容量多盛一些，于是把将要成熟的酱堆积起来，缸面上形成了小丘，因而命名为双缸酱。双缸酱再加20％盐水，经稀释后，就叫豆板酱，这两种酱既是出售的商品，又是榨酱油的半成品。甜面酱是用面粉制成面糕，经发酵而成。辣火酱是红辣椒经腌渍后，用石磨磨成。恒泰兴对制酱原料非常讲究。黄豆一般要选用东北大连豆，并要上轧米车轧去其中的泥块和杂质。面粉选用"绿太和"或"黄风车"等二号粉，而同行业中一般均用统粉或四号粉。榨酱油的工具是用木制老虎尾巴大榨床压滤（是利用杠杆的原理）。酱油最高年产量五百吨左右。酱油必须要经过日晒夜露，这样才能达到色、香、味、体的优质酱油。顾客喜爱内园的老冰油（经日晒面上结成薄冰），在柜台上买了票，经长廊至内园提货，顾客是乐意这样做的，也是信得过的。

▷ 酱缸

制造酱菜有甜、咸两大类。甜酱菜是用甜面酱制，咸酱菜是用豆板酱制。甜酱菜有小黄瓜、白甜姜、甜子瓜、甜萝卜、五香甪直萝卜、糖醋大蒜头等。咸酱菜有带皮苣笋、改刀瓜、姜片、红萝卜丝、刀豆、青只辣、红只辣、酱桔红和大头菜等。酱菜生坯原料，小黄瓜来自吴江平望，生瓜来自苏州市郊区，萝卜产地常熟支塘，嫩姜选用浙江硖石所产，丁香萝卜用杭州笕桥所产，大头菜选用南浔所产，以上都是传统老产品。什锦酱菜是抗战胜利后，由东北锦州引进的，后来酱菜品种逐步多起来了。酱菜保鲜非常重要，酱菜要装在蒲包里，扎好袋口、浸润在酱缸里，能确保质量新鲜，产品卫生。

恒泰兴酱园生产的乳腐，有进京乳腐之称，在何朝代进过京，已难查考，但是确曾远销到京城过的，后来就用进京乳腐来炫耀自己的产品……

生产乳腐由于技术落后，依靠天时季节，所谓靠天吃饭，所以每年重阳后开作至翌年立夏季节剎作（停产）。分前后白、咸两道工段，前道工段将黄豆制成白坯豆腐干，叫白作。后道工段将白坯豆腐干划成小块，经毛霉发酵，腌渍加辅料装坛，叫咸作。年产量四万余坛。品种有酒方（酒脚乳腐）、红（方）乳腐、糟（方）乳腐等。把腌渍好的半制品配以辅料后，装入坛中即为后期发酵，后熟期主要是在贮藏期间进行。由于豆腐坯上生长的微生物与所加入的配料中的微生物，在贮藏期内引起复杂的生化作用，因而促使乳腐的成熟。一般半年左右才能成熟。恒泰兴生产乳腐，在原料上和操作上，都十分重视。购进黄豆原料，要购进东乡豆，粒子大、颗粒圆整、无虫蚀的黄豆出浆率高，产品细腻，酥而不化，鲜美香醇，列为上品。糟方乳腐用的糯米，一定要用金坛、溧阳产的糯稻，酿成酒酿后和土烧酒一起加在乳腐坛里，还要用六十度的原大糟封坛面，产品具有色香，适口鲜味。红方乳腐用的红曲，来自福建。红乳腐卤全部用酒酿卤（榨清酒）再加磨碎的黄子（制甜酱的半制品），具有红乳腐特有香气，表面有鲜艳的红色，咸味带鲜，质柔糯。

由于产品质量过硬，可以贮存一年以上，不会发霉变质。所以在江浙两省，声誉素著，深受消费者的欢迎。

《苏州恒泰兴酱园的回顾》

❖ 华润龄：小日晖桥一根针

胥门外"小日晖桥一根针"由来已久。始祖尤松泉（1847—1911）吴县西华（今镇湖）官山人，13岁时师从外祖父许竹峰，悬壶问世，并于光绪六年（1880）迁徙苏州胥门外小日晖桥26号，定居开业。松泉精于针灸，对疯痨臌膈（中医四大难症）、文武痴癫、妇女经带及一些疑难杂症均有丰富的临床经验。

清光绪三十三年（1907）吴县县令金元烺患病，因慕尤松泉医名，拟请诊治，而误请了另一尤姓者。数诊之后，病不见减，后知非松泉本人，待请得尤松泉诊之，数诊之后，霍然而愈。金由此想到百姓如果误请庸医，不啻耗财伤身，而且会耽误诊治时机，遂出示晓谕以明真伪。

告示署有"赏戴花翎，卓异加三级，候补直隶州知州，即补吴县正堂金示"字样。正文为"为晓谕事，照得针科系古方法，若能揣摩成熟，按日按时旋针，定能手到病除。今有苏州尤松泉医士，在胥门外小日晖桥弄悬壶应诊，远近皆知，为吴中针科独步。近有尤少峰者，在附近冒名担医，贻误病者，实属非是。今晓谕尔等，就医必须认明尤松泉本人，年已六旬。而尤少峰，年仅三十，一望即知，希勿自误。切切此示，宜各懔遵。光绪三十三年十二月二十四日立"。此告示用宣纸书写装裱后，悬挂于尤宅二门，一时传为佳话。……

清宣统三年（1911）某日，松泉出诊盘门外巴里村，针治一患时疫的老妇，不幸被染，翌日即一病不起，终年64岁。松泉有四个儿子：少泉、筱泉、缓泉、圭泉，先后继承父业，筱泉、绥泉、圭泉中年早逝。少泉及其子皞民作为长子长孙负起了继承家业的重任。但少泉去世时，皞民仅12岁。祖父松泉以花甲之年收孙为徒，隔代亲授。皞民因家学渊源，又勤奋钻研，并有父叔辈指点，针术日进，不久即脱颖而出，诊务日隆，门庭若市。16岁时就有"小先生"的称呼。

尤氏针灸传至皞民已属第三代。在叔父相继离世的情况下，尤氏针灸传人仅有皞民一人。皞民不辱祖训，苦下功夫，积累临床经验，探索历代名家针灸之术，医道技法渐臻完善。他的针术继系于祖父，又有开拓创新。他讲究"子午流注针术"，选穴严谨。强调辨证论治，认为中医治病，原则要坚定，方法要灵活，根据疾病的不同情况和病人的不同体质采用相应的手法。他主张针灸医生以针灸为主，药物只可偶然辅之。他治疗的病种有中风、痿痹、癫狂、经带、肠胃、咳喘、经筋肌肉等病症，对癫狂、经带等尤有独到之处。

皞民施行针灸以针与灸并重。手法是以左手中指重压穴位，右手指持针，以极小幅度捻转进针，指力柔中有刚，故进针时无痛感，捻转角度既小且慢，具有"少、浅、轻、慢"的特点。如遇有寒湿痹痛者，留针于穴，用艾绒如红枣大小，捻在针柄上点燃，作温针灸，一般一壮即起针。如针头面部穴位与精神病患者时不用温针法。凡遇风湿痹痛、流火等病，常用粗毫针点刺穴位，再加火罐吸拔，以活血祛邪，化瘀通经。

皞民注重针灸的开穴法。在循经选择穴位时，必先取主穴，然后取他穴。如心胸不舒的病人必先取"内关"穴，头面病必先取"合谷"穴，偏头痛必先取"后溪"穴等。把握好开穴法，则针灸治病的效果就会更好。

皞民打破了"传子不传婿"的戒规，除传授子女媳婿外，还培养了十余名门人。他极重医德，对待病家无论贫贱富贵，一视同仁。他诊治病人收费很低，对穷苦病人常常免费治疗。曾有一个乞丐来求治，蓬头垢面，鹑衣百结，一身臭味。皞民亲自为他解开衣服，悉心治疗，不但不收分文，还请他吃饭，送他钞票。不久，"善人"的名声就此传开了。他常常警示后人，"无医德有医术是市侩，有医德无医术是庸医，二者俱备方为良医，二者俱无实为小人"。他还告诫子女"以医做财必败，甚至祸及子孙"。

解放后，皞民与名医曹鸣高等筹备苏州市中医协会，向市政府申请在自己的诊所成立"苏州市卫生局第二十五特约免费门诊所"，为贫困百姓免费治病。后与号称"大日晖桥一把刀"的外科陈明善筹建泰让桥联合诊所，放弃优厚收入，带领全家参加，走集体化道略。

《小日晖桥一根针——尤氏针灸》

✦ **姜　晋、林锡旦：月中桂，苏州女人最美的回忆**

女性爱妆，城市的女性更注重自己的容颜。如今各大城市的商场内，用于女性的化妆品和服装这类商品更为琳琅满目。要买要用并不须串专业商店，这类物品，商场内总最优先保留着它们的地盘。可在过去，女性的化妆用品店比较专业。

▷ 民国时期的化妆品广告

说起苏州的月中桂化妆品，清末民初，官僚、士绅、富商等麇集于苏州，花粉业的销售市场比较繁荣。当时苏州经营胭脂香粉等化妆品的商店有孔凤春、锦华春、丹凤春、戴香室等好几家，而月中桂是其中最老的一家。

月中桂是苏州著名的百年老店。初创时店设在阊门内中市。据《苏台麋鹿记》记载："咸丰十年（1860）四月，太平天国战火中，阊门内外一片火海，吴趋坊口，处于大火焚烧的十字路口，首当其冲，商店居户尽付一炬。兵燹之灾，月中桂未能幸免。待战乱稍弭，便迁至观前街重整旗鼓。"当时由著名书法家王云书写金字招牌，落款为甲子同治三年（1864），迄今亦已有120余年历史。

月中桂从间门迁移至观前，店前设在玄妙观东脚门东侧，二层楼房，大二开间二进……面积约300平方米，前后连通形成前店后坊的自产自销手工业化妆品专业商店。

月中桂创办人吴慎生，生于清嘉庆二十四年（1819），曾在京城任过官职。吴慎生属兔，开业之日适逢中秋佳节，因此，他将店取名月中桂，产品以玉兔为标记。开始经营的碱皂香粉，其传统产品碱皂的造型为一只玉兔。盒装鸭蛋粉和瓶装生发油等也都用玉兔图案。

月中桂初创之时，正值慈禧垂帘听政时期，当初在京城宫廷附近设有为其奢侈生活服务的手工作坊。而在当时，吴慎生在京为官，获取了清廷配方，并聘带一位香粉师傅回苏创办了富有特色的香粉店。生产的香粉曾为清廷贡品，又称为"宫粉"。为了扩大影响，吴慎生在苏州开创月中桂的第一天起就免费赠送祖传秘方（由天然麝香、朱砂和冰片等药料）配制而成的外用腹泻药，称痢疾散。这一善举是店主独具匠心的生意经。因此，一般城市贫民和乡人一患此疾就想着要去月中桂索取此药，这药一敷就灵，效果显著，于是月中桂名声广为传播。

月中桂创业以来，传统产品相继不断，有宫粉、鸭蛋粉、生发油、发蜡、雪花粉、芙蓉油、碱皂、京式香皂、香水、香膏、香蜜、胭脂、供香、熏香、安息香等。其中有些采用清廷配方秘制而成。如生发油也称头油，品种有玫瑰油、茉莉香油、紫罗兰油、三花油等。配制生发油的香料专门从上海奇华顿洋行和鉴臣洋行等购得，十分考究；所用植物油——茶油，其特点是不易挥发，使润发效果和香味持久，适合农村妇女使用，但易沾灰。随后又采用矿物油生产生发油，其特点不易沾灰，但易挥发，适合城市顾客使用。两种头油，各有所长，所以就同时生产，以适合城乡需要。

月中桂除了销售具有特色的化妆品外，还大量经销喜庆用品。有妇女头上戴的头花，有挂在胸前的胸花，还有插在花瓶里的瓶花。另外，深受农村妇女欢迎的粉奁镜箱，是从生产粉奁箱有名的常州采购来的。还有经销的床花和发禄袋、红毡毡、果盘等也是城乡人民喜爱的用品。

月中桂原由大房经营，截至1925年先后在京、津、沪、汉各大商埠设有月中桂分号。在上海，月中桂设在著名的化妆品集散地昼锦里（现在汉口路、山西路交叉处一带）。后来，苏州月中桂开始由大房移给四房吴哲维经营。吴哲维去世后，月中桂由吴哲维的二儿子吴桐继承店务。他喜爱音乐，并担任苏州晏成中学音乐教师，并不关心家业。经营事宜均交给宋锦棠代理掌管，店务日趋衰落。为继承祖业，于1938年，吴桐、吴栋兄弟俩各出资一半经营。吴栋自幼在月中桂长大，对化工生产耳濡目染，后又考上了上海沪江大学化学系，于1940年毕业后接管店务，锐意振兴，使月中桂由衰转盛。

《妆品月中桂》

❖ 柯继承：茗香万里，汤传千秋

说起汪瑞裕茶号，在苏州可谓大名鼎鼎，因为这家茶号不仅资格老，历史悠久，而且规模大，财力雄厚。它原是由安徽歙县西乡揭田村江仁瑞堂宗祠的公产出资开设的，资主代理人为汪道生。据记载，它创始于清代乾隆年间。即使假设它创建于乾隆末年，至今也有200多年历史了，是苏州茶业界唯一连续经营200多年，至今仍然生意兴隆的"百年老店"。

汪瑞裕茶号首任经理方鼎延，为立足苏城、打开局面做出了很大贡献。继任者就是著名的江稚定。江稚定在汪瑞裕茶号经理任上长达60余年，是商界的运筹高手，在他管理下汪端裕处于全盛时期。

江稚定继任汪瑞裕经理时，正值苏州观前街作为苏州的商业中心兴旺发达时期，茶号营业状况十分看好。但江稚定并没有满足，趁观前街拓宽之际，在著名的玄妙观正山门口建造了一幢三层大楼。为充分利用店屋，除一楼店堂照样用于出售茶叶外，把二楼、三楼都辟为茶室。内装修有别于传统的茶馆，采用西式布局，玻璃台面小方桌，敞亮洁净。凡是到店里购买春蕾茶庄陈列的各种名茶茶叶者，都可以上二楼免费泡饮，试尝茶叶风味。试尝满意，就可以让店员（当时叫堂倌）带到下面购买。在楼上，也可以直接泡茶饮用，有绿茶、菊花、乌龙等，品种多而档次（等级）齐全。也可以点名直接购买下面店堂公开介绍的各种茶叶。例如当时店堂里大事广告的"松萝"茶，就是非常出名、非常受人欢迎的一种名茶。

松萝茶属绿茶类，创于明代，因为茶叶产于安徽松萝山而得名。松萝山今属黄山市休宁县，距休宁城15公里，最高峰海拔882米，为休、歙边界，黄山余脉的分支。茶农开辟的茶园多分布在海拔600—700米之间。这里山势高峻，松萝交映，气候温和，雨量丰沛，土壤为杂有风化成片状碎石的乌沙土，生态环境十分适宜茶树生长。据明代闻龙《茶笺》记载，松萝茶的采制技术，在当时已十分精湛。现在名茶"屯绿"的炒制技术，就是在松萝茶的基础上发展完善的。

松萝茶的品质特点是：条索紧卷匀壮，色泽绿润，香气高爽，汤色绿明，滋味浓厚，带有橄榄香味，饮后令人神驰心怡。古代就有"松萝香气盖龙井"的赞辞。明代熊明遇曾对其做过分析，认为松萝茶区别于其他名茶的显著特点是"三重"：色重、香重、味重，即色绿、香高、味浓。松萝茶还有较高的药用价值。古医书中多有记载，对高血压、肾炎有较明显的缓解作用。1930年编著的《中药大辞典》，对松萝茶的药疗功用仍有记载。至今山东济南一带的老中医开处方时，还常常用上松萝茶这味"中药"呢！

由于楼座出售茶叶品种多、服务人性化，且与玄妙观仅一街之隔，品茶之际，既可近瞰观前街景，又可远眺观内景致，这对游览观前街的市民及外地游客来讲，都极具吸引力。

《茗香万里，汤传千秋——记源远流长的春蕾茶庄》

❖ 老 庄: 驰誉南北的馀昌钟表店

苏州馀昌钟表店坐落在繁华的观前街上,已有近百年历史,曾经饮誉大江南北,为国内钟表行业巨头之一。

苏州钟表业有着十分悠久的历史,早在清乾隆嘉庆年间"苏钟"就著称于世。梁章钜(1775—1849)《浪迹续谈·自鸣钟》载,"今闽广及苏州等处皆能制自鸣钟。"这种"自鸣钟",就是配上精细红木雕刻外壳的"插屏钟"。……

▷ 插屏钟

清光绪三十四年(1908)浙江宁波籍商人施崇甫与上海兴昌祥广货号代理严绍基及张馥庭等来苏谋求发展。择址苏州观前街创设"馀昌钟表眼镜行",三人合资纹银4500两,经过三年筹备,于宣统三年(1911)正式开张营业，时值辛亥革命，这也是民国伊始苏城第一家经营钟表的专业商店。

馀昌钟表店筹划之初，一反常规将资金的60%用在了门面装修和店堂布置上，门面极其洋气，店堂一应陈设照搬沪上洋号，采用玻璃出样柜，讲究钟表陈列，在众多商家尚处于保守而传统的观前街上，无疑是吹入了一股清新之风。馀昌钟表店以经营进口钟表为主，兼营眼镜及唱片、留声机等。由于严绍基原是兴昌祥代理，在上海各洋行间人头熟，进货时能取得种种优惠，甚至能赊货，故货源畅通。经营上馀昌亦标新立异，凡售出钟表在规定期限内均可以包修，为此特地从南京、镇江等地聘来技术高超的钟表修理师，当时馀昌有10名店员。其中有六名是修理工，钟表修理放在首位，以示购表决无后顾之忧。同时馀昌向苏城那些有身份的士绅推行"赊销"，可先取钟表使用，于三节（端午、中秋、年关）结账付款。

经营光学眼镜，馀昌亦开苏城风气之先，货源主要来自上海大明眼镜行，镜片、镜架产自德、美、日，因价格大大低于当时流行的水晶眼镜，深受大众喜爱。为经营眼镜，馀昌还特地添置了简单的眼睛验光设备。因见馀昌眼镜生意好，诸商先后在观前街开办出专业眼镜店……

馀昌的经营方式与经营手段，深受大众欢迎，时值民国初，世风更新，旧款怀表、银门表等挂表被新兴的手表取代。尤其是女式手表渐入婚嫁首饰行列，成为一种新时尚，因此瑞士表、德国钟等十分畅销，馀昌钟表店可谓门庭若市，营业蒸蒸日上。

至1917年，大股东施崇甫用六年的盈利先后从严、张二人手中赎得全部股份，此时馀昌成为施氏独资商。1929年观前街拓宽改造时，施崇甫又以1.8万银圆重新翻建了店面。建成三层洋楼……1930年先后在无锡山路设馀昌分行，在南京、南通、常熟、绍兴、宁波、芜湖等江南城镇，以及天津、吉林等北方城市开设了分支机构或联销商号。1937年抗日战争爆发前，资产积至20万银圆以上，馀昌钟表行一跃而为国内钟表行业实力雄厚的五大派系之一。

20世纪20—30年代，是苏州钟表业发展的鼎盛时期。1924年，馀昌在石路闹市区开设"馀喊"钟表行，独占城里城外钟表市场。1926年，宁波华德茂洋广货号出身的王祥甫，择址观前街靠察院场口开办了华达利钟表眼镜行，打破了馀昌一家独营的局面，也拉开了钟表行业激烈竞争的序幕。1927年，上海中美钟表行董子星等在观前街173号（旧门牌，下同）开设苏州中美钟表眼镜行，从此观前钟表业形成馀昌、华达利、中美三足鼎立之势。

馀昌与华达利间的竞争一度曾达到白热化。早在1922年馀昌曾以"青年会"名义捐建了街钟，设在右路阿黛桥大马路三岔道口岗亭上，大街钟上有"馀昌"标志。1927年华达利也在北寺塔前四岔道口岗亭上修建了"华达利"大街钟，与之抗衡。观前街拓宽之际，1931年11月，坐落在玄妙观正山门东西两侧的三层楼商铺建成，华达利的王祥甫租西侧那座的两间铺面，开设了华尔登钟表行，位置正好与馀昌成斜对门，"饭店门口摆粥摊"，存心与馀昌争夺生意。1932年初，施崇甫亲自找王祥甫协商，几经谈判，王祥甫答应撤店，以施崇甫出资800银圆盘下华尔登铺面为条件。施盘下铺面后，将其无偿退还给商会，安排给其他行业才算了事。

1933年，施崇甫在观前街80号（黄天源与月中桂间）开设馀昌又一家分号"慎昌钟表行"，1935年因将资本向上海转移便自动歇业。1936年，徐昌钟表店在国货公司（今人民商场）内设立馀昌分店。

关于"慎昌"名号，还有一段小插曲：抗日战争爆发，达利钟表店曾遭日军飞机轰炸，1939年华达利在原址重修复业，王祥甫便弃"华达利"店名，接过"慎昌"名号，并将店务委交其表弟胡济民，业内人称其有充馀昌分号之嫌。1941年王祥甫以年费500元为代价挂靠上海亨达利钟表行，并请上海亨达利协理毛某、大明眼镜行胡某等加盟投资，共筹资本一万元，遂将"慎昌"改组为苏州亨达利。

抗战爆发后，施崇甫感到局势严峻，遂将苏州馀昌总店资金转移至上海馀昌和汇源两店，钟表经营业务的中心亦转向上海，并将苏州馀昌交司账孙惠堂（施崇甫外甥）经营。

抗日战争胜利后，苏州钟表行业进入了复兴阶段。由于新款长三针手表流行，旧式短三针手表遭淘汰，馀昌等钟表店里手表生意激增……

1966年"文革"始，馀昌钟表店更名"苏州钟表店"，至1979年才恢复"馀昌"老字号。所幸几经沧桑，馀昌依然保持老店原有风貌。

《驰誉南北的馀昌钟表店》

❖ **常 洛:** 竞争激烈的苏州旅馆业

阊门外一隅是苏州近代旅社业的发祥地。清光绪二十九年至三十四年（1903—1908）沪宁铁路修筑期间，"自车站至阊、胥、盘外辟为马路，旅客群相趋之，而金阊一带市面顿时繁盛，于是旅社事业兴起，如利昌、第一、中华、老苏台、新苏台、惠中先后创设。"这一时期苏城高档豪华旅馆多开设在大马路沿线，如1908年开办的惟盈旅馆（位于钱万里桥南堍），取英

▷ 民国时期的旅馆

文Village inn（乡村客栈）谐音为名，欧式风格洋楼，供中西大菜，且自备游览小汽艇；1916年开办的铁路饭店（丁家巷内）、三新旅社（大马路丁家巷口）及随后开办的苏州饭店（广济桥南境西侧），也都是设施高档的西式旅馆；1919年开办的惠中旅社（阿黛桥堍）为花园式旅馆。20世纪20年代，苏城旅社业空前发展。

民国八年（1919），前清邮传部大臣盛宣怀（1844—1916）之孙盛毓邮，在广济桥南堍东侧购地4.2亩，兴建"大东旅社"，耗资12万银圆，历时三年而成，民国十年（1921）正式开业。大东旅社主体为中西式二层楼，大门朝大马路，后门通上塘街，楼顶建平台，旅客登台可凭眺街景，内设客房114间226个床位，高档房间置铜床及全套红木家具。客房共分为13个堂口，底楼花厅、大厅可设宴席。大门侧沿街开设11个铺面，全部出租给人开设烟酒杂货，茶食糖果、水果及点心小吃之类小店，既方便了住店旅客，又增加了一笔可观租金，在同行业中可称独具特色。

大东旅社建成后，盛氏家人因无暇顾及，将整座旅馆租赁给马志千等人经营，议定月租金银洋480元。马志千自任经理，雇用职工104名，并在店号上加记，改称"大东新记旅社"。当时大东旅社规模在阊门外堪称数一数二，营业一向居前。

1922年4月，几家著名旅馆在三新旅社茶厅内发起成立"苏州商埠旅社公会筹委会"。1926年9月，老苏台、三新、大东、东吴（1924年开办，位三新之南）、惠中、新苏台、中华、第一、苏州、利昌等10家旅馆共同发起正式成立"苏州旅社公所"。1927年全市旅馆已达33家。石路地区旅馆林立，同业间竞争十分激烈。大旅馆多以设施完备、服务周到吸引旅客，视旅客为"衣食父母"，房间天天清洁整理，每间都张贴"苏州旅游指南"和"车船时刻表"，墙上挂有日历，台上放笔墨纸砚，床边备席草拖鞋，夏备蒲扇，冬备汤婆子，并有免费早餐、赠送毛巾之类优惠。但暗中也搞小动作，互相抢生意。当时大东、三新、东吴三家成犄角之势，大东因盛宣怀的缘故名气最响，常是旅客盈门，三新、东吴两家眼馋，就以"放车饭"等小恩小惠拉拢一些黄包车夫，让他们将客人拉到三新、东吴，若碰到指名要住大东的旅客，黄包车夫就编谎话说："里面吊死过人！"硬把客人骗进三新、东吴去。据说大东门口的金字招牌和门灯，被人暗中不知破坏过多少次。尽管如此，慕名而住进大东的旅客仍是人满为患。大东旅社营业虽好，可马志千却一再借故拖欠租金，数年间累计达两万银圆，在盛家的一再催讨下，竟以旅馆内生财抵押还债，由此盛家与马某产生矛盾。

抗日战争爆发，苏城遭日军飞机疯狂轰炸，尤以石路闹市区最惨，老苏台、新苏台、惠中、第一、中华、利昌、大新、瀛洲等10多家旅馆被炸毁，大东旅杜亦中弹，所幸炸弹卡在屋顶未爆炸。日伪时期，盛氏将大东月租金降为360元，可马志千心怀叵测，私将靠后边的两个堂口客房，以月租金240元转租给日本浪人开"军人慰安所"（日军人妓院），影响极坏。盛氏闻讯，派常州亲属董耀祖前来交涉，向马志千提出收回自营。马志千既不肯交店，也不交租金，经多次协商无果。为权宜之计，盛家只得同意双方共同经营，但由董耀祖出任总经理，马志千仍留任经理。马乘董无备，雇船两艘，将客房里香红木家具等硬家什、被褥等用品满载而遁。1941年7月。盛氏与马某涉讼吴县伪法院，最后反而由盛氏出资伪币7.3万元，赎回全部生财家什，才收回经营权。盛家遂将大东旅社交董耀祖经营，大东旅礼"新记"，便更易为"耀记"。

1949年1月，盛家曾收回自营，又改为"盛记"，并聘谢世啸为经理。此时盛毓邮已旅居日本，盛家人根本无心顾及大东旅社，何况全市旅馆业都处于萧条状态，生意十分清淡，大多数已入不敷出。

苏州解放后，谢世啸不久便辞去经理，离开大东旅社去了上海，盛家人亦撒手不管。大东旅社靠留下来的26名职工生产自救来维持。因住宿人少，就将底楼客房改为公寓出租，职工无工资，仅按营业收入的58%拆账度日，就这样一直坚持到公私合营。

《近代旅馆的缩影——记五洲大饭店》

❖ 陶叟翁：药业巨擘雷允上

在我国的中药行业中，雷允上诵芬堂是集名医、名药、名店于一体的突出典型和杰出代表，蜚声海内外。

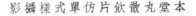

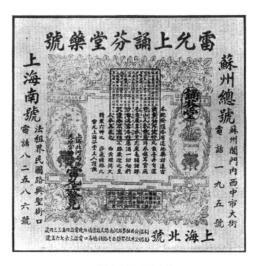

▷　雷允上诵芬堂广告

雷允上诵芬堂创设于清雍正十二年（1734）。始创者雷大升（字允上，号南山），吴门医派名医，师从名医王子接，与叶天士同门，转于治疗时疫等传染急症。苏州地处江南湿热潮湿地域，易生疫疠。据史载：从清雍正朝至乾隆初期的30年间，苏州地区发生的严重疫疠即达六次之多，清雍正十一年（1733）就发生过重大疫症。作为治疗疫症的专家名医，雷允上在家门诊已无法应付，为此于翌年在苏州天库前创设诵芬堂药铺，并坐堂应诊，还培训职工掌握炮制药物的关键以提高质量，因而疗效显著。同时，雷允上认真总结为病人诊疗过程中所积累的经验，并刻苦钻研，试验成功多种验方合成药，疗效较高，其中以治疗霍乱的痧药"蟾酥丸""诸葛行军散"最负盛名。治疗时疫病就是抢时间救命于顷刻，雷允上坐堂的本意为的就是能在最短时间内集医疗和施药于一处治病救人。随着时间的推移，病人将医名店名连在了一起，雷允上诵芬堂也由此喊出了名。

············

雷允上诵芬堂十分注意进货渠道和药材质量，因而炮制的药丸质优效好。而诚信为本就是对顾客的承诺。雷允上产品以细料丸散为主，其中又大多是抢救病人的急救药品，为保证产品质量优良，选用原料则务须高档质优。如麝香由杜盛兴麝香号提供"杜字香"，犀黄须"金山黄"，珍珠用"志港濂珠"，黄连用山阴连等等。即便是蟾酥也必须在春夏季节从渔民处购入活蟾蜍，在南新路工场内当渔民面刮下酥浆后放掉。刮下的酥浆由太阳晒干或文火烘干，质量的纯净可想而知。雷允上诵芬堂的杜煎驴皮胶（阿胶）片形薄面纯净透明。放在光亮处可清楚看到无丝毫杂质。它的选料必须是大张的纯黑驴皮，然后按照传统各道工序加工，从春季铲毛、夏季晒露、秋季用皂荚水去油垢，冬季用栗树柴旺火煎煮熬汁等几十道工序始成初胶，再经储存三年才可销售。雷允上诵芬堂的阿胶，业内人称为"雷片"，又称"陈头清"，在南方各省市颇有声誉。

雷允上诵芬堂炮制细料丸散采用"双合"制法工艺，与其他同业炮制工艺不同。凡药物特性不宜用火，如芳香类和含朱砂的只能晒干晾干。如紫雪丹的制合，按处方是先将寒水石、生石膏等矿石类药材和黄金同煮一段时间后合成结晶，然后再加金箔，方算成品。保管储存又要遵守规范，即使炮制药材的辅料酒、蜜等，需用紫云英蜜和60度洋河高粱白酒等。地道的优质药材和严格的炮制工序，不但确立了200余年的诚信声誉，也使雷允上驰名海内外。

雷允上诵芬堂名特产品众多，除最负盛名的六神丸外，尚有痧药蟾酥丸、诸葛行军散、驴皮胶、八宝红灵丹、玉枢丹、紫雪丹等品种，其中六神丸为黑色微丸，状如芥子，主治时邪疠毒、烂喉丹痧、喉风喉痛、单双乳蛾诸症，并治疗疮对口、痈疽发背、乳痈和一切无名肿毒，小儿急慢惊风。由于具有疗效高、药丸微小便于吞咽和既可内服又可外用等优点，因而迅速行销全国，并在日本、东南亚、缅甸、新加坡各地设委托代理处，如香港唐拾义、新加坡水安祥、缅甸张裕泰等商号。其他还有马六甲、婆罗洲等处。因六神丸疗效好又声名远扬，民国四年（1915）获江苏省物品展览会奖状、奖章。后又在民国五年（1916）农商部举办的物品展览会、民国十八年（1929）工商部举办的国货陈列馆、民国十九年（1930）西湖博览会和民国二十年（1931）实业部展览会上均获得奖状、奖凭、奖章等。

《药业巨擘雷允上》

❖ 胡觉民："松鼠剪刀"张小全

张小全剪刀，为苏州手工业产品中久享盛誉的名牌货。但是过去苏州剪刀店家家都用张小全作招牌，究竟谁是原始张小全？不但外埠人弄不清楚，就是本地人也很模糊……

早在清乾隆时期，杭州大井巷已先有张小泉剪刀店，以出品精良而成为名牌店。当时有张小泉的族人张心斋进店为学徒，满师之后，于1792年（乾隆五十七年）就来苏州做削刀磨剪刀的流动生涯，几月之后，积了些钱，才在护龙街（现在人民路）关帝庙隔壁摆一摊，仍以代客磨刀剪为主而兼售自制的剪刀。由于他掌握了杭剪的技术，又学习了苏州同业的优点，所以他所制的剪刀，很受顾客欢迎。

到1793年，张心斋取得杭州张小泉的同意，就开始用"张小全"作招牌，不用"泉"而用"全"，是表示与杭州有所区别……

据张心斋后裔张盈秋生前谈，张心斋创设的张小全，传到第三代，时在道光二十八年，以营业日益发达，已压倒全城的同业，因此遭到当时"大隆元记""魁记"等七家剪刀店的联合对抗。这七家捐钱造了一座冲天炉大铁鼎，捐给虎丘山塘桐桥观音阁；同时七家店主在观音阁对着观音偶像立誓，要与张小全斗争到底，要求张小全取消原有招牌，另换店号，否则全苏剪刀店同业全体人员都到张小全去坐吃，不达取消张小全招牌目的，决不甘休。在同业的压力下，张小全的招牌于1850年曾一度改为"张大隆昌记"，改写之后，张小全的营业果然受到影响，而其他各店的生意，也并无起色。原因何在？当时同业都得不到结论。张小全即向同业表示，自愿将"张小全"的牌子公开，同业如愿用这块招牌，决不反对。因此，全苏州的剪刀店，就都挂起了张小全的招牌，而原始的张小全，则成为"张小全昌记"。

▷ 剪刀刻花

到清末时期，张小全的产品，除了剪刀，还有洋刀、西餐刀具等数十种出品，都以"松鼠"为商标，且已畅销全国。1910年（宣统二年）南京举行南洋劝业会和1929年的杭州西湖博览会，张小全参加展出的产品，都获一致的好评，得到奖章和奖状。在1930年张小全曾接到美国拍来的一份电报和汇款单，电报上说要订购"松鼠一百打"。店主张盈秋以本店只有刀剪，向无松鼠出售，且从未做过出口交易，因此觉得事出突兀，当时仅在回单上注明"本店并无松鼠，只有刀剪"。把汇款退回。原来张小全的刀剪，在宣统年间就由美国传教士带到外国去了，以后每年间接出口的数量也不少，外国人进餐的刀具，很喜欢该店出品的"松鼠牌餐刀"，而电报局的译电员却把这份电报少译了一个"刀"字，以致这批出口生意，就此放过。直到现在，国营苏州张小全剪刀厂，虽然专制供应国内的民用剪刀，但产品仍刻有"松鼠"和其他花纹，不过已不作为商标，而仅做一种传统的标记了。

《张小全剪刀店》

❖ 张寿鹏：苏州国货公司

1925年"五卅"爱国运动时期，在苏州各界"誓用国货，抵制仇货"的高潮声中，苏州总商会在1925年7月7日会议议决提倡国货，由本会会员发起集股组设国货商场，其组织办法，由发起人另订之云云。嗣后商会确曾从事组织筹备事宜，当时即由商会负责人程干卿等拟将元妙观露台下两旁筹建为国货商场。此事后因原设摊贩搬迁有所困难而受阻。

至1931年1月，苏州商会改称吴县县商会，召开第一次会员代表大会，选施魁和（筠清）为主席委员，下设吴县县商会提倡国货委员会，以陆季皋、顾珍儒等十余人为委员，推张寿鹏为主席。在常务会中提出首先筹备国货陈列馆，田该馆附设在商会左边沿街，另辟陈列馆大门，颇为壮观。当即推施筠清为馆长，下设专职办事员二人，同时会同委员等分头征集国货厂商样品，广征博采，定期隆重开幕……商会之国货展览馆一直开办到抗战前夕，于苏州沦陷后才撤销。

商会提倡国货会鉴于上海南京路大陆商场有中国国货公司之设立，议决苏州亦宜集资筹设国货公司。当时有人重申前议，拟利用玄妙观露台下两旁设为商场。我同刘孚卿等亲自到玄妙观实地观察。凡玄妙观露台上下摊户，小的如烤酥豆、糖粥、豆腐花、油氽排骨等小吃摊，中型的如看西洋镜、卖拳头、变戏法、说因果、抖销梨膏糖、唱小热昏、说露天书、转糖、抛藤圈套泥人及杂耍场等，大型的如文魁斋梨膏糖店、王文元酒酿店、严大生瓷器店、撑大伞拔牙齿江湖郎中。小有天藕粉店，老张鸟笼店、烟兑店，各类小百货摊等各种商店不下百余家。我们要开商场而迁走这许多小本经营的摊户，必须妥善处理，如何搬迁？迁到哪里？迁后营业如何？能否解决生活？这一系列问题，使我们知难而退。第二步看了吴苑隔壁的高泥墩，因面积不大，挑平泥土也是得不偿失，故亦未采纳。后在北局救火联合会附近觅得地基。

在奠定地基的同时，征集股款事不宜迟。因此在工商界一头由商会召集各同业公会负责人分头集资……

公司成立后开始基建，全部建筑图样由上海陈志昌工程师设计，建筑工程由上海陈森记承包。公司筹备处设在新苏饭店内。

公司筹建从搬迁消防队、菜场，直到国货公司大厦落成，建筑期为时三年多，所以开幕日期是1934年的秋季。在50年前，一座新建综合数十部门百货的国货公司商场大楼是轰动一时的，东南地区除上海外为江、浙两省的首创。

我们为了把国货公司打扮得更为富丽多姿，每逢节日，必然在商场门前挂灯结彩，沿着屋顶四周遍插各色绸旗。夜间五彩电灯、霓虹灯大放光明，照得北局如同白昼，实可与上海南京路的三大百货公司媲美。

▷ 苏州国货公司

在春秋两季，为了推销国货丝绸，邀请各界人士在三楼会场开时装表演大会，以国产之丝、绸、缎、绢、印花布匹、呢绒哔叽，制成新颖款式的各类服装、皮鞋、缎鞋、丝袜，聘人穿着表演，并伴以音乐，可称花团锦簇，五光十色。商场还聘有裁剪师，按人体逐部加以说明，逢期发券招待来宾，拥挤异常，亦是商场经营方法的独特之处。

星期日，商场内各部之特价品及新到时令品，由文书宣传科事先向各部征稿编排，每星期刊登苏州当地各大报封面全幅广告，以资招徕。

记得（大约在1935年）上海明星电影公司著名演员胡蝶在苏州电影院首轮开映她所主演的××影片时，被邀到苏州登台唱"月儿弯弯"的歌曲，确实轰动一时。商场在二楼择日于中午特办西菜100客，邀请苏州地方军政等各机关长官及地方绅董父老，各报社社长和新闻记者与胡蝶叙餐，一方面为酬谢地方各界对商场的支持，一方面为明星洗尘。当时一般着者，每多捻须捋髯，欣然赴宴。居民听到商场二楼邀请胡蝶的消息，赶至门口守候者颇不乏人，甚至蜂拥至二楼餐厅，以一睹为快。凡此皆青年男女慕名而来者也。

"七君子"事件发生后沈钧儒等移押苏州，由江苏省高等法院审理。沈等请名律师章士钊等为辩护律师，宋庆龄亦曾来苏探问，嗣后七君子宣告无罪交保释放。沈君等七君子出狱后来商场参观，并在屋顶花园，由张一麐、李根源等设宴招待。我陪同周行各部介绍商品，沈老就在商场买了一顶灰色单呢帽子。沈老系吾苏张一麐、一鹏两先生的姊妹婿也。

商场尤以晚间上灯时间最为漂亮，因门前橱窗装设新颖，而又以商场内各部柜装有上海等国货工厂介绍出品之霓虹灯，彩光四射，琳琅满目，气派之大冠于吴市。

《创办苏州国货公司记》

❖ **姬允奎：** 曹廷标雨伞，石子击不穿

　　苏州曹廷标雨伞店的创始者曹世海，原系安徽省泾县冷水涧人。在太平天国时期，携眷东迁，定居苏城。为糊口计，在胥门来远桥开设曹廷标雨伞店为业。泾县向有善制雨伞的传统，有"泾帮"之称。与苏州大眼帮（本帮）相比，做工各有所长。"泾帮"以做工道地，经久耐用为主。曹世海采用"泾帮"传统，结合"大眼帮"之长，精工细作，屡加改进，因而生产的雨伞质量，居于同业之冠，深为用户所乐用。于是销路渐盛，信誉日著，在不长时期内，便已誉满苏城。

▷ 打伞的女子

　　制伞原料，贵在精选。曹廷标雨伞店继承者们遵循创始人遗训："要做出名牌，以讲究原料为第一。"所以对采购制伞的纸、竹、油、柿漆等四大

重要原料，经过长期的生产实践比较，精心选择，最后确定：纸以汉口皮纸最佳，竹以浙江大竹为主，油以汉白为优，柿漆则以苏州洞庭西山为传统佳品。因此曹廷标的制伞原料，必购自上述四处，非此莫属，用上述原料制成的雨伞，极为经久耐用。

制伞分做骨、糊伞、油伞三大工序。道道工序，皆需具有精湛的技能，才能保证产品经久耐用。所以曹廷标雨伞店录用工人，非常严格。无论是本帮、泾帮工人，凡愿进工场者，必须先试做一件样品，经过全体老师傅的共同审评，认为合格，才能录用。因此，行业中曾流传这样一句俗语："要到'标里'（对曹廷标伞店的简称）吃饭不容易。没有真本领，饭就吃不成"。又说："一到'标里'，生活无忧，竖的进去，横的出来"（指凡有技术者，不会轻易辞退）。说明曹廷标雨伞店对产品做工的讲究，是一丝不苟的。

曹廷标雨伞店对生产雨伞的改进、创新，时时着先于同业。最早的雨伞：粗柄、无顶、四十八根粗伞骨，极为笨重。至清末民初，改进为白柄、尖顶、四十五根精细伞骨。在进一步改进中，广泛吸收用户的意见，改成为出头伞，伞骨续减为四十根。用时轻便多了，并且不会影响耐用的质量。这个规格曾沿用了30多年。

曹廷标雨伞店每经一次改进，必先注意宣传。首先在金字招牌上，加上了"晴雨划一"的标记，继而在每柄雨伞上，盖上"真不二价、天官为记"的长方印戳，并宣称凡有脱骨、断线、缺钉等等，修理概不收费，以示对用户负责。为便于用户购伞后易于识别，免与他人缠错，伞店免费代用户在伞柄上刻制姓名。上述种种，莫不得到用户好评，从而长期保持了产品信誉。

苏郊农村，每值夏季，习俗酬神演戏（俗称草台戏）。戏台搭在空地中央，群众围立观看。烈日当空，炽热难当，往往撑开晴雨咸宜的雨伞以蔽阳光，为此则影响后面看客的视线，以致引起争执。甚至发生口角，亦有向撑伞者投掷石子。但是凡使用曹廷标生产的雨伞者，竟无一击穿，乃引起惊奇。殊不知雨伞撑开之后，呈圆坡形，伞纸具有韧性，并因上面抹油而滑溜，伞骨又富有弹性，石子着伞，或弹出或滑落在地，特别是曹廷标雨伞，做工道地而坚固，更不容易被石击穿。所以在文化极不发达的农村，不明是理，便玄之谓曹伞有神支助，功能特异，为此又为曹廷标雨伞店抹上一层神奇的色彩，吸引了无数农村顾客，在农村获得广大的畅销市场。

《誉满苏城的曹廷标雨伞店》

❖ 林锡旦：家有恒孚金，睡觉也安稳

大运河畔的苏州，自明代起即成为繁华胜地。千帆鼓浪，供输南北；万里通波，集散东西。唐寅有诗云："五更市贾何曾绝，四远方言总不同。"在众多的商贾中，有安徽歙县著名的六大姓之一的"程"氏也来到苏州寻求商机。

安徽徽商在明清时行商四海，苏州自是其聚财致富大有可为的地方。有一支程氏来苏时先在南濠街开木行，后曾经营酒坊、烛坊，在积累了原始资本和了解苏州地情后，便放开手脚开设了银楼。"世间乐土是吴中"，衣则"士民路竞华服相夸耀"；食则缙绅之家"一席之间水陆珍馐，多至数十品"；行则"肩舆塞路"；居则"百姓三间客厅费千金者"。在奢靡的苏州，穿金戴银正是富庶人家常有的装饰。金银器产品，当时极为丰富，有供富家豪门享用的成套银餐具、银摆件等；有新婚祈求吉利、象征婚后美满幸福的各种饰品；又有供贺喜、祝寿、敬贺新店开张时亲友、同行间馈赠的银盾、银鼎之类贺品。程氏看准了这一特点，更在观前街东面开设银楼，取名"恒孚"。恒：长久，固定不变。孚：诚信，谓诚实不欺也。取恒孚之名，就是就信誉永存之意。

民国六年（1917），恒孚程志范申请"恒孚上字地球"商标，其所附商号商标形样为竖写"恒孚"正楷两字，下为一圆形地球标记，上楷书一"上"字。后来发现宜兴同行在无锡城内冒用恒孚上字地球商标，因此又申

请在原商标上再加双狮图案，成为后来人们熟知的"双狮上字地球"商标。人们在观前街可以看到一排五开间的恒孚银楼，梭形水磨方砖贴墙高达六米有余，这在观前街众多店铺中格外显眼，十足的银楼气魄。石库门的门楣上有砖雕贴金"恒孚"两个大字，稍上些有一个浮雕商标图案，为双狮抱着一个地球，地球中央刻一个"上"字，即"双狮上字地球"商标。

恒孚银楼前店后坊，从采购条锭，熔炼加工，到店堂销售，完全实行自主。其所以称誉苏沪，主要是黄金质地纯净，首饰成色保证。这方面，恒孚银楼的措施是：一在收进条锭时，严把采购关，进的货本身要过硬；二熔炼加工时，严把药金关，这就是其独特的保值工艺。凡不同成色的金饰，一律进行药金，直到提净为止，其足金纯度达99.5—99.6。药金之后，还有一道焀赤工序，不惜工本煅炼加焀提净十足赤金。焀：火貌。《集韵·洽韵》："焀，火儿。"焀赤，就是将足金打成薄片，拌上药料，用炭火烘闷三天三夜，经此"焀"后金的色泽就偏"赤"，金质更纯，黄澄中略泛红光，外观更美，只是分量上得耗损百分之一，因此售价要比其他店高出百分之一。恒孚收进本店产品，价格也比收进其他店的金饰高百分之一。恒孚金饰的背面，都打有"恒孚·上足赤·某某（匠号）"的印记，以表示负责。地方政府上交中央饷银，无论金条或银锭，只要烙有恒孚印记，即予免检，可见恒孚信誉之隆。苏州城乡居民更是偏爱恒孚金饰，传有"家有恒孚金，睡觉也安稳"之说。

恒孚的金银饰品的镶嵌产品在吸收江南传统特色的同时，融会了上海洋镶技艺的特点，逐步形成自己的风格：在造型上具有对称性，搭花结构严密紧凑，花纹和配件常采用中国传统图案，如回文、古钱、蝙蝠、蝴蝶等。首饰上搭配的花瓣，都用皮料（金薄片）制作，又结合传统的弹凿刻花、拉花工艺，具有精细、雅秀而朴实的风格。

《百年信誉足金铸——记恒孚银楼》

第八辑

邂逅江南人家的苏式慢生活

听曲儿喝茶·

❖ 沈兰生：早晨皮包水，晚上水包皮

浴孵混堂是苏州人的生活习俗，早晨皮包水，晚上水包皮，就是市民生活的写照。他们早上福兴茶馆一开茶，晚上天一浴池一个澡，蛮会享受。民国时期苏城比较有名的澡堂（苏州人称混堂）就有九个，俗称"七塔八幢九馒头"。因浴池屋顶高而圆，形似馒头故称，其实"九"是个虚数，事实上苏城浴室远不止九个……

浴是生活中不可少的内容，即使在大西北缺水的地方，人一生也要洗三个澡，即出生一个澡，结婚一个澡，临终一个澡，让身体干干净净地西归。苏州人一生到底洗多少澡，无人统计，可多可少因人而异，但肯定是不止三个澡。苏州人浴名目繁多，如新生儿要用菖蒲野菜汁洗个澡，干干净净到人间，保佑一生健康；逢年过节要洗个澡，清清爽爽过个年；出差回来洗个澡，防止虱子带回家；筋骨酸痛洗个澡，暖暖身体。冬天孵混堂更是普遍的习俗。金阊山塘、南浩街石路一带是商业繁华地区，许多商人谈生意在混堂里谈，尤其是冬天，称为孵混堂。民国期间的浴室服务内容很多，可称一条龙服务。有些服务项目已超过洗澡本身，既能健身，又是享受，如搓背、捏脚、扦脚、敲背、理发；吃点心、泡茶，点心有小笼馒头、阳春面、烧卖，还有瓜子糖果等。有客人跟跑堂讲一声，就有人将点心送到休息大厅，一躺在浴床上还不断有热毛巾送过来。浴椅或浴床头部比较高，是名副其实的高枕。个人衣裤就挂在浴椅沿墙上头，或放在浴椅下面的木头箱内，有服务员用衣叉帮你挂上去、拿下来，十分方便。

当时浴人很挤，排队泡浴是经常的，通常有三茬人：正在浴的人，第二茬是在浴椅上的，边上就有第三茬的人在等着。有时门口售票处还有人在排队，尤其是春节前洗个澡真不容易……

浴池澡券不是纸张，是竹筹，上面用火烫字。如"双龙池浴室壹角"字样。记得当时金闾票价最高的一角五分，一般价为一角和一角二分。一角五分票价的为楼上，大厅环境好一些，一角的为楼下，环境设施稍差些。浴池一般为长方形，用水泥砌成，有的池内壁贴瓷砖。浴室中间有一块木板，人挤可坐在木板上洗澡。在浴池一头有一只烫水池，体积是浴池的四分之一，水温在70℃—80℃，有些人常在小池内烫脚。

浴池屋顶从外看像馒头，从内看像倒过来的锅底。一般人也不了解为何这样建，其实一定的建筑总是为一定的功用服务的，浴池屋顶也如此。它有三个好处，首先浴池中蒸汽重，蒸汽会稀释空气中的氧，而屋顶采用锅形，可扩大空间，增加氧气。其次是浴池中水蒸气遇到屋顶会凝聚成小水珠掉在洗澡人身上，身体会感到很凉不舒服，采用锅形屋顶，水珠会随四周掉下来，不掉在人身上。第三，洗澡人在相对密闭的池中讲话声音受影响，用锅形屋顶，有利声音的传播。

人不能不洗澡，如长时间不洗澡，身体就会发出一种怪味，还会生虱子，所以在古代汉律中有"吏五日得一休沐"的规定，朝廷也规定大臣沐浴而朝。如今社会发展了，人们生活提高了，洗澡的内容和环境比过去好多了，什么大厅、包厢、桑拿、药浴、足浴、敲背、按摩应有尽有，毕竟我们已经走进改革开放的新时代。

《澡堂忆旧》

❖ **朱宏涌**：吴中茶馆，源远流长

老舍笔下的北京茶馆，在20世纪20年代已形衰落。一些世居北京的老茶客，阅尽人间兴衰，感慨万千，不禁在茶馆里发出满腹牢骚。就在这北京的茶馆一角，勾画出时代的幻变与人间的沧桑。

但是苏州的茶馆却是别有一番景象。由于她对苏州的社会起着多种不同的功能，自清代以来一向兴旺发达，盛况有增无减。这一个古老行业并未因时代的进展而减其风采。

▷ 喝茶

　　饮茶对人有益。《本草纲目》记："茶止渴，令人不眠。"即给人以止渴、兴奋的作用。所以我国古代在生活上就有饮茶习惯。但饮茶方法与今不同，或煮或煎，都是属于烧的范畴。民间的口头禅"烧茶煮饭"就源出于此。而现在通行的以沸水泡茶之法，则始于明太祖。在《万历野获编》中称："明太祖首创此法，开千古茗饮之宗。"茶和茗在古代也有一个区别。"早采者为茶，晚摘者为茗。"由于我国很早发现和生产茶叶，饮茶就成为生活中不可缺少之事。清乾隆乙卯年（1795），苏州名画家徐扬，画了一幅《盛世滋生图》长卷，把当时姑苏郡城的商贾云屯、市廛鳞列的盛景和人物，绘得须眉毕现，历历在目。在长卷画面上能认辨的苏州茶馆有三处，市招均称"茶室"。一处是在胥门内过石岩桥（今前街）的"江苏按察使司署"（俗称臬台衙门）的旁边，门前悬有道市招。此店仅一开间门面。茶馆虽小却说明自清至民国，在法院附近，必设有茶馆，以供涉讼者憩息方便。一处是在万年桥西堍，有一家"松×茶室"，二开间楼房，楼梯设在店堂正中，市招挂在楼上窗前，旁边还挂着一块"精洁馔饯"的招牌。看来这是一家较有规模的兼作酒馆的茶室，还有一处是在虎丘山下，正山门东边，枕河而设的茶室。二开间，旁边还有一块"酒"字招牌。从这长卷中对清代茶馆之兴盛，便可略见一斑。

清诗人沈朝初的《忆江南》中曾咏茶馆："苏州好，茶社最清幽。阳羡时壶烹绿雪，松江眉饼灸鸡油，花草满街头。"也说明清代稍有规模的茶室，大都兼作酒馆，两业不分。以方便茶客在茶兴之余，即买醉于此。在清顾铁卿所著的《桐桥倚棹录》中，所记嘉道之间的虎丘茶坊，不下十余处，多门临塘河，以迎游客。而以斟酌桥东的"东情园"为最。费参诗云："过尽回栏即讲堂，老僧前揖话兴亡。行行小幔邀人坐，依旧茶坊共酒坊。"再次证明茶酒兼营在嘉道之间仍有存在。以后则随着商品经济的日益发展，各业分工更细，逐渐地茶馆与酒馆分开而独立成业。然而茶坊之门临塘河，则直至目前，郊区和乡镇的茶馆，仍然是枕河面街而设，以利驾舟农民之上下。茶坊之称一直沿用至民国，茶馆仅是民间俗称而已，至抗战前夕又出现茶室之称。

苏州茶馆因苏城的地理、历史、居民结构在东南一角有着特殊的地位。人文荟萃、工（手工）商繁茂、住户稠密，所以茶馆一业，在城厢内外起着一种不同于其他服务行业的单一作用。大中小不同规模的茶馆，遍布在苏州的商市中心、水陆码头，甚至也有在幽巷冷街的角落里。她接待着来自五湖四海的士、农、工、商各界茶客。前来苏州旅游的人士，莫不慕苏州茶馆之名，而专程到著名茶馆去啜茗。既可稍憩旅游疲累，又能领略一下苏州茶馆的独特风韵。虽然这仅是短暂的走马看花，难窥全豹，却有"不虚此行"之感。

《苏州茶馆钩沉录》

❖ **黄积苏：** 闲斗旗枪乐趣多

解放前江南的市集小镇上，茶馆行业是很发达的……并且大都生意兴隆，经常茶客满座，热闹非凡。

茶馆的形式是多样的，范围也大小各异。有高爽的楼房，有简陋的平屋，也有用粗竹竿、稻草盖成的茅棚……但有一个共同的特点，都沿街或靠河建筑。像泰通桥（现改建为劳动桥）堍的先得月楼茶馆，不但处在闹市中心，又在当时轮埠的旁边，西临市河，两面沿街，楼房相当宽敞，三面都是一式的落地长窗，东、西有两座楼梯供茶客进出。场子也较大，仅楼上就有三个堂口，满座时可容二三百位茶客。

从窗口望去，街的两边，有开店买卖的，有设摊的小贩。人群在狭窄的小街上，来来往往，络绎不断，中间有挑担供应小吃的，偶尔也有几辆自行车运货推过市集……曲折的市河内，大都是用橹为行驶工具的农家小木船，或运货，或搭客，东西南北，川流不息。

茶客来自四面八方，人多，也很杂。可以说各式各样的人都有：过路旅客在等候转车换船的，亲戚朋友相叙谈天的，还有解决纠纷评理吃讲茶的，甚至也有偷偷摸摸干着不正常勾当的，但主要还是一些劳动群众，最多的要算是农民。农民为了要买油酱和日用品，或出售农产品，经常要上市镇。当时交通不方便，只能靠步行或乘小木船，到了镇上已很累了，茶馆便成为他们最好的歇息地。花钱不多，沏上壶茶，把盛东西的竹篮墙上一挂，便可自由自在地喝茶聊天，东说洋话西说海，天热时还可洗脸擦身，大冷天也可避避风雪，何乐而不为呢？

有些茶馆，还在靠近铺面的室外增设几只破旧木方台，一些长板凳，便可接待茶客。边品茗，边谈天，边观街景，无边无际，无拘无束，乐趣横生。冬天聊天晒太阳，夏晚品茗乘风凉，倒也别具风味。

最受茶客欢迎的，要算那些做小买卖的人，有手托木盘卖香烟的，有拎着篮子卖花生、瓜子和五香豆的……偶尔也有卖唱的姑娘，清歌一曲，情怡神爽。还有拆字算命的，代写书信的，也挤在茶馆之中，增添了不少的热闹景象。邑人黄戊宫先生曾为一家茶馆赠送镜框，内书："茅亭一角小天地，闲斗旗枪乐趣多……"在一定程度上，反映了茶客们的思想感受。

事物总是一分为二的，茶馆里也有它的阴暗面，小乐园茶楼开张时，就有人送了一副引人注目的对联，挂在中央，联云：瞎三话四空谈天，仔五贼六讲斤头。当然写这副对联是开玩笑的，含有挖苦的成分，但从另一角度看，它倒也可说是解放前茶馆中某一些场面的真实写照哩。

茶馆的性质也是多样的。最早民众教育馆也附设茶室，环境幽雅，座位舒适，茶水讲究，服务周到。不但有报纸、杂志可供阅览，还有围棋、象棋，可借以消遣。并请了琴师，教唱昆曲。茶客都是一些自命为"文人雅士"的上层人物和知识界人士。在日伪时期，又有江枫社茶室，含有一定的政治色彩。茶客大都是政界人物，有当权者，也有失意政客和地方"绅士"，还可以叉叉麻将，打打扑克，在此逢场作戏，无人干扰。

其他如商业茶会、米业茶会，都是业务性的茶会，每天下午供应茶水，相互交流商业行情，成交买卖。茶客都是资方人员或他们的代理人。

有些茶馆，如文乐园、东园，还附设了书场，每天下午和晚上请光裕社、普裕社或润裕社的说书先生登台献艺，颇受茶客的欢迎。

《闲斗旗枪乐趣多》

❖ 沈兰生：早市大饼店

自古以来民以食为天，俗话说：人靠饭，铁靠钢，一顿不吃饿得慌。一日三餐哪顿都不能少，而早上一顿很重要。旧时遍布苏城内外街头巷尾几百家大饼店是市民百姓吃早饭的好去处，深受市民百姓欢迎，可以说炉火天天旺，生意家家好，有时还得排队才能买到大饼油条。

大饼店最早源于何时，一时也说不清楚，但在宋代武大郎开过大饼店，卖过烧饼，知道的人不少。清末到民国初年，苏州城外阊门石路、广济路、南浩街、上塘街、三乐湾就有不少大饼店，而古城内各街巷也同样有许多大饼店……那时开大饼油条店的人以苏北、淮阴、宝应、邵伯、江都、泰兴一带的人见多，因为他们在家乡便练就一套做饼的手艺，如邵伯大饼和泰兴黄桥烧饼色黄味香，早在当地就很出名，还有他们能吃苦耐劳，别看大饼油条吃到嘴里香喷喷，可将生面做成饼，也有一套工艺流程，只要一个环节不当，大饼就不可口。第一在头天就要将面基拌好，放上发酵母，反复地揉面，盖上湿纱布，保持一定的温湿度，让面基充分发酵，第二天业主五更天就要起来生炉子，让油锅预热，尔后即将面基切成大饼油条生坯。大饼炉膛是将缸底凿去倒扣做成，缸壁既耐高温又光滑，炉中一般烧无烟煤，大饼炉一次能烘大饼10—20块不等。烘饼火候是关键，一般3—5分钟即可出炉，时间长了，大饼会烧焦，时间短了，外面看看熟了，里面却夹生未熟，一上口就黏牙。业主为防止大饼粘在炉膛上，贴大饼时要手沾一点带油的水，这样大饼既不粘膛，卖相也好看。为了多做生意，业主也在品种上下功夫，大饼有咸大饼、甜大饼、芝麻大饼、葱油大饼等品种，咸大饼内层还放些葱蒜，吃起来很香。大饼形状在苏州一带有圆形、长方形和腰圆形。业主上午做大饼油条，下午还做老虎脚爪、余麻花、馓子、麻团等。

▷　大饼油条摊

　　大饼油条作为市民大众早点食品，为何经久不衰，受到市民青睐？原因有三，首先是快捷方便，市民早上来去匆匆，要上班做事，吃早饭不像吃晚饭，赶时间最要紧，而大饼油条网点多，走到哪儿都有卖，很方便，一买就走，还能一边走一边吃，携带也方便。其二是价格便宜，吃口好，油条香，大饼脆，两块大饼两根油条夹在一起吃，一顿早饭就解决了，也不过块把钱，可谓价廉物美，老少皆宜。其三是饮食结构合理，苏州为鱼米之乡，市民主食是大米，营养单一，而早上吃点面食，有利人体营养合理搭配。

《早市大饼店》

❖ 王治平：平民的美味，走街串巷小吃担

旧时，为少数有产阶级享受的"菜馆""酒家""点心店"四城门皆是。作为平民阶级，进不起"馆子"，却有走街穿巷服务上门的小吃担，而且花样多多，四季不断，能尝到价廉的风味小吃。

岁末年首，春寒料峭，人们往往择避风向阳处"孵太阳"。上午10点，下午3点钟左右，正是饥冷相袭时，不远处传来几声"涣……"清脆悦耳叫卖的长音，多么诱人。大人小孩这时都兴奋起来，而涣担老潘不需招呼就在人行道空隙处老地方停下，开始忙碌起来。但见他左手夹两只青花白底敞口浅碗底，右手用小铜勺在小口木桶里撇出一片片热腾腾、白花花的豆腐花，迅速加进虾皮、榨菜末、紫菜、麻油、蒜花，特别是加上半匙还在小铜锅里烧煮的酱油，如吃辣的还可加辣酱……那时候的我吃到最后几匙，总要慢慢品味……

清明前后，正是昼长夜短的阳春三月，小贩们又会做出应时小吃供你享用。每到下午3点多钟，一声洪亮苍劲的"芡实莲心白糖粥……白糖莲心粥……"如小调由远而近，这是30多岁的九里人陈和尚在叫卖，担未到，声先来，催人饥肠辘辘、胃口大开……

进入夏季，人们已不需热汤之类的小吃，且不求充饥。小贩们当然会变换花色，做出受人欢迎的新品。那远远就把你鼻子吸过去的鱿鱼担是一大特色。小贩们把半干半湿的鱿鱼洗净分好须、肉，肉切成连刀粗丝。有两种吃法：一种是小竹扦扦好，在滚烫的油锅里炸三五分钟，起锅后涂上

酱油或甜酱、葱花、麻油，爱吃辣的还可加辣酱。另一种吃法是放在特制的铁丝夹子中在炭火中烘烤，当焦香熟透时，涂上调料即可食用。通常烘烤的都是头须，价格也较肉便宜些，无论油炸还是烘烤，都得慢慢品味，细嚼慢咽，后劲十足，实在香鲜惹吃。

▷　小吃担

蚕豆豆腐（麻腐）是夏天最价廉而受欢迎的小吃。原料是蚕豆制的真粉用开水冲泡冷却，划成三寸左右一小块，色如半透明的白玉，晶莹可爱，养在清水桶内。小贩将豆腐划成骰子大小块，盛在浅盏内，食时加上几滴麻油，一小勺酱油、醋，一小勺白糖，外加一小勺姜末，一匙入口，香、酸、甜、辣，感觉特别鲜，且滑爽、细嫩，几乎不需咀嚼就可下咽，老中青皆喜欢……

待到金秋季节，硕果累累，因而应时小吃丰富多彩，担中的花样也随之增多。早秋时忽然那一天又听到陈和尚洪亮苍劲的"藕……藕粥糖烧藕……"由远而近。担子歇停，但见紫铜锅里酱红色的藕粥冒出丝丝热气，这是用煮了藕膀后加糯米闷煮而成。一碗盛好，加上金黄色的桂花，是藕香还是桂花香、红糖香难以分辨，真是色香味俱全……

到中秋前后一二十天，陈和尚又换上了糖烧芋艿应时了，一碗红喷喷七八个芋艿籽中，间夹三五个糯米小团圆，既尝到了芋艿的美味，又略可充饥，真是恰到好处。到得晚秋，某一天街上出现一副炒白果担子，停在人行道上。小贩一边用小铁铲翻炒锅内的白果，发出铮铮之声，一边拉开尖脆的喉咙："香炒热白果，粒粒爆开个，香是香来糯是糯，一个铜板买两个。"那嗓音如戏曲、小调般悦耳动听，加上铮铮铮的炒锅声，吸引着诸多男女老少，花几个铜板一尝美味。

入冬以后，人们对小吃讲究"热"字，担贩们又适应节令换上热气腾腾的小吃。鸡笃面筋鲜嫩可口，既可作点，又可佐食，很受群众喜爱。价廉物美的油片（泡）细粉汤最受欢迎，后担是碗、粉丝、水桶，前担中间一只冒热气的锅，锅内是用鸡、肉骨头煮成的鲜汤，边上放调料，旁挂长串油片。凡食客招呼，即用竹丝勺装上一撮粉丝，剪几个油片，放在锅汤中烫热，连汤带料倒入碗中，加上少许麻油、香粉、蒜花即成；吃一碗，烫一碗，手巧麻利，食来感到鲜美无比。每当黄昏人静，小巷深处，会传来"五香豆腐干、五香茶叶蛋"的叫卖声，还夹杂着"扑扑扑"的敲竹筒声，这是馄饨小吃担，既供给打麻将"夜战"之人果腹，也为上夜班的工人提供夜宵。常会看到某沿街一楼房窗口，探出个脑袋招呼小贩，接着长长的绳子吊下一只篮子，篮内放上购物货币及一只碗或有盖杯子，当小贩收好钱把小吃装好，篮子很快吊上去，省却下楼开门的麻烦，这才叫"吃客"。

《走街穿巷小吃担》

❖ 蒋志南：晒太阳，乘风凉

晒太阳 冬天晒太阳是人们最感到开心的一种享受。苏州人把冬天晒太阳叫"孵热旺"。进入寒冬腊月，只要阳光明媚，许多人便会搬张靠背木椅或者藤椅，到廊檐下、墙根边，或者阳台上坐着晒太阳，沐浴在阳光下，尽情地享受着阳光带来的温暖。

冬季晒太阳，以暖和无风的早上八九点钟最佳……此时阳光中的红外线强，紫外线偏弱，可以起到活血化瘀的作用……

过去，农村里的人是闲不住的。妇女们会充分利用晒太阳时间，扎鞋底、托鞋底、织绒线，忙做针线活。孩子们呢，年龄稍大的文化高点的，会手捧《水浒》《西游记》《岳传》《三国演义》等，争分夺秒地看古典小说。所不同的，是他们不是将面部，而是将背心朝着太阳，以防阳光伤害眼睛。有的两人对弈象棋，兵马相斗，楚汉相争；有的则咬瓜子、剥花生、猜谜语。最有劲的，还是爆蚕豆、煨黄豆吃。把豆儿放进脚炉中的热火灰里，不一会儿，豆儿便会"必卜、必卜"的爆裂开来，香喷喷的，边吃边爆，边爆边吃，别有一番风味。一些"当家"的男人，更是闲不住。叔伯兄弟，隔壁相邻，平时都忙于生计，很少有时间坐下来聊天。趁晒太阳之际，大家边吸烟、边聊天，除谈山海经外，大多仍是总结今年、筹划明年的农家正经事。

男人们聚在一起，少不了要吸烟的，也是敬客的一种礼仪。旧时抽烟，一般都是旱烟，一尺多长的烟管，翡翠的烟嘴，白铜的烟袋锅（俗称烟筒头），烟叶丝放在棉布做的烟袋里。抽烟时自己动手，把烟丝装进烟筒头里，用表心纸事先卷成的"纸撮"（亦称"纸媒条"）在脚炉里引燃，用嘴"霍"地吹旺火点着烟抽吸。也有人喜欢抽水烟，用的是白铜水烟壶，形状像民间乐器"笙"，壶里放水，烟丝是用特制的"兰州方烟"。抽烟时，先把烟丝放进烟锅，用"纸撮"点燃呼噜呼噜抽上两三口，就要把烧尽的烟灰吹落，再装新的烟丝，抽一次约需换三五次烟丝。后来，西方的纸烟（卷烟）传入中国，"老刀牌"（俗称"强盗牌"）、"大英牌""白锡包"等曾风行一时，稍后国产的"前门""飞马"等为一般平民百姓所乐用。向客人敬烟也逐步改用纸烟了。

乘风凉 乘风凉为吹风凉。一般来说，吹风凉是从吃夜饭时开始的。人们会从水井里吊几桶水，没有井水的地方，就到门前的河浜里挑几桶水，往门口的场地上或者石板路上一泼，地上的热气就会"吱吱吱"地叫着，随着尘土飞扬而蒸发掉，不一会就会凉爽起来。然后从家里搬出条桌、春凳，或者长凳、骨牌凳、竹榻、藤椅、躺床等，有的干脆就用搁板，往两张长凳上一放，又当饭桌又当床的，边吃夜饭边乘凉。年轻人没有耐性坐着吃，会端着饭碗到处游荡，串门挨户边吃边聊天。过饭过粥的小菜，是少不了毛豆子炒咸菜或者自制的酱瓜等一些家常时令菜。这些小菜，非常爽口，最适宜在夏天吃，也往往只在吃夜饭的时候吃。

夜饭吃过，年轻人会占据好位置，三三两两聚集在弄堂口、大树下、桥顶上、竹林边等风口好的地方，摇摇蒲扇，赶赶蚊子，谈谈山海经。有些年纪大一点的，会拿来一张草席，铺在地上，睡起露天觉。小孩洗过澡，扑满爽身粉，玩起捉迷藏、老鹰抓小鸡，用扇子追捉萤火虫，在大人之间窜来窜去做游戏。玩累了，就躺在竹榻上，看天河，望星星，听阿婆讲牛郎织女的故事。

吹风凉，关键是个"风"字。没得一点风，哪来的凉？……过去没有电风扇，纳凉的主要方法靠自然风。特别是农村，不仅在晚上，家里闷热，要到外面去吹风凉，而且白天也是要吹风凉的。炎热的大伏天，骄阳似火，正是农民们耘稻耥稻的季节。午后两三点钟天气最炎热的时候，为避开高温，在田里干活的人们都要上岸休息，称"吃烟""歇热"。最好的地方是牛车棚，车盘可当坐凳，妇女们会几个人"打堆"，扎鞋底，斩芦粟，吃番麦，谈村上发生的新鲜事。男人们则会赤着膊，头上遮着笠帽，躺在车盘上打呼噜。车棚挤不下，就到大树荫下，阴山背后的竹园等处寻凉歇热。口渴了，有自带的大麦茶喝。过去的农民，只知喝大麦茶，不知有龙井、碧螺春等茶叶。制作大麦茶很简单，只要把大麦炒熟略带焦些，用水烧沸就成了。夏天一般只吃凉茶，放在茶缸里让其自然冷却。干活时，把大麦茶装在"塔壶"里（形似砂锅，有盖）带到田头，渴了随时可喝。

《昆山的行事风俗》

◆ 周力民：小金蛉，大乐趣

这位音乐家，体长不足一公分，属昆虫类，六足四翅，两条触须如京剧里武将的雉尾，威武得很！而金光灿灿的翅翼，更是美丽动人。当它的翅翼竖直而作抖动状时，就发出"铃铃……"不绝之声，这种曲调是世上任何乐器所奏不出来的。说具体些：它形体如蟋蟀，而不及其十分之一，名叫金蛉子。

金蛉的生活史：金蛉的整个生活史跨处暑、白露、秋分、寒露、霜降五个节气，当你在竹林里或荆树冬青之类的地方，在处暑就能听到"铃铃……"之声；但这是少数的，到白露就多了，金蛉本身也长大健壮了，如此一直生活到霜降季节。刚才所说金光灿灿的有两支尾毛的是雄性，它能歌唱，俗称"金背"；而雌性的翅翼没有金光，也不会歌唱，俗称"木背"……

豢养金蛉的食物和盒子、笼子；金蛉的食物很广泛，以南瓜、香瓜、苹果、梨、菱……切成小块喂之即可，或以饭粒稠粥也可。总之必须含有水分，并每天更换新鲜为佳！金蛉的居室大有讲究。苏州、昆山一带养金蛉的，很多用牛筋制成的圆形、上面装玻璃的盒子。旧时，苏州小作坊有制，这种盒子光洁可爱，现在买不到了。简单一些，自己用硬板纸做，上面装一块玻璃也可以……

金蛉栖息之处，一般在竹林、荆树藤等地，特别是矮小的乱竹丛中。大约每晨八九点钟之时，它们从叶底爬到叶面上，吸吮露水，"铃铃……"之声不绝，令人有个可捕捉的目标。捕捉的用具：煤油灯罩一个，其上端用布头堵塞；栲栳或巴斗一只，如果没有这种盛器，则可拿一个较大口的尼龙袋，用竹篾做一个圆圈，张在袋口用线绕住；长约二尺的小木棒一根。

《小小金蛉催我童趣》

❖ 闻 达: 放风筝的乐趣

清明时节，儿童时代放风筝的情景，一直为年长的一辈所乐道。著名作家邓拓有一首诗："鸢飞蝶舞喜翩翩，远近随心一线牵。如此时光如此地，春风送你上青天。"充分描绘了放风筝的乐趣。

▷ 放风筝

旧社会，放风筝的地方，因所在地不同，可谓"各得其所"，如东门的掖布场，小西门外驸马关，大西门多在体育场（今亭林公园），城中心地区多集中在西街的薛家场（亦称柴家园，今总工会所在）和时家园。当时鹞子的形状和现在几乎是一个样，最普通的是摆摆鹞、蝴蝶鹞两种，至于在纸鸢前部安上竹笛蜈蚣鹞，大多是大人们玩弄的怪物，一鹞上天，风吹笛鸣，所以称"风筝"，就是从笛鸣而来。入夜，更有把鹞灯送上天的，点点繁星，闪闪鹞灯，相互映照，确是奇趣。

放风筝现已成为风靡全球的一项文体活动，而我国是世界上发明风筝最早的国家。据史书记载，春秋时的鲁班，曾"削竹为鹊，成而飞之"。这位建筑业的祖师爷想不到竟是鹞子最初发明者。当年在小学里，工艺科是很受学生欢迎的课程，每到清明时节，在老师的指导下，削竹成架，随形而定，这第一道工序，也是关键的一着，竹架不能有轻重，稍有出入，鹞就飞不起来。在放风筝时，还要注意风向、风力，不然一个跟斗，弄得粉身碎骨，白辛苦一场，如果碰上大风，鹞线中断，那就逃之夭夭，不知何去。

《鸢飞一线牵》

❖ **华 仁：** 豁拳，斗智斗巧的宴会游戏

解放之前，苏州民间喜庆宴会之时，酒友相遇，知己相逢，常常随兴之所至，"豁拳"助兴，互竞胜负，以搏酒量。此为饮酒时助兴取乐的一种游戏，或可称之为"酒令"中的一种。"酒令"为历代文人雅士相叙饮酒时的一种助兴方式，或出联作对，或依韵联句，或出题吟诗，推一人为令首，饮者听其号令，违则有罚，唯此形式流传面狭，在文化水平较低的平民百姓中并不流行，且几将失传。民国年间在苏州城乡酒席上常见而流传的助兴方式唯"豁拳"为最普遍。

"豁拳"，亦作"搳拳"，也叫"猜拳""拇战"，其法为相搏双方，两人同时出拳屈伸手指并高喊猜数之辞，凡猜中两人伸指数之和者为胜，负者罚饮。也有以三猜二中来决胜负的。在昆山流行的辞令从首字一到十依次列下：一为"一品"，含义为一品当朝或独尊。二为"两好"，两为二之序数，意为双方有利大家都好。三为"三元"，指科举的连中三元，即解

元、会元、状元。四为"四喜"，指福禄寿喜。五为"五经魁"，指五经之魁首，六为"六六顺"，比喻凡事路路顺风，吉祥如意。七为"七巧"，凡事皆巧、无事不成。八为"八仙"，八仙过海，各显神通。九为"九连"，意指福寿连绵。十为"全家福"，意谓全家幸运福气。其辞均为旧社会讨口彩、祝颂之语。如一品、三元、五经魁等语，则皆为封建科举考试，进入仕途，升官发财的吉利语，虽平民俗子亦喜闻之。

豁拳时的出指，也有讲究，并有所忌讳。出拇指表示对对方的尊敬颂赞。忌出食指，民间习俗，双方不和，对面相骂，用食指向对方点点触触，是为大不敬，故出食指是对人不礼貌之举，不可出之。忌食指与中指并出，两指同出对着对方，大有抠人双眼之势，及伤人之举。另如小指中指均不能单出，如单出，大有轻蔑侮辱对方之意，亦属忌讳之列。

总之，豁拳是在民间喜庆活动中较为普遍流行的一种在饮酒时助兴取乐的游戏活动，活跃了喜庆酒宴人家的欢乐气氛，即使同桌者、旁观者亦有在旁喝彩鼓掌一起助兴的，场面热闹，当然也有因负拳过多，不胜酒力，而酩酊大醉者。通过豁拳猜数、斗智斗巧，启迪思维，为广大平民酒客所喜爱，在我国酒文化传统风俗中独树一帜，流传不衰，直至解放。

《闲话豁拳》

❖ **朱宏涌**：书场听评弹，偷得浮生半日闲

苏州评弹在清代已极盛行。它是苏州的地方剧种。以苏州方言的吴侬软语说、噱、弹、唱。曲词雅而不俗，娓娓动听。精心编织的故事，情节曲折，妙趣横生。所以苏州人都热爱评弹。不像另一种地方戏——昆剧，它的曲词是文情并茂，雅有诗意，剧情刻画细腻，扣人心弦，演出时且歌且舞，笛声幽柔。可惜阳春白雪，曲高和寡，只有那些书香门第、读书先生才能领略其中三昧，以致难以受到广泛欢迎。清光绪年间，

其他剧种还没有在苏州普遍流行的时候，人们的日常娱乐仅此两种。昆剧只是在"曲社"里偶有演出。评弹则鳌头独占，不仅全年演出，而且全城书场都有演出，成为苏州人唯一普及的娱乐活动，也是茶馆的一项重要收入。

▷ 苏州评弹

昔时评弹一挡书开说，往往达数月之久。听书不仅可以满足艺术享受，还能得到一饱口福的生活乐趣。听书时香茗一壶，清香袅袅，边听边饮，还有各种小吃，从素的"出白果玉、五香豆、甘草梅子、黄莲头"到荤的"反煎馒头、盘香饼，五香鸭膀、鸭舌头"。小贩们头上高高顶着一只藤扁，里面盛着各种小吃，静静地在书场走道中巡回来去。只要听客把手一招，他就送上食品，收钱就走。一到说书先生小落回的时候，霎时就响起了叫卖声，他们一齐放开喉咙，高声叫卖。有的是天生一条金嗓子，高喊一声"火腿粽子"响彻全场；有的是练就一只哑糯喉咙，一声曳长的"五香……茶叶蛋"，却也绕梁三匝。如逢书场请到了响当名家，不仅客满，走道中还要安排临时客座。等到送客先生上台，说到中途，堂倌就来收取书筹（竹制的门票）。收过后就大开方便之门，名为"放汤"，让购不到门票而又不愿离开书场的书迷，站在后面书场门口听白书。行家称为"听隐立"，意思是隐立在后面，外行人则认为是"听英烈"了。该时大小书场大都营业鼎盛，胜过卖茶的收入。因此有人为书场里岁月优闲的听客，赋打油诗一首：

　　叮咚丝弦声悠悠，吴语说唱数风流。
　　日至书场消得闲，又是月上柳梢头。

《苏州茶馆钩沉录》

❖ 潘　讯：“何许人偷我西厢？”

　　学书是评弹艺人职业生涯的第一步，数百年中，拜师学艺都是一段充满辛酸的艰难历程。寻找良师不易，跟师学艺则更为不易。评弹界的惯例是"学三年、跟三年"，但也有艺人迢递十年，犹未满师。

　　有些人虽入师门，但因为迫不得已的原因，还是要"偷书"。评话艺人杨莲青（1896—1950）是浙江德清人，他因为乡音很重，吴语不纯，很难进入上海、苏州演出。他先后拜师在王如松、郭少梅、何云飞、全如青等人门下，发愤学艺，口音逐渐纯正。杨莲青同样品尝过学艺的艰难，全如青有一个儿子和他同时学艺，但是长进不大。全如青怕杨莲青超过儿子，在教书中常常有所保留，每到紧要关子，就差开杨莲青。全如青还半夜为儿子"开小灶"，杨莲青每每于窗下偷听，言者无心，听者有意，杨莲青的技艺由此大为精进。

　　当然，那个年代也不乏开明之士，他们打破门户之见，敞开大门让同道前来听书，更将此作为谈艺论道的有益途径。20世纪30年代，朱寄庵自编自演《西厢记》蜚声书坛，逐渐得到同行的关注。一次，他在太仓演出，当地一位姓汝的评弹艺人在档场一个角落里"偷书"。寄庵先生发现后，就在书台上大喝一声："何许人偷我西厢？"这位姓汝的艺人见天机泄露，顿时面红耳赤，废然而退。在那个年代，被同行现场开销"偷书"是件令人抬不起头的事，事后他请人从中斡旋。朱寄庵不仅不以为忤，反而感其真诚，欣然接受他为学生。汝学成后，即以"何许人"为艺名，以示不忘师恩。

"偷书"，竟然成就了一段佳话。

《烟海：书里乾坤》

❖ **杨馥清：**赏游，观的是景，怡的是情

▷　苏州城外山寺清幽

回忆20世纪二三十年代苏城民间生活情趣甚多，如至山前赏游，素为里人乐道……

登山眺望　自大街至山前，必经百花街，街道狭窄，石板横铺（每块石板上刻有各种花纹，故名百花街）以居户为主。间有家具木器店、照相馆、塑佛店、漆作、花草昆石店，还有小点心店，点缀其间，毫无市嚣之感。过半山桥，进入北塘街，即可闻得乐业公所乐曲悠扬回荡之声，心胸顿开。有名之清真观、梅园小筑，分列左右，马鞍山倩影在望。穿过大牌坊残留方形石柱（相传为顾相府第甬道遗物）即达山前，公园大门原为山

神庙庙门改建，一株由当年树艺公司所手植的百年紫藤环抱覆盖，绿荫宜人。园内草坪如茵，塔柏屹立，玉兰、紫薇、红绿梅花扶疏错落，此红绿梅花乃由老技工徐老五夫妇培育，春节盛开，尤为赏梅特色。景象秀丽，登山远眺，百里平畴，一览无遗。

赏菜花 城厢附近，油菜为主要春季作物之一，清明节踏青、登山游览，别有一番情景。兴佳者清明过节，亲友数人，携来菜肴水酒，菜肴以腊肉春笋、水酒以白醅（似浓的酒酿露）为主，登山啖酌，为时兴之一。其最佳处当为全山之巅华藏寺旁文笔峰，其侧凌霄塔直冲云霄，此塔建自梁天监年间，久经风霜，古朴风韵，常有斑鸠回绕，啾声不绝。俯窥山下西、北田野一片金黄海洋，麦浪滔滔，油然而生丰收在望之感。南望城郭民居连片，白墙黑瓦，差落有致，偶有一二所红瓦洋楼点缀其间（如新建藏书楼）；东望娄江如带，蜿蜒天边。远眺北天，常熟虞山隐隐在望；西顾阳澄湖波光粼粼，春色宜人，苏城景色全收眼底，其乐何如。

子孙塔抛砖求子嗣 山巅东部有星宿殿及子孙塔两处古迹，是为里人求佑托福之处。星宿殿塑有甲子至癸亥六十花甲神像六十座，依次排列殿中，人们依照自己生年甲子找寻本命神像，焚香跪拜以求本命星官降福赐安。星宿殿之西有妙峰塔，俗称"子孙塔"，为宋治平年间遗物，七级、高二丈许，青石塔身，因年久风化，斑斑剥落，塔顶已稍平秃。旧俗迷信，相传妇女不得子者，捡小砾片抛掷塔顶，如能停留不坠者，当得子嗣，后代兴旺。孩童不解，亦效仿以嬉；大人亦嬉掷以为乐者。

《旧时民间生活拾摄——山前赏游》

❖ **徐国清：猜谜，苏州人最拿手**

民间谜语是长期生产劳动和生活实践中创造出来的，以通俗易懂的口语化语言来表达传播，具有浓郁的生活气息，广泛存在于市井乡村，千百年来，传承不息。夏天乘凉猜谜是我市民间谜活动的主要表现形式，已成一习俗。往往总由大人出谜，小孩试猜，身边事物，信手拈来，似乎均可入谜。如："朝天锯子"是"城墙"；"戳天钻子"是"塔"；"胸中藏着好心肠，土头老子打把枪，无头郎中戴笠帽，我捅一只无脚羊"是"忠孝節義"四字。"树上一只碗，落雨落勿满"是"鸟窝"。当然，出谜之后，应当说明谜底是人是物，或吃或用，抑是猜字。海虞民间谜中，有许多采用诗歌形式，不仅启人思索，饶有情趣，而且有一定文学价值，历来深受人民群众的喜爱，谜面形象生动，谜底贴切准确。在已列入国家级非物质文化遗产的"白茆山歌"中，就有许多山歌本身就是个谜语，如旧社会留下来"唱唱山歌散散心，僚当吾是快乐人，口含黄连心里苦，黄连树下苦操琴"。这是首感情深挚的好诗，反映了旧社会劳动人民生活的艰难困苦。用民谚"黄连树下操琴——苦中作乐"作谜底。像这样的谜语，既有很好的思想意义，又能引导人们去思考猜想，艺术品位较高，堪称谜中珍品。

灯谜是经历代文人加工创新，在上层社会和文人中流传的谜语，主要以书面传播。其名目繁多，除一般用汉字的义、形、音来扣合的"文字谜"外，还有"实物谜""哑谜"（动作谜）、"画谜""印章谜""诗谜""词谜""对联谜"等等，可划分为文义、特殊、花色谜三大类。

昔日海虞灯谜活动，多为文人风雅之事。民国时谜家王吉民在《琴心文虎》序中写道："当夫宾朋藏集，烛影摇红，妙虑沉思，兴高采烈，洵可谓文人韵事矣。"亦有文人创作自娱，如徐枕亚的折扇谜诗："天生雅骨自玲珑，能画能书点缀工。毕竟卷舒难自主，只缘身入热场中。"由此也可窥豹一斑。他俩创办"琴心文化社"面向社会开放，其悬猜方式，在各式彩灯下，悬挂同人制作灯谜，谜条（笺）直接悬挂在彩灯下，甚至直接书写在彩灯的白纱上，或将谜条粘接在板壁上（即古人"弹壁灯"的做法），任人商猜，猜中者即以该彩灯为赠。同时期有一班文人，仿效清梁绍壬《两般秋雨庵随笔》中提到的蝴蝶（谐"壶碟"）会，同人轮番携酒肴赴会，席间吟诗猜谜。

海虞灯谜中，有一种"诗虎"（又称"敲诗""押诗条"），由古代的

"射覆"谜演变而来，录冷僻七言或五言诗一句，空去其中一字，另撰义近四字，合为五字，任人猜压，颇具特色。如徐枕亚之作："口是樱桃九熟时。"猜者在"好、正、又、况、恰"五字中选择，谜底是"好"（此"诗虎"谜笺今藏市档案馆）。

随着时代的发展，社会的进步，海虞灯谜在继承优良传统基础上，从内容到形式上不断改革和创新，并遍及社会各阶层，进入寻常百姓家。

《海虞谜语》

❖ 周力民：养蟀斗蟀如用兵

▷ 斗蟋蟀

蟋蟀是六足四翅的昆虫，它的生命史自处暑、经白露、秋分、寒露、霜降、立冬，六个节气、三个月。公者有尾毛二支，雌者在二支尾毛之间有一支消子管，公者性猛好斗叫声"嘓嘓"，耀武扬威，因此有斗蟋蟀之玩意……

蟋蟀在战斗之前，要称体重，称体重之戥子是特制的，戥梗上满是黑点，根本谈不到几钱几分，只讲几点几点了。称法是把蟋蟀从瓮内过到纸圈里，两端封好，放到戥盘里。称时需非常当心，防止风吹，即掌戥人的鼻风也不可吹动。称好以后，以相等体重的蟋蟀进行战斗。亦有饶让的，但不超过三点。一切准备就绪，讲明花值、支数，"帮花"者认定支数，当场均有记录，然后置两蟀于栅子内。栅子是用竹制的，长方形的扁盒，两端有小门，上面有竹丝栅似鸟笼，中间有门隔住，可开可关，两蟀各占一室。战斗开始前，把中门打开，两蟀相见，怒目而视。接着进行牵草，引其恼怒，始得"厮杀"。战斗时，只见两蟀之利牙，互相钳住，奋力扭扯，前后左右，各施战术，战到高潮时，两蟀几乎直立仅凭后腿支住，扭之再三，直至负者不支而逃，胜者乃振翅鸣叫，"嚯嚯……"之声不绝，大唱凯旋之歌，是为定局。这时，胜方之帮花者，就赢钱了。栅场人员把红绸披在胜蟀之盆上，蓁者洋洋自得，引为光彩。

《养蟀斗蟀如用兵》

❖ 姜晋、林锡旦：卖"扯铃"，驯鸟吃"飞食"

玄妙观内的众多杂玩确实是异彩纷呈，但其中有两样东西特别吸引孩童，一项是玩"扯铃"，另一项是驯黄雀吃"飞食"。

从前，玄妙观西脚门一带有数家鸟店。这鸟店在春节期间总是特别闹猛。如此闹猛倒不是卖鸟生意兴隆，而是一年一度在这店门口有人大量供应各种"扯铃"（古称空竹）、竹陀螺。扯铃用竹木材料制成，有双铃、单铃之分，圆圆的，大肚子，葫芦头。其中大肚子称风轮，轮上有孔，孔多则发声洪亮。这种旋转起来迎风鸣叫的玩具是山东一带乡人在农闲时的家庭副业。他们平时陆续制成，于春节前装在独轮车上，晓行夜宿，长途跋涉来到苏州，在玄妙观西脚门口附近出售。这些北方乡人都有一手扯铃绝技：两根小竹竿一根细绳相牵，细绳系在风轮与葫芦头的中间，一手高一手低地扯扬着绳上的扯铃，由慢到快飞速旋转，扯铃便会发出"铮铮、汪汪"的鸣琴之声，十分悦耳和谐。扯铃玩熟了的人还可将扯动的"空竹"甩向空中，然后再用扯绳将坠落下来的"空竹"接住继续旋转、鸣奏。售者炫耀的这番技艺常使成群的孩儿们看得目瞪口呆，心向往之而欲购之……

　　玄妙观另一行杂玩是专售"驯鸟"。出售者大多集中在西脚门偏北一带。有近郊乡人，亦有北方农民，他们带来的鸟类有黄雀、麻腊、包头数种。出售时那些已受过初级训练的鸟一个个立于鸟叉上，神态自若。这驯鸟的钢叉都用红、绿头绳包绕，叉顶圈成环形、葫芦形、三角形鸟颈围，以丝线编成的猢狲圈上还有彩色小流苏一簇。绳的一端系住猢狲圈，一端系于钢叉。驯鸟献艺时解开系绳，让鸟戏飞于猢狲圈上下。鸟类中，黄雀价格最廉，也易驯教。

▷ 驯鸟人

　　驯雀人的技艺叫"脱脚""吃飞食"。初驯时他先将食指往嘴里略抹些口水，粘以鸟食"苏子"一撮，引鸟飞翔啄食。然后逐渐拉长距离，再解开鸟脚的绳索任其自由飞翔。奇怪，这黄雀贪食，只要有鸟食，就是放任它自由也不会远走高飞。技高的驯雀人将黄雀掷至玄妙观三清殿屋脊上，主人将拇指一引，黄雀即俯冲飞下啄食，食毕再飞回屋脊。围观者顿时纷纷报以喝彩。不过，黄雀这东西毕竟属于鸟类，这种"飞食"游戏此时仅能来回数次，否则黄雀待食饱后就有可能飞走。故驯雀人很能掌握分寸，几次玩罢即将黄雀逮住，系回又上。

实际上，另一种叫包头的鸟比黄雀吃"飞食"表演更精彩。驯包头鸟的技巧曰"衔飞子"。玩者将小钢丸一粒掷向天空，包头鸟随之腾空而起将钢丸衔住飞回。包头鸟耐翔又能冲高，鸟嘴较阔，故能玩"连环飞子"。玩者先将一丸掷去，包头鸟振翅飞衔；紧接着第二丸又发出，包头鸟衔着第一丸又直冲云霄继续抢衔第二丸。技艺熟练的玩鸟者无一失误，令人惊叹不已。

《卖"扯铃"，驯鸟吃"飞食"》

❖ 倪寿祥：挑花担

挑花担，是群众喜闻乐见的一种即兴娱乐活动，也是过去庙会中不可缺少的一支色彩缤纷的队列，颇具江南水乡特色。曾一度销声匿迹，现在又在农村有声有色地活动起来。

挑花担多由农村妇女参加，从年轻姑娘到七旬老太，只要会唱山歌，会吟一些经文和跟上队列的步伐、节奏，都可以参加挑花担。她们头戴三角包巾，一般是青底白角或蓝底白角；也有戴花布头巾的；身穿大襟纽襻拼接布衫，腰围红绿彩带，脚穿绣花布鞋，肩挑一副两头沉的花篮。一旦加入花担，就不能中途退出，要挑到"天宫廷前"圆场结束，才算完成任务。

挑花担的妇辈们边走边唱，那两头沉的花篮，随着走动，轻柔婉转，上下扭摆，队列在圆场时，能使旁观者眼花缭乱，可称得上是一场美妙的轻歌曼舞。

尽管她们都是文化偏低的农村妇女，但当她们清唱一曲鹿城民间歌曲时，那甜润的鹿城软语，如潺潺流水，沁人心肺；那飘忽轻巧的碎步，翩若惊鸿的圆场，会使观者惊叹不已；更令人难以置信的是：她们虽然文化不高，但经过她们用自己编导的和夹杂一些经文字句，却能从早晨演到晚上，连续六七个小时不重复！不用纸张不用笔，张口一唱人传人。人们称赞她们是鹿城文化的"传媒人"，这是并不夸大的事实。

挑花担时吟唱的佛经，大都是民间流传或自己创作的口头文学，虽有些宗教色彩，但究其渊源，倒不如说是民谣、山歌为恰当些。

《挑花担》

第九辑

民俗与民风·
传统文化的江南传承

❖ **陈柏雄：**冬至大如年，佳节合家欢

每年的农历十一月二十一、二十二或二十三日是冬至节，冬至是我国民间二十四节气中的一个大节。俗语云："冬至大如年"，苏州的风俗是十分注重冬至节的。

据胡朴安著《中华全国风俗志》昆山冬至节风俗条云："冬至前数日，各家备鱼肉，至是日（指冬至前夜）烹鱼肉煮蔬菜，先祭祖先，然后宴亲友，名曰过冬至节，又名过年节。"这晚的冬至夜饭菜肴丰盛，醇酒飘香，合家团圆，其乐融融，富裕人家直要吃到深更半夜，故又有民谚"有钿吃一夜，呒钿困一夜"之说。

冬日的早晨，曰"冬至朝"，早点要吃"冬至团"。节前，农家用刚收获的新糯米磨粉做团子，以糖、肉、菜、豆沙、萝卜丝为馅，既供祭祀，又馈亲友。"团子"形圆，寓意"团圆"吉利；如出笼后即食，香糯可口，馅汁鲜美，成为昆山民间喜爱的传统特色食品。城里居民多数到糕团店买现成的，所以冬至前后商店生意格外兴隆。我邑老县前大街春和坊口原有一家糕团店，每逢冬至日，清晨市民争相购买年糕、糯米圆子和各式团子的情景，这一风俗图景现已成为历史陈迹。

吃过冬至团后，就开始了拜冬活动。虽然"连冬起九"，严寒从此开始，但冬至后晷刻日长，"阳气"潜藏，万物萌动，当该庆贺。《康熙昆山县志稿》云："十一月冬至节，拜贺尊长如正旦，亲朋多相馈送。"小辈们如新年一样换上新帽，依次到长辈前拜贺，力尽孝敬之心；之后，亲朋好友互访交相拜贺，互赠节礼，名曰"冬至盘"。以此联络感情，增进友谊。

冬至前后，天气日寒，苏州民间有腌制腊肉的习俗，挑选新鲜猪肉腿，先用盐擦透，然后置于缸中施以重压月余，再取出挂于屋檐下曝晒，供来

年分次食用。腌菜也是冬至节物之一，不论贫富家家户户用肥白梗长的大菜（青菜的一种）去心后，腌制在缸内，俗称"盐齑"，"寒溜滴残成隽味，解醒留待酒阑供"，是入冬佐餐的佳味。

随着时代的演变，人们的节俗意识日渐淡化，但冬至节仍受到重视。人们或合家围坐，吃一顿丰盛的冬至夜饭，席间互相祝福，彼此勉励，老辈人为儿孙辈制作一些具有特色风味的糕团，或向晚辈娓娓地诉说着当年掌故佚事，千丝万缕地联结着古老纯朴的冬至习俗，为后人们留下了一脉亲情和温馨，令人永远留恋回味！

《毕竟节俗冬至美》

❖ 陈文虞：烂斩糖送灶君公

过去，家家户户每逢农历十二月二十四，都要送灶君公公（灶神）上天。当天夜里在灶头点上香烛，供着用糖做的烂斩糖，祭祀灶公公。然后再在家门口放上豆萁、花萁、稻柴，把供在灶上神龛里的灶君神像"请"下来，在它的嘴上粘上烂斩糖，再把神像粘在用稻草扎成的"神马"上，请上柴堆，连同用锡箔折成的元宝，点上一把火，烧个精光，算是送灶君公公上天了。待腊月三十，再到香烛店花钱"请"回一张灶君公公的神像，放在灶上的神龛里，祭祀一番，算是又把灶君公公接回来了。

据说灶君公公是司命神，专查人间善恶，主宰一家吉凶祸福。每年腊月二十四，他上天向玉皇大帝汇报一年来人间的年景收成和凶恶善良等事。在这一天，各路神仙一个个新袍新靴，披锦戴绣，驾起一朵朵祥云，直上天宫凌霄宝殿，行九叩三拜礼，祝玉皇大帝圣寿无疆。神仙们一个个嘴上生花，尽讲好话。玉皇大帝听了连连点头，一双眼睛都笑成一条缝了。

灶君公公不一样，平时，他把各家各户的事一天一天都记录下来，等到每年的腊月二十四日这一天，就上天奏本。哪家善，哪家恶，哪家该赏，哪家该罚，玉皇大帝都听灶君公公的。说好的那家，下一年就百事顺通，五谷丰登；说坏的那家，来年总是灾难不断，缺吃少穿。所以灶君公公官儿不大，家家户户都怕他，怕他上天乱说话；家家户户都敬他，希望他在玉皇大帝面前多说好话。每年腊月三十那天，各家各户又会摆起果品甜食接他回来，一点儿也不敢得罪他。

以前，灶君公公正直无私，善恶分明，为老百姓办了很多好事，老百姓都拥护他，尊敬他。每到腊月二十四这一天，人们都要给他供奉好酒好菜，还给他的马儿供上长草短料，为他送行。愿灶君公公上天言好事，回地降吉祥，为百姓送福，替民众除害。后来，那些依权弄术、仗势欺人、为非作歹、坑害百姓的人，对灶君公公的大公无私非常害怕，就挖空心思想办法拉拢灶君公公。开始时好言奉承，随后是名酒佳肴。一看灶君公公吃这一套，接着就送给灶君公公吃的、喝的、花的、用的、穿的、戴的、玩的、摆的，应有尽有。灶君公公收了贿赂，心就偏了，渐渐就昧着良心办事了，在向玉皇大帝汇报时，故意颠倒黑白，混淆是非，把坏人说成好人，把歉年说成丰年，置百姓于不顾，百姓们恨透了他。

眼看又到腊月二十四日，灶君公公又该回天宫向玉皇大帝汇报了。人们就用烂斩糖做成很好看的糖瓜，供在他面前。灶君公公一看这个东西很新鲜，行贿的人送来的东西中没有这玩意儿，伸手拿了一块放在嘴里，觉得甜丝丝的很好吃，接着就狼吞虎咽地吃起来。吃着吃着，把他的嘴给粘住了，怎么也张不开。看看上天汇报的时辰到了，没办法，只好骑马上了天宫。见了玉帝该汇报了，可是，他的嘴还是张不开。他就一手抠着上嘴唇往上扳，一手抠着下嘴唇往下扳，用的劲儿小了扳不动，用了大劲儿还是扳不开。玉皇大帝问他人间的情况，他没法开口，只是点点头。玉皇大帝便认为人间没有什么坏事，就喊道"有本快奏，无本退朝"，说完就退朝了。就这样，下一年百姓们家家百事通顺，平安无事，有的还发了点小财，生活红红火火，而那些坑害老百姓的人，白白送了许多钱财，没有得到什么好处。

从此以后，每年腊月二十四日，灶君公公回天宫向玉皇大帝汇报人间情况前，家家户户总是用烂斩糖做成的糖瓜粘住他的嘴巴，以防他旧病复发，说人间的坏话，给人们带来厄运。久而久之，烂斩糖送灶君公公，成为习俗。这就是流传民间的送灶神。

《烂斩糖送灶君公》

❖ **平静人：** 掸檐尘，贴年画，新年进入倒计时

▷ 桃花坞木板年画

旧时，群众在过阴历年之前，家家户户都要"掸檐尘"。早的在十二月中旬，迟到下旬进行。一般在小年夜以前，由主妇和家人，用竹竿和稻草扎柴掸帚，头上兜着围身布。一间一间地把屋檐下、顶上、墙壁上的蛛网尘封，掸扫干净。同时，开展大扫除，清除墙角、天井角落里的破旧东西和垃圾，搞得家里一干二净。群众所以一致行动去"掸檐尘"、大扫除，其目的是要"干干净净过新年"，象征着"一元复始，万象重新"，使新年来做客的亲友，有个良好的感觉。"掸檐尘"是个好风尚，实则是群众性自发的大搞清洁卫生运动。

过年前，掸好檐尘后，一般人家都要买些"画张"（即年画）、红纸头来点缀一下室内环境。当时，黎里还没有像样的书店，只有小书摊，年画都是由小商贩临时经营。上岸夏家桥东周赐福的门前，一到年脚边，常是张挂出售年画的地方。上午农民上街时，能吸引许多人围观。年画的内容，以戏文为最多，如《白娘娘水漫金山》，画着白娘娘率领虾兵蟹将破浪冲杀，与恶僧法海斗法。还有《孙行者大闹天宫》《关公看春秋》《木兰从军》《穆桂英挂帅》《昭君和番》等。儿童画面的也不少，如几个胖娃抱住一条大鲤鱼，小乐队吹大喇叭、敲锣打鼓的，哪吒脚踏火轮在飞行等等。也有讲尊老敬老的画，如《二十四孝图》中的《王祥卧冰》《陆绩怀桔》《老莱子娱亲》等。风景画亦有一些，如《杭州西湖全景图》《上海外滩图》等。美女画不多，有署名"稚英"的画多些，多是仪态大方比较文静的女子，也根本没有现在那些洋派画张。

红纸头在过年期间是用场很大的。有的写成大的"福"字贴在墙上，有的写了春联贴在门上；还有的剪成纸花放在蜡扦盘等器皿上；给小孩子压岁钱，也要用红纸包好的，红色充满着喜气洋洋。

《辞旧历迎新年》

❖ 王昌年：吃年夜饭，说吉利话

吃年夜饭，本是一件极平常的事情，但是过去吃年夜饭时，要说许许多多吉利的话，现记载如下，以供参阅。

在吃年夜饭的前夕，准备好许多菜肴，有酱蹄、八宝鸭、红烧全鱼、酱煨蛋、百页包肉、套肠、肉圆、笋干、虾圆线粉暖锅、慈菇、四喜肉、黄豆芽等十二样菜肴，等到杯筷菜肴端齐后，由儿媳双双请长辈上坐，子女们依次序坐下，就开始吃年夜饭。每吃一样菜，必须讲一句吉利话，先斟上一杯福增酒，要向长辈们说声"增福增寿"。第一样先吃酱蹄，说声"提起米"（含义是明年的生活比今年更提高）；吃八宝鸭，应说"压得人头倒"（含义是高人一等出人头地）；吃红烧全鱼，要说"鲤鱼跳龙门"（含义是升官发财）；吃酱煨蛋，应说"赚元宝"；吃百页包肉，说声"百事包好"；吃套肠时，就说"常常利市"；吃肉圆，就说"团团圆圆"；吃笋干时，说"节节高升"；吃虾圆线粉暖锅时，说"长寿百岁"；吃慈菇时，说"如意称心"；吃四喜肉时，说"四季发财"；最后吃黄豆芽，就说"黄金万两"。每吃一样，都要有声口彩（吉利话）。万一碰到小孩打碎了汤匙或饭碗时，那么就接口说"长命百岁"（岁与碎谐音），更好笑的事，在吃饭时，必须要吃了一碗再添一碗，叫做"成双富贵"，倘若吃不完剩些余饭，叫作"吃剩有余"，并且在饭碗里摆块蹄子肉和笋干，这叫作"留个米囤"，吃饭时不许淘汤，倘若淘了汤，那日后外出（开码头）时，要碰到阴雨天的。

这些讨吉利的话，寄寓着人们对未来的祝愿，也是吴江民风淳厚的表现。

《吃年夜饭　说吉利话》

❖ 沈昌华：欢欢喜喜过大年

"蓬——啪""蓬啪"的爆竹声，把枕河人家从旧岁送入新年。大人小囡都从上到下换了新衣，即使贫寒人家，也要把最出客的衣服包在旧棉衣外面，弄得清清爽爽。

新年第一件事，晚辈要给长辈拜年。拜年，旧俗是要拜的，但后来也就是小辈给长辈问候新年，并不拜。这时往日的争长论短全然随旧岁离去，儿媳甜甜地叫公婆，老的也笑得一团和气。孙辈叫唤着阿爹娘娘，老人满脸笑容，要挖出预先用红纸包好的"百岁钿"（也叫压岁钿）。拜过年，先喝糖汤，叫"甜甜蜜蜜"；再吃"灯圆"，那用糯米粉做成的小小的圆子，煮熟了加许多糖，叫"团团圆圆"，寄寓了水乡人们对新年的祝愿和对未来的期望。一家人团坐在方桌前，桌上放着"九珠盘"，那木制九格的盛器，里面放着西瓜子、芝麻片、桔红糕、蜜枣、粽子糖、寸金糖，还有各种蜜饯、花生果、瓜子之类围放在九珠盘外面。大人品茶吃瓜子聊天，小孩趁大人忙碌之际，将好吃的东西捞几把放到衣袋里，再抓几个风干荸荠、洞庭橘子、糕饼，揣着刚拿到的百岁钿，从家里冲了出去。各家的孩子分别从弄堂里出去，汇集到沿河的长街上。孩子过年真是太高兴了，穿新衣着新鞋，有百岁钿，还有那么多好吃的东西——小物事。孩子希望天天过年。来到街上，那沿河而筑的长街，面貌也和往常全然不同。往日的店铺，今天不少关着排门板，店门上贴着各种祈求兴旺的大红对联，只有卖大肉馒头、烧卖的面食店，热气腾腾地招徕顾客。卖甘蔗的、卖画张的、套泥老爷的吸引着揣百岁钿的孩子。南货店的伙计在忙碌着包"包扎"出售。人们围观着画张，那一张张五颜六色的古装戏文、上海外滩风景、骑着鲤鱼的胖娃娃，矫揉造作的洋女士……有的画张被人们认购取下。抱着侥幸心理的大人小孩，从套泥人摊主那里买了一把藤圈，或点发或扫射，偶尔套得一个观世音、笑弥陀或者大公鸡、胖娃娃之类泥人，欣喜若狂。孩子们啃甘蔗、放百子炮（小百响），挤在人群中，嬉闹作乐。如果正好天气严寒，小孩们在冰封的市河上走来走去……于是满地的果皮蔗渣鞭炮屑，满耳的嘻嘻哈哈笑闹声，虽然没有高楼大厦，那古老的街面上同样喜气洋洋。这就是水乡小镇的"年"。

吃饭时分，肚皮没有一点儿饥饿的感觉，据说叫"年饱"。那淘米箩内插了柏枝的年饭，盛在碗里的大肉大鱼对人们并没有多少吸引力，只有暖锅里的鱼圆、肉圆、蛋饺粉丝汤和那在肉汤里烧透的笋干却蛮受欢迎的。

大人们自有他们的事，滔滔不绝地谈论着。孩子们没人管束又不需要做事，想方设法地玩：打弹子、跳绳、踢毽子、追老虎、放炮仗、甩洋片、滚铜板……人们陶醉在过年的欢乐之中。累了，等着明天去做客人。明天大人们将带着孩子一家家去走亲戚，拎着预先准备好的"包扎"（礼品）去做客人。

按说，大年初一不动刀不扫地。但第二天早上起来，昨天扔在地上的瓜子皮、甘蔗渣却都已经无影无踪，屋里照样干干净净。

《过新年》

❖ 李海珉：年初五接路头，开启一年好运程

每年正月初五傍晚，苏州整个城乡镇，不管能喝的还是不能喝的，都要端起酒杯喝它几盅，这顿酒称为"路头酒"。什么叫"路头"呢？现在年近花甲的老人都知道，路头就是财神，据说财神菩萨共有五路，叫作"五路财神"，老百姓习惯上叫财神为"路头菩萨"，简称"路头"。

明清以来，接财神吃路头酒是整个吴地的风俗，不过要数黎里最最隆重、顶顶热闹。据传有这样一个出典：朱元璋的智囊刘伯温一日在紫金山上观测天象，当看到三吴地区的吴江时，忽然大惊失色。在一旁的朱元璋忙问："军师，何故吃惊？"刘伯温说："吴江地区风水奇妙，芦墟地势广，似有千军万马；盛泽地气盛，能日出万侯；黎里文气足，大小官员多得有如芝麻绿豆。"明太祖一听，着实吃惊不小，心想：我历尽千辛万苦才开创了这大明江山，而今天下刚刚太平，又要出现"千军万马"，这岂不横生枝节？还有什么"日出万侯"，官员多得如"芝麻绿豆"，这叫我如何封赏？沉吟了好半晌，忽然想到，天下人都说我皇帝是金口，一言定鼎，我何不……

次日早朝，朱元璋召集了满朝文武百官，开了金口："昨夜，孤与军师看过天象，吴江是个好地方，芦墟地势广，可出'千砖万瓦'；盛泽地气盛，能'日出万绸'；黎里出的纸马绿豆最多！"刘伯温听了太祖的拆解，不禁点头叹服。从此之后，芦墟广建窑墩，日烧千砖万瓦；盛泽织机隆隆，日出万绸，衣被天下；黎里印的纸马最多，畅销三吴，乃至大江南北。

黎里人称纸马为"马张"。自明代开始，黎里的马张作坊大盛，黎里人

简称"马张作"，又称"塌作"。其实是一种木刻套印的工艺品，印五路财神也印灶神。最大的路头菩萨高三到四尺，宽一到二尺，最小的高一尺稍余，宽六到八寸、全部五色套印。……

黎里的马张作多，烟纸店也多，不仅仅靠零卖，更多的搞批发转销。很多人的确靠五路财神发了财。路头保佑发财，因此黎里人对路头菩萨的虔敬膜拜之心也狂热到极点。那"送路头""接路头"，特别是"接路头"的热闹隆重堪称吴中之最。

送路头，腊月廿四吴中习俗将路头菩萨连同"上天言好事，下界保平安"的灶君皇帝一起焚化，送上天国。黎里人因为路头菩萨有灵，近恩远来财帛进门，往往留下一个主财神，供上祭品，顶礼朝拜。记得范石湖有《祭灶词》，曰："古传腊月二十四，灶君朝天欲言事。云车风马小留连，家有杯盘丰典祀。猪头烂熟双鱼鲜，豆沙甘松粉饵圆。男儿酌献女儿避，酹酒烧钱灶君喜。婢子斗争君莫闻，猫犬触秽君莫嗔。送君醉饱登天门，杓长杓短勿复云。"不过吴俗路头和灶神总是一起供奉在灶山上，也一起祭送上天。送路头上天还要焚化元宝和纸轿，假如没有纸轿，那么就折几枝马尾松，让路头菩萨骑马上天，一边点火一边还要叨念："一蓬青松一蓬烟，恭送路头上西天。"

祈求发财的心理驱使着吴人对路头菩萨竭诚膜拜。三百六十行，行行皆然。连妓女都要"路头"保佑"烧财香"。接路头，这是吴江一大风俗。年初四一清早，街巷之间就有许多挑着水桶的渔民，"元宝鱼呃……"一声喝引来百家争买，特别是商店，家家必买。渔民从水里抓出鲜蹦活眺的鲤鱼，熟练地用红丝绳穿进背鳍，一手提着另一手又给贴上一张红纸，嘴里还高喊："送元宝啦！"为了吉祥如意，为了送口彩吉利，买者从不还价，相反多"发利市"（多付钞票）。有人别出心裁，用活鲤鱼请路头，祭供之后，送到放生池去放生，讨取"鲤鱼跳龙门"的口彩。接路头还要用羊头，"羊"与银洋钿的"洋"谐音，鲤鱼谐"利"，都是讨吉祥发财之意。黎里很少养羊，因此大多用猪头代替羊头。供品除了"洋、利"之外，还有"路头鸡"（也叫元宝鸡，囫囵烧的），各种果品和黄酒白酒。

商家为靠路头菩萨而财源滚滚，因此接路头是商家一年中第一件大事。大凡店家年廿四送路头之后，差不多虚应市面或关门打烊，初一到初四关门大吉，吃了路头酒之后再开张营业。接路头从初四黄昏开始直到初五清晨结束，爆竹鞭炮整夜不息，热闹赛过除夕之夜。

《年初五路头酒》

❖ 卢瑞林、邬玉安：元宵节"调马灯"

马灯，始于明末清初，起初是用竹篾扎成马头和马尾，里面点上蜡烛，系在一人前后，好像骑马的样子，多半由一男一女对调，对调时嘴里哼着小曲，称"调马灯"。

到民国时期，发展成搭台调灯表演，表演中除了调马灯，还有武术、拳术、杂技、说唱等各种娱乐形式。由于搭台表演，节目较多，因此要准备1—2年，多数由村里青年分头筹备，如经费、扎灯，还有训练拳术、武术、说唱等。表演时间大都在每年正月半前后，表演那天附近各村男女老少都来观看，甚是热闹。

香山地区的调马灯，主要在邬家巷、翟家巷、占文桥等村，尤以邬家巷为最。现以邬家巷在1947年正月的一次表演为例，细述如下。

表演开始，先是由村里有威望的人讲话，然后闹场，锣鼓齐鸣，乐器共奏，把人们的情绪一下激发起来，紧接着"起灯"，鸣放爆竹，开始表演节目。

狮子舞：由三名有一定武功的人表演。事先扎好狮子头和狮子尾，中间用布制的狮子连着，表演时一人在前面舞狮头，一人在后面舞狮尾，还有一人，一手牵狮子，一手拿一个绣球。在爆竹声中边舞边走，走到本村的庙里，舞三个回合后，再向看台方向舞去。到了台前，有两个力大的青年弓着背，待舞狮子的人脚踏到自己背上，随即抬起，狮子即跳到台上。

观众以为狮子是从地上跳到台上的，顿时鼓掌喝彩。

狮子一上台，锣鼓敲得更猛。狮子面向观众，先是头甩甩，再浑身抖抖，然后跟着引球人手中的球上下跳跃，表演各种优美的舞姿，引球人还口中喊着："呵……咦……"各种动作舞结束后，引球人一个腾步翻身，骑在狮子身上，狮子边舞边进场。

马叉表演：马叉的头是铁制的，有三个叉头，下面有一管，装上木柄，管和叉之间有两块圆形薄铁板，在表演时发出吭啷啷的响声。表演者将马叉在手臂上、肩上、背上转个不停，不掉下来。还有的表演时将双手对拢形成圆圈，马叉头朝下，柄朝上在圈内筛转，同筛粮食相仿，故称"筛叉"。

石锁：大多由一人表演，也有多人轮流表演。其动作名称有单抓锁、双抓锁、黑虎穿裆、日落西山、纯阳拔剑、外翻锁、内翻锁等。

表演即将结束，由狮子跳跃出来谢台，向观众三点头，再跳跃进场。

一场"马灯"，从黄昏7点左右开始，要表演到次日凌晨3—4点钟结束，时间较长，但观众还是兴致极高，一般不愿离开。直到表演谢台，才尽兴而归。

《马灯狮舞闹元宵》

❖ 冯春法：热闹的香山庙会

每年农历三月半（十五日），是香山庙会最热闹的一天。这一天，远远近近的人们，不论是风华正茂的英俊后生，还是风姿绰约的窈窕淑女，不论是白发苍苍的老妇老翁，还是垂髫总角的童男童女，或者坐船，或者乘车，或者徒步，从四面八方赶往香山，或进香，或赏景，或购物，占地三千余亩的偌大一座香山，漫山遍野都是人，这是怎样的一种壮观的景象呵！

　　香山庙会的正日之所以定在农历三月半，据说是因为这一天恰是道教先祖真武祖师在武当山修行得道之日。每年农历三月十三或十四日，他从武当山腾云驾雾来香山祖师殿，坐殿接受香火，三月十六日或十七日又腾云驾雾回武当去，所以，他来去之日，香山地区必有小雨，这叫洗山。因了这传说，香山庙会从三月十二、十三日开始，至三月十八日为止，历时约一周左右。其实，农历三月半，正是暮春三月，花飞草长，景物鲜明，踏青春游的大好时机，又是农闲时节，庙会上的物资交流，又便于农民购买夏忙之前的农用物资。这样，定于三月半的香山庙会占有天时、地利、人和诸方面的有利条件，故而香山庙会经久不衰，延续至今。

　　据地方志载和香山地区的老年人讲，解放前的香山庙会的主要特色是香会的拜香活动。

　　解放前，香山周围有10道香会，远一点的有20道香会。以自然村为单位，自愿结合为一道香会。拜香一般是大锣开道，接着是戳灯（一根长竹竿，上端挂一灯笼，内有一支点着的大红蜡烛，下端较尖由铁皮包着，可以插进泥土），后面是戴着香帽、端着香凳（凳上有铃子、木鱼）念香诰拜香的人。灯戳在哪里，队伍就停在哪里念唱叩拜。逢庙进香，遇殿拜佛，走路不疾不徐。几十道香会，根据事先确定的顺序，从东山土地堂一直拜到西山玉皇殿，一般要三天三夜。

旧社会烧香拜佛的人以中老年人为多，特别是许多念佛老太，身背黄色香袋，不远百里，迈开小脚爬上香山，有的还在香山顶上的寺庙里"坐夜"（整夜念经，不睡觉）。而大多数年轻人，只为着去白相，赏风景，瞧热闹，开眼界。只有当家的中老年人，心里盘算着该添置哪些家具和农具家什，和同村人一路念叨着去赶香山庙会。

三月半这天，从早到晚，香山上游客如潮，人流如织，摩肩接踵，山顶寺庙耸立，香烟缭绕，佛号喧天。山下山上，处处有售货摊头。有卖石花菜、粉洋豆腐的，有卖各种糕点饼糖小孩玩具的，有卖甘蔗、荸荠、豆腐花的，有卖各式木器、竹器家具农具的（包括蓑衣、斗笠、车轴家什等），有卖狗皮膏药梨膏糖的，有占卜算命的，有杂耍卖艺的，有行医卖药的。一言以蔽之：三教九流，什么人都有，吃的用的玩的，一应俱全。

当然，来赶庙会的人，并不光是为买东西来的，也不只是为欣赏香山美景来的，除了要瞧一瞧声势浩大的拜香活动以外，也为了要看看难得见到的"扎肉香""踩高跷""茶酒担""骑轮车""舞马叉"、武术表演等庙会特有的精彩节目。这些节目出来，标志着庙会的高潮到了。

《热闹的香山庙会》

❖ **潘君明：** 过端午，龙舟竞渡浪花飞

农历五月初五，俗称"端午节"。我国许多地方有个传统习俗，从初一至初十要举行"赛龙舟"，或称"龙舟竞渡"。苏州是个水乡城市，自古就有赛龙舟的习俗。最早的赛龙舟是在胥门、阊门一带的大运河上。自唐代白居易开辟山塘河之后，赛龙舟就在山塘河举行。

相传，赛龙舟是为了纪念爱国诗人屈原，而在我们苏州地区，赛龙舟

老苏州_ **283**

是为了纪念建造苏州城的伍子胥。伍子胥，名员，原本楚国人，父亲伍奢，因得罪楚王而被杀。他为了避难逃奔到吴国，投靠在公子光门下，帮助他夺得王位，是为吴王阖闾，同时整顿军队，攻灭了楚国；又奉命建造了阖闾大城，并受任为大夫。后来，吴王夫差听信谗言，赐属镂剑令他自杀。苏州人民为了纪念他，自发举行了赛龙舟活动。

▷　赛龙舟

　　山塘河里赛龙舟，在《清嘉录》《吴郡岁华纪丽》等古籍上都有记载。端午那天，龙船聚集在山塘河。只只龙船打扮得十分华丽，四周用锦绣披挂，彩旗迎风飘扬，船舱内配有鼓乐班子，吹吹打打，好不热闹。两边有十六人划桨，称作"划手"。船头上站着篙师，手执长篙，叫作"撑头篙"。船中搭有亭子，有俊童美女装扮的台阁故事，叫作"龙头太子"。龙尾高翘，牵着彩绳，命儿童水嬉，有独占鳌头、童子拜观音等，叫作"绉梢"。船舵为刀式，执舵者叫作"挡舵"。竞赛开始，但见龙舟快如飞梭，两边水珠飞溅；船舱内鼓乐喧天，异常热闹。这天，苏州城内的男女老少，几乎倾城出动，来此观看。真是"七里山塘，几无驻足之地，河中画楫枋比如鱼鳞，亦无行舟之路。欢呼笑语之声，遐迩振动。土人供买耍货食品，所在成市，凡十日而罢，俗呼划龙船市。入夜，燃灯万盏，烛星吐丹，波月摇白，尤为奇观。俗称灯划龙船"。

山塘河里赛龙舟，从初一开始至初十，连续举行十日，称为"划龙船市"。尤其是到了晚上，岸上、河上灯火万盏，灯光与星光相映，月光与波光同辉，景色艳丽，可称奇观。

《山塘河里赛龙舟》

❖ 肖镛彬、李海珉："请"长命锁

吴地的小孩头颈里都要套一条项链，链下挂一把小锁，这小锁称为长命锁。据说有了这件小锁，小孩就可以无灾无难长命百岁。富贵人家的长命锁用金子铸成，贫寒人家则打一件百家锁，向邻里亲朋每家讨一个铜钱，打成小铜锁。

长命锁颇为特殊，一则不用金不用铜，由银子打成；二则不是父母自家请人打，而是到寺庙里去"请'。

▷ 戴长命锁的小孩儿

从晚清到民国那期间，苏州黎里各庙的和尚特制了一种银锁，每件的大小同成年人的二节小指差不多。首创此举的当推罗汉寺的僧众。他们每年至少有一名和尚志愿"坐关"，然后广邀善男信女前来开锁解放。为了"坐关"，罗汉寺正殿西边建有一间"静房"，静房的面积很小，里面只容得下一铺一桌和一个净桶，四面不开窗户，只有一扇紧闭着的门，面南的墙壁上开一个小方孔，递送碗筷茶饭；墙壁下凿一个长方形的洞，刚好可以让净桶移进移出。紧闭着的那扇门"搭扣"和"权头"特别多，通常不少于二十副，每副权头上锁上五件连环长命锁。坐关和尚在静房里念经。静房外典客和尚轮流侍坐，旁边的案头上放着一本缘簿，封面上写着"遂愿乐助"四个火黄色的大字。

这时，知客和尚四出活动，生孩子或即将有孩子的人家挨家挨户登门拜访，邀他们到庙里"请"锁。施主上门时由请客侍者引领，先在大雄宝殿向如来菩萨焚香点烛，然后再到静房，让施主在缘簿上写下捐款数目。民国年间，一般每"请"一件长命锁，少则两块大洋，多则一二十块。施主如果写得少，侍立在旁的书记侍者会说："请施主高升，施主高升，吾佛如来保佑令郎长命百岁。捐助之后，施主可以从静房门上开启一把长命锁'请'回家中。"一般每天都需要开掉一把锁，坐关和尚在静房里坐满百日就可自由了。

罗汉寺首倡此风，黎里四处八落的寺庙庵堂纷纷效仿，后来，有些庙祝香火把小银锁缀成项链，挂在菩萨头颈里，让人"遂愿乐助"，"请"回长命锁。一件小银锁当时工本市价不会超过四角小洋，一般可以换取四块大洋，获利十倍。因此，那时寺院的静房大兴，刘皇菩萨，朱天菩萨等正神散仙，颈项里都围着长命锁链。黎里一带富家豪绅没有一家不花上百儿八十的去"请"上几件长命锁；就是平民百姓，只要不是穷得镬盖吸牢镬子，也都要给孩子"请"上一件长命锁。百多年来，向寺庙庵堂"请"长命锁成为黎里特有的风习，直到今天，还有人家把保留下来的银制的小小长命锁套在婴儿的头颈里。

《"请"长命锁》

❖ 周明荣：立夏到，野米烧饭分外香

时光流逝，弹指一挥间，已度过六十多个春秋。回忆起童年时，立夏日烧野米饭，秤人，吃麦芽塌饼等这些具有浓郁乡土气息的民俗风情，顿然会使人情趣盎然。现在不少人对立夏日烧野米饭一事已不大清楚了，而在20世纪20年代，我童年的时候，为立夏节的到来，总是欢呼雀跃。立夏是在公历5月5到6日前后作为夏季开始的一个节气，是万物生长进入旺季的时刻，也是儿童们过了春节之后非常盼望的又一个快乐节日。这一天，给我印象最深的有趣活动，就是小伙伴结伴去田头自己动手烧蚕豆野米饭。

立夏，时鲜蚕豆刚开始上市。这天上午，儿童们三五人结伴一起去附近农村，在田头路边采摘一些嫩蚕豆，农民是不会指责的，因民情风俗如此。当然采摘的量是不多的，只要采集去壳，有一碗豆子就行。有了蚕豆，还要去化讨糯米，拿着淘米箩去一家家要米，跑十来家，能积聚到二三斤，也就可以了。同时还要向肉店要一点猪油和咸肉，肉切成小块。齐备后，就要寻觅一处空地，找些砖头石块，搭砌成烧饭的"行灶"，架上铁锅，备有锅盖和盛饭的铲刀。最后要解决燃料，大家去拾野柴，集一些树枝、木片、竹爿等。这样筹齐后，就可以开始烧野米饭了。待饭烧至半熟，用铲刀去翻动拌匀，避免锅底烧焦。不能心急，停火后，还要闷一闷透。因烧的是硬柴火，烧出来的蚕豆野火饭，真是饭香扑鼻，使人垂涎欲滴。由于亲自动手，确实是"野米烧饭分外香"。饭烧好后，每人一碗，分而食之，多余送人，吃完为止。最后要把残余柴火熄灭，锅盖铲刀借用东西一一洗净归还，才算完毕。这种活动对儿童来说，是一次有益的锻炼。

野米饭之后，还要进行"秤人"（体重）。那时一般商店尚未有磅秤，

所以要到鱼行肉店桐油店酒酱店，用木杆秤去称体重，最好有一藤夹，那就可稳坐在藤夹里称体重，否则的话，就只好用双手握住秤钩上秤了。立夏日所以有"烧野米饭"和"秤体重"的风俗，其意义是很明显的，父辈们希望少年儿童身体正常发育、健康成长，充分表现了父辈们的一片爱心和对下一代的真诚关怀和爱护。

《立夏风情》

❖ 吴国钧：八月十五"赏月华""看龙船"

农历八月十五日，居秋季正中，故名中秋节，又叫八月半。它是传统的家庭团聚节日。凡外出人员多争取归家，共尝月饼，共饮团圆酒，共进合欢饭，夜间有"赏中秋""赏月华"等全家性活动。这个节日最易引起远离家乡的人们产生月到中秋分外明，人逢佳节倍思亲，抬头望明月，低头思故乡之感。

月饼，是象征月圆人寿的食品。中秋节间，人们都以月饼为礼品走亲访友，特别对老年人（长辈）是不可缺少的礼物。真是家家有月饼，户户吃月饼。

晚饭后，遇上天晴，月亮明媚皎洁，真是月到中秋分外明，在庭院中放上方桌，供上鲜干果品和月饼，并燃点红烛、香（是中秋节日应时特制专供赏月所需，其底部用线香扎成花盆状或上口大底部小的方形，中置木屑，自下而上加扎五或七层束香呈塔形，插有小旗）。小户人家只点香烛。家人围桌而坐，是谓"赏中秋"（又名斋月）。在赏月中谈家常，讲一切。也有老年人讲有关月亮的传说，如"嫦娥奔月""吴刚谪令伐树"等神话，直至香烛燃尽，才尽兴而散。

月华是月之光华，常出现在中秋夜，或十三至十八夜，其状如锦云捧月，五色鲜荧，绕月多变，时盛时散，十分好看，俗称"赏月华"。

还有一个传说：中秋夜，天空有"龙船"出现，如若能见者，日后必大富大贵，故中秋赏月还有"看龙船"的插曲。

《节令习俗》

❖ 张肇煜、袁震：磕头拜师，工匠精神薪火相传

学徒，俗称学生意，香山帮建筑工匠和其他各行各业一样，都有拜师学艺的习俗。

1949年前建筑行业的学徒都系家境贫困的农家子弟，其中除极少数勉强上过几年私塾外，绝大多数是文盲，在农业收入不能维持生计的情况下，为了学点看家本事，挣点活络铜钿，从而拜师学艺，当上了"农忙务农，农闲务工"的泥水木匠。

学徒年龄一般都在十二三岁，说是这段年龄头脑聪敏，手脚灵活，比较听话，易于管教。

学艺得拜师，有门路的则投拜当地行业中声望较高、手艺高强的工匠为师，但父子、叔侄、舅甥形成师徒关系者，屡见不鲜。

拜师得有人从中介绍，俗称"中保人"。"中保人"除了介绍双方相识、相认外，更重要的是承担学徒方面的担保责任。一旦师徒关系正式确立，"中保人"则对学徒在学艺期间的一切行为要负全部责任。如果由于学徒某些行为不当给师博造成经济或其他方面的各种损失，在学徒无力赔偿的情况下，则由"中保人"代为赔偿。因此，作为"中保人"，一般在当地都得有一定的经济地位或社会声望，从这个意义上讲，介绍人不一定就能充当"中保人"。

建立师徒关系，除直系亲属外都得郑重其事地写好"规书"，并举行拜师仪式，所谓"规书"，不同于1949年后提倡的建立在尊师爱徒基础上的师徒合同，而是一种带有封建专制色彩的、以制约学徒为目的的一种契约。因此，俗称"死活文书"……

拜师要举行仪式，拜师仪式一般在学徒家举行，如果学徒家住房不宽敞也可在师傅开设的作坊、营造厂或师傅家中举行。举行拜师仪式时，客堂的长桌上高燃着一对全统大红烛，长桌前面端放着一把靠背椅，靠背椅前方地面铺着一块红毡毯。拜师时学徒先在行业祖师鲁班的供位前下跪三叩首，之后向端坐在靠背椅上的师傅下跪三叩首。如拜师仪式在师傅家中举行，则学徒还须提起红毡毯走到师母（师傅的妻子）面前下跪三叩首（民国以来逐步改为作揖或鞠躬）。拜师仪式结束，摆出酒席，称为拜师酒。酒席的多少以师傅的社交关系多寡而定，或一桌或二桌不等，费用由学徒承担。席间，师傅则举杯向在座各位同行前辈打招呼，"某某某现在跟我哉，请各位今后多加指点。"散席时，学徒父母一般都要送点礼品或用红纸包好的礼金孝敬师傅，从此就正式确立了师徒关系。

学徒期间，师傅只供吃饭，不发工资。少数心地宽厚或经济条件较好的师傅则按月发给少量"月规钿"，或称"剃头钿""鞋袜钿"，有的一年给学徒做一套短衫裤子，学徒过年回家则发给较多的零花钱，俗称"过年盘缠"。如果随师外出造房建屋，当工程进入架梁阶段时，则往往能从东家（房屋造主）处得到一点赏钱，俗称"利事钿"。

学徒期间没有固定的例假，也不能经常回家，只是在农忙季节经师傅同意方可回家帮几天忙。此外，农历过年又逢建筑淡季，学徒一般都能回家住上十天半月。

学徒学艺的年限不一，短则三年，长则五六年。然而真正学习技艺的时间还不到原定年限的一半时间。其原因之一是按照传统习俗，学徒一进师傅家门，义不容辞帮师傅做家务打杂差，直到师傅又新招了徒弟，根据"先进山门为大"的原则，才能逐步解脱。原因之二是建筑施工技术性较强，师傅生怕影响质量败坏声誉，因此不让学徒轻易上岗操作，相当长的一段时间里，学徒只是帮助师傅运运砖头，拌拌灰沙，忙里偷闲地看看师傅操作。偶逢师傅高兴则由师傅边操作边讲点操作要领。有些认真学艺的学徒则利用午饭后的休息时间试着上架操作。经过一定时间的锻炼，师傅根据学徒的手面（即操作姿势、质量、速度的统称）决定正式独立操作的日期。原因之三是1949年前相当一部分师傅存在着"教会徒弟，饿煞师傅"的保守思想，所以在传艺上往往采取"慢慢来""留一手"的消极态度，这在古代建筑工艺方面的工匠表现尤为突出。有的师傅为了不让徒弟看见，竟在毪里堆灰捏像，有的干脆关门制作"冰纹鼓式梅花灯"，更有一位木工在修建苏州北寺塔时把一根别人无法吊上顶端的长梁轻而易举地吊了上去，当徒弟向他请教时，他却指着一块刨光木板说："我事先在这块板上画了图，道理都在板上，现在图案被我刨掉了。"

由于上述三方面原因，因此对一般学徒来说，几年随师学艺只能算是入门，要使技艺真正有所长进，还得满师后通过独立操作在实践中求得提高……

各行各业都有大体相似的不成文的行规，建筑业行规中对学徒的要求是"五忌"：一忌好吃懒做差勿动；二忌油嘴滑舌说假话；三忌老三老四，长辈面前无大小；四忌毛手毛脚，干活拆烂污；五忌顺手牵羊，手脚勿直落（建筑业吃百家饭，在人家屋里穿堂入室，因此这方面特别忌讳）。以上行为一般师傅都是深恶痛绝的，有违犯者轻则遭训斥，重则可能遭责打。

学徒期满称"满师"，满师要办谢师酒，师傅则送给学徒一套基本工具作纪念。师傅经济有困难的，可在学徒满师时提出要学徒帮师半年到一年，帮师期间依旧是师傅只供饭不付工资，学徒为报师恩一般不能拒绝。

《香山帮建筑工匠拜师习俗》

❖ **林 成：** 老苏州的婚俗

清末民初，苏州的民风略为开放了一点，家里子女到一定年龄，不一定要托媒婆介绍，可由父兄托其亲友代为作伐，介绍以门第相埒为先决条件，介绍人被称为"冰人"……

为防冰人之说不确切，男女双方家庭均可派人代为察看对方家庭、对象本人的相貌等，此谓相亲。男女本人知道有人来相亲，大多避而不见，女孩子还怕羞不见外人，故联姻之后，男女没有见面的为多。到民国初年后，方始以相片互相交换。

相亲合意后，男方送帖子，女方送八字。男家占卜，女家求忏，吉利则允，不吉利则退。占吉后便是送聘礼。聘礼视男家自身境况而定。中等人家，一般从十元到百元不等。上等人家则二三百元左右。此外还有开门费、道日费等种种项目。冰人提早为两家说通，择吉日送盘。送盘就是定亲。盘中是金银首饰，有的全金，有的半金半银。盘中无非是如意、手镯、耳环、戒指等物件。其中又有一求字、氽眷帖子、茶叶若干。女方把联姻称为受茶，盘中放氽眷帖子，有一允字，又喜糕若干斤。

…………

迎娶的时候，男方用执事锣鼓爆竹和花轿。花轿用绿呢或蓝呢的四人轿向女方家中迎娶。新娘认为自己一生中最光荣的时刻，必令男方迎娶。否则不大开通的新娘还要哭泣一番，埋怨父母冰人，认为是莫大的耻辱。

男方因居室狭小，或在百日守孝中，要权宜成婚，男子只能暂停服孝，逾三日或七日后再服孝。要借女方房屋成亲的谓借做亲。不能迎娶，当日即归男家，谓之单回门。有的仍用执事锣鼓爆竹，也是可以的。

倘若男家家境艰窘，不能迎娶，则于吉日之前一二日，命肩舆迎新娘到家中，家属随之，到时则一切礼仪照旧，俗称小接大做。非迎娶的情形在中下层人家常常有之。

女方所置的妆奁，也多少不一。有四幢箱，有两幢箱，有十钢十锡，有八钢八锡。其他的木器为多。木器中又以马桶为多。多的有大小便桶20余个。其意思是祝颂新人们将来子孙满堂。吉日的早晨，女家发妆奁到男家堂上，有一人朗读妆奁簿，余人检点。点毕发到新房。妆奁开销费甚大。节俭的女家常差人暗中偷偷把妆衣通过轿夫之手，于晚间私运到男家。轿盘头得知后又得加倍收费。

喜事中所用的人役甚多，有喜娘，有男伴、女伴、侍女、仆人、掌礼等。另有茶担、堂名、门甲、执事等等。账房专司会计及一切开销。其事非精明之人难以胜任。

▷ 民国时期的婚礼

行大礼的时间，通常由男方择定，一般看得很重，认为误时就会不吉利。到时候新郎穿礼服，新娘也穿蟒袍，戴珠冠方巾。以红绿巾为新郎新娘分持。掌礼者开始喝礼，乐人奏乐，新人拜堂。向南北各四拜，均行跪礼。喜娘为主持人，新娘新郎成了傀儡。拜堂后要坐花烛，新娘随新郎缓行。地上铺有米袋，意谓传代不绝嗣。到了花烛处，两桌并列。当中有红烛两对，插以金花。若无金花者为续弦。桌的东西各有一椅子，新郎坐东，新娘坐西。入座后两首掌礼，进各种祝词。桌上有菜肴，掌礼端进来，为新人食之。坐花烛完毕，请贺宾中之四位，各照花烛先行。新夫妇仍踏米袋，连路传递而行。入新房，同坐床沿，钩帐，去方巾，然后事毕。新娘可以休息一下，新郎则要去堂上。由喜娘陪同新郎到堂上，向贺宾奉谢，各双揖。喜娘以糖水请来宾饮之，糖水名曰和气汤。

新娘在上轿前，须洗澡，水中以各种果子置之。然后拜谢祖上，示离别之礼。母女分袂，痛哭不忍。迎娶者常催促之……

男女方各有公相，即主婚人。女方的公相不到男方去。于行礼时主婚，迎送来宾，照管内外，受贺而已。

……然后招待新人。新人一桌，奉陪的女宾两桌或四桌，但不可饮食。开始行亲礼，先父母，后伯叔父母兄弟姑舅等近亲近族。亲礼后有亲仪送给新人，或首饰或银洋或衣料等。新人也须送亲礼给幼辈，仆役则均有喜封。

晚间喜宴过后，来宾好事者均须闹新房，此举动以为吉事，意为闹发之，不得禁止。闹者借口观看新人或索喜糖。送来宾的糖果瓜子，由男方送来分发，每人至多两盒。此时闹新房，全仗喜娘伴娘利口舌辩。有借酒胡闹者，或不可理喻者，则新人受累无穷。闹新房时，不论长幼，所谓"三朝无大小"，便是指此。

《清末民初苏州婚俗散记》

❖ 刘 冀：充满情趣的阿婆茶

"阿婆茶"在江南水乡颇有名气。相叙到周庄，未吃阿婆茶，不算真正到过周庄；在周庄，吃过阿婆茶的人，将会品出水乡古镇的味道来。

在周庄，无论在市镇或农村，经常可见男女老少围坐一席，杯杯清茶，碟碟茶点，悠然自在，边吃边谈，有说有笑，其乐无穷。这种习俗，自古迄今，称之为吃"阿婆茶"。

周庄人吃阿婆茶源远流长。如今深宅大院人家仍珍藏着宋代图案优美的青花瓷盖茶碗、细巧玲珑的茶盅、高雅古朴的茶壶和釉色光亮的茶盘。元代，陈去病的先祖由浙江迁居周庄，以锤薰炉为生，生产铜锡茶壶。目前，镇上明清建造的徽帮茶叶栈房犹存，其中吴庆丰开设在清初，程义泰开设在清乾隆年间。徽帮茶庄从产地购进原件毛茶，为了迎合茶客需求，进行筛选、复焙和窨花，拼色出售，色香味俱备。

周庄人十分讲究吃茶方式。年老长者至今仍保持着一种古老而又别具风韵的喝茶方式——炖茶。家中放置一只大龙水缸，积储天落水盛其中。吃茶时，即以此勺入陶瓦罐中，搁在风炉上，用树枝燃煮。沏茶用密封的盖碗或紫砂茶壶，放入茶叶，始用少量沸水先点"茶酿"，后将盖子捂上，待片刻，再冲入多量开水，其茶倍觉清香味郁，甘洌爽口。

现在，同庄吃"阿婆茶"之俗不但盛行，而且加深了内涵，连年轻人在业余也常常围席而坐。其方式不同于在茶馆吃茶，程序有条，气氛热烈。东道主定于某日要请吃"阿婆茶"，数天前就四出邀请，筹备茶点。当天洗涤茶具，摆设桌椅。到了约定时间，宾客情趣盎然从四面八方而来，宾主相互招呼，依次就座。东道主全家便热情招待，开始冲茶，剥糖果，抓蜜饯，削水果，于是大家便天南海北叙谈。东道主冲茶时，必先点茶酿，后冲满杯子，表示真诚待客。客人吃茶至少要喝"三开"（冲三次开水）方可离席。阿婆茶散后，大家拱手告别，临别时有人约定下次阿婆茶的东道主、时间、地点。

当年，"阿婆茶"用来消遣解闷，说邻里，道街坊，聊行情，通市面，促进睦邻相亲，增进邻舍友谊。如今，"阿婆茶"是交流思想、传递信息、社交公关、文化娱乐的渠道。

《打田财和阿婆茶》

❖ **叶 宏**：茶担，亮丽的民俗风景线

茶担，凡民间办红白喜事或节日庆贺等均需要请来帮办，办喜事的本家放心承托安排，"茶担"总是能热情认真周到地办好，本家不必再去操心。

茶担中的"司茶"，是一位机敏能干的"茶艺司"，他学有一套行业的本领，特别对红白不同的喜事要会不同的行话，办喜事要说大吉大利的话，

这些吉利话要唱出来，如吉日喜庆话、大吉大利话、接待媒翁话、招待亲朋话、送妆起妆话……唱得看热闹的人哄堂大笑，纷纷喝彩。

茶担师傅的着装和各种工具用具，那是十分讲究的。首先茶担师傅的着装：一律穿短打行服，要整洁、清爽，其中一眼就能看出扮"司茶"的那一个主角。他穿一套比同行更为整齐而有特色的行服，要新剃头戴一顶红顶子的西瓜皮帽，脚穿玄色尖口布鞋，裤管扎根黑色扎带，上穿蓝青布对胸罩衫，腰系一条青布作裙，下摆拎起来往两边腰间一塞，肩上背一条搞卫生的毛巾，一天到晚笑容满脸说喜话好话，跑起路来总是有风风火火的一股强劲。其次茶担所需的工用具有：一、茶具。根据作场大小，人数多少来定多少茶具。茶具大致带有两套，一套是大众的，来客先是招待泡茶用的；另一套是吃"跳板茶"和重点餐宴上用的。二、餐用具。按场面设置（以筷和酒壶而定的）台面，大致三种：一种是一般台面，设红木筷、锡酒壶；中等的台面，设象牙筷、紫铜酒壶；高等的台面，设镀银筷，镀银酒壶。其余餐用具相当繁多而复杂，置办的成本也较大。譬如：一至二只大圆形80—100市斤重的锡炉子，炉子上有三个洞，一个是烧树柴生炉子用的约80—100厘米圆径的朝天洞，两个是烧开水和炖酒筒用的约40厘米圆径的朝天洞。开水、开酒用的锡铫子若干只。端茶、端酒用的红漆长方形托盘3—4只。酱油盆碟、调羹、饭碗、烟缸、毛巾等等若干。三、喜堂装饰道具有正堂上挂用的"国色天香"或"和合万年""三星高照"的轴画堂对。正堂用竹头横穿挂的大红绣花"玉堂富贵""金玉满堂""万载荣华"的三道堂幔，正堂中间"红堂纸"台前结上鲜艳洒花的台帏，两边六到八张太师椅上披着五色彩绘的椅帏；新郎新娘上轿、拜堂穿的大红绣花喜服，新娘戴的珠帽，新郎肩披的大红绸花，新郎给新娘挑方巾用的大红绣花软巾，一条大红毡毯，新郎新娘送入洞房"传代"用的六到八只大青布袋（新郎新娘由二爷和伴娘陪着，踏准布袋，不能踏在地上）。四、轿子，是抬新娘用的，一般有三种：第一种一般领新娘用的"青布小轿"，只是举行简单婚礼用的。第二种是场面比较大一些的，用大红绸缎绣花轿，三面嵌玻璃窗，轿顶上有一朵大红绸缎牡丹花，红木轿杠。第三种是讲究排场大而装饰华丽的，用大红龙凤珠子轿，此轿用珠子盘起来，轿顶置有珠子孔雀一只，在红轿衣上全是用珠子串成的，轿顶四周和轿杠两面饰以珠子盘的龙，轿杠是用棕榈树红漆做成的，轿搭用红木，开杠有开四杠、有开八杠的。

这时的"司茶"，在做功、演功、表功、唱功、喊功上着实格外卖力，拉起高调，以清脆悦耳的喉咙和幽默艺术的表情，博得阵阵欢声，对关键要点，表得清，点得明，执掌礼仪，主持指导，排场筵席，精心设置。一般开宴筵席设置有三种：一种是普通筵席，一种是二等筵席，另一种是高档筵席。旧时的席桌一律设"八仙桌"，一直到民初才有出现十人圆桌。大致"大好日"这天正日席数人数最多，一般要分三批开筵入席，时间要从下午4时至深夜时方结束。在"司茶"的指导下，分席开宴：第一席（批）主要邀集女士、小姐入女酒席。台面设置红木筷子、锡酒壶，摆六糖六果，八冷六热四炒、二点心、一品锅。第二席（批）主要邀请亲朋好友，同事同学、老师、族长等长者，先生们入男酒席。台面设置象牙筷子、紫铜酒壶，摆六糖六果，八冷八热八炒、四点心、一品锅。在这席之后，中间要停一段时间。"司茶"忙碌地布置拼双台，祭祖先，家人齐拜。拜毕，"司茶"又在中堂两边排开六到八只太师椅摆茶，邀请媒翁老相两面入座吃"跳板茶"和"喜圆子"。首先"司茶"行"跳板茶"礼，这另有一番跳茶的技艺，他手托红木茶盘，放上六到八只有盖有底衬的茶碗，摆开姿势，从门外边唱边跳，弯腰曲背，飞快地往里边钻，一直到中堂的"红堂纸"台前，再慢慢地后退向两边发茶给媒翁老相喝，一边直腰唱敬贺口彩吉利歌，一边又持盘小步往里钻，然后退出收茶。接着行第二道"喜圆子"礼，同样表演一番，即收碗。跳板摆茶毕，此时，外面鞭炮齐鸣，新娘的大红花轿已到达正堂之外，停轿。"司茶"又开始操作表演指导节目：首喝，新——娘——到——并指点看红者暂避。一边将大红毡毯铺在堂前，一边传请新舅爷场外暂且等候，由新郎持"大红帖子"与新舅爷换帖后由"司茶"边引进，边唱吉利话。同时，请伴娘去揭开轿帘，陪新娘步入中堂，二爷伴新郎登堂与新娘同拜天地、花烛，叩拜令尊、令堂大人，再拜高堂、长辈。接着，"传代"，送入洞房。这时的新郎新娘面对面手牵红绸带，踏在布袋上（新郎先跑后退，新娘向前小步），"司茶"将青布袋一只接一只传过去，并唱"传代来哉，传代来哉……"直入新房双双坐在床边上。稍后，伴娘在"星官斗"上拔一根木杆秤传给新郎，为新娘"挑方巾"用。由此，进入闹新房高潮。

上述节目完成后的"司茶"，接下要摆开第三批酒席。这一席与前二席不同，筵席分中堂和两厢房，一律摆"梅花桌"，每桌只坐六人，空一方对称和中间正桌上空一方全部结上新的、花色鲜艳的绣花台帏。入席对象：中堂里五桌，正桌上由新娘和陪伴小姐入座，余桌为至亲长辈挨序而入席，东厢房中席为新舅爷及陪随者入座，余四桌为表辈及媒翁挨序而入席；西房中席为新郎及二爷陪随者入座，余四桌为高堂、令尊、令堂及义父母挨序而入席。台面设置银筷子、银酒壶，摆八糖八果，十冷八菜六炒，六点心，一品锅。在这种场合，茶担师傅实在是忙得不可开交，尤其"领雁"的司茶是要有一手本领的。

《茶担谈往》

❖ 毛炽和：吆喝声声，喊出来的买卖

估衣业亦称提庄，在抗战前，各店门口都设有摊板，在摊板上堆放的衣服，少则数十件，多则几百件，有一两个喊摊先生专职叫卖。是以各种腔调，将叫卖衣服的颜色、售价、质量、大约的尺寸等，清楚地喊明以招徕顾客。有的喊摊先生其腔调确实非常动听，不仅能使过路人停步观看，还能吸引对门、隔壁同业门口的顾客前来选购。举例：狄件（意即这件）元色绸缎马夹做工蛮考究，四周绲边外加还用盘香纽，两块洋钿不曾卖，只卖得一块九角九……

喊摊先生本领的大小，要看是否能"卖钱"（即生意能做得多否），所以在喊摊时要注意围观的顾客，探测其心理。因此不单要全面掌握摊板上

所存的衣服，而且要把店内存货的基本情况，心中有数，做到针对顾客所需，有的放矢。

▷ 旧货摊

　　著名的几位喊摊先生，他喊一班摊（约两小时多些）做成的生意，占整个营业额相当比重。

　　估衣业的衣服货源，大都是各家当铺到期不来取赎的衣服，为了资金周转，打包卖给估衣业（包上只标价格，内容不能拣选），俗称"抄包"。

《估衣业的喊摊》

❖ 徐艺乙：蚕宝宝和马明王

　　江南自古是鱼米之乡，丝绸之府。早在4700多年前，江南的先民们就从事蚕丝生产活动了。蚕农们在养蚕活动中，形成了多姿多彩的蚕乡习俗。蚕农们尊西陵氏嫘祖为祖师，又捧"蚕花娘娘"为"蚕神"，称为马头娘、马头神，俗称"马明王菩萨"，并以其为保护神。有一个传奇故事流传于民间。古时候，有一家父女两人相依为命。其父投军不归，女儿思念父亲，便对家中饲养的一匹白马讲，若能将父亲接回，愿作白马之妻。白马听毕脱缰而去，把女主人的父亲驮回家中。后来，白马不肯食，见女子出入，喜怒无常。父亲了解了原委，射杀了白马，并将马皮置晒在庭前。女儿踏着马皮讥笑……突然狂风骤起，马皮裹着女儿飞腾而去……事后，人们在大树枝间发现该女及马皮化为马头形的"蚕宝宝"，吐丝作茧。于是，蚕农们认其为"蚕神"，称之为"蚕花娘娘"，尊作"马明王菩萨"。有一首流行于蚕乡民间的歌谣这样唱道：

马明王菩萨到府来，身骑白马登莲台；
十二月十二蚕生日，家家打算蚕种腌。

蚕乡每逢清明节，民间艺人用稻草扎一马形，扮作"马明王菩萨"，身披胄甲，骑在马上，口中喊道："蚕将军来哉！"手中敲打木鱼、小锣，串门串户，将红纸剪成蚕猫送给养蚕人家，口里说唱吉利话，称为"念佛句"。蚕娘将蚕种窝在胸口，谷雨期间孵蚕，升火温蚕，日夜留神。至二眠出火，因温种繁殖难度大，蚕农往往于立夏后到附近乡村去购买现成的三眠蚕，俗称"立夏三朝开蚕档"。蚕农怕老鼠偷吃蚕宝宝，常购桃花坞木刻蚕猫图，或无锡惠山泥制蚕猫，置于蚕室内，以为可以驱鼠保蚕。三、四月为"蚕月"，家家忌串门，门悬桃柳树枝避邪。在此期间夫妻不同宿，邻里不往来，切忌生人入蚕房。民谚道"小满三朝见新蚕"，"谷雨三朝蚕白头"。蚕到老熟，叶要吃足。

蚕乡祭祀蚕神的活动频繁而多样。如孵蚕蚁，蚕农将蚕蚁供在蚕花娘娘神位前，点香，供奉三牲，叩拜。蚕上山后，将新茧陈列于神位前，供奉祭品，称为"谢蚕神"。因传说12月12日是蚕花娘娘生日，蚕农为祈求神灵赐个蚕花丰收。便在这一天举行祭祀活动。蚕娘们用红、青、白三种颜色的米粉团，制成像形圆子，如像骑在马上的马明王菩萨、桑树上的龙蚕、一绞绞的丝束、一重重的元宝等。在神位前供酒菜，燃香烛。

蚕乡除了祭祀蚕神外，还流行一种古老的驱蚕祟习俗。早先的蚕农们为确保蚕茧丰收，用石灰画成弓箭，驱赶凶神；在蚕房门上张贴门神，保护蚕宝宝；在蚕室门口挂蒜头、菖蒲以驱邪，等等。上述种种驱蚕祟习俗充满了神秘感和宗教色彩。

▷ 《耕织图》中有关养蚕的画面

蚕桑是农家大事，因此除家祭外，还有社会性的祭祀活动：举办龙蚕会和踏白船的民俗活动。每逢清明节后，桑树枝上刚绽出嫩绿的芽叶之际，龙蚕庙成了蚕农朝拜祭祀的中心。蚕农在庙前的河中将两只船连成一体，在船上搭成神台，供奉蚕神，人们从四面八方划船到神台前，烧香点烛，顶礼膜拜，祈求神灵保佑蚕桑丰收。按惯例，祭祀仪式结束后，各地来的船只要在水上表演各种节目，河两岸的观众，人山人海。高亢的锣鼓声是打拳船，乡亲们表演各种武术。细吹细打的是拜香船，一群身穿青绸衣衫的少年，在器乐伴奏下，边变换队形，边吟唱具有水乡情趣的拜香调。地戏船上，由一群少年扮演《三国》《水浒》《西游记》的故事。龙灯船上则扎起龙灯。最引人注目的是标杆船，竖在船头上的标杆有10米高的毛竹，表演者在标杆上表演"苏秦背剑""张飞卖肉"等惊险的技巧动作。水上节目的高潮是快桨船比赛：每船八桨二橹，一声爆竹响过，船只飞驰如箭，浪花四溅，宛若一幅蛟龙戏水图。龙蚕会一般要持续三五天，称得上是蚕乡狂欢节。

《蚕宝宝和马明王》

第十辑

纸短情长·
吴侬软语轻诉吴中情思

❖ 储安平：苏州女人

　　想起了苏州，便会想起了苏州的女人。苏州的女人，有着另一番的情趣，然而天不给我机会，使(我)好去明白到她们的好。古来常有着许多文人墨客，为姑苏的美人，抛费一些心血，可是我是读得太少了。苏州的女人，我终竟是推想不出有着怎样的美。苏州是山清水秀的，说起了江南的风光，苏州会掩进了我们的心。苏州是秀丽，像一个女人般的温柔。人都想到苏州去一去，人都想领略一番女人的温柔。

▷　苏州少女

　　然而究竟去成了，那是在 1930 年的春。到苏州去哟，那么谁都会记起了"苏州夜话"里的名句，除非他没有看过那么一幕剧。车到苏州，那蕴藏着中国古有的文化的城，展进了我们的眼。平门外的水，是清，像镜样清，那是威尼斯街头似的水。人在苏州，那是常常会想到：我现在是在苏州了！为了以前多少觉得苏州有些神妙，所以在苏州，人是常常会从神妙的眼镜里，去观照苏州的一切的；而且也愿意别将这副眼镜遗忘。苏州，我玩得是极少，虎丘，东园，留园，狮子林，沧浪亭，寒山寺等，我是到过了，其余便没有。我想其余的地方，必定比以上的胜，不然，那苏州就全没有什么好。沧浪亭和寒山寺，给人的是一些古的追怀，诗的嚼味；虎丘也还多少有一些像是名胜风景样；其余，去了都像是冤枉了。在苏州，人在什么小巷里走过，心上常常会说：不要忘了这儿是苏州。然而事实是有时老会拗违自己的性，也许苏州本就是这样的平凡，有陋屋，有小巷的呢。有陋屋，有小巷，自然不是坏；但要单单只有陋屋，小巷，那就令人有些怅然了。来回一共是三天，然而时间，却大部分留在旅馆里作了荒唐事。人到往后总要悔，人在事前总是迷。在街上，看了女人，想，那是苏州的女人。想到那是苏州的女人，于是——毕竟她面上是清秀。然而时间是大部分留在旅馆里作荒唐事了，难得在街头走走；苏州的女人决不会送到你旅馆里给你看，除非那些茶房们嘴里的"小姐"。想起了苏州，便会想到苏州的女人；到了苏州，不看一个女人的饱，现在还是恼。第三天时近傍晚，日来是异样的倦，往采芝斋去买一些什么好预备回上海。天像有意逗人恼，十字街头，苏州的女人来往的像是特别多。一路，我不眨眼。在那时眼还眨，才是真的呆。一个个，她们不当心我，我却看了四分之一的饱。苏州的女人不一定都美，然而是清秀。苏州女人的清秀，像是天特别给她们的商标，用不着注册，人也是抢不掉。

想起了苏州，我们会想到苏州女人，然而想到苏州，我们是更会想到苏州人说的话，说苏州人说的话，最好干脆地说是苏州女人说的话。苏州女人说的话，就像苏州女人的人。苏州的女人和苏州女人说的话，真的又怎样，我说不出，我也懒得想；自然我明白，虽则是朦胧的，而朦胧的也好，反正是在我肚里。有一次，坐在洋车上，街旁一家小店里的老板娘说着些什么，话的音调是温柔，温柔到要钻入你的骨。温柔到要钻进你的骨的苏州女人说的话，飞进了我的耳，我感觉到，那是——什么，我说不出。所有我的几个苏州女朋友以前对我说过什么的，我便记起了她们的人，像是当她们在对我说着些什么。车是离那说话的人老远老远了，然而说话的那个人所吐出来的声音，却仍然缭绕在我的耳鼓里。苏州的女人，像是太温柔了，然而天不给我机会，好去更尝到她们的缠绵。苏州的女人，除了说的话，会使人感有一些醉，据说她们的笑，也是太好的。然而这在苏州，我是忽略了，因为天不给我机会。笑是一种艺术，一种美，然而说笑，那还不如说是女人的笑。苏州女人笑得怎样，在苏州，我没有看到，然而我知道，女人的笑，都缠绵，苏州女人的笑，也许更缠绵。

苏州我终到过了，然而到过了又怎样？在苏州，我实在没有得到一个具体的印象。如其必须肯定地说，那么除了——

"我到过苏州了。"这一句外，什么都没有了。夜的苏州，也许是较有趣的，然而我没有到过夜的苏州。苏州，我是到过了，然而我这次的到苏州去，是失败了！

苏州，苏州现在给我的是一个平凡的印象。留守在我以往的脑海里的苏州，现在是幻灭了。

原载于《四年》，上海良友图书印刷公司 1933 年版

❖ **王统照：** 古刹——姑苏游痕之一

离开沧浪亭，穿过几条小街，我的皮鞋踏在小圆石子碎砌的铺道上总觉得不适意；苏州城内只宜于穿软底鞋或草履，硬邦邦的鞋底踏上去不但脚趾生痛，而且也感到心理上的不调和。

阴沉沉的天气又像要落雨。沧浪亭外的弯腰垂柳与别的杂树交织成一层浓绿色的柔幕，已仿佛到了盛夏。可是水池中的小荷叶还没露面。石桥上有几个坐谈的黄包车夫并不忙于找顾客，消闲地数着水上的游鱼。一

路走去我念念不忘《浮生六记》里沈三白夫妇夜深偷游此亭的风味，对于曾在这儿做"名山"文章的苏子美反而澹然。现在这幽静的园亭到深夜是不许人去了，里面有一所美术专门学校。固然荒园利用，而使这名胜地与"美术"两字牵合在一起也可使游人有一点点淡漠的好感，然而苏州不少大园子一定找到这儿设学校；各室里高悬着整整齐齐的画片，摄影，手工作品，出出进进的是穿制服的学生，即使不煞风景，而游人可也不能随意流连。

在这残春时，那土山的亭子旁边，一树碧桃还缀着淡红的繁英，花瓣静静地贴在泥苔湿润的土石上。园子太空阔了，外来的游客极少。在另一院落中两株山茶花快落尽了，婉转的鸟音从叶子中间送出来，我离开时回望了几次。

陶君导引我到了城东南角上的孔庙，从颓垣的入口处走进去。绿树丛中我们只遇见一个担粪便桶的挑夫。庙外是一大个毁坏的园子，地上满种着青菜，一条小路逶迤地通到庙门首，这真是"荒墟"了。

石碑半卧在剥落了颜色的红墙根下，大字深刻的什么训诫话也满长了苔藓。进去，不像森林，也不像花园，滋生的碧草与这城里少见的柏树，一道石桥得当心脚步！又一重门，是直走向大成殿的，关起来，我们便从旁边先贤祠、名宦祠的侧门穿过。破门上贴着一张告示，意思是崇奉孔子圣地，不得到此损毁东西，与禁止看守的庙役赁与杂人住居等话。披着杂草，树枝，又进一重门，到了两庑，木栅栏都没了，空洞的廊下只有鸟粪，土藓。正殿上的朱门半阖，我刚刚迈进一只脚，一股臭味闷住呼吸，后面的陶君急急地道：

"不要进去，里面的蝙蝠太多了，气味难闻得很！"

果然，一阵拍拍的飞声，梁栋上有许多小灰色动物在阴暗中自营生活。木龛里，"至圣先师"的神位孤独地在大殿正中享受这霉湿的气息。好大的殿堂，此外一无所有。石阶上，蚂蚁，小虫在鸟粪堆中跑来跑去，细草由砖缝中向上生长，两行古柏苍干皱皮，沉默地对立。

立在圮颓的庑下，想象多少年来，每逢丁祭的时日，跻跻跄跄，拜跪，鞠躬，老少先生们都戴上一份严重的面具。听着仿古音乐的奏弄，宗教仪式的宰牲，和血，燃起干枝"庭燎"。他们总想由这点崇敬，由这点祈求：国泰，民安。……至于士大夫幻梦的追逐，香烟中似开着"朱紫贵"的花朵。虽然土、草、木、石的简单音响仿佛真的是"金声，玉振"。也许因此他们会有一点点"前不见古人后不见来者"的想法？但现在呢？不管怎样在倡导尊孔，读经，只就这偌大古旧的城圈中"至圣先师"的庙殿看来，荒烟，蔓草，真变作"空山古刹"。偶来的游人对于这阔大而荒凉破败的建筑物有何感动？

▷ 苏州双塔寺

　　何况所谓苏州向来是士大夫的出产地：明末的党社人物，与清代的状元，宰相，固有多少不同，然而属于尊孔读经的主流却是一样，现在呢？……仕宦阶级与田主身份同做了时代的没落者？

　　所以巍峨的孔庙变成了"空山古刹"并不稀奇，你尽管到那个城中看看，差不了多少。

虽然尊孔，读经，还在口舌中，文字上叫得响亮，写得分明。

我们从西面又转到什么范公祠，白公祠，那些没了门扇缺了窗棂的矮屋子旁边，看见几个工人正在葺补塌落的外垣。这不是大规模科学化地建造摩天楼，小孩子慢步挑着砖，灰，年老人吸着旱烟筒，那态度与工作的疏散，正与剥落得不像红色的泥污墙的颜色相调和。

我们在大门外的草丛中立了一会儿，很悦耳地也还有几声鸟鸣，微微丝雨洒到身上，颇感到春寒的料峭。

雨中，我们离开了这所"古刹"。

原载于《游痕》，上海文化生活出版社 1939 年版

❖ **周振甫：** 三生花草梦苏州

"苏州"这两个字，萦绕于我的脑海中，已经很久很久了。这是怎样可爱的一个名词啊！这是怎样使人恋慕的一个名词啊！我们想到这两个字，同时使我们立刻想到姑苏台上的西子，横塘水畔的圆圆；观前街是怎样的风华，天平山是怎样的奇峭；在历史上有它的旖旎的风光，在名胜上更有使人恋慕的梦想。俗话说："上有天堂，下有苏杭。"我们倘仅就它光明的一面看，这或许是可信的吧？

记得我小时候，有一次和父亲同乘在一只内河的小轮船上，船上的搭客有一位苏州的老太太，虽然时光老人很无情地剥夺了她少年的风光，在她的额上刻着深深的一条条时代斧凿的皱纹，然而可惊异的动人的使人恋慕的特征，依旧保持在这位年老的太太身上。当她谈话的时候，一种柔媚而迂徐，具着特殊风格的苏州人的声调，依旧保持着。当我第一次听见她谈话的时候，我是怎样带着惊奇的喜悦，去听这种可爱的，似音乐一般可爱的声调呢？这是我第一次听到的苏州人的谈话。到隔了十多年的现在，使我还不能忘记，她的魔力是怎样的伟大啊！这不是我一个人的虚夸，"吴

▷ 苏州吴门桥

侬软语”不是社会上所公认的吗？

　　沅是我最亲密的同学，他正是"阿侬生小住苏州"，当然更使我倾倒了。自从我和沅有了深切的交情，使我对苏州人有了人格上的认识，更增加我对于苏州的恋慕了。有一次我送给沅的诗中，有两句是"一种柔情传鹅水，三生绮梦到苏州"。上一句是系念着我家乡的朋友，下一句就是指沅了。后来看到龚定庵的诗，内中有几首是对于一位苏州女子的恋词，虽然他是隐隐约约不肯明白说出来。其中有一句是"三生花草梦苏州"，和我的诗句，不约而同；也可见苏州确有使人恋慕的所在，不是我一个人的梦呓了。

《苏州印象记》

❖ 郁达夫：苏州烟雨记

一

悠悠的碧落，一天一天地高远起来。清凉的早晚，觉得天寒袖薄，要缝件夹衣，更换单衫。楼头思妇，见了鹅黄的柳色，牵情望远，在绸衾的梦里，每欲奔赴玉门关外去。当这时候，我们若走出户外天空下去，老觉得好像有一件什么重大的物事，被我们忘了似的。可不是么？三伏的暑热，被我们忘掉了哟！

在都市的沉浊的空气中栖息的裸虫！在利欲的争场上吸血的战士！年年岁岁，不知四季的变迁，同鼹鼠似的埋伏在软红尘里的男男女女！你们想发见你们的灵性不想？你们有没有向上更新的念头？你们若欲上空旷的地方，去呼一口自由的空气，一则可以醒醒你们醉生梦死的头脑，二则可以看看那些就快凋谢的青枝绿叶，豫藏一个来春再见之机，那么请你们跟了我来，Und ich, ich Schnuere Den Sack and wandere，我要去寻访伍子胥吹箫吃食之乡，展拜秦始皇求剑凿穿之墓，并想看看那有名的姑苏台苑哩！

"象以齿毙，膏用明煎"，为人切不可有所专好，因为一有了嗜癖，就不得不为所累。我闲居沪上，半年来既无职业，也无忙事，本来只须有几个买路钱，便是天南地北，也可以悠然独往的，然而实际上却是不然。因为自去年同几个同趣味的朋友，弄了几种我们所爱的文艺刊物出来之后，愚蠢的我们，就不得不天天服海儿克儿斯（Hercules）的苦役了，所以九月三日的早晨，决定和友人沈君，乘车上苏州去的时候，我还因有一篇文字没有交出之故，心里只在怦怦地跳动。

那一天（九月三日）也算是一天清秋的好天气。天上虽没有太阳，然而几块淡青的空处，和西洋女子的碧眼一般，在白云浮荡的中间，常在向我们地上的可怜虫密送秋波。不是雨天，不是晴日，若硬要把这一天的天气分出类来，我不管气象台的先生们笑我不笑我，姑且把它叫风云飞舞，阴晴交让的初秋的一日罢。

这一天的早晨，同乡的沈君，跑上我的寓所来说：

"今天我要上苏州去。"

我从我的屋顶下的房里，看看窗外的天空，听听市上的杂噪，忽而也起了一种怀慕远处之情（Sehnsucht nach der Ferne）。9点40分的时候，我和沈君就摇来摇去地站在三等车中，被机关车搬向苏州去了。

"仙侣同舟！"古人每当行旅的时候，老在心中窃望着这一种艳福。我想人既是动物，无论男女，欲念总不能除，而我既是男人，女人当然是爱的。这一回我和沈君匆促上车，初不料的车上的人是那样拥挤的，后来从后面走上了前面，忽在人丛中听出了一种清脆的笑声来。"明眸皓齿的你们这几位女青年，你们可是上苏州去的么？"我见了她们的那一种活泼的样子，真想开口问她们一声，但是三千年的道德观，和见人就生恐惧的我的自卑狂，只使我红了脸，默默地站在她们身边，不过暗暗地闻吸闻吸从她们发上身上口中蒸发出来的香气罢了。我把她们偷看了几眼，心里又长叹了一声：

"啊啊！容颜要美，年纪要轻，更要有钱！"

二

我们同车的几个"仙侣"，好像是什么女学校的学生。她们的活泼的样子——使恶魔讲起来就是轻佻——丰肥的肉体——使恶魔讲起来就是多淫——和烂熟的青春，都是神仙应有的条件，但是只有一件，只有一件事情，使我无论如何也不能把她们当作神仙的眷属看。非但如此，为这一件事情的原故，我简直不能把她们当作我的同胞看。这是什么呢，这便是她们故意想出风头而用的英文的谈话。假使我是不懂英文的人，那末从她们的绯红的嘴唇里滚出来的叽里咕噜，正可以当作天女的灵言听了，倒能够对她们更加一层敬意。假使我是崇拜英文的人，那末听了她们的话，也可以感得几分亲热。但是我偏偏是一个程度与她们相仿的半通英文而又轻视英文的人，所以我的对她们的热意，被她们的谈话一吹几乎吹得冰冷了。世界上的人类，抱着功利主义，受利欲的催眠最深的，我想没有过于英美民族的了。但我们的这几位女同胞，不用《西厢》《牡丹亭》上的说白来表现她们的思想，不把《红楼梦》上言文一致的文字来代替她们的说话，偏偏要选了商人用的这一种有金钱臭味的英语来卖弄风情，是多么煞风景的事情！你们即使要用外国文，也应选择那神韵悠扬的法国语，或者更适当一点的就该用半清半俗，薄爱民语(La langue des Bohemiens)，何以要用这卑俗的英语呢？啊啊，当现在崇拜黄金的世界，也无怪某某女学等卒业出来的学生，不愿为正当的中国人的糟糠之室，而愿意自荐枕席于那些犹太种的英美的下流商人的。我的朋友有一次说："我们中国亡了，倒没有什么可惜，我们中国的女性亡了，却是很可惜的。现在在洋场上做寓公的有钱有势的中国的人物，尤其是外交商界政界的人物，他们的妻女，差不多没有一个不失身于外国的下流流氓的，你看这事伤心不伤心哩！"我是两性问题上的一个国粹保存主义者，最不忍见我国的娇美的女同胞，被那些外国流氓去足践。我的在外国留学时代的游荡，也是本于这主义的一种复仇的心思。我现在若有黄金千万，还想去买些白奴来，供我们中国的黄包车夫苦力小工享乐啦！

唉唉！风吹水绉，干侬底事，她们在那里贱卖血肉，于我何尤。我且探头出去看车窗外的茂茂的原田，青青的草地，和清溪茅舍，丛林旷地罢！

"啊啊，那一道隐隐的飞帆，这大约是苏州河罢！"

我看了那一条深碧的长河，长河彼岸的粘天的短树，和河内的帆船，就叫着问我的同行者沈君，他还没有回答我之先，立在我背后的一位老先生却回答说：

"是的，那是苏州河，你看隐约的中间，不是有一条长堤看得见么！没有这一条堤，风势很大，是不便行舟的。"

我注目一看，果真在河中看出了一条隐约的长堤来。这时候，在东面车窗下坐着的旅客，都纷纷站起来望向窗外去。我把头朝转来一望，也看见了一个汪洋的湖面，起了无数的清波，在那里汹涌。天上黑云遮满了，所以湖面也只似用淡墨涂成的样子。湖的东岸，也有一排矮树，同凸出的雕刻似的，以阴沉灰黑的天空作了背景，在那里作苦闷之状。我不晓是什么理由，硬想把这一排沿湖的列树，断定是白杨之林。

三

车过了阳澄湖，同车的旅客，大家不向车的左右看而注意到车的前面去，我知道苏州就不远了。等苏州城内的一枝尖塔看得出来的时候，几位女学生，也停住了她们的黄金色的英语，说了几句中国话。

"苏州到了！"

"可惜我们不能下去！"

"But we will come in the winter。"

她们操的并不是柔媚的苏州音，大约是南京的学生吧？也许是上北京去的，但是我知道了她们不能同我一道下车，心里却起了一种微微的失望。

"女学生诸君，愿你们自重，愿你们能得着几位金龟佳婿，我要下车去了。"

心里这样地讲了几句，我等着车停之后，就顺着了下车的人流，也被他们推来推去的推下了车。

出了车站，马路上站了一忽，我只觉得许多穿长衫的人，路的两旁停着的黄包车，马车，车夫和驴马，都在灰色的空气里混战。跑来跑去的人的叫唤，一个钱两个钱的争执，萧条的道旁的杨柳，黄黄的马路，和在远处看得出来的一道长而且矮的土墙，便是我下车在苏州得着的最初的印象。

湿云低垂下来了。在上海动身时候看得见的几块青淡的天空也被灰色的层云埋没煞了。我仰起头来向天空一望，脸上早接受了两三点冰冷的雨点。

"危险危险，今天的一场冒险，怕要失败。"

我对在旁边站着的沈君这样讲了一句，就急忙招了几个马车夫来问他们的价钱。

我的脚踏苏州的土地，这原是第一次。沈君虽已来过一二回，但是那还是前清太平时节的故事，他的记忆也很模糊了。并且我这一回来，本来是随人热闹，偶尔发作的一种变态旅行，既无作用，又无目的的，所以马夫问我"上那里去？"的时候，我想了半天，只回答了一句"到苏州去！"究竟沈君是深于世故的人，看了我的不知所措的样子，就不慌不忙地问马车夫说：

"到府门去多少钱？"

好像是老熟的样子。马车夫倒也很公平，第一声只要了三块大洋。我们说太贵，他们就马上让了一块，我们又说太贵，他们又让了五角。我们又试了试说太贵，他们却不让了，所以就在一乘开口马车里坐了进去。

起初看不见的微雨，愈下愈大了，我和沈君坐在马车里，尽在野外的一条马路上横斜的前进。青色的草原，疏淡的树林，蜿蜒的城墙，浅浅的城河，变成这样，变成那样的在我们面前交换。醒人的凉风，休休地吹上我的微热的面上，和嗒嗒的马蹄声，在那里合奏交响乐。我一时忘记了秋雨，忘记了在上海剩下的未了的工作，并且忘记了半年来失业困穷的我，心里只想在马车上作独脚的跳舞，嘴里就不知不觉地念出了几句独脚跳舞的歌来：

秋在何处，秋在何处？
在蟋蟀的床边，在怨妇楼头的砧杵，
你若要寻秋，你只须去落寞的荒郊行旅，
刺骨的凉风，吹消残暑，
漫漫的田野，刚结成禾黍，
一番雨过，野路牛迹里贮着些儿浅渚，
悠悠的碧落，反映在这浅渚里容与，
月光下，树林里，萧萧落叶的声音，便是秋的私语。

我把这几句词不像词，新诗不像新诗的东西唱了一回，又向四边看了一回，只见左右都是荒郊，前面只是一条没有尽头的长路，所以心里就害怕起来，怕马夫要把我们两个人搬到杳无人迹的地方去杀害。探头出去，大声地喝了一声：

"喂！你把我们拖上什么地方去？"

那狡猾的马夫，突然吃了一惊，噗的从那坐凳上跌下来，他的马一时也惊跳了一阵，幸而他虽跌倒在地下，他的马缰绳，还牢捏着不放，所以马没有逃跑。他一边爬起来，一边对我们说：

"先生！老实说，府门是送不到的，我只能送你们上洋关过去的密度桥上。从密度桥到府门，只有几步路。"

他说的是没有丈夫气的苏州话，我被他这几句柔软的话声一说，心已早放下了，并且看看他那五十来岁的面貌，也不像杀人犯的样子，所以点了一点头，就由他去了。

马车到了密度(？)桥，我们就在微雨里走了下来，上沈君的友人寄寓在那里的葑门内的严衙前去。

四

进了封建时代的古城，经过了几条狭小的街巷。更越过了许多环桥。才寻到了沈君的友人施君的寓所。进了葑门以后，在那些清冷的街上。所得着的印象，我怎么也形容不出来。上海的市场，若说是20世纪的市场，那末这苏州的一隅，只可以说是18世纪的古都了。上海的杂乱的情形，若说是一个Busy Port，那么苏州其可以说是一个Sleepy town了。总之阊门外的繁华，我未曾见到，专就我于这葑门里一隅的状况看来。我觉得苏州城，竟还是一个浪漫的古都。街上的石块，和人家的建筑。处处的环桥河水和狭小的街衢，没有一件不在那里夸示过去的中国民族的悠悠的态度。这一种美，若硬要用近代语来表现的时候，我想没有比"颓废美"的三字更适当的了。况且那时候天上又飞满了灰黑的湿云，秋雨又在微微地落下。

施君幸而还没有出去，我们一到他住的地方，他就迎了出来，沈君为我们介绍的时候，施君就慢慢地说：

"原来就是郁君么？难得难得，你做的那篇……我已经拜读了，失意人谁能不同声一哭！"

原来施君是我们的同乡，我被他说得有些羞愧了，想把话头转一个方向，所以就问他说：

"施君，你没有事吗？我们一同去吃饭罢。"

实际上我那时候，肚里也觉得非常饥饿了。

严衙前附近，都是钟鸣鼎食之家，所以找不出一家菜馆来。没有方法，我们只好进一家名锦帆榭的茶馆，托茶博士去为我们弄些酒菜来吃。因为那时候微雨未止，我们的肚里却响得厉害，想想饿着肚在微雨里奔跑，也不值得，所以就进了那家茶馆——一则也因为这家茶馆的名字不俗——打算坐它一二个钟头，再作第二步计划。

古语说得好，"有志者事竟成"！我们在锦帆榭的清淡的中厅桌上，喝喝酒，说说闲话，一天微雨，竟被我们的意志力，催阻住了。

初到一个名胜的地方，谁也同小孩子一样，不愿意悠悠地坐着的，我一见雨止，就促施君沈君，一同出了茶馆，打算上各处去逛去。从清冷修整狭小的卧龙街一直跑将下去。拐了一个弯。又走了几步，觉得街上的人和两旁的店，渐渐儿的多起来，繁盛起来，苏州城里最多的卖古书、旧货的店铺，一家一家的少了下去，卖近代的商品的店家，逐渐惹起我的注意来了，施君说：

"玄妙观就要到了，这就是观前街。"

到了玄妙观内，把四面的情形一看，我觉得玄妙观今日的繁华，与我空想中的境状大异。讲热闹赶不上上海午前的小菜场，讲怪异远不及上海城内的城隍庙，走尽了玄妙观的前后。在我脑里深深印入的印象，只有二个，一个是三五个女青年在观前街的一家箫琴铺里买箫。我站到她们身边去对她们呆看了许久。她们也回了我几眼。一个玄妙观门口的一家书馆里，有一位很年轻的学生在那里买我和我朋友共编的杂志。除这两个深刻的印象外，我只觉得玄妙观里的许多茶馆，是苏州人的风雅的趣味的表现。

早晨一早起来，就跑上茶馆去。在那里有天天遇见的熟脸。对于这些熟脸，有妻子的人，觉得比公子还亲而不狎，没有妻子的人，当然可把茶馆当作家庭，把这些同类当作兄弟了。大热的时候，坐在茶馆里，身上发出来的一阵阵的汗水，可以以口中咽下去的一口口的茶去填补。茶馆内虽则不通空气，但也没有火热的太阳。并且张三李四的家庭内幕和东洋中国的国际闲谈，都可以消去逼人的盛暑。天冷的时候，坐在茶馆里，第一个好处，就是现成的热茶。除茶喝多了，小便的时候要起冷痉之外，吞下几碗刚滚的热茶到肚里，一时却能消渴消寒。贫苦一点的人，更可以借此熬饥。若茶馆主人开通一点，请几位奇形怪状的说书者来说书，风雅的茶客的兴趣，当然更要增加。有几家茶馆里有几个茶客，听说从十几岁的时候坐起，坐到五六十岁死时候止，坐的老是同一个座位。天天上茶馆来一分也不迟。一分也不早，老是在同一个时间。非但如此。有几个人，他自家死的时候，还要把这一个座位写在遗嘱里，要他的儿子天天去坐他那一个遗座。近来百货店的组织法应用到茶业上，茶馆的前头，除香气烹人的"火烧""锅贴""包子""烤山芋"之外，并且有酒有菜，足可使茶客一天不出外面不感得什么缺憾。像上海的青莲阁，非但饮食俱全，并且人肉也在贱卖。中国的这样文明的茶馆，我想该是20世纪的世界之光了。所以盲目的外国人，你们若要来调查中国的事情、你们只须上茶馆去调查就是。你们要想来管理中国，也须先去征得各茶馆里的茶客的同意，因为中国的国会所代表的，是中国人的劣根性无耻与贪婪，这些茶客所代表的倒是真真的民意哩！

五

　　出了玄妙观，我们又走了许多路，去逛遂园，遂园在苏州，同我在上海一样，有许多人还不晓得它的存在。从很狭很小的一个坍败的门口，曲曲折折走尽了几条小弄，我们才到了遂园的中心。苏州的建筑，以我这半日的经验讲来，进门的地方，都是狭窄芜废，走过几条曲巷，才有轩敞华丽的屋宇。我不知这一种方式，还是法国大革命前的民家一样，为避税而

老苏州＿ **319**

想出来的呢？还是为唤醒观者的观听起见，用修辞学上的欲扬先抑的笔法，使能得着一个对称的效力而想出来的？

遂园是一个中国式的庭园，有假山有池水有亭阁，有小桥也有几枝树木。不过各处的坍败的形迹和水上开残的荷花荷叶，同暗澹的天气合作一起，使我感到了一种秋意，使我看出了中国的将来和我自家的凋零的结果。啊！遂园呀遂园，我爱你这一种颓唐的情调！

在荷花池上的一个亭子里，喝了一碗茶，走出来的时候，我们在正厅上却遇着了许多穿轻绸绣缎的绅士淑女，静静地坐在那里喝茶咬瓜子，等说书者的到来。我在前面说过的中国人的悠悠的态度，和中国的亡国的悲壮美，在此地也能看得出来。啊啊，可怜我为人在客，否则我也挨到那些皮肤嫩白的太太小姐们的边上去静坐了。

出了遂园，我们因为时间不早，就劝施君回寓。我与沈君在狭长的街上飘流了一会儿，就决定到虎丘去。

原载于《中华新报·创造日》第57—64期，1923年9月19—26日

❖ 张恨水：游在苏州的几个片段

一

恒人有言曰："上有天堂，下有苏杭。"若乎苏州之风景，未可没也。好游而未至苏州者，有二处必知之，一曰寒山寺，一曰虎丘。盖词人吟咏，见诸篇章，可闻之久矣。寒山寺距阊门有七里许，夹河桑林匝翠，一望无际。林外有石道，平坦可步。行近得一石桥，横跨两岸，即枫桥也，桥畔有人家数百户，是曰枫桥镇。寺在镇后，约三进，其间虽略具楼阁，然绝无花木草石之胜。有一楼，架一巨钟，盖应张继诗"夜半钟声到客船"句而特设者。殿外廊间，有石碑二，一破裂，一完好，皆尽《枫桥夜泊》诗，字大如碗口，作行书，极翩翘有致。据僧云，旧碑系张继自书，新碑则拓

而复勒者。然张继吟诗，何曾题壁，伪托可知。

苏杭一带，小河如棋盘蛛网，港里交通，随处可达。平常人家，大抵前门通陆，后门通河，于河更引支流一湾，直达院内。曾于友人席上，夸谈"江南好"以为乐。一友曰："吾家环野竹篱笆，中植芭蕉海棠月季蜡梅之属，四时之花不断，罢约归来，引船入篱。"座有北人，不待其语毕，即笑曰："诈也，时安有引船入篱之事乎？"予即白其景实，且谓江南人家家有船，正如河北人家家有车，河入篱内，虽属为奇，而江南之河，大都宽仅数丈，水平浪稳，小舟如床，妇孺可操，且人家所分支流有恰容一小舟者，则其入篱，自可能矣。

二

胥江由将门入城，支渠绕街市，河流汩汩，沿人家绕户而过。晨曦初上，居民启户而出，上流人家虽倾倒污秽，下流人家自淘米洗菜，妇孺隔河笑语，恬不为怪。外地人谓苏州人物俊秀，其因在此，谑已。

一泓曲水，七里山塘，昔人谓其处朱楼两岸，得画船箫鼓之盛。盖朱明之际，昆曲盛行，此者架船为台，在中流奏技，出城士女，或继舟以待，或夹岸而观，山塘一带，遂为繁盛之区。降及逊清，此事早不可复观。今则腥膻扑鼻，两岸为鱼盐贩卖所矣。

山塘处曰虎丘，妇孺能道之江南胜迹也。此山之所以奇，在平畴十里，突拥巨阜，山脉何自，乃不可寻。初在外观之，古塔临风，丛楼隔树，孤山独特，一览可尽。及入其中，则高低错落，自具丘壑，回环曲折，足为半日之游。惟太平天国而后，花木摧残殆尽，蔓草荒芜，瓦砾遍地，殊煞风景耳。

三

江南人士，谈苏州者，无不知有留园。园为江苏巨室盛宣怀之别墅，在阊门外大约二里许。园中亭台曲折，花木参差，极奇巧之能事。园中最胜处，中为一巨池，石桥三折其上，南端为水榭，杂植桃杏杨柳之属，偏西为紫藤一巨架与一小亭，相互倒映水中，其余二面为太湖石，间植梧桐木樨，山下左设小斋，后植竹，宜读书。右为虚堂，无门。春草绿入其中，可小饮望月。略举一斑，其他可知。园之成传费四十万金，以予计之，成当不至此耳。

予曾读书苏州学校，为盛氏之住宅，与留园盖一墙之隔。其理化讲堂，即留园之一角，划入校中者也。教室上为西式红楼，下为精室。小苑三面粉墙，一处掩以雕栏，两处护以垂柳，廊外首植淮橘四株，其次为塞梨碧桃，交互则生，其三为垂丝槐五六本，更杂以紫薇，最末则葡萄一架，梅花围于四周，雕栏下有古井一，夭桃两树覆于上，夭桃之上，则为翠竹一排，盖隔墙之竹林也。相传此处为杏荪寝室，故其外之花木，罗列至于四季。予住校时，即卜居于此，花晨月夕，小立闲吟，俱感情趣，湖海十年，豪气全消，而一念及此，犹悠然神往。数年前乘沪车经过苏州，每见桑林之上，红楼一阁，恍然如东坡老遇春梦婆也。

▷　西园湖心亭

与留园齐名者，有拙政园、植园、西园三处。植园以地僻未游，西园附于西园古刹（亦盛氏所建），简陋无足称，拙政园为八旗会馆之一部，虽小于留园，而池馆依花，山斋绕竹，皆精美绝伦。有玲珑馆者，满院怪石，不植花木，浅苔瘦蔓，繁华尽洗。石林中有一木屋，高不及丈，并无几榻，只设一蒲团，门上悬竹板，联曰："扫地焚香盘膝坐，开笼放鹤举头看。"恰如其分。

四

虎丘之胜，有剑池、憨憨泉、拥翠山庄、云岩禅寺、五云台、千顷云、阖闾墓、真娘墓、试剑石、点头石、千人石等处。拥翠山庄，沿山之半，建筑楼阁，南望天平上方诸山，如青嶂翠屏，遥遥环峙，西望麦地桑田，一碧无际，名曰拥翠，得其实也。阖闾墓渺不可得，真娘墓亦土埂崩溃，杂生荆棘，当予游时，颇感不快。近得友人书，墓已仿苏小坟，建亭植树，且拥翠山庄一带，亦遍树桃李数百株，虎丘满山锦绣，已不如数年前之荒落矣。

清某君咏虎丘诗曰："苍苔翠壁无人迹，小立斜阳爱后山。"此非经过人真不能道。盖虎丘奇，在于土埂之中自生奇石。前山剑池，削壁中开，下临幽泉，人以为奇。其实斧凿之痕，斑斑可辨。而后山则石崖陡立，无阶可下，蔓藤塞泉，自有幽趣。且唯至后山，能现虎丘真形，而信此山非人工所造也。

《湖山怀旧录》

❖ **周瘦鹃：姑苏台畔秋光好**

秋光好，正宜出游，秋游的乐趣，实在不让春游，这就是苏东坡所谓一年好景君须记，正是橙黄橘绿时啊！笔者年来隐居姑苏台畔，天天以灌园为事，厮守着一片小园，与花木为伍，简直好像是井底之蛙，所见不广，几几乎不知天地之大，更不知有秋游之乐了。前天老友赵君豪兄海上书来，问我要秋游之作，一时却怔住了，无以报命；再把来书从头细读一下，这才松了一口气；原来他因为我住在苏州，特地要我说说苏州的秋日风光，为倡导各方士女来苏游览之计，这题目真出得再迁就也没有了。笔者食毛践土，原感激着苏州的待我不薄，当此国是蜩螗民生凋敝之际，苏州也不能例外地在日就衰落，那么笔者正该尽一些宣传的义务，多拉些行有余力的游客来，使苏州一年年地长保繁荣，长享天堂的令誉。

笔者虽生长上海，而原籍却是山温水软的苏州；三代祖先，也都葬在苏州的七子山下，冥冥中倒像把我的一颗心儿绊住了。所以当我没有把家搬回苏州以前，先就爱着苏州，到得搬回苏州之后，那就更加地爱上了苏州；这些年来，我衣于斯，食于斯，歌哭于斯，二十六年以后的九年间，虽为了避倭寇而流亡在外，却还是朝朝暮暮地想念着苏州。胜利后三月，我居然欢天喜地地重返苏州了。在经过了一重重的国难家难之后，居然能留得微命，归隐故园，学着那位不为五斗米折腰的陶渊明，只因我偏爱着苏州，也就心甘情愿地打算老死牖下了。当二十六年冬间避寇皖南黟县的南屏山村时，曾做了不少怀念苏州、歌颂苏州的诗词，绝句中如"我亦他乡权作客，寒衾夜夜梦苏州"，"瞥眼春来花似海，魂牵梦萦到苏州"，"愿托新安江上月，照人归梦下苏州"等，都足以表示我对于苏州相思之切。

又如柳梢青词：

七子山幽，虎邱塔古，映带清流。邓尉梅稠，天平岩峭，任尔优游。穰穰五谷丰收。可鼓腹诗书解忧。酒冽茶香，花娇柳媚，好个苏州！

这小令中短短的十一句，可就把苏州恭维尽了。平日读昔贤诗集，见诗中着有苏州二字的，也爱不忍释，因便集成了好几首，如集黄仲则句云：

相对空为斫地歌，酒阑萧瑟断肠多；我来惆怅斜阳里，如此苏州奈若何！

集孙子潇句云：

断肠春色消魂语，愁杀新愁接旧愁；剩有丹诚心一点，满天风雨下苏州。

集龚定庵句云：

春灯如雪浸兰舟，一夜吟魂万里愁；误我归期知几许，三生花草梦苏州。
人间无地署无愁，抛却湖山一逯秋；谁分苍凉归棹后，年来花草冷苏州。

集樊云门句云：

青霜一夕紫兰秋，小劫还悲江上楼，红烛试停今夜雨，寒轻酒浅话苏州。
一行新雁过妆楼，眉妩萧娘满镜愁；昨夜画屏清不寐，倩郎作字寄苏州。
九死宾朋涕泪真，岁寒留得后凋身；共君曾在苏州住，千日常如一日春。

这些诗句虽是人家的，而一经我凑集拢来，可就不啻若自其口出；这
七首诗，全都言之有物，也足见我之想杀苏州，爱杀苏州了。

▷　苏州城一瞥

苏州虽有它的缺点，然而仍不失其为江南一个良好的住宅区，足与杭
州分庭抗礼，所谓"上有天堂，下有苏杭"，就是铁一般的明证。凡是生长
在苏州的人，固然爱住苏州，就是其他地方的人，也会不约而同地住到苏

州来；诗人是最敏感的，他们觉得苏州好，便要歌颂起来，所谓"怪来人说苏州好，水草崖花一味香"；"一样江南好山水，如何到此便缠绵"，这些都在给苏州作有力的宣传；而最最详细的，要算清代一位无名诗人的吴门歌：

　　吴门人住神仙地，雪月风花分四季，满城排队看行春，又见花灯来炫视。千门挂彩七街红，笙歌盈耳拂春风，歌童舞女语南北，王孙公子何西东？观灯未了兴未歇，等闲又话清明节。呼船载酒共游春，蛤蜊市上争尝新。吴塘穿绕过横塘，虎邱灵岩复玄墓，菖蒲泛酒过端午，龙舟相呼喧竞渡。提壶挈盒归去来，南湖又报茶花开，锦云乡中深舟去，美人压鬓琵琶钗。明眸皓齿声断续，翠纱汗彩红映肉，金刀剖破水晶瓜，冰山影里颜如玉。火云一天消未已，桐阴忽觉秋风起，鹊桥牛女会银河，乞巧人排明月里。南楼雁过是中秋，飒然毛骨冷飕飕。左持蟹螯右持酒，不觉今朝已重九，登高又向天池岭，桂花万树天香浮。一年好景最斯时，橘绿橙黄洞庭有，满园还剩菊花枝，雪片横飞大如手。安排暖阁开红炉，敲冰洗盏烘牛酥。寸斋瓶兮千金果，黑貂翩兮红氍毹，一年四季恣欢娱，那知更有饥寒苦！

　　诗虽俚俗，却可作一部苏州四时风土记读，而太平盛世的赏心乐事，几乎尽在其中，也足见苏州人的太会享受了。此外还有清代词人沈朝初的三十余阕忆江南，每一阕都以"苏州好"三字开端，写尽了苏州一切的风土人情，以至饮食男女等等，几乎无一不好，真可谓尽其大吹大擂的能事。现在的苏州，究竟经过了十年大劫，民穷财尽，物力维艰，再也够不上诗人词客所抒写的那么好了，然而风土的清嘉，还是值得我们称颂的。我们倘从上海来，只须跨下火车，就觉得换过了一种空气，使人的呼吸特别的舒服。当此八九月已凉天气未寒时，无论是一片风，一丝雨，一抹阳光，都会给你一种温柔爽快的感觉，是俗尘万丈中所不易得到的。苏州的小巷最多，配着柳巷，紫兰巷，幽兰巷等诗意的名字，全是曲曲弯弯的，正如小说故事电影故事一样的曲折有味；你在秋天风日晴美的时光走过时，往往有桂花香若有意若无意地送进你的鼻管。原来是从人家的园子里飘出来的，端为苏州多旧家，旧家多庭园，而庭园中总得有一二株桂树与玉兰、海棠、牡丹为配，取玉堂富贵之意，因此你秋天走过那些门墙之外，鼻子里就常常有这种意外的享受了。

《姑苏台畔秋光好》

❖　徐志摩：由苏州引发的闲想

苏州——谁能想象第二个地名有同样清脆的声音，能唤起同样美丽的联想，除是南欧的威尼斯或翡冷翠，那是远在异邦，要不然我们得追想到六朝时代的金陵广陵或许可以仿佛？当然不是杭州，虽则苏杭是常常联着说到的。杭州即使有几分灵秀，不幸都教山水给占了去，更不幸就那一点儿也成了问题。你们不听说雷峰塔已经教什么国术大力士给打个粉碎，西湖的一汪水也教大什么会的电灯照干了吗？不，不是杭州！说到杭州我们不由得觉得舌尖上有些儿发锈，所以只剩了一个苏州准许我们放胆地说出口，放心地拿上手。比如乐器中的笙箫，有的是袅袅的余韵；比如青青的柏子，有的是沁人心脾的留香。在这里，不比别的地处，人与地是相对无愧的，是交相辉映的；寒山寺的钟声与吴侬软语，一般令人神往，虎丘的衰草与玄妙观的香烟同样的勾人留意。

但是苏州——说也惭愧，我这还是第二次到。初次来时只匆匆过了一宵，带走的只有采芝斋的几罐松糕和一些模糊的印象。就这次来也是不得容易，要不是陈淑先生相请的殷勤——聪明的陈淑先生，她知道一个诗人的软弱，她来信只淡淡地说你再不来时天平山经霜的枫叶都要凋谢了——要不是她的相请的殷勤，我说，我真不知道几时才得偷闲到此地来，虽则我这半年来因为往返沪宁间每星期得经过两次，每星期都得感到可望而不可即的惆怅。为再到苏州来我得感谢她。但陈先生的来信却不单单提到天半山的霜枫，她的下文是我这半月来的忧愁：她要我来说话——到苏州来向女同学们说话——我如何能不忧愁？当然不是愁见诸位同学，我愁的是我现在这相儿，一个人孤零零地站在台上说话！我们这坐惯冷板凳常说废话的所谓教授们最厌烦的，不瞒诸位说，就是我们这无可奈何的职务——说话（我再不敢说讲演，那样粗蠢的字样在苏州地方是说不出口的）。

▷ 徐志摩（1897—1931）

就说谈话吧，再让一步，说随便谈话吧，我不能想象更使人窘的事情！要你说话，可不指定要你说什么，"随便说些什么都行"，那天陈先生在电话里说。你拿艳丽的朝阳给一只芙蓉或是一只百灵，它就对你说一番极美丽动听的话；即使它说过了你冒失地恭维它说你这讲演真不错，它也不会生气，也不会惭愧，但不幸我不是芙蓉更不是百灵。我们乡里有一句俗话说，宁愿听苏州人吵架，不愿听杭州人谈话。我的家乡又不幸是在浙江，距着杭州近，离着苏州远的地处。随便说话，随你说什么，果然我依了陈先生扯上我的乡谈，不怕要不到三分钟你们都得想念你们房间里备着的八卦丹或是别的止头痛的药片了！

但陈先生非得逼我到，逼我献丑，写了信不够，还亲自到上海来邀。我不能不答应来。"但是我去说些什么呢，苏州，又是女同学们？"那天我放下电话心头就开始踌躇。不要忙，我自己安慰自己说，在上海不得空闲到南京有一个下午可以想一想。那天在车上倒是有福气看见镇江以西，尤其是栖霞山的雪景。虽则那早上是雾茫茫的，但雪总是好东西，它盖住地面的不平和丑陋，它也拓开你心头更清凉的境界，山变了银山，树成了玉树，窗以外是彻骨的凉，彻骨的静，不见一个生物，鸟雀们不知藏躲在哪里，但这明丽的景色不让你涉想到荒凉那一路。栖霞那一带的大石狮子，雄踞在草田里张着大口向着天的怪东西，在雪地里更显得白，更显得壮，更见得精神。在那边相近还有一座塔，建筑雕刻，都是第一流的美术，最使人想见六朝的风流，六朝的闲暇。在那时政治上没有统一的野心家，江以南，江以北，各自成家，汉也有，胡也有，各造各的文化。且不说龙门，且不说云冈，就这栖霞的一些遗迹，就这雄踞在草田里的大石狮，已够使我们想见当时生活的从容，气魄的伟大，情绪的俊秀。

我们在现代感到的只是局促与匆忙。我们真是忙，谁都是忙。忙到倦，忙到厌。但忙的是什么？为什么忙？我们的子孙在一千年后，如其我们的民族再活得到一千年，回看我们的时代，他们能不能了解我们的匆忙？我们有什么东西遗留给他们可以使他们骄傲、宝贵，值得他们保存，证见我们的存在，认识我们的价值，可以使他们永久停留他们爱慕的纪念——如同那一只雄踞在草田里的大石狮。我们的诗人文人贡献了些什么伟大的诗篇与文章？我们的建筑与雕刻，且不说别的，有哪样可以留存到一年而还值得一看的？我们的画家怎样描写宇宙的神奇？我们哪一个音乐家是在解释我们民族的性灵的奥妙？但这时候我眼望着的江边的雪地已经戏幕似的变形成为北方赤地几千里的灾区，黄沙天与黄土地的中间只有惨淡的风云，不见人烟的村庄以及这里那里枝条上不留一张枯叶的林木。我也望得见几千万已死的将死的未死的人民在不可名状的苦难中为造物主的地面上留下永久的羞耻。在他们迟钝的眼光中，他们分明说他们的心脏即使还在跳动他们已经失去感觉乃至知觉的能力，求生或将死的呼号早已逼死在他们枯竭的咽喉里；他们分明说生活、生命乃至单纯的生存已经到了绝对的绝境，前途只是沙漠似的浩瀚的虚无与寂灭，期待着他们，引诱着他们，如同春光，如同微笑，如同美。我也望见勾结在连环战祸中的区域与民生；为了谁都不明白的高深的主义或什么的相互屠杀；我也望见那少数的妖魔，踞坐的跸卫森严的魔窟中计较下一幕的布景与情节，为表现他们的贪，他们的毒，他们的野心，他们的威灵，他们手擎着全体民族的命运当作一掷的孤注。我也望见这时代的烦闷毒气似的在半空里没遮拦地往下盖，被牺牲的是无量数春花似的青年。这憧憬中的种种都指点着一个归宿，一个结局——沙漠似的浩瀚的虚无与绝灭，不分疆界永不见光明的死。

我方才不还在眷恋着文化的消沉吗？文化，文化，这呼声在这可怖的憧憬前，正如灾民苦痛的呼声，早已逼死在枯竭的咽喉里，再也透不出声响。但就这无声的叫喊已经在我的周围引起怪异的回响，像是哭，像是笑，像是鸱枭，像是鬼……

但这声响的来源是我座位邻近一位肥胖的旅伴的雄伟的呵欠。在这呵欠声中消失了我重叠的幻梦似的憧憬，我又见到了窗外的雪，听到车轮的响动。下关车站已经到了。

我能把我这一路的感想拉杂来充当我去苏州的谈话资料吗？我在从下关进城时心里计较。

秀丽的苏州，天真的女同学们，能容受这类荒伧，即使这怪诞的思想吗？她们许因为我是教文学的想从我听一些文学掌故或文学常识。但教书是无可奈何，我最厌烦的是说本行话。她们又许因为我曾经写过一些诗是在期望一个诗人的谈话，那就得满缀着明月和明星的光彩，透着鲜花与鲜草的馨香，要不然她们竟许期待着雪莱的云雀或是济慈的夜莺。我反倒像是鸱枭的夜啼，不是太煞尽了风景？这，我又转念，或许是我的过虑，她们等着我去谈话正如她们每月或每星期等着别人去谈话一样，无非想听几句可乐的插科与诙谐(如其有的话，那算是好的)，一篇长或短、勉励或训诲的陈腐(那是你们打呵欠乃至瞌睡的机会)，或是关于某项专门知识的讲解(那你们的先生们示意你们应得掏出铅笔在小本子上记下的)，临了几句自己谦让道歉不曾预备得好的话，在这末尾与他鞠躬下台时你们多少间酬报他一些鼓掌就算完事一宗。但事实上讲的话，正如讲的人，不能希望

（他自己也不希望）在你们的脑筋里留有仅仅隔夜的印象。某人不是到你们这里来讲过的吗？隔几天许有人问。嘎，不错是有的。他讲些什么了？谁知道他讲什么来了，我一句也没有听进去，不是你提起来忘都忘了我听过他的讲！

这是一班到处应酬讲演人的下场头。他们事实上也只配得这样的下场头。穷，窘，枯，干，同学们，是现代人们的生活。干，枯，窘，穷，同学们，是现代人们的思想。不要把上年纪的人们，占有名气或地位的人们看太高了，他们的苦处只有他们自家得知，这年头的荒歉是一般的，也不知怎的我想起来说些关于女子的杂话。不是女子的问题。我不懂得科学，没有方法来解剖女子这个现象。

我也不是一个社会学家，搬弄着一套现成的名词来清理恋爱，改良婚姻或家庭。我也没有一个道学家的权威，来督责女子们去做良妻贤母，或奖励她们去做不良的妻不贤的母。我没有任何解决或解答的能力。我自己所知道的只是我的意识的流动，就那个我也没有支配的力量。就比如隔着雨雾望远山的景物，你只能辨认一个大概。也不知是哪里来的光照亮了我意识的一角，给我一个辨认的机会。我的困难是在想用粗笨的语言来传达原来极微纤的印象，像是想用粗笨的铁针来绣描细致的图案。我今天所要查考的所以不是女子，更不是什么女子问题，而是我自己的意识的一个片段。我说也不知怎的我的思想转上了关于女子的一路。最浅显的原由，我想，当然是为我到一个女子学校里来说话。但此外也还有别的给我暗示的机会。有一天我在一家书店的门首见着某某女士的一本新书的广告，书名是《蠹鱼生活》。这倒是新鲜，我想，这年头有甘心做书蠹的女子。三百年女子中多的是贤妻良母，多的是诗人词人，但出名的书蠹不就是一位郝夫人王照圆女士吗？这是一件事。再有是看到一篇文章，英国一位名小说家做的，她说妇女们想从事著述至少得有两个条件，一是她得有她自己的一间屋子，这她随时有关上或锁上的自由；二是她得有五百（那合华银有六千元）一年的进益。她说的是外国情形，当然，和我们的相差得远，但原则还不是一样相通的？你们说外国女人当然比我们强我们怎好跟她们比；

她们的环境要比我们的好多少，她们的自由要比我们的大多少；好，外国女人，先让我们的男人比上了外国的男人再说女人吧！

《关于女子——苏州女中讲稿》

❖ 曹聚仁：吴侬软语说苏州

"上有天堂，下有苏杭，杭州西湖，苏州山塘。"

前天晚上，杨乃珍的琵琶一响，呖呖莺声，唱出了七里山塘的风光，使人梦魂中，萦系着三十年前光裕社旧景也。一千三百年前，那位坐着龙船下江南的隋炀帝（杨广），他到了扬州，爱好吴语，就无意西归了。常夜置酒，仰视天文，对萧后说道："外间大有人图侬（吴人自称曰侬），然侬不失为长城公（陈叔宝），卿不失为沈后（叔宝后），且共乐饮耳！"他喝得醉醺醺地，对萧后道："好头颈，谁当斫之！"他的"贵贱苦乐，更迭为之，亦复何伤"的颓废观，也正显出了吴语的迷人魔力。

1932年春天，我从上海乘轮船到了苏州；我这个久住杭州的人，应该怎么说呢？这是老年人的城市；杭州至少该是壮年人的城市。苏州的街巷，一望都是炭黑的墙头，在苏州作寓公，残年风烛，有生之日无多，在这儿安静住着，那是有福的。我在苏州，开头住在工专校舍（暨大中学部在这儿寄住），和沧浪亭为邻。后来移住在网师园（张家花园），乃是明代的名园，后来张善孖、大千二兄弟在那儿养虎绘画；要不是我太年轻，真可以在那儿终老了。其后十五年，已经是抗战胜利后二年，俞颂华先生邀我任教社会教育学院，住在拙政园，又是名园胜景。我在苏州住的日子虽不久，吴侬软语的韵味，也算体会得很亲切了。

苏州风光，第一件大事，就是上观前街，进吴苑吃茶。观前，有如北京的东安市场，南京的夫子庙，上海的城隍庙，也是百货大市场；玄妙观只是一景，假使真有白娘娘，她一定会和许仙到那儿去烧香的。那儿有许多吃食店，豆浆、粽子摊；老少妇孺，各得其所。我们上街溜达，不知不觉到观前。当年苏州的好处，没有马路，不通汽车，安步可以当车。慢慢地街上人都似曾相识，不必点头。进吴苑喝茶也是常事；吴苑是一处园林式的茶居，一排排都是平房。那粗笨的木椅方桌，和大排档的风格也差不了多少。可见挤在那儿喝喝茶谈谈天以消长日，也成为生活的一种方式。吴苑的东边有一家酒店，卖酒的人，叫王宝和，他们的酒可真不错，和绍兴酒店的柜台酒又不相同，店中只是卖酒，不带酒菜，连花生米、卤豆腐干都不备。可是，家常酒菜贩子，以少妇少女为多，川流不息。各家卖各家的；卤品以外，如粉蒸肉烧鸡、熏鱼、烧鹅、酱鸭，各有各的口味。酒客各样切一碟，摆满了一桌，吃得津津有味。这便是生活的情趣。

▷　苏州城的黑甏白壁

　　吃了，喝了，于是进光裕社一型的书场去听书，也是晚间最愉快的节目。即如杨乃珍的评弹，都是开篇式的小品；也有长篇故事传奇式的弹词，即如《珍珠塔》，就是连续弹唱经月才完场的；《七十二个他》，也可唱上一星期的。至于评话大书，无论《三国》《水浒》，都可以说上半年一载，才终卷的。

　　我在苏州住的两年间，颇安于苏州式生活享受；因此，苏式点心，也闯入我的生活单子中来。直到今日，我还是不惯喝洋茶，吃广东点心的。我是隋炀帝的信徒。

苏州女人，娴静清秀，丰度很好；历史上著名的美人，如陈圆圆、董小宛、李香君以及清末的曹梦兰（赛金花）。都是仪态万方，使人心敬的。上海人有句话："宁可跟苏州人吵嘴，不愿跟'阿拉'宁波人白话。""白话"即闲谈之意。拿林黛玉来代表苏州人的病态美，真是楚楚可怜。

苏州的园林。以幽美胜，曲折幽深，亭台楼阁，掩映于苍松翠柏、竹林苔障、小阜清流之间，一幅自然图画，林木花卉，衬得整个院落骨肉停匀；这些建筑大师，胸中自有丘壑。北京那几处大建筑，无论圆明园、颐和园、北海、什刹海，都是借镜于苏州园林，加以变化的。我们说曹雪芹笔下的大观园，乃是北京曹家芷园旧宅，也是南京的织造府，真真假假，有着那么一点影子。它的蓝本，可能还是苏州园林，社教学院学生，爱说拙政园便是大观园，也可以这么说的。

我们自幼读了归有光的《沧浪亭记》，印象中总以为是一所亭子；到那一看，原来是一处院落，临水曲榭，颇像西湖的高庄、蒋庄。这样的间架，我们可以在工笔古画中看到。在那样曲榭中，住着沈三白这样的画家，配着陈芸这样的美人，是一幅很好的仕女图。我住过的网师园，其曲折变化，远在沧浪亭之上。其中总有十多处院落，各自成一体系，有如潇湘馆、蘅芜院、紫菱洲、藕香榭，各有各的局格，彼此衬托得很调和。我还记得一处大枣园，后面一排房子，挂着一副柏木的联对："庭前古木老于我，树外斜阳红到人。"配得上"古朴"的考语。我们住的是芍药花的园圃，总有二亩多大。正院那儿三进房子，虽没天香庭院那么壮丽，也照得宏伟气象。这都得用画家的笔来形容，文字描写，总是不够真切的。

拙政园，那是大局面，大门外照墙崇伟，仿佛刘姥姥所见的荣国府。进了大门，一片广场，夹道廊房，总有一箭之遥。大厅后面，那就是曲折环回的别院，流水萦绕，假山重叠，有的临流小榭，垂柳深深；有的依阜重阁，朱栏曲折。身处其间，总仿佛非复人间尘世了。(我住在拙政园时期。因为是学校，有那么多师生，显得尘俗气味；一部分系庙宇别院，另成一角。近年来，已经重新修整，旧院打成一片，才是旧时拙政园的格局，我们且看《湖山盟》的镜头，显得更雅致宜人了。)

城中名园，游客艳称狮子林，乃是富商的家园。古代狮子林，不知是否这样的铺排？在我们跟前，总觉假石太多。拥在一堆，什么都展舒不开，一个"逼"字足以尽之。城外名园，首推留园，也是大局面。三十年前，坐马车逛留园，也是苏游一个节日，究竟留园、拙政园，哪一个大些？我可记不清楚。只记得园中有几株大樟树，上栖白色水鸟，千百成群，把那一院子弄得满地鸟粪，斑斑点点，有如一幅花布。抗战时期，为军队所占住，园林渐废，不复成为览胜之地。直到近年，才先后和网师园一般修葺完整，成为游客郊游去处。

洋人到了上海，看了城隍庙，便算到了东方，有人说苏州才是古老东方的典型，东方文化，当于园林求之。

我执笔写沧浪亭景物时，手边没有沈三白的《浮生六记》，三十年前的旧游印象，觉得非常模糊。今天，找了《浮生六记》，他写他俩到沧浪亭中秋赏月情况：过石桥，进门，折东曲径而入，叠石成山，林木葱翠，亭在土山之巅，循级至亭心，周望极目可数里，炊烟四起，晚霞烂然。隔岸名近山林，为行台宴集之地。少焉一轮明月已上林梢，渐觉风生袖底，月到波心，俗虑尘怀，爽然顿释。这么一说，沧浪亭的轮廓，更是完整了。

归有光《沧浪亭记》，写的是沧浪亭的人事变迁；从这一角来看苏州园林的人世沧桑，那真是苏州评弹的好题材。即如拙政园，文徵明、恽南田都曾作《拙政园图》，文徵明也曾作《拙政园记》。徐健庵作《苏松常道署记》(道署即拙政园)，翁覃溪作《跋拙政园记》，王雅宜作《拙政园赋并序》，吴梅村作《咏拙政园山茶诗》，这已经是很丰富的传奇。吴诗有"儿郎纵博赌名园，一掷输人等糠秕"之句，据徐树丕(明末人)《识少录》称：拙政园创于宋时某公，明正嘉间御史王某又辟之，其旁为大宏寺；御史逐僧徒而有之，遂成极胜。徐氏曾叔祖少泉以千金与其子博，约六色皆绯者胜。赌久，俟其倦，阴以六面皆绯者一掷，四座大哗。其子惘然，园遂归徐氏，故此中有花园令之戏云。到了清初，园无恒主，初为镇将所据，后由海宁陈相国所得。梅村诗，乃有"齐女门边战鼓声，入门便作将军垒；荆棘丛填马矢高，斧斤勿剪莺簧喜，近年此地归相公，相公劳苦承明宫"

的叙事诗。园中有茶花，乃名种，吴梅村诗序中云："内有宝珠山茶几株，交枝合抱，花时巨丽鲜妍，纷披照瞩，为江南仅见。"

不过，杨乃珍所弹唱的就是园林之胜，也不是名园的兴废掌故，而是和西湖比美的七里山塘(苏州和杭州一样，乃是江南水乡，我们的真赏在城外，不在城里，在坡塘不在园林)。日本画家西晴云作江南百题，苏州有专辑，凡十四题，除城中瑞光寺塔、北寺塔、下城陆荣拙政园及沧浪亭外，余皆城外风光(他所画的沧浪亭，正如我所写的)。虎丘，乃是游人所必到之处；沈三白说他只取后山之千顷云一处，次则剑池而已，"余皆半借人工，且为脂粉所污，已失山林本相，即新起之白公祠、塔影桥，不过名留雅耳"。我也有同感。苏人附会虎丘胜迹到唐伯虎轶事，凿指为秋香一笑、二笑、三笑处，极为可笑，也可见评话弹词的深入人心。

苏州城外寒山寺，以唐人张继一诗得名，骚客吟哦，夜半钟声，只是一刹那的感受，穿凿追寻，近于刻舟求剑。倒是东南一里半许，澹台湖上的宝带桥，长一千三百尺，桥逄五十三座，正如那位乾隆皇帝所咏的"两湖春水绿如浇，更作吴中第一桥"。

城外名山，沈三白说：灵岩山为吴王馆娃宫故址，上有西施洞、响屧廊，采香从径诸胜，其势散漫，不及天平支硎之别饶幽趣。邓尉山一名元墓，西背太湖，东对锦峰，丹崖翠阁，望如图画，居人种梅为业，花开数十里，一望如积雪，故名香雪海，这都是我们当年游踪所及。

选自《万里行记》，香港三育图书有限公司 1980 年版

❖ 周作人：苏州的回忆

说是回忆，仿佛是与苏州有很深的关系，至少也总经过十年以上的样子，可是事实上却并不然。民国七八年间坐火车走过苏州，共有四次，都不曾下车，所看见的只是车站内的雏形而已。去年四月因事经南京，始得

顺便至苏州一游，也只有两天的停留，没有走到多少地方，所以见闻很是有限。当时江苏日报社有郭梦鸥先生以外的几位陪着我们走，在那两天的报上随时都有很好的报道，后来郭先生又有一篇文章，登在第三期的《风雨谈》上，此外实在没有觉得有什么可以记录的了。但是，从北京远迢迢地经苏州走一趟，现在也不是容易事，其时又承本地各位先生恳切招待，别转头来走开之后，再不打一声招呼，几乎也有点对不起。现在事已隔年，印象与感想都渐就着落，虽然比较地简单化了，却也可以稍得要领，记一点出来，聊以表示对于苏州的恭敬之意。至于旅人的话，谬误难免，这是要请大家见恕的了。

我旅行过的地方很少，有些只根据书上的图像，总之我看见各地方的市街与房屋，常引起一个联想，觉得东方的世界是整个的。譬如中国、日本、朝鲜、琉球，各地方的家屋，单就照片上看也罢，便会确凿地感到这里是整个的东亚。我们再看乌鲁木齐、宁古塔、昆明各地方，又同样感觉这里的中国也是整个的。可是在这整个之中别有其微妙的变化与推移，看起来亦是很有趣味的事。以前我从北京回绍兴去，浦口下车渡过长江，就的确觉得已经到了南边，及车抵苏州站，看见月台上车厢里的人物声色，便又仿佛已入故乡境内，虽然实在还有五六百里的距离。现至通称江浙，有如古时所谓吴越或吴会，本来就是一家，杜荀鹤有几首诗写得很好，其一送人游吴云：

君到姑苏见，人家尽枕河。
古宫闲地少，水港小桥多。
夜市卖菱藕，春船戴绮罗。
遥知未眠月，乡思在渔歌。

又一首送友游吴越云：

去越从吴过，吴疆与越连。

有园多种橘，无水不生莲。

夜市桥边火，春风寺外船。

此中偏重客，君去必经年。

诗固然做得好，所写事情也正确实，能写出两地相同的情景。我到苏州第一感觉的也是这一点，其实即是证实我原有的漠然的印象罢了。

我们下车后，就被招待游灵岩去，先到木渎在石家饭店吃过中饭。从车站到灵岩，第二天又出城到虎丘，这都是路上风景好，比目的地还有意思，正与游兰亭的人是同一经验。我特别感觉有趣味的，乃是在木渎下了汽车，走过两条街往石家饭店去时，看见那里的小河、小船、石桥、两岸枕河的人家，觉得和绍兴一样，这是江南的寻常景色，在我江东的人看了也同样地亲近，恍如身在故乡了。又在小街上见到一爿糕店，这在家乡极是平常，但北方绝无这些糕类，好些年前曾在《卖糖》这一篇小文中附带说及，很表现出一种乡愁来，现在却忽然遇见，怎能不感到喜悦呢。只可惜匆匆走过，未及细看这柜台上蒸笼里所放着的是什么糕点，自然更不能够买了来尝了。不过就只是这样看了一眼走过了，也已很是愉快。后来不久在城里几处地方，虽然不是这店里所做，好的糕饼也吃到好些，可以算是满意了。

第二天往马医科巷，据说这地名本来是蚂蚁窠巷，后为转讹，并不真是有过马医牛医住在那里，去拜访俞曲园先生的春在堂。南方式的厅堂结构原与北方不同，我在曲园前面的堂屋里徘徊良久之后，再往南去看俞先生著书的两间小屋，那时所见这些过廊、侧门、天井种种，都恍惚是曾经见过似的，又流连了一会儿。我对同行的友人说，平伯有这样好的老屋在此，何必留滞北方，我回去应当劝他南归才对。说的虽是半玩笑的话，我的意思却是完全诚实的，只是没有为平伯打算罢了，那所大房子就是不加修理，只说点灯，装电灯固然了不得，石油没有，植物油又太贵，都无办法，故即欲为点一盏读书灯计，亦自只好仍旧蛰居于北京之古槐书屋矣。我又去拜谒章太炎先生墓，这是在锦帆路章宅的后园里，情形如郭先生文中所记，兹不重述，章宅现由省政府宣传处明处长借住，我们进去稍坐，是一座洋式的楼房，后边讲学的地方云为外国人所占用，尚未能收回，因此我们也不能进去一看，殊属遗憾。

俞、章两先生是清末民初的国学大师，却都别有一种特色，俞先生以经师而留心新文学，为新文学运动之先河，章先生以儒家而兼治佛学，又倡导革命，承先启后，对于中国之学术与政治的改革至有影响，但是至晚年却又不约而同地定住苏州，这可以说是非偶然的偶然，我觉得这里很有意义，也很有意思。俞章两先生是浙西人，对于吴地很有情分，也可以算是一小部分的理由，但其重要的原因还当别有所在。由我看去，南京、上海、杭州，均各有其价值与历史，唯若欲求多有文化的空气与环境者，大约无过苏州了吧。两先生的意思或者看重这一点，也未可定。现在南京有中央大学，杭州也有浙江大学了，我以为在苏州应当有一个江苏大学，顺应其环境与空气，特别向人文科学方面发展，完成两先生之弘业大愿，为东南文化确立其根基，此亦正是丧乱中之一件要事也。

在苏州的两个早晨过得很好，都有好东西吃，虽然这说得似乎有点俗，但是事实如此，而且谈起苏州，假如不讲到这一点，我想终不免是一个罅漏。若问好东西是什么，其实我是乡下粗人，只知道是糕饼点心，到口便吞，并不曾细问种种的名号。我可记得乱吃得很不少，当初江苏日报或是郭先生的大文里仿佛有着记录。我常这样想，一国的历史与文化传得久远了，在生活上总会留下一点痕迹，或是华丽，或是清淡，却无不是精炼的，这并不想要夸耀什么，却是自然应有的表现。我初来北京的时候，因为没有什么好点心，曾经发过牢骚，并非真是这样贪吃，实在也只为觉得它太寒碜。枉做了五百年首都，连一些细点心都做不出，未免丢人罢了。

我们第一早晨在吴苑，次日在新亚，所吃的点心都很好，是我在北京所不曾遇见过的，后来又托朋友在采芝斋买些干点心，预备带回去给小孩辈吃，物事不必珍贵，但也很是精炼的，这尽够使我满意而且佩服，即此亦可见苏州生活文化之一斑了。这里我特别感觉有趣味的，乃是吴苑茶社所见的情形。茶食精洁，布置简易，没有洋派气味，固已很好，而吃茶的人那么多，有的像是祖母老太太，带领家人妇子，围着方桌，悠悠地享用，看了很有意思。性急的人要说，在战时这种态度行么？我想，此刻现在，这里的人这么做是并没有什么错的。大抵中国人多受孟子思想的影响，他的态度不会得一时急变，若是因战时而面粉白糖渐渐不见了，被迫没有点心吃，出于被动的事那是可能的。总之在苏州，至少是那时候，见了物资充裕，生活安适，由我们看惯了北方困穷的情形的人看去，实在是值得称赞与羡慕。

我在苏州感觉得不很适意的也有一件事，这便是住处。据说苏州旅馆绝不容易找，我们承公家的斡旋得能在乐乡饭店住下，已经大可感谢了，可是老实说，实在不大高明。设备如何都没有关系，就只苦于太热闹，那时候我听见打牌声，幸而并不在贴夹壁，更幸而没有拉胡琴唱曲的，否则次日往虎丘去时马车也将坐不稳了。就是像沧浪亭的旧房子也好，打扫几间，让不爱热闹的人可以借住，一面也省得去占忙的房间，妨碍人家的娱乐，倒正是一举两得的事吧。

在苏州只住了两天，离开苏州已将一年了，但是有些事情还清楚地记得。现在写出几项以为纪念，希望将来还有机缘再去，或者长住些时光，对于吴语文学的发源地更加以观察与认识也。

选自《苦口甘口》，上海太平洋书局 1944 年版

图书在版编目（CIP）数据

老苏州 /《老城记》编辑组编 . — 北京：中国
文史出版社，2019.1
ISBN 978-7-5205-0583-3

Ⅰ . ①老… Ⅱ . ①老… Ⅲ . ①随笔—作品集—中国—
现代 Ⅳ . ①I266.1

中国版本图书馆 CIP 数据核字（2018）第 226696 号

责任编辑：牛梦岳

出版发行：**中国文史出版社**

社　　址：北京市海淀区西八里庄69号院　邮编：100142
电　　话：010-81136606　81136602　81136603（发行部）
传　　真：010-81136655
印　　装：北京地大彩印有限公司
经　　销：全国新华书店
开　　本：710mm×1010mm　1/16
印　　张：22　字数：300千字
版　　次：2019年1月第1版
印　　次：2019年1月第1次印刷
定　　价：62.80元